KRISTAN HIGGINS

Ton âme sœur (ou presque)

roman

Traduit de l'anglais (États-Unis) par
MARIE LAUZERAL

HarperCollins

Titre original :
ANYTHING FOR YOU

Ce livre est publié avec l'aimable autorisation de Maria Carvainis Agency, Inc.

Cette œuvre est une œuvre de fiction. Les noms propres, les personnages, les lieux, les intrigues, sont soit le fruit de l'imagination de l'auteur, soit utilisés dans le cadre d'une œuvre de fiction. Toute ressemblance avec des personnes réelles, vivantes ou décédées, des entreprises, des événements ou des lieux, serait une pure coïncidence.

HARPERCOLLINS FRANCE
83-85, boulevard Vincent-Auriol, 75646 PARIS CEDEX 13
Tél. : 01 42 16 63 63

www.harpercollins.fr

ISBN 979-1-0339-0203-4

Je dédie ce livre à Catherine Arendt,
ma merveilleuse et fidèle amie depuis le début
de nos études, et la marraine de ma fille.

1

— Relève-toi, idiot !

Même prononcés avec un sourire, ces mots n'étaient certainement pas ceux que Connor O'Rourke espérait. Après tout, il avait posé un genou à terre et tenait dans sa main une bague en diamant.

— C'était une demande en mariage, Jess, dit-il.

— Oui, c'était trop chou, répondit-elle en lui ébouriffant les cheveux, ce qui n'annonçait rien de bon. Et tu te doutes bien que la réponse est non. Mais enfin qu'est-ce que tu croyais ? En plus je meurs de faim. Tu as commandé une pizza ou pas encore ?

OK, Jessica était… particulière. Ils sortaient ensemble depuis huit mois, ou dix ans, selon la façon de compter, et il avait fallu à Connor des ruses invraisemblables pour parvenir à provoquer cette situation. Malgré tout, il ne s'attendait pas à cette réaction.

Il insista.

— Jessica, fais de moi l'homme le plus heureux de la terre, et dis-moi que tu veux bien m'épouser.

— Je ne suis pas sourde. Et maintenant je comprends pourquoi tu as allumé autant de bougies. C'est joli, mais peut-être un peu risqué question incendie, quand même.

— Et donc ? Ta réponse ?

— Tu la connais déjà, et tu la connaissais bien avant de me poser la question. Allez relève-toi, Connor, ne sois pas bête.

Il ne bougea pas. Elle soupira et croisa les bras sur sa poitrine, en attendant patiemment qu'il réagisse.

À ce moment son téléphone vibra et elle le sortit de sa poche. Elle ne pouvait s'empêcher de le consulter, même occupée. « Iron Man descend tous les méchants dans la grotte », lut-elle, sans sourciller.

Rien d'anormal : son frère la tenait au courant des péripéties du film qu'il était en train de regarder avec Gerard, son baby-sitter. Comme d'habitude. Parfois ça faisait rire Connor, mais là non.

— On pourrait être un peu sérieux ? demanda-t-il.

— J'ai vraiment faim, Connor.

— Et, si je te nourris, tu me diras oui ?

— Non, alors relève-toi, et passons une bonne soirée, tu veux bien ? On n'avait pas dit qu'on regardait *Game of Thrones* ?

Mais c'est qu'elle le renvoyait dans ses buts !

Il ne se leva pas. De la main qui ne tenait pas la petite boîte de velours noire, il se frotta le menton. Dire qu'il s'était rasé de près pour l'occasion ! Dans la lueur des bougies, le diamant étincelait pour le narguer.

— Écoute, Jess, j'en ai assez d'avoir l'impression que tu comptes tes heures avec moi. J'en ai assez de toutes ces demi-ruptures. Pourquoi ne se marierait-on pas pour passer ensemble le reste de notre vie ?

— Enfin pourquoi parles-tu de rupture ?

— Mais est-ce qu'au moins tu réalises que je suis ici à genoux, avec cette bague hors de prix dans la main ?

— Évidemment ! Et la bague est très jolie, d'ailleurs. Seulement, j'ai comme l'impression que tu te sens obligé de m'aimer sous prétexte qu'il nous est arrivé de coucher ensemble pendant toutes ces années.

— Pas du tout. Je t'aime vraiment.

— Et en plus tu sais bien que je ne peux pas t'épouser. Il y a Davey.

— Si on va par là, moi j'ai Colleen et elle est autrement plus gênante que ton frère.

— Très drôle.

La froideur de Jessica décourageait toute tentative de rapprochement. Depuis le temps, il connaissait bien cette expression sur son visage : *Garde tes distances ou tu risquerais de le regretter.*

Il commençait pourtant à avoir mal au genou.

— Je sais que c'est compliqué avec ton frère, Jess, mais je ne crois pas qu'il faille que tu te sacrifies pour lui.

— Je t'arrête tout de suite. C'est mon frère et je l'aime. Il passe avant tout le reste.

— Je vois, donc tu es condamnée à perpète.

— Tu as tout compris, répondit-elle comme si elle s'adressait à un enfant de deux ans. La vie de Davey et la mienne sont inséparables. Tu penses que je devrais le mettre dans un chenil pour te faire plaisir ?

— Qui a parlé de chenil ? En revanche je pense que, oui, tu devrais lui dire qu'on va se marier et qu'il peut venir vivre avec nous.

Ou dans l'établissement spécialisé à Bryer, que Connor avait visité et qui était très bien.

Le téléphone de Jessica vibra de nouveau, et de nouveau elle le consulta : « Tu savais qu'Iron Man peut voler ? »

— Jessica, je te demande de devenir ma femme, répéta Connor, la mâchoire crispée.

— J'ai entendu. Merci. C'est très gentil, vraiment. Bon, on va dîner ?

— Donc, c'est bien ça. Tu ne dis pas oui ?

— Oui, c'est ça, je ne dis pas oui, déclara-t-elle en glissant une mèche de cheveux blonds et soyeux derrière son oreille.

— J'en conclus que c'est non, répondit-il, cette fois-ci sans desserrer les dents.

— Je suis désolée mais, oui, c'est non. Ce n'est pas non plus une énorme surprise pour toi, si ?

C'était bel et bien un énorme râteau.

Curieusement, il avait espéré que les choses tourneraient autrement.

Il se leva en faisant légèrement craquer son genou, ferma la petite boîte de velours noire et la reposa sur la table. Il était allé jusqu'à Manhattan pour acheter cette bague, un solitaire tout simple et très pur, à son image, elle qui était si parfaite. Sans une once de maquillage, ses cheveux longs et blonds ramassés en queue-de-cheval, vêtue d'un jean et d'un T-shirt, elle était la plus jolie femme qu'il connaissait.

— Je commande des pizzas alors ? demanda-t-elle.

Il s'assit en face d'elle. Il y avait dans le frigo : deux homards, des coquilles Saint-Jacques, un gratin de pommes de terre, une salade d'artichauts et de roquette, une bouteille de Dom Pérignon et des *pots de crème au chocolat*[1], car il avait prévu de lui préparer un succulent dîner juste après lui avoir glissé la bague au doigt et fait l'amour.

Il ne voulait pas de ses pizzas.

Il ne voulait pas de son refus.

Signe qu'il était en colère, il sentait le sang pulser dans ses tempes, dans ce que son horripilante sœur jumelle appelait la veine cérébrale. Il inspira lentement et jeta un regard circulaire dans la pièce, en tentant de garder son calme. C'était peut-être une erreur d'avoir fait sa demande dans la salle à manger. La pièce n'était ni très chaleureuse ni très romantique. Pas une photo aux murs. Tout son intérieur ressemblait à un magasin de meubles, maintenant qu'il y pensait.

Ce qui était certain, c'était qu'il n'y avait aucune photo d'eux deux.

Il se pencha contre son dossier et croisa les bras :

— Comment vois-tu les choses entre nous, Jessica ?

Elle restait aussi impassible qu'un galet dans un lac.

— Comment ça ?

— Nous deux, notre avenir, notre relation ? Si on peut parler de relation quand on a trente-deux ans et qu'on se voit épisodiquement.

1. En français dans le texte. (Toutes les notes sont de la traductrice.)

— Je nous vois exactement comme ça. On est ensemble quand on est ensemble, et on est toujours contents de se voir.

Elle n'était certainement pas le genre à monter dans les tours. Dommage. Une bonne engueulade et un splendide câlin derrière pour se réconcilier n'auraient pas été pour déplaire à Connor. Sans oublier cette bague qu'il lui aurait enfin glissée au doigt.

Il s'efforça de contenir sa colère, car Jessica restait très calme.

— Est-ce qu'il t'arrive de nous imaginer vivant ensemble, nous mariant, ou ayant des enfants ?

— Non, je suis bien comme ça, répondit-elle en faisant tourner l'anneau d'argent qu'elle portait au pouce et en lui adressant un grand sourire.

— Eh bien, pas moi, dit-il. Plus maintenant.

N'importe qui aurait eu besoin d'une loupe pour parvenir à lire les réactions de Jessica Dunn, mais Connor était spécialiste en la matière, et à cet instant il vit ses lèvres se serrer imperceptiblement, ce qui était le signe d'un ébranlement intérieur.

— Eh bien, merci de l'info, dit-elle doucement. Je suis désolée de l'apprendre. Tu disais que tu comprenais la situation. Rien n'a changé et j'ai du mal à capter comment tu voudrais que ce soit différent aujourd'hui.

— Davey peut s'adapter.

— Non, Connor, c'est impossible. Il a un QI de cinquante-deux. Et, au cas où tu l'aurais oublié, il te déteste. Il ne peut même pas te croiser au supermarché sans faire une crise. Tu te souviens quand il s'est mis à se frapper la tête parce qu'il t'avait vu avec notre chien ?

Oui, Connor se souvenait, c'était même un des souvenirs les plus effrayants de toute sa vie.

— Il n'y a pas de place dans ma vie pour un mari ou des enfants, poursuivit Jessica. Je suis responsable de mon frère encore bien plus que tu ne le crois. Je ne comprends même pas que tu puisses me parler de mariage. Nous avons eu cette conversation des milliers de fois déjà.

— En fait nous n'avons jamais eu cette conversation, non.

Elle commençait à avoir les joues en feu. Il avait enfin réussi à lui faire perdre son calme.

Tant mieux. Ce n'était pas juste qu'il soit le seul à en baver.

— Eh bien, je pensais que tu avais pigé tout ça. Je ne t'ai jamais rien caché.

Son sang tambourinait contre ses tempes, trop fort, trop vite.

— Tu prends ton frère comme prétexte, protesta Connor. Il te garde en otage depuis des années.

— Ne pars pas sur ce terrain-là, Connor.

— Ce que je veux dire, c'est…

— Ce que tu veux dire, c'est : place-le dans un foyer.

Elle était bien résolue à ne pas se laisser faire.

— C'est faux. J'ai acheté cette maison en pensant à vous. Au cas où tu aurais oublié, il y a un appartement à l'étage, et il est pour ton frère, que j'aime beaucoup.

— Comment peux-tu dire ça ? Tu ne lui as jamais parlé ! En tout cas lui ne t'aime pas du tout. Et puis, on ne va pas refaire l'histoire. Tu as acheté cette maison pour deux familles sans même m'en parler.

Elle n'avait pas tort sur ce point. Mais ça lui avait semblé la solution idéale : il habiterait en bas avec Jessica et Davey en haut. Au lieu de ça, comme Jess avait refusé, sa sœur avait pris l'appartement.

Jessica soupira et perdit un peu de sa raideur.

— Écoute, Connor, ta proposition me touche beaucoup. Peut-être est-ce parce que ta sœur est enceinte et que cela te rend sentimental, mais ça ne peut pas marcher. Je pense aussi que tu m'as demandé ma main en sachant très bien que j'allais refuser, ce en quoi tu avais raison.

— Je ne te l'aurais pas demandée si je n'avais pas cru que tu dirais oui, Jessica.

Son fichu téléphone se remit à vibrer et elle le prit.

— Super : Davey a bouché les toilettes, et Gerard ne trouve pas la valve pour couper l'eau. La dernière fois qu'il a inondé la salle de bains, j'ai dû faire changer tout le sol.

— Jess, je veux que tu m'épouses.

— Il faut que j'y aille. Je t'appelle jeudi, d'accord ? Merci encore, Connor. C'était gentil, vraiment.

Elle se leva, lui déposa un baiser sur la tête comme à un chien, ce qu'il n'était pas loin d'être : un labrador stupide dont on ne faisait aucun cas à part dans les moments de grande solitude, qui était toujours content de vous voir et ne vous en voudrait jamais de l'avoir abandonné dans la cave pendant plus d'un an. Elle attrapa son blouson en jean suspendu au portemanteau dans l'entrée.

— Jessica, dit-il sans la regarder, les yeux fixés sur les flammes vacillantes des bougies. Cette fois c'est fini pour de bon.

Bon sang, non ! Il n'avait pas prévu d'aller jusque-là mais, une fois sortis de sa bouche, les mots se dressèrent entre eux comme un rideau de fer.

Elle se figea.

— Qu'est-ce que tu veux dire ?

Il avait la tête prête à éclater tant le sang battait fort dans ses veines.

— Je veux parler de toutes ces fois où nous nous sommes séparés parce que tu disais que la vie était trop compliquée et que tu n'y pouvais rien changer. Je veux une femme et des enfants, et je veux pouvoir t'embrasser en public. Si tu décides de partir maintenant, sois bien sûre de ce que tu fais.

— Tu es en train de rompre avec moi ? s'indigna-t-elle alors.

— Au contraire, je suis en train de te demander en mariage !

— Eh bien, je ne comprends vraiment pas pourquoi ! rétorqua-t-elle. Tu sais pertinemment que je ne peux rien t'offrir de plus !

— Dans ce cas, on arrête.

Et il se tut.

— Pour de bon ? demanda-t-elle d'une petite voix.
— Oui.
— Très bien. Fais comme tu veux.
— J'en ai bien l'intention.
— OK.
— Parfait.
— Bonne nuit, Connor, ajouta-t-elle après l'avoir longuement regardé.

Puis elle partit. Il s'empara alors de la stupide petite boîte de velours noire et la jeta à l'autre bout de la pièce.

2

Vingt ans avant la demande en mariage…

Connor Michael O'Rourke tomba amoureux de Jessica Dunn à l'âge de douze ans.

Ce sentiment n'était pas réciproque.

Difficile de lui en vouloir. Après tout, il avait tué son chien.

Enfin, pas vraiment tué, mais ça y ressemblait beaucoup.

Ça s'était produit un funeste vendredi après-midi d'avril, tandis qu'il rentrait de l'école à vélo avec Colleen, permission qui venait de leur être accordée par leurs parents à condition qu'ils restent ensemble, ce qui rendait la chose beaucoup moins excitante. C'était tout le problème d'avoir une jumelle, se disait souvent Connor. Il aurait trouvé tellement plus cool de pouvoir aller seul au village acheter des bonbons chez M. Stoakes ou dégotter un serpent près du lac pour le fourrer dans le lit de sa sœur.

Au lieu de ça, ils étaient toujours collés l'un à l'autre et elle parlait tout le temps, de choses qui en général ne l'intéressaient pas : sa copine qui avait ses règles, une autre qui avait raté son contrôle de maths, la troisième qui voulait sortir avec Untel ou Machin. C'était toujours pareil : elle parlait, et il écoutait à peine, en vertu de la rude mais saine loi qui régit les relations frère-sœur dans l'enfance.

D'ailleurs, même si la plupart du temps elle l'exaspérait à parler de ce lien magique qui unit les jumeaux et à le suivre partout, il n'imaginait pas les choses autrement. Et puis c'était son rôle de veiller sur elle en tant qu'aîné, ne serait-ce que de trois minutes.

La vie de Colleen et Connor se déroulait aussi normalement qu'il était possible. Ils avaient une jolie maison, partaient en vacances deux semaines par an, et, il en avait récemment pris conscience, ils étaient plutôt bien lotis, ce dont on ne se rend pas compte lorsqu'on est petit. En effet, son père avait une belle voiture et, lorsque Connor réclamait la dernière paire de Nike, sa mère ne suggérait jamais qu'il choisisse autre chose de moins cher. Il était le chouchou de sa maman. Son père ? Eh bien, son père, c'était plus compliqué. Il était tendu et… comment dire, imbu de lui-même. Satisfait à la seule condition d'être le centre de l'attention et de l'admiration, et même là, sa joie ne durait pas plus de quelques minutes.

Si Connor était le chouchou de sa mère, Colleen semblait être l'objet de toute l'affection paternelle. En particulier ces jours-ci, Connor se sentait toujours fautif ou invisible, comme si sa seule valeur aux yeux de son père était d'être le protecteur de sa jumelle. « Fais bien attention à ta sœur », lui avait dit son père le matin même avant de prendre celle-ci dans ses bras. Connor, lui, ne recevait jamais de marques de tendresse, mais ça lui allait comme ça. C'était un garçon et il n'était plus censé en vouloir.

Ce jour-là pourtant, tout avait très bien commencé. Les pommiers étaient en fleur et l'air s'était enfin radouci. On lui avait rendu trois contrôles et il avait obtenu trois A+, ce qui avait beaucoup vexé sa sœur car il ne travaillait pas du tout. Toute la journée il avait pensé avec excitation à son trajet de retour à vélo. Comme on était vendredi, ils pouvaient prendre leur temps, s'arrêter peut-être à Tompkin's Gorge et grimper jusqu'au sommet pour écouter gronder la cascade et dénicher des éclats de quartz et de mica.

Colleen heurta sa roue arrière.

— Oups ! Désolée, l'intello ! dit-elle, pas désolée du tout.

— Pas grave, la nullos !

— T'as pris la pizza à la cantine ? lui demanda-t-elle en se mettant à sa hauteur. Elle était dégueu, gorgée d'huile et toute molle. Tu devrais leur apprendre, Connor. T'es le roi de la pizza.

Il se retint de sourire. Chaque fois que leurs parents sortaient, il préparait le repas. Le week-end précédent, c'était pizza, avec de la pâte maison. Ils en avaient mangé une chacun, trop bonne !

Il entendit une voiture ralentir derrière eux et repassa devant sa sœur, faisant crisser ses pneus sur le goudron humide, et sentant le vent contre son visage. Ils avaient pris le chemin le plus long pour profiter plus longtemps de leur liberté. Dès que l'on quittait les abords de la ville, c'était la vraie campagne : principalement des bois et des champs. Un peu plus loin se trouvait West Trailer's Park, puis plus rien pendant deux bons kilomètres. Ensuite il fallait contourner la colline où étaient les vignobles et enfin ils arrivaient chez eux.

C'était si bon d'être dehors après le long hiver. Il pédala plus fort, laissant Colleen loin derrière. Il avait fait une poussée de croissance ces derniers mois et n'avait aucun mal à la distancer. Il sentit avec satisfaction ses muscles le brûler et ça lui donna envie d'accélérer encore. Il attendrait sa sœur en haut, puisqu'elle était trop paresseuse.

Il entendit alors un bruit inconnu. Colleen qui toussait ? Un moteur ? Non, ce n'était pas ça… Et à cet instant une masse brune fonça vers lui et le fit tomber avant qu'il réalise qu'il l'avait heurtée. Ce n'était pas sa sœur, non, mais un chien. Cette masse brune, c'était un chien, et furieux !

Sans avoir le temps de réagir, ni même d'avoir peur, il sentit le sol dur sous son épaule et sa hanche tandis qu'il essayait de maintenir la gueule du chien à distance de sa gorge. Des grognements enragés se mêlaient aux hurlements de Colleen. Est-ce qu'elle allait bien ? Où était-elle ?

Il ne voyait plus que la gueule de ce chien, énorme, béante et menaçante, et ce cou puissant. La gueule se rétracta alors comme celle d'un serpent et il comprit que, dès l'instant où ces mâchoires se refermeraient sur lui, il serait mort. Le chien essayait de le tuer, se dit-il vaguement. Il allait mourir comme ça. *Mais, par pitié, pas devant Colleen !*

Cette pensée eut à peine le temps de traverser son esprit qu'il sentit les crocs s'enfoncer dans son bras et le chien se mit à secouer la tête avec une force incroyable. Connor n'était qu'un pantin que l'animal faisait valser dans tous les sens, et il ne pouvait ni se défendre ni crier. Il ne pesait pas lourd face à l'énorme bête en furie. Colleen hurlait, le chien grognait et Connor restait silencieux, s'agrippant à son bras pour ne pas le perdre.

Colleen se mit alors à frapper l'animal avec son cartable. Aucune voiture n'était visible à l'horizon. Si seulement quelqu'un pouvait s'arrêter et leur venir en aide ! Si seulement un adulte pouvait venir ! Il avait le bras en feu et le chien ne le lâchait toujours pas, mais le secouait, ignorant les coups de Colleen.

Enfin il le lâcha, et se tourna vers sa sœur, la regardant bien en face. Mon Dieu, quel courage elle avait ! Mais s'il la mordait, *elle* ! Alors en un éclair il prit sa décision, frappa du pied l'animal, qui se retourna vers lui de nouveau. Ouf, Colleen était sauvée ! Le chien s'en reprit aussitôt à lui. Cette fois-ci il l'attrapa au visage et Connor se vit mourir pour la deuxième fois. Les mâchoires énormes enserraient toute la partie gauche de son visage et il sentait les assauts brûlants de la douleur. Le chien ne lâchait pas prise et Colleen, maintenant hystérique, le frappait tant qu'elle pouvait. Connor lisait la panique dans les yeux effarés de sa sœur. *Va-t'en, Collie ! Cours loin d'ici !*

Il était en train de s'évanouir et n'entendait presque plus les hurlements de sa sœur.

Puis il y eut un jappement, et le chien n'était plus là. Par réflexe, il porta la main à sa joue qui était chaude, douloureuse et mouillée.

— Oh, mon Dieu ! Mon Dieu ! sanglotait Colleen, effondrée à genoux près de lui. Au secours, quelqu'un !

— Ça va, toi ? lui demanda Connor d'une voix faible et étrange.

Que restait-il de son visage ?

— Coll ?

— Tu saignes, répondit-elle. Ça a l'air grave.

Ils se trouvaient devant West Trailer's Park, le campement de mobile homes où vivaient les enfants pauvres de la ville : Tiffy Ames, Levi Cooper et Jessica Dunn.

Jess apparut alors, tentant de retenir son chien par le collier. Son frère, qui avait l'air bizarre, s'accrochait au chien en pleurant et en répétant toujours le même mot, quelque chose comme Cheeto.

— Ma sœur va bien ? demanda Connor d'une voix trop faible pour qu'on l'entende.

— Appelez une ambulance ! hurla Colleen à travers ses larmes.

— Ça va, Collie ? lui demanda-t-il, prêt à s'évanouir de nouveau.

— Moi oui, mais toi… tu es blessé.

— C'est grave ?

— Oui, mais ça va aller, t'en fais pas, répondit-elle, ses larmes tombant sur lui.

— Je vais mourir ?

— Bien sûr que non, Connor !

Mais il vit bien qu'elle n'en était pas si sûre. Elle fit une boule avec son sweat-shirt et la lui posa contre le visage, lui causant une douleur insupportable. Il vit sa main poisseuse couverte de sang.

— Respire à fond, lui dit-elle en se mordant la lèvre.

Ça l'aida un peu à reprendre ses esprits. Le ciel était bleu et la chemise de Colleen rose, tachée de sang. Il entendit la sirène municipale, dont le son le rassura même s'il lui semblait si lointain.

— Ils arrivent. Tiens bon. Les secours seront bientôt là, dit Colleen.

Elle parlait comme une adulte. Son visage était baigné de larmes et ses lèvres tremblaient.

Une porte se ferma bruyamment et il regarda dans cette direction. Le père de Jessica Dunn était sorti.

— Qu'est-ce que vous avez fait à mon fils ? demanda-t-il, un peu chancelant, ce qui fit de la peine à Connor pour Jessica car tout le monde savait que ses parents buvaient.

— Faites rentrer votre foutu chien ! s'écria Colleen.

Ça alors ! Il ne l'avait jamais entendue jurer ! Il se dit que sa figure devait être en bien piteux état et lui-même pas loin de mourir.

Jessica fit enfin reculer son petit frère et se pencha pour soulever le chien, qui avait l'air très lourd, ce que Connor savait déjà.

— Chico ! cria le petit frère, laisse Chico tranquille !

Il courut après sa sœur et lui martela le dos avec ses poings, mais elle entra dans un mobile home, le plus sale et le plus miteux, avant de fermer la porte derrière elle.

Peu après, la mère de Levi Cooper sortit, un bébé sur la hanche, et, apercevant Connor, se précipita vers lui.

— Oh, mon Dieu, mais que s'est-il passé ?

Connor vit qu'elle tremblait, mais c'était si bon de voir arriver un adulte bienveillant.

— Il a été attaqué par le chien des Dunn, expliqua Colleen, encore bouleversée. On ne l'a pas vu arriver.

— Seigneur ! Je leur ai pourtant dit que ce chien était dangereux. Ne bouge pas, mon grand, dit-elle à Connor en lui posant la main sur la jambe.

C'était bizarre d'être étendu là, devant Mme Cooper qui lui demandait de ne pas bouger, avec le sweat-shirt de Colleen plaqué contre sa figure et les Dunn qui regardaient depuis leur jardin. Le père n'arrêtait pas de répéter d'une voix forte : « Ce chien ne ferait pas de mal à une mouche ! Et puis d'ailleurs que faisaient ces gamins dans mon jardin ? » Et puis la main de Colleen qui serrait si fort la sienne !

Lorsque l'ambulance arriva, ce fut à la fois un moment de gêne et un tel soulagement qu'il en pleura presque. On s'agita, lui posa des tas de questions, on le soigna, et M. Stoakes passa le message à la radio : « Mineur, douze ans, attaqué par un chien. » Tout le monde lançait des regards noirs à la famille Dunn.

On lui mit une minerve et on l'installa sur une civière. Mme Cooper dit qu'elle allait prévenir sa mère pour qu'elle le rejoigne à l'hôpital. Colleen, toujours en pleurs, précéda l'ambulance à vélo.

Aux urgences on lui dit qu'il avait eu beaucoup de chance, et que ça aurait pu être beaucoup plus grave. Il s'en sortit avec onze points de suture à la mâchoire et huit juste sous l'œil. « Ne t'en fais pas pour la cicatrice, lui dit le jeune médecin sympa qui le prit en charge. Les filles adorent ! » Il eut aussi seize points dans le bras, mais c'était moins embêtant que sur le visage. Tout ça, plus une bosse sur la tête et des éraflures dans le dos là où sa chemise était déchirée. Bref, il était mal en point. Tout son corps le piquait, le brûlait ou bien l'élançait.

Sa mère pleura toute la soirée, tandis que lui était groggy à cause des antalgiques. Colleen lui écrivit une petite carte sans une seule insulte, ce qui le laissa penser qu'il avait l'air encore plus mal qu'il ne le croyait.

— Tu m'as sauvé la vie, dit-il à sa sœur qui éclata en sanglots.

— Au contraire, j'ai essayé, mais je n'ai pas réussi.

— N'empêche, tu l'as fait partir !

— C'est Jessica qui lui a lancé une pierre, direct dans la tête.

Il préféra ne pas y penser pour l'instant, mais ne put s'empêcher de se dire qu'elle avait bien visé.

Son père était fou de rage. « Ces sales bons à rien ! » dit-il en regardant son fils droit dans les yeux avant de s'enfermer dans son bureau pour répondre au téléphone et n'en sortir que lorsque Connor fut déjà couché. Il vint le voir, lui posa la main sur l'épaule.

— Je suis content que tu ailles bien.

Rien que pour ça, la morsure du chien valait le coup.

— On m'a dit que tu avais été très courageux.

— J'ai eu très peur.

Zut. Mauvaise réponse. Il aurait dû dire que c'était pas si grave. Parce que, évidemment, son père avait retiré sa main.

— Ça aurait pu être pire. Au moins ce n'était pas Colleen, ajouta-t-il donc.

Si quelque chose était arrivé à sa sœur, il aurait tué le chien de ses propres mains. Cette colère et cette terreur soudaines le surprirent lui-même.

— Nous irons voir les Dunn demain, dit son père.

— Oh non, papa, non.

L'image de Jessica transportant son chien dans la maison le mettait mal à l'aise sans qu'il comprenne pourquoi.

— Il faut assumer dans ce genre de situation, répliqua son père. Je t'accompagnerai, ne t'en fais pas. Ils te doivent des excuses.

Et le lendemain, comme prévu, son père le fit monter dans la Porsche et le conduisit jusqu'à West Trailer's Park. Il avait le visage gonflé et douloureux sous ses bandages et son bras le faisait souffrir. C'était le dernier endroit où il avait envie d'aller.

Son père frappa à la porte avec force. Jessica vint ouvrir, et ses yeux s'attardèrent sur le visage de Connor. Elle ne dit rien. Une émission populaire à la télévision gueulait depuis le fond de la pièce.

— Tes parents sont là ? demanda le père de Connor sans même dire bonjour.

— Salut, Jess, dit Connor.

Son père lui adressa un regard noir.

Jessica s'éclipsa et sa mère vint aussitôt.

— Qu'est-ce que vous voulez ? demanda-t-elle d'une voix morne.

Connor se sentit soudain reconnaissant envers sa mère à lui qui sentait toujours bon et puis, eh bien… qui portait un soutien-gorge et s'habillait proprement.

— Votre chien a attaqué mon fils, déclara le père de Connor d'une voix cinglante. Je suis venu vous avertir que les services vétérinaires viendront cet après-midi pour le neutraliser.

— Qui vous êtes pour me dire ce que je dois faire de mon chien ? dit-elle, et Connor sentit son haleine chargée d'alcool.

— Ça veut dire quoi, neutraliser ? fit une petite voix.

Connor tressaillit. Davey Dunn s'était faufilé entre les jambes de sa mère. Il devait avoir cinq ou six ans et les cils les plus longs que Connor ait jamais vus. Tout le monde savait qu'il y avait quelque chose qui clochait chez lui, avec ce visage si fin et ses yeux si éloignés l'un de l'autre, mais Connor ne savait pas très bien quoi. Les enfants dans le bus avaient prononcé un mot horrible qu'il ne voulait pas répéter. C'était juste que Davey n'était pas tout à fait… normal. Mais il était mignon. Jessica réapparut à côté de son frère et lui posa la main sur la tête, en fixant Connor d'un air indifférent. Elle était dans la même classe que lui et il ne pouvait pas vraiment dire qu'elle était sympa. Ils n'avaient pas les mêmes amis, mais elle était copine avec Levi Cooper que tout le monde aimait bien. Et puis elle était très belle, Connor l'avait toujours pensé.

— Qu'est-ce qui se passe ici ?

M. Dunn avait fait son apparition, tout maigre et débraillé, accompagné du chien, avec sa grosse tête marron, qui fit reculer Connor d'un pas malgré lui. Son père attrapa brutalement l'animal par le collier.

— Neutraliser, ça signifie que ton chien va s'en aller et ne plus jamais revenir, parce qu'il a été très méchant, expliqua le père de Connor à Davey.

— Chico n'est pas méchant, répondit le petit garçon en mettant le pouce dans sa bouche. Il est gentil.

— Regarde la figure de mon fils. C'est ton chien qui lui a fait ça. C'est pour ça qu'il va s'en aller au paradis des chiens maintenant, rétorqua le père de Connor.

Un silence s'ensuivit. Davey retira le pouce de sa bouche et cligna des yeux. Connor se dit que son père pouvait être un vrai con parfois.

— Il va mourir ? demanda le petit garçon.

— Oui. Et tu as de la chance qu'il ne t'ait pas déjà égorgé toi aussi.

— Laissez mon fils tranquille, finit par dire M. Dunn.

— Oh non ! s'écria d'un ton suppliant le petit garçon. Non ! Non !

— Les voilà qui arrivent, dit le père de Connor, et effectivement un van s'engageait dans le campement des mobile homes.

— Viens, Chico, il faut se cacher ! fit Davey en sanglotant, mais le père de Connor n'avait pas lâché le chien.

— Papa, dit Connor, peut-être qu'on pourrait juste l'attacher, non ?

— Non mais tu as vu ton visage ? rétorqua son père. Ce chien sera mort demain. Ce serait pure folie de le laisser en vie.

— Non ! hurla Davey.

Trois personnes des services vétérinaires étaient là, accompagnées d'une voiture de police.

— Nous devons emmener ce chien, madame, dit l'un d'eux, mais on l'entendit à peine tant Davey criait, tandis que le chien lui léchait le visage en remuant la queue.

— S'il te plaît, papa, ne fais pas ça, supplia Connor.

— Tu ne comprends pas, répondit son père sans le regarder.

— Allez tous vous faire voir ! dit Mme Dunn, les yeux remplis de larmes. Allez au diable !

Jessica finit par emmener Davey qui se débattait dans tous les sens. Elle plaqua son petit visage contre son épaule et s'enfonça dans le petit mobile home sombre.

M. Dunn regardait tout cela en grimaçant de rage.

— Vous les riches, vous arrivez toujours à obtenir gain de cause, pas vrai ? C'est beau de priver un pauvre petit garçon retardé de son animal de compagnie !

C'était ce mot-là que Connor refusait de dire, et voilà que le propre père de l'enfant le prononçait !

— Votre animal de compagnie a failli tuer mon fils. N'hésitez pas à nous présenter des excuses surtout !

— Allez vous faire voir !

— Viens, papa, on y va, dit Connor, les yeux brûlants.

Il entendait toujours Davey qui criait le nom de son chien.

Le chemin à pied jusqu'à la voiture lui parut interminable. Une Porsche qui devait valoir plus que la maison des Dunn.

Il resta silencieux pendant tout le trajet de retour, tant il avait la gorge serrée.

— Connor, ce chien était dangereux. Et on ne peut pas faire confiance à ces gens pour l'attacher ou le garder enfermé dans leur cour. Tu les as vus. Ce sont des alcooliques. Je suis désolé pour le petit, mais ils auraient dû faire en sorte que leur animal ne s'en prenne pas à des enfants innocents.

Connor regardait fixement devant lui.

— Bon, j'abandonne, dit son père avec un soupir. Tu préfères prendre le risque qu'il recommence ? Qu'il s'en prenne à Colleen la prochaine fois ? Hein ? C'est ça ?

Évidemment que non.

Mais il ne voulait pas non plus briser le cœur d'un petit garçon.

Le lundi suivant son visage avait bien dégonflé et il avait le bras raide mais moins douloureux. Cependant il faisait encore peine à voir. Colleen avait surmonté son traumatisme et le surnommait déjà Frankenstein en lui disant qu'il n'avait jamais été aussi moche. Le médecin l'avait prévenu qu'il aurait une cicatrice sous la mâchoire, là où le chien avait planté ses crocs, et une autre sur la joue, juste sous l'œil. « Tu vas avoir l'air d'un vrai dur », lui avait dit son père en examinant les points dimanche soir, et il avait semblé presque content en disant cela.

En retournant à l'école, Connor avait la boule au ventre. Tout le monde était au courant. Évidemment dans une petite ville comme ça. « Oh, la vache, Connor ! T'as eu peur ? Comment ça s'est passé ? Il paraît qu'il a d'abord attaqué Colleen et que tu l'as sauvée ! » Tout le monde se montrait compatissant et fasciné. Toute cette attention portée sur lui le mettait mal à l'aise.

Jessica ne vint pas en classe ce jour-là, ni le lendemain, ni le jour suivant. Elle ne revint que le jeudi. C'est vrai qu'elle était souvent absente, et tout le monde savait pourquoi : ses parents, son frère... Mais cette fois-ci Connor ne put s'empêcher de penser que c'était à cause de lui. La nuit précédente, son pansement s'était enlevé. Les hématomes étaient encore bien visibles, mais le pire était passé.

Jessica ne laissa rien paraître. Elle ne parla pas beaucoup, mais elle ne parlait jamais beaucoup, à part à Levi et Tiffy Ames, ses meilleurs amis. Elle s'arrangea pour passer la journée sans croiser son regard, malgré la petite taille de leur école.

Finalement, après la classe, alors qu'il était censé se rendre au club d'échecs, il la vit dans la cour. Il fonça dans le couloir et sortit du bâtiment. Elle avait un pantalon à peine trop court, avec le feu au plancher, comme avaient dit les filles à la cantine, et la semelle d'une de ses chaussures en toile bon marché était un peu décollée.

— Jess, hé, Jess ! l'appela-t-il.

Elle s'arrêta. Il remarqua alors que son cartable était trop petit, moche et rose, un cartable de petite fille, pas comme ceux de Colleen et ses copines, des jolis sacs à dos avec leurs initiales brodées et des renforts sous les bretelles.

— Qu'est-ce que tu veux ? lui demanda-t-elle en se retournant et en posant sur lui un regard glacial.

— Je voulais juste savoir comment allait ton frère.

Elle ne répondit pas. Une bourrasque de vent humide souffla en provenance de Keuka.

— J'imagine qu'il est bien triste, dit Connor.

— Ben ouais, fit-elle, lui donnant l'impression qu'il était le plus gros débile que la terre ait porté. Il adorait ce chien.

— Je m'en doute.

— Et Chico n'avait jamais mordu personne avant.

Il ne sut pas quoi répondre. Jessica regardait en direction d'un point derrière son oreille gauche.

— Mon père a dit que dans d'autres circonstances on aurait donné une seconde chance à Chico mais que, comme Pete O'Rourke avait donné des instructions au maire, eh bien, notre chien est mort.

Elle lui lança un regard perçant.

— Davey n'a pas arrêté de pleurer. Il est trop triste pour aller en classe et il a fait pipi au lit toutes les nuits cette semaine. Tu voulais des nouvelles, tu les as, Connor.

Elle prononça son prénom comme une insulte.

— Je suis vraiment désolé, murmura-t-il.

— Je me fiche de ce que tu penses, O'Rourke, déclara-t-elle en se détournant, et elle partit en traînant les pieds dans le gravier, avec sa semelle décollée.

Au lieu de la laisser partir, il courut derrière elle et lui posa la main sur l'épaule.

— Jessica, je…

Elle fit volte-face, les yeux remplis de larmes, le poing levé pour le frapper. Elle cherchait tout le temps la bagarre, en général avec les gros lourdauds de l'équipe de foot, et elle se défendait bien. Mais elle s'arrêta et à cet instant il lut sur son visage toute la tristesse, toute la colère et l'impuissance qu'elle ressentait depuis une semaine. Et aussi… la honte. Il vit combien elle était fatiguée.

— Vas-y, tu peux me taper si tu veux, lui dit-il.

— Je vais te faire sauter tes points.

— Alors frappe-moi à l'estomac.

Elle laissa tomber son poing.

— Laisse-moi tranquille, Connor, et ne m'adresse plus jamais la parole.

Puis elle s'en alla, la tête baissée et ses cheveux blonds volant dans la brise, le laissant avec la sensation qu'un poignard lui traversait la poitrine.

Elle était tellement belle.

Beaucoup de filles étaient mignonnes : Faith Holland et ses cheveux roux, Theresa DeFilio et ses grands yeux bruns, Mlle Cumming à la bibliothèque, qui avait l'air si jeune. Même Colleen était mignonne, enfin sauf quand elle l'énervait.

Mais Jessica Dunn était *belle*.

Il se sentit comme quelqu'un qui vient de marcher sur un merle bleu et d'écraser ses petits os fragiles.

3

Onze ans avant la demande en mariage…

Un jour, lorsque Jess était toute petite, avant la naissance de Davey, ses parents l'avaient emmenée camper. Camper pour de vrai, dans une tente rafistolée avec du scotch et des couvertures douces au sol. Elle avait adoré ! Le confort douillet de la tente, l'odeur du nylon et du feu, ses parents qui buvaient de la bière en faisant cuire le dîner sur les flammes. Où était-ce déjà ? Dans le Vermont ? Le Michigan peut-être ? Peu importe. Elle se souvenait du sentier qui descendait jusqu'à un lac, et des étoiles qui scintillaient dans un ciel noir d'encre. Elle était rentrée avec dix-sept boutons de moustique, mais ce n'était pas grave.

À part cette fois-là, elle n'était jamais partie en vacances.

Lorsqu'on annonça le voyage des terminales à Philadelphie, ce fut l'excitation générale. Ils allaient passer une nuit sur place, faire des visites, puis auraient quatre heures libres pour se promener. Jeremy Lyon, le nouveau hyper sexy, avait un oncle là-bas qui avait promis de l'emmener avec ses copains dîner au restaurant. Ils rêvaient tous d'aller au Reading Terminal Market où on trouvait toutes sortes d'endroits pour manger, et au Museum of Art pour pouvoir monter les escaliers en courant comme Rocky. Et ils voulaient tous s'acheter un sandwich bœuf fromage.

Le coût du voyage était de 229 dollars.

Jessica était allée à New York en CM2, mais c'était juste

pour une journée et elle était pratiquement sûre que sa maîtresse avait payé pour elle.

Là il s'agissait d'un vrai séjour et elle était folle de joie rien que d'y penser. Les cinq heures qu'elle avait passées à Manhattan l'avaient convaincue qu'elle adorait les grandes villes.

Seulement ses parents n'avaient pas 229 dollars à dépenser dans un voyage de classe, même s'ils les auraient sans doute dépensés pour s'acheter à boire. Elle ne songea d'ailleurs pas à les leur réclamer, car elle avait ses économies à elle, cachées dans un trou du mur derrière son lit, en sécurité dans une petite boîte de métal trouvée à côté du ruisseau qui coulait non loin du campement. À dix-huit ans, elle n'était pas naïve. Elle savait que sa mère était une alcoolique invétérée. C'était l'adjectif qu'ils utilisaient au groupe d'aide. Son père n'en était pas là, mais il était plus sournois et cachottier. L'un comme l'autre n'auraient eu aucun scrupule à lui prendre son argent.

Si bien qu'elle cachait ses économies. Elle attendait que la maison soit vide et glissait l'argent de sa paye et de ses pourboires dans la boîte en métal rouge. Ses parents ne mettaient pas les pieds dans sa chambre et encore moins pour y faire le ménage derrière le lit.

Elle irait à Philadelphie. Elle partagerait sa chambre avec Tiffy et Angela Mitchum, et ferait peut-être le mur avec Levi... pour se promener ou coucher ensemble, même si elle s'était souvent dit que c'était plus par habitude qu'autre chose.

Jess, Tiffy, Levi et aussi ce nullos de Ashwick Jones (il fallait vraiment que sa mère déteste les gosses pour lui donner un prénom pareil !), ils avaient tous grandi ensemble dans le campement et ça les avait rapprochés. Ils étaient les pauvres du coin, certains ayant encore moins que les autres, et ils se reconnaissaient entre eux, savaient qu'il fallait manger le plus possible à la cantine, qui était gratuite pour eux, recollaient les semelles de leurs chaussures quand ça devenait nécessaire, fouillaient dans les friperies de l'Armée du Salut. Ils savaient même parfois piquer un peu dans les magasins.

En revanche, les vacances au ski, ou dans des îles, les restaurants et les hôtels, tout ça leur était étranger. Chez les Dunn, le père était incapable de garder un emploi et la mère avait quatre ordonnances de Vicodin de quatre médecins différents. Si on ajoutait aux dépenses courantes les soins particuliers à Davey, ses rendez-vous médicaux, et les médicaments pour atténuer ses crises, qui n'étaient jamais remboursés, il ne restait jamais rien à la fin du mois.

Mais Jess avait près de mille dollars de côté. Son travail au Hugo's lui rapportait plus que ce que gagnait son père et, si Davey avait besoin d'un casque pour ne pas se blesser lorsqu'il se tapait la tête contre les murs, c'était elle qui payait. *Idem* pour les stages d'été dans des établissements privés, qui lui permettaient de s'éloigner de ses parents et de faire quelque chose. Elle payait aussi pour l'habiller parce que, si elle avait réussi à assumer en face des autres enfants de l'école le fait de porter les vieux vêtements de Faith Holland, Davey méritait mieux. Elle achetait des choses à manger et des médicaments qui, d'après les médecins, avaient des chances d'améliorer son QI. Elle avait payé la facture de gaz en mars dernier alors qu'il faisait encore si froid et elle avait aussi payé les réparations de la vieille Toyota qui lui permettait d'aller travailler.

Malgré tout, elle avait réussi à amasser 987,75 dollars en trois ans au Hugo's et, pour une fois, elle allait s'en servir pour elle. Elle était en terminale, et il n'était pas question qu'elle aille à la fac. D'abord parce qu'elle ne pouvait pas laisser Davey et ensuite parce qu'elle n'avait ni l'argent ni les notes pour prétendre à une bourse. Elle allait tenter de suivre des cours au Community College de Wickham[1], mais en réalité ses projets d'avenir n'étaient pas très différents de sa vie présente : elle travaillerait, s'occuperait de Davey, veil-

1. Établissement de taille plus réduite qu'une université et qui se limite au premier cycle d'études (deux ans).

lerait à ce que ses parents évitent les ennuis et, si ce n'était pas possible, elle payerait leurs cautions et leurs amendes.

Pourtant, ce voyage la mettait dans un état d'euphorie absolue. Elle allait voir une autre région du pays, s'imaginer dans une vie différente et magique, travaillant dans une grande ville, habitant dans une vraie maison, avec un super boulot. Sans ses parents. Juste avec Davey. Cette région du Mid-Atlantic lui semblait tellement plus cool que l'État de New York.

Si bien qu'elle courut sur tout le trajet de l'arrêt de bus jusque chez elle, galvanisée et… heureuse.

— Salut, mon minou, dit-elle en entrant dans la cuisine et en se penchant pour embrasser la tête de Davey, avant de faire la grimace. Ne me dis pas que tu t'es encore coupé les cheveux.

Par endroits, son crâne était presque nu, comme s'il avait une maladie de peau.

— Non, c'est Sam qui me l'a fait, répondit-il.

— Mais, mon cœur, c'est moi et personne d'autre qui te coupe les cheveux, tu sais bien !

Ce petit con de Sam allait l'entendre et tant pis s'il en mouillait son pantalon ! Ils avaient onze ans tout de même ! Plus l'âge de jouer au coiffeur en toute innocence ! C'était du harcèlement à ce stade ! Et ce n'était pas la première fois que Sam faisait semblant d'être ami avec Davey pour pouvoir l'humilier.

— Qu'est-ce qu'on mange ? demanda Davey.

— Je ne sais pas. Où est maman ?

— Je ne sais pas.

Il se pencha sur son cahier de coloriage. Il adorait toujours les Pokémon.

Jess jeta un œil au salon, où son père était dans son fauteuil devant la télé, apparemment assoupi.

Tant mieux. Elle alla dans la chambre qu'elle partageait avec son frère et ferma doucement la porte. Elle tira le lit, se pencha et fourra les doigts dans le trou. La boîte avait disparu. Elle avait dû tomber derrière, même si cela n'était jamais arrivé. Elle enfonça la main tout entière, et chercha à tâtons sans succès. Son cœur se mit à battre la chamade sous l'effet de la panique.

Sur la petite table de chevet en plastique minable à côté de son lit, Davey avait une petite lampe-torche, pour le cas où il aurait peur dans le noir. Jess s'en empara et la dirigea vers le trou. Pas de boîte. Ni à droite, ni à gauche, ni en haut, ni en bas. Elle s'était volatilisée.

Jess retourna dans la cuisine.

— Davey, mon poussin, tu n'aurais pas trouvé une boîte en métal dans notre chambre ? Dans un petit trou dans le mur derrière mon lit ?

— Il y a un trou ? Avec quoi dedans ? Une souris ?

— Non, c'est là que je mettais ma petite boîte.

— De quelle couleur ?

— Rouge et argenté. Et il y avait de l'argent dedans.

Il prit une craie grasse bleue tout usée.

— Non, je l'ai pas vue.

Il était incapable de mensonge.

— C'est toi qui me fais à manger ce soir ? ajouta-t-il.

— Non, je travaille.

— Mais maman n'est pas là !

— Bon d'accord, fit Jess avec un grand soupir, en jetant un coup d'œil vers l'évier où traînait encore la vaisselle du petit déjeuner et du déjeuner, en attendant que quelqu'un la fasse. Il y avait aussi sept cannettes de bière vides.

En fin de compte, elle n'irait pas au voyage de classe. Elle prendrait son travail comme prétexte, ou bien Davey. Non, elle ne pouvait pas se servir de lui, même si c'était vrai qu'il fallait toujours le conduire à des rendez-vous et qu'il détestait qu'elle le laisse. Elle dirait juste qu'elle n'avait pas trop envie d'y aller.

Sauf que c'était faux.

Enfin, bon. Elle ne méritait sans doute pas d'y aller. C'était égoïste d'imaginer laisser son petit frère tout un week-end.

Elle mit de l'eau à chauffer et ouvrit une boîte de sauce tomate pour préparer des spaghettis. Pas très équilibré tout ça, mais il n'y avait rien d'autre. Il faudrait qu'elle aille faire des courses demain. Ensuite, un œil sur la pendule, elle se mit à la vaisselle, le plus vite possible parce qu'il fallait qu'elle parte travailler bientôt.

C'était sans doute son père qui avait pris la boîte. Sa mère n'aurait pas fait ça. De temps en temps, lorsque leur grand-mère envoyait de l'argent à Jolene, celle-ci les emmenait manger une glace, avant de s'en aller dépenser le reste au pub. Si elle était au courant que sa fille avait des sous, il était peu probable qu'elle aurait tout pris d'un coup. C'était plus son style de les lui piquer petit à petit, juste histoire de se payer des coups à boire pour passer la journée.

Donc non, ce n'était pas sa mère.

Il restait son père qui aurait nié, même un pistolet sur la tempe. Il n'avait peut-être pas dépensé l'argent, mais était bien trop futé pour que Jessica le trouve. Et, si elle lui posait la question, il ne dirait jamais la vérité. Se contenterait de faire l'innocent et d'ouvrir de grands yeux avant de sortir s'acheter un ticket de loto ou d'aller au casino. Quand ça lui arrivait de gagner, il s'arrangeait toujours pour tout reperdre.

Elle aurait parié sa chemise qu'il faisait semblant de dormir.

Parfois elle souhaitait qu'il meure. Sans sa mauvaise influence de poivrot, sa mère s'en sortirait, et Davey n'aurait pas sous les yeux un exemple aussi minable. Et, lui en moins, ça ne ferait plus que trois bouches à nourrir.

Quelques jours plus tard, Jeremy Lyon la reconduisit chez elle dans sa petite décapotable de luxe. Il pleuvait et il avait donc remonté le toit, si bien que c'était si propre, confortable et joli à l'intérieur qu'elle y aurait bien passé sa vie.

Avec Jeremy. Qu'elle adorait. Comme tout le monde.

Mais Jeremy n'était pas du genre à profiter de Jessica-couche-toi-là, la fille facile de l'école, la pauvresse. Évidemment, lui était fou de Faith Holland, Miss Super Canon, une fille de la haute, mais pas très fute-fute de l'avis de Jessica, et qui n'avait jamais manqué de rien.

— Alors, comme ça, tu ne viens pas au voyage ? demanda Jeremy.

— Ah, ça ? fit Jessica comme si elle n'y pensait déjà plus. Non, j'ai un truc ce week-end-là.

— Écoute, répondit-il, tu me connais. Je ne peux pas m'amuser si j'ai pas mes potes avec moi. La malédiction du fils unique, j'imagine. Alors je me disais, si c'est une histoire de prix, s'il te plaît laisse-moi payer pour toi, Jess. Fais-le pour moi. Sans toi, ça va pas être marrant ! Je vais m'ennuyer tout seul !

Jeremy était un vrai prince. C'en était bouleversant quelquefois. Et il savait très bien mentir, comme avec Levi, dont il était le meilleur ami alors que celui-ci était raide dingue de Faith au point que c'en était indécent. Jeremy était ami avec tous les gens qu'il rencontrait.

Tandis qu'ils arrivaient au campement, Jess se mit à rêver qu'elle sortait avec lui, qu'il avait laissé tomber Faith pour elle, qu'il adorait aussi Davey (avec qui il était d'ailleurs très gentil) et s'occuperait d'eux toute leur vie.

— Alors, Jess ? Tu vas faire ça pour moi ?

— C'est vraiment gentil, Jeremy, répondit-elle un peu gênée, mais ce n'est pas une question d'argent. Philadelphie ne me dit vraiment rien, je t'assure. En plus, je travaille ce week-end-là. Mais merci quand même.

Elle lui souffla un baiser et s'enfuit vite avant de se trahir.

Ce vendredi soir, tandis que ses camarades de classe étaient là-bas, toute une bande d'anciens copains de fac vinrent au restaurant. Hugo lui attribua leur table et ils lui laissèrent un pourboire de 250 dollars.

Trop tard.

Le samedi elle emmena Davey à la fête foraine à Corning

et lui acheta des *corn dogs*, des pop-corns et de la bière sans alcool. Elle poussa des hurlements sur les montagnes russes et il passa son bras autour d'elle, en riant comme un fou. Il adorait quand elle avait peur et que c'était à lui de la protéger. Ils mangèrent des pommes d'amour en décollant le caramel de leurs dents avec leurs doigts, ce qu'elle arrivait mieux à faire que lui.

Ensuite il voulut jouer au tir à la carabine et elle s'assura de laisser le forain loucher dans son décolleté pour que Davey gagne une énorme peluche même s'il n'avait éclaté qu'un seul ballon.

Cela faisait longtemps qu'elle n'avait pas passé une aussi belle journée.

— Je t'aime, lui dit Davey à moitié endormi dans la voiture.

À cet instant, elle n'aurait pas voulu être ailleurs qu'avec son frère, son meilleur ami, ce petit garçon qui depuis qu'il était né n'avait pas cessé de se battre. En grande partie par sa faute.

— Moi aussi je t'aime, mon poussin, lui répondit-elle, la gorge nouée.

Et rien n'était plus vrai.

Pourtant, tandis qu'il dormait en ronflotant un peu, la tête contre la vitre, elle ne put s'empêcher de penser à la vue qu'elle aurait eue depuis cet hôtel et à tous les petits savons et shampooings qu'elle avait eu l'intention de lui rapporter.

Voilà pourquoi, à l'âge de vingt et un ans, Jessica Dunn n'était jamais allée à l'hôtel.

Trois ans après la fin du lycée, Jess et Angela Mitchum étaient les seules à n'avoir pas quitté Manningsport. Angela était désormais maman, après s'être retrouvée en cloque en terminale. Elle habitait chez ses parents sur les hauteurs et suivait une formation d'infirmière. Quelquefois ils venaient en famille dîner au Hugo's et Jess s'extasiait sur le bébé vraiment trop chou.

Sa vie n'avait pas changé : elle était toujours serveuse au restaurant, faisait quelques heures de garde-malade en plus et s'occupait de son frère. Elle habitait encore sur le campement, mais plus pour très longtemps, car désormais elle conservait ses économies à la banque et d'ici quatre mois elle aurait assez pour louer un endroit correct en ville. Avec deux chambres parce que évidemment elle n'allait pas laisser Davey à la merci de ses parents.

Récemment leur père s'était mis à proposer des coups à boire à son fils qui était trop content de les accepter. Pour une raison totalement incompréhensible, il vénérait son père qui, de son côté, trouvait drôle de le voir un peu pompette. Leur mère ne serait pas contente de la voir partir avec Davey, mais elle finirait par accepter. Désormais c'était le gars de la laverie qui lui fournissait son Vicodin, depuis que les médecins avaient enfin compris qu'elle n'avait aucun problème sinon d'être accro.

Octobre était toujours un moment difficile pour Jess. Les touristes, venus par bus entiers admirer les couleurs de l'automne et goûter au vin de la région, repartaient chez eux, et il ne se passerait plus grand-chose à Manningsport jusqu'aux festivités de Noël. Le restaurant fermait à la Toussaint et il faudrait donc qu'elle trouve d'autres heures à faire comme garde-malade. C'était moins bien payé que serveuse, mais elle n'avait pas vraiment le choix.

Ce soir-là, avant qu'elle démarre son service, Hugo la fit venir dans son bureau.

— Je veux que tu suives une formation en œnologie, lui dit-il sans préambule. Felicia se débrouille beaucoup mieux que toi à la vente de vin et on fait une marge incroyable là-dessus. Tu en penses quoi ?

— Eh bien, euh… oui, répondit Jessica, embarrassée. Mais je ne bois pas d'alcool en fait.

— Je sais, ma grande.

Il était au courant de sa situation familiale, comme tout

le monde. Et d'ailleurs, au cas où certains ne le seraient pas encore, le père de Jess faisait irruption au moins une fois par an au restaurant, demandait où était sa « petite chérie » et priait Hugo de lui payer un verre.

— Tu as vingt et un ans maintenant, reprit Hugo, et il faut que tu t'y connaisses en vin, que tu saches celui qui va avec tel ou tel plat, que tu sois capable d'en parler, et de conseiller les clients.

— Je me contente de leur recommander les plus chers, dit-elle.

— Ce qui est déjà très bien. Mais je veux que tu fasses cette formation, ma grande. Ce sera un atout pour le restaurant si tu sais de quoi tu parles.

— OK, d'accord.

Il avait raison. Felicia était capable de vendre du vin à n'importe qui, et connaissait toutes les expressions du genre « dans cette région particulière de France », ou « long en bouche et fruité avec des notes de mûres et de neige fraîche ». Jess trouvait ça plutôt risible, mais les clients déboursaient davantage et plus l'addition était longue, plus les pourboires étaient gros.

— Il y a une formation au domaine du Blue Heron la semaine prochaine, poursuivit Hugo. Tu es allée en classe avec Faith Holland, non ? Je t'inscris ?

— Pas cette fois-ci, si c'est possible. J'ai déjà beaucoup de choses la semaine prochaine, répondit-elle poliment.

Hugo hocha la tête. Il l'avait embauchée pour dresser les tables lorsqu'elle avait quinze ans, puis promue au rang de serveuse, et la formait maintenant pour qu'elle tienne le bar. Il ne lui avait jamais demandé pourquoi elle n'était pas allée à la fac comme tous les jeunes de Manningsport, ni ne s'était engagée dans l'armée, ni n'était partie pour tenter de trouver ailleurs autre chose que ce travail de serveuse.

Il savait pourquoi. Il savait sûrement plus de choses qu'elle ne l'aurait voulu, y compris pourquoi elle essayait de se soustraire à cette formation au Blue Heron.

— OK, ma grande, dit-il, je vais voir si je trouve autre chose.

— Merci, répondit-elle, et elle posa la main sur sa tête en s'efforçant d'ajouter : touchons du bois !

Puis elle retourna à son travail en tâchant de ne plus y penser.

Manningsport était une ville assez riche, où vivaient beaucoup de familles qui exploitaient des vignobles depuis des générations, comme les Holland, ou d'autres plus récemment arrivées, comme les Lyon, ou encore des familles fortunées comme les O'Rourke.

Parmi tous ceux-là, comme de mauvaises herbes dans un jardin, vivaient des familles pauvres, aux prises avec la loi, l'alcoolisme ou la drogue et avec de perpétuels problèmes d'argent. Des familles dont la mère profitait du système en réclamant une allocation d'invalidité à vie pour une vague blessure au genou qu'elle s'était faite quatre jours après avoir été embauchée comme dame de la cantine au lycée. Des familles dont le père ne parvenait pas à garder un emploi et avait été raccompagné chez lui par la police un nombre incalculable de fois.

Sa famille en somme.

Seulement il y avait Davey. Sans lui, elle aurait quitté Manningsport à la seconde où elle avait eu son permis pour s'installer quelque part où on ne la connaissait pas sous le nom de Jessica-couche-toi-là. Elle vivrait peut-être en Europe, en Italie par exemple, où elle serait tombée amoureuse, et aurait appris la langue, et serait devenue styliste ou quelque chose comme ça.

Mais il y avait son frère, et elle en était la seule responsable, et du coup elle ne s'attardait pas plus de quelques secondes sur ce genre de rêves. Pour Davey, cela valait le coup de rester, et plus encore.

Une semaine plus tard, Hugo lui tendit un document et s'en alla tout de suite en ajoutant :

— Ne dis pas non. Réfléchis.

Sur la première page figurait la confirmation de son inscription à une journée de formation en œnologie à l'Institut culinaire américain, à Hyde Park, à quatre heures de voiture.

Sur la page suivante se trouvait une réservation à l'hôtel Hudson River View. Hugo lui offrait la nuit sur place.

Les mains tremblantes, elle se rendit dans le bureau, qui était vide, et fit une recherche sur Google.

C'était magnifique. Un hôtel quatre étoiles surplombant l'Hudson, avec petit déjeuner compris et cocktail de bienvenue, et des lits gigantesques, alors qu'elle dormait toujours dans un lit une place dans la chambre qu'elle partageait avec son frère, et *à la fois* une baignoire énorme et une douche luxueuse à panneaux de verre. Dans le hall se dressait une composition florale de la taille d'une petite voiture.

Elle se retourna et vit Hugo qui souriait, gêné.

— Je me suis dit que tu serais contente de sortir un peu d'ici.

— Hugo, commença-t-elle, mais les mots lui manquèrent.

— Promets-moi juste que tu iras. Je peux même garder un œil sur ton frère, d'accord ? Et ne te mets pas à pleurer ! C'est des larmes que je vois là ? Arrête tout de suite ou je te vire !

Quelques jours plus tard, elle embrassa son frère, s'extirpant avec difficulté de ses bras, lui dit que Chico Deux allait s'occuper de lui, demanda à ses parents de ne pas boire, rappela à sa mère comment réchauffer le plat qu'elle avait préparé la veille et monta dans la voiture.

Elle allait à l'hôtel ! La formation serait sûrement bien, oui, mais surtout elle allait dormir dans un hôtel !

Elle fit les quatre heures de route sans même s'en apercevoir et au fil des kilomètres elle se sentait… légère. Bien sûr, elle s'inquiétait pour Davey, mais elle serait de retour le lendemain après-midi. Elle avait bien l'intention de dormir tard et de profiter de ce petit déjeuner, puisque ce ravissant hôtel était situé juste à côté du manoir Vanderbilt et de l'Institut culinaire. Elle dînerait dans la salle à manger et, s'il y avait un mariage, elle glisserait un œil dans la salle de bal car l'hôtel comptait aussi une salle de bal ! Elle prendrait un bain, parce qu'ils n'avaient pas de baignoire chez eux, mais seulement une douche avec de la moisissure sur les joints, malgré tous ses efforts pour nettoyer.

L'hôtel était encore plus beau que sur Internet et elle y pénétra le cœur battant. Elle aurait dû emporter une valise plutôt que son sac à dos, mais, bon, ce n'était pas grave. Elle était en tenue décontractée, voilà tout.

— Bienvenue, mademoiselle, lui dit l'employé derrière le comptoir.

— Merci. La réservation est au nom de Jessica Dunn.

Il fit une petite recherche sur son ordinateur.

— Très bien et je vois que tout est pris en charge par le restaurant Hugo's, c'est bien ça ?

— Euh, eh bien, oui, c'est mon employeur.

— Et qu'y faites-vous ?

Elle fut tentée un instant de dire qu'elle était gérante ou sommelière, même s'il n'y en avait pas au restaurant, ou encore chef.

— Je suis serveuse.

Il la regarda sans rien dire une seconde puis lui tendit la clé.

— Je vous ai surclassée en suite junior, lui dit-il. Bon séjour chez nous. Je termine mon service à 7 heures. Je vous invite à boire un verre ?

— Je suis désolée, je suis prise. Mais merci quand même.

— Si vous changez d'avis, n'hésitez pas.

La seule chose que ses parents lui avaient donnée c'était sa beauté. Et aussi Davey. Elle savait qu'elle était belle et à cet instant elle s'en réjouit. Alors bien sûr elle s'était fait draguer par ce vieux vicieux, mais ça lui avait valu une suite junior. Elle n'avait aucune idée de ce que c'était, mais ça avait l'air très cool.

En effet. C'était gigantesque. Il y avait un canapé, gris et sophistiqué, avec des coussins orange, et le lit était un océan immaculé où était posée en travers une couverture orange. Un écran plat ! Une bible dans l'une des tables de chevet et un « kit intimité » dans l'autre, avec préservatifs et huile de massage. Bref. Et il y avait même un minibar ! Elle ne buvait pas, mais c'était bien quand même, tous ces alcools et ces amuse-gueules de qualité. Neuf dollars pour des M&Ms, imaginez un peu !

Les serviettes étaient immaculées et il y avait des lumières partout dans la salle de bains : une pour la douche, une pour le miroir, une sous le lavabo, comme une veilleuse. Un peignoir de coton tellement doux qu'on aurait dit un nuage ! Et des chaussons ! Tous les shampooings et après-shampooings étaient de la marque L'Occitane, qui devait être très chère et donc sentir très bon.

Elle se dirigea vers la fenêtre qui donnait sur un petit parc et l'Hudson. Il faisait gris et un peu froid. Elle n'avait jamais rien vu d'aussi beau.

Elle retourna dans la salle de bains et ouvrit les robinets de l'énorme baignoire.

Cela allait être le plus beau week-end de toute sa vie.

Pendant que son bain coulait, elle téléphona chez elle. Comme d'habitude, Davey décrocha. Il était accro au téléphone.

— Salut, Davey.

— Tu me manques. Tu rentres quand ?

— Demain, je te l'ai dit. Tu veux que je te raconte mon hôtel ?

— Oui.

— J'ai un très grand lit, vraiment grand, plus grand que celui de papa et maman.

— Tu as sauté dessus ?

— Pas encore, répondit-elle en riant. Et j'ai une baignoire. Je vais prendre un bain moussant.

— C'est super.

— Dans notre nouvelle maison, on aura une baignoire.

— D'accord ! Qu'est-ce qu'il y a d'autre ?

— Un *room service*, qui t'apporte ton repas sur un plateau.

— Tu l'as fait ? Ils ont des cheeseburgers ? Et du gâteau ? Moi je prendrais ça !

Tout en lui parlant, Jess se disait qu'un jour elle l'emmènerait où il voudrait. Sans doute à Disneyworld, et ils iraient dans un bel hôtel comme celui-ci.

Mais, ce week-end, elle s'occuperait d'elle et de personne d'autre, et comme ce n'était pas souvent le cas elle savourait cette idée.

4

Onze ans avant la demande en mariage…

Quand Jessica entra dans la salle de l'Institut culinaire américain où Connor O'Rourke donnait son cours d'initiation à l'œnologie, il ne la reconnut pas immédiatement.

En revanche il la trouva tout de suite incroyablement belle. Il lui fallut bien trois secondes pour la resituer, trois secondes pendant lesquelles il resta béat d'admiration. Non pas qu'elle eût changé, mais c'était tellement bizarre de la retrouver ici.

Et il se surprit aussi à éprouver, en même temps qu'un choc qui lui coupa les jambes, une réelle joie de la revoir.

La plupart de ceux qui assistaient à ces formations étaient des gens plus âgés qui, maintenant qu'ils avaient du temps et de l'argent, s'intéressaient au vin, et beaucoup de couples, pas tous légitimes, en quête de divertissement.

Jess devait avoir d'autres motivations, à coup sûr. Un peu isolée parmi tous ces gens venus à deux ou à plusieurs, elle s'approcha de lui.

— Salut, Jess, lui dit-il lorsqu'elle fut toute proche.

Ne s'attendant visiblement pas non plus à le trouver là, elle sursauta un peu et rougit.

— Salut, Connor. J'avais oublié que tu travaillais ici.

— C'est ma dernière année. Comment tu vas ?

Sans y penser, ou presque, il l'embrassa. Elle se laissa faire, sans pour autant lui rendre son geste, et en se contentant de lui poser une main sur l'épaule.

— Désolé, lui dit-il en souriant, mais c'est tellement sympa de voir un visage connu.

— Oui, répondit-elle, sans avoir l'air convaincue.

OK, d'accord, elle ne l'avait jamais apprécié.

Depuis ce jour où son chien l'avait mordu, enfin depuis la semaine qui avait suivi ce jour-là, Jessica l'avait évité, ce qui faisait de lui une exception parmi les garçons de leur classe. Elle ne s'était plus jamais montrée agressive après ce jour où elle avait failli le frapper, mais ne lui avait plus adressé la parole pour autant.

Elle ne le faisait pas exprès. Pourtant, il avait la sensation qu'entre eux c'était électrique par moments. Comme s'ils étaient reliés l'un à l'autre par un fil.

Si elle le ressentait aussi, elle n'en laissait rien paraître.

En seconde, en cours de chimie, ils étaient ensemble pour les travaux pratiques et elle lui parlait encore. Mais jamais d'autre chose que de chimie et elle s'esquivait juste après le cours, toujours pressée d'aller retrouver, éventuellement pour coucher avec, un autre garçon.

Parce que, voilà, c'était la fille facile de la classe, que les garçons aimaient bien d'ailleurs, et les filles moins. Connor ne la comprenait pas. Elle était proche de Levi, et ils couchaient ensemble aussi, mais sans être jamais sa petite copine officielle. Et, même si elle couchait avec tout le monde, elle avait toujours l'air insaisissable, cet air que Connor qualifiait de *distant*. Impossible de pénétrer dans sa bulle sans y être expressément invité. Pour une fille qu'on surnommait Jessica-couche-toi-là, bizarrement elle était hors d'atteinte. Elle travaillait à l'extérieur, plus que la plupart des élèves de leur classe, mais n'avait pas l'air d'en souffrir. Elle avait juste l'air occupée. Et elle ne lui adressait jamais la parole sauf quand c'était nécessaire. Ce n'était pas qu'elle ne l'aimait pas, mais plutôt qu'elle ne le voyait pas. Jusqu'à ces cours de chimie. Du coup il s'était mis à adorer la chimie ! C'était un cours difficile et, lorsqu'on leur rendit leurs évaluations finales, Connor guetta sa réaction.

— Deux d'entre vous seulement ont compris ce que j'attendais, dit Mme Riordan, d'une voix lasse. Je suis très déçue par les autres.

Elle tendit sa copie à Jessica, qui jeta un coup d'œil à la note, avant de la couvrir de sa main, de la regarder encore, puis de la cacher de nouveau. Enfin elle leva les yeux vers lui en souriant et il eut l'impression que son sang se figeait dans ses veines, avant de se remettre à circuler à tout rompre.

Connor avait l'habitude des bonnes notes, mais pas Jessica. Il savait très bien qu'elle n'obtenait jamais les félicitations. Mais elle était intelligente et il avait pris soin de la laisser faire sa part du travail, sans le faire à sa place, tout en s'assurant qu'elle comprenait bien toute la subtilité du cycle de Krebs, sans avoir l'air non plus de lui en imposer.

En voyant son sourire, il se sentit heureux comme un médaillé olympique.

Au même moment, Big Frankie Pepitone avait sorti un truc, sûrement une insanité parce qu'il n'était pas capable d'autre chose, et elle s'était tournée vers lui.

Et leurs échanges s'étaient arrêtés là. Ce qui était sûr, c'est qu'ils n'avaient pas couché ensemble, comme le lui faisaient remarquer certains autres gars. Non, Jessica lui disait parfois bonjour de loin, et encore, mais sinon *nada*.

Les amateurs de vin s'installaient aux différents comptoirs dans cette pièce où avaient lieu les dégustations.

— Alors, comme ça, tu es prof ?

— Oui, je remplace un de mes potes. Enfin, bon, c'est un cours basique. Et, vu où on a grandi, on en connaît plus qu'il n'en faut sur le vin de toute façon. À mon avis, t'as pas besoin de suivre cette formation. Tu vas t'ennuyer.

Il entendait d'ici la voix de sa sœur en train de lui dire qu'il était trop modeste. Elle n'aurait pas tort en l'occurrence.

— C'est Hugo qui m'a inscrite, répondit Jessica.

— Ah, je vois. Bon, je vais devoir commencer, moi, fit-il comme si de rien n'était.

Il se plaça devant sa classe, s'éclaircit la voix et sourit. Trois femmes se redressèrent un peu.

— Merci d'être venus ici aujourd'hui, dit-il, avant d'enchaîner, deux heures durant, sur les cépages, les régions et les différentes caractéristiques du vin. Il servit des verres, complimenta les uns et les autres avec tact sur la pertinence de leurs adjectifs, même lorsque quelqu'un utilisa le terme « goutte de rosée » afin de décrire un arôme, ce qui, même dans un cercle d'amateurs de vin, était un peu excessif.

Jessica prit des notes et goûta avec parcimonie, contrairement au groupe bruyant venu du Connecticut, un club de lecture, comme ils se présentèrent. Connor servait du fromage et du pain confectionné sur place, en évoquant la texture du vin, sa cuisse, son nez, son corps, son finish et sa robe, sa longueur en bouche, sa clarté et son équilibre. Il se sentait un peu comme un marchand de foire, mais ça allait. Tout le monde était content.

Il essayait de ne pas trop regarder Jessica. Pas facile parce qu'elle était tellement concentrée et jolie, attentive à chaque exercice, souriante envers les gens à côté d'elle. La dernière fois qu'il l'avait vue, c'était à un festival gastronomique à Manningsport, autour d'un barbecue et d'une dégustation de vin. Son frère, qui avait bien grandi, était là aussi mais, lorsque Connor avait croisé son regard, celui-ci s'était durci, si bien qu'il n'avait pas osé leur dire bonjour, et s'était éloigné.

Aujourd'hui c'était différent, elle assistait à son cours et il se pencha donc par-dessus son épaule pour lire les notes qu'elle avait prises. *Fruits, réglisse, fumée*, avait-elle noté pour le shiraz.

— Bien vu, Jess, lui dit-il.

Elle leva vers lui ses yeux verts, à l'éclat si pur.

— Merci. J'avais l'impression d'en rajouter un peu, répondit-elle avec un sourire qui s'effaça presque aussitôt.

— Pas du tout.

Il n'était pas sûr d'avoir bien entendu ce qu'elle disait, mais elle lui avait *souri* et, comme en cours de chimie, son sang se figea avant de se ruer de nouveau joyeusement dans ses veines.

— Avec quoi le servirais-tu ? lui demanda-t-elle alors.

Il toussota, enivré par le parfum citronné de ses cheveux fraîchement lavés dont les nuances de blond allaient du presque blanc au doré, le genre de cheveux lisses et doux, soyeux même, qui, à tous les coups, vous glissaient entre les doigts comme de l'eau.

— Euh… pardon. Avec une viande rouge maigre, de la poitrine de bœuf ou du bison, en fait toute sorte de bœuf ou de l'agneau. C'est un vin agréable, un peu musqué, et il faut une viande assez goûteuse pour aller avec. De la saucisse, par exemple.

Super. On aurait dit un débile.

— Pas du McDo, quoi.

Elle faisait de l'humour avec lui !

— Non, avec ça on servirait un blanc, peut-être un rosé.

— Connor ? demanda une des femmes, qui n'avait pas cessé de le reluquer. Pourriez-vous me conseiller sur un vin à offrir à mes parents ?

— Le devoir t'appelle, lui souffla Jess, tout en écrivant quelque chose dans son carnet.

Il essaya de penser à une repartie intelligente, mais rien ne lui vient, alors il posa juste la main sur son épaule et la pressa doucement avant de s'éloigner.

Puis il se retourna.

Elle le regardait.

À la fin du cours, Connor s'assura que ceux qui avaient un petit coup dans l'aile ne prenaient pas le volant, serra des mains, reçut des compliments et conseilla des restaurants du coin. Comme Jess enfilait son manteau il hésita une seconde avant de lui demander :

— Veux-tu dîner avec moi ?

Elle ne répondit pas tout de suite.

— Tu peux dire non, tu sais. Je suis juste content de te voir, de voir quelqu'un de Manningsport, mais si tu ne veux pas ce n'est pas grave.

Voilà qu'il se remettait à bafouiller. Dire qu'il se moquait de Colleen quand elle faisait pareil.

— Tu t'ennuies de la maison, Connor O'Rourke ? J'aurais parié que ta sœur venait te voir tous les quinze jours. Et ta mère aussi.

— Pas vraiment, enfin si. Colleen est pénible et elle débarque de temps en temps, mais ma mère… Ah mais, tu plaisantais ?

Elle eut un petit sourire qui le chamboula.

— C'est non ? demanda-t-il.

Elle boutonna le col de sa veste et en dégagea ses cheveux.

— Eh bien, en vrai, je suis dans un hôtel vraiment bien et j'avais l'intention d'en profiter à fond, tu comprends ?

— Le River View ?

— Ouais.

— Il est super. J'ai fait un stage là-bas l'année dernière.

Elle s'en fichait pas mal, mais en même temps elle n'avait pas levé les yeux au ciel ni tourné les talons, alors bon.

— Tu es venue ici en voiture ?

Il n'y avait pas deux kilomètres entre l'hôtel et le campus.

— Non.

— Alors je peux peut-être te raccompagner à pied ?

— Bien sûr, répondit-elle après une hésitation.

Il faisait presque nuit et ils marchaient côte à côte, leurs épaules se touchant parfois. Connor se creusait la cervelle pour poser une question anodine, mais tout lui semblait plein de sous-entendus. *Comment va ta famille ? Qu'est-ce que tu deviens ? Et le boulot ? Tu as des projets ?* Tout ça lui paraissait déplacé.

— Tu aimes cette école ? lui demanda-t-elle alors.

— Oui vraiment. J'adore manger.

Elle se mit à rire et de nouveau il ressentit cette crispation dans son ventre.

— Comme la plupart des gens, j'imagine, reprit-elle en le regardant, ses cheveux flottant dans le vent froid. J'aurais parié que tu finirais dans une fac de droit ou de médecine, avec les notes que tu avais. Je ne t'aurais jamais imaginé cuisinier.

— Mes parents non plus.

— Ils sont furieux ?

— « Extrêmement déçus », comme dirait mon père.

Elle ne répondit pas.

— Je ne pense pas que tu aies besoin de cette formation, reprit-il, histoire de continuer à parler. Tu dois en connaître un rayon sur le vin.

— Je n'ai pas grandi dans les beaux quartiers, tu sais. On faisait rarement des dégustations de vin dans le campement.

— Je parlais de toutes tes années à travailler pour Hugo, Miss Parano !

Elle sourit de bonne grâce.

— Je m'y connais un peu, mais je n'en vends pas assez, alors il a pensé que ça m'aiderait.

Ils étaient arrivés devant la longue allée de l'hôtel, ce qui voulait dire que ce moment avec elle touchait à sa fin.

— Comment va ton frère ? s'entendit-il lui demander.

Difficile d'éviter le sujet après tout.

— Ça va. Et Colleen ? demanda-t-elle à son tour après un bref silence.

— Elle aussi, ça va. Jessica…, ajouta-t-il en s'arrêtant de marcher, je me suis senti vraiment mal après cette histoire de chien.

— Ce n'était pas ta faute, dit-elle en fixant le sol. En fait, c'était la mienne. J'avais attaché Chico ce jour-là, mais je savais que la grille était rouillée.

— Enfin, c'est toi qui l'as fait partir et qui m'as sans doute sauvé la vie.

Elle le dévisagea, de ses yeux insondables.

— Ne parlons plus de ça, OK ? Qu'est-ce que c'est, là-haut ? demanda-t-elle.

— Oh ça ? C'est très cool ! C'est un promontoire. On y va ? Il y a une super vue sur l'Hudson.

En disant cela il entendait sa sœur lui souffler à l'oreille : *Non mais t'en fais trop, là !* C'était sûr, et d'ailleurs pourquoi Jessica voudrait-elle traîner avec lui ? Elle était juste polie en le laissant la raccompagner à son hôtel où un George Clooney quelconque, plus vieux et plus riche, l'inviterait à dîner, commanderait une bouteille à 500 dollars et la demanderait en mariage dès la fin du repas. Jessica deviendrait l'épouse trophée, qui pourrait lui en vouloir ? Et roulerait dans une petite BMW, aurait du personnel et irait en vacances dans les Caraïbes, et…

— D'accord, répondit-elle.

Il faisait maintenant très froid et le vent de cette fin d'octobre était humide et cinglant. Elle ne portait qu'une veste en jean. Il aurait dû s'en rendre compte plus tôt. Alors il retira son caban et le lui tendit.

— Non merci, ça va.

— Mets ça, Jess.

— Tu n'as pas froid, toi ? demanda-t-elle en l'enfilant.

Pas tant qu'il l'aurait sous les yeux.

— Pas du tout.

Il prit sa main, toute petite et glacée, et la réchauffa entre les siennes. Il lui sembla, même si c'était difficile à dire dans la lumière déclinante, qu'elle rougissait.

Les abords de l'hôtel étaient déserts, sans doute parce que tout le monde avait fui le froid de loup pour se mettre à l'abri.

Elle était tellement mignonne dans ce manteau qui l'engloutissait jusqu'aux genoux ! Sa main glissa entre les siennes pour se poser sur la rambarde et elle dirigea son regard vers le fleuve puissant. Depuis la rive d'en face, des lumières brillaient et le vent soufflait en rafales.

Dis quelque chose, imbécile, lui enjoignait son cerveau, mais Connor restait muet.

Une barge passa dans un doux ronflement de moteur presque silencieux.

— Tu t'es déjà demandé où elles allaient ? dit Jessica. Ce que ça ferait de faire partie de l'équipage, de dormir là-dedans et de voir des tas d'endroits ?

— Et de vivre des tas de vies différentes, ajouta-t-il.

Elle le fixa un instant avant de se tourner à nouveau vers l'eau. La barge poursuivait sa route le long du fleuve en direction de Manhattan et ensuite qui savait où ?

— Je suis désolée de m'être montrée impolie tout à l'heure en te voyant, s'excusa-t-elle sans le regarder. Je ne m'attendais pas à tomber sur un visage connu.

— Tu n'as pas été impolie, corrigea-t-il.

— C'est juste que… dans ce groupe, personne ne connaissait ma réputation, ni ne savait que je suis une simple serveuse, ni que je vis encore dans un mobile home. Pendant une seconde je me suis prise pour la jolie fille des quartiers chics, directrice de restaurant, sommelière ou un truc du genre.

Elle arrangea une mèche de ses cheveux avant d'ajouter :

— Et, en te voyant, je suis redevenue Jessica-couche-toi-là.

— Si ça peut te rassurer, en ce qui me concerne, tu es Jessica-qui-couche-pas, répondit-il.

Surprise, elle éclata de rire et le regarda. Il lui sourit.

Puis elle retourna à sa contemplation.

— Tu te rappelles ce jour où tu m'as dit que je pouvais te frapper ? Après que Chico t'avait mordu ?

— Oui, dit-il, intrigué.

— Eh bien, poursuivit-elle en se redressant face à lui, ça m'a beaucoup marquée.

En bas le vent hurla en s'engouffrant sous le pont.

— Je suis gelée, finit-elle par dire, en se détournant.

— Je te raccompagne à ton hôtel, répondit-il.

Bien joué, se dit-il. *Tu as une ouverture et tu restes planté là !*

Ils ne se donnèrent pas la main pour redescendre et, malgré le vent glacial et la forte odeur de goudron de la voie de chemin de fer, Connor se désola d'arriver si vite dans le hall de l'hôtel.

— J'espère que tu vas bien profiter de ta soirée, lui dit-il tandis qu'elle ôtait son manteau pour le lui rendre.

— Merci.

Elle se tint devant lui pendant une longue minute, son regard clair aussi mystérieux que la face cachée de la lune. Il s'attendait à la voir tourner les talons et s'en aller. Au lieu de cela, elle déclara :

— En fait, oui.

— Oui, quoi ?

— Oui, j'aimerais beaucoup dîner avec toi.

Le ciel était avec lui, aucun doute là-dessus. Il prit un air réjoui et lui montra le chemin jusqu'à la salle à manger.

— Connor O'Rourke, ça alors ! s'exclama Francine, la responsable du restaurant, une femme d'une bonne cinquantaine d'années qui avait passé l'été à lui faire du charme. Qu'est-ce que tu fais là ?

— Francine, je te présente mon amie Jessica, qui séjourne à l'hôtel.

— Enchantée, Jessica. J'espère que tout se passe bien.

— Tout est parfait, répondit Jess

— Une table pour deux ?

Voilà à quoi cela servait d'être un beau garçon aimable, toujours disposé à se montrer charmant avec la responsable du restaurant. Cela vous valait la meilleure table de la maison, devant la cheminée. Et de s'être montré bosseur en cuisine, à supporter les colères et les crises de son chef, un Français typique avec un caractère de diva, leur valut la visite dudit chef, ainsi qu'une bouteille et des amuse-gueules à l'avocat et au homard, qui n'étaient même pas sur la carte.

— Mademoiselle[1], c'est un plaisir de vous recevoir dans

1. En français dans le texte.

mon humble établissement, déclara Raoul, en se penchant pour lui faire le baisemain.

Jessica lui sourit tout en jetant un coup d'œil étonné à Connor.

— On te reçoit toujours comme ça ? lui demanda-t-elle tandis que Raoul persistait à lui tenir la main.

— Je pense que c'est plutôt toi qui es reçue comme ça. Méfie-toi de Raoul, répondit-il en séparant leurs mains. Il adore les jolies femmes.

— J'admets, j'admets, dit Raoul, enjôleur. Ma femme souffre beaucoup, mais qu'est-ce qu'elle y peut ? Elle se fâche et me crie dessus, alors je me mets aux fourneaux, devant mon immense talent elle ne peut pas résister, et tout rentre dans l'ordre. Mademoiselle… Jessica si vous le permettez, j'adorerais cuisiner pour vous, rien que vous et moi.

— Je pense qu'on t'attend en cuisine, Raoul, lui dit alors gentiment Connor. Vas-y, parce que je sens que le filet est presque trop cuit.

— Mon Dieu, fit Raoul avant de s'incliner une nouvelle fois devant Jessica et de faire un clin d'œil à Connor, les laissant enfin seuls.

Avec un timide sourire, Jessica but une petite gorgée de vin.

— Tu ne bois pas beaucoup, dit Connor.

— Mes deux parents sont alcooliques, répondit-elle doucement. Il ne manquerait plus que je m'y mette.

Il approuva.

— Alors, tu suis quels cours ? l'interrogea-t-elle.

Il se mit donc à lui raconter les bons et mauvais aspects de l'institut.

— Ce serait quoi ton métier de rêve ? lui demanda-t-elle, une fois leurs plats servis.

— J'aimerais avoir mon restaurant à moi, dit-il après une hésitation.

— Un endroit chic, comme ici ?

— Non, non. Quelque chose de petit et modeste, mais

où on mangerait super bien, tu vois ? Pas juste des hamburgers et des *nachos*, mais les meilleurs hamburgers que tu aies mangés, et des *nachos* avec trois sortes de fromage, des tomates fraîches et des piments doux. Un endroit avec une carte des vins incroyable et des plats du jour à base de produits de saison et de bons produits du marché. Rien de surgelé ni de fait à l'avance, rien qui vienne du bout du monde sous emballage plastique.

Il réalisa trop tard qu'au Hugo's on servait de la nourriture importée sous plastique.

Mais elle ne se vexa pas.

— C'est super. Et tu l'ouvrirais où ? À Manningsport ?

— Peut-être.

Il n'y avait jamais vraiment réfléchi. S'il suivait le cursus normal de son école, il passerait d'abord par un emploi de sous-chef dans un établissement très réputé et chic pendant deux ans à Manhattan ou en Europe. Il était un des meilleurs de sa classe, et pourrait donc facilement aller à Paris, Milan ou Sydney.

— Et toi, Jess ? C'est quoi ton rêve ?

Elle inspira profondément.

— Oh, je n'en sais rien. Pas serveuse en tout cas. Quelque chose qui me permette de gagner assez pour m'occuper de Davey.

Il ressentit une pitié soudaine.

— Est-ce qu'il pourra un jour… vivre tout seul ?

— Non, répondit-elle. Il sera toujours avec moi.

Cette idée ne semblait pas du tout la gêner.

Connor n'avait jamais su ce qui avait causé le handicap de Davey et il lui semblait indiscret de poser la question.

— Il souffre d'un syndrome fœtal lié à l'alcoolisme de ma mère, expliqua Jessica, en prononçant les mots avec soin, comme si elle n'en avait pas l'habitude.

— Je suis désolé.

— Ne le sois pas. Il est ce que la vie m'a donné de mieux.

— Désolé, répéta Connor d'un air gêné.

Elle lui sourit d'un air moqueur.

On leur apporta le dessert sans qu'ils l'aient commandé, ainsi que deux cappuccinos.

— Raoul a confectionné ceci spécialement pour vous, dit la serveuse, une fille que Connor ne connaissait pas. C'est une *tatin de pommes*[1] au gingembre caramélisé, servie avec sa crème chantilly, et il prétend que, si vous ne croyez pas en Dieu après ça, alors c'est peine perdue.

— Remerciez-le bien pour nous, s'il vous plaît, dit Jessica.

C'était un bonheur de la voir goûter, fermer les yeux et se passer la langue sur les lèvres.

— La vache, c'est dingue ce truc !

Si seulement il parvenait un jour à lui faire ressentir la même chose, et pas avec un dessert…

Il valait mieux s'ôter tout de suite cette idée de la tête ! Les types qui fantasmaient sur elle, ce n'était pas ce qui manquait !

Mais il fallait admettre que sa façon de manger son dessert était une totale provocation. Et, en tant que cuisinier lui-même, il aurait eu tort de ne pas savourer le spectacle de ses yeux mi-clos, de son demi-sourire et de ses petits gémissements de plaisir.

Lorsque l'addition arriva, il s'en empara.

— Non, non, protesta Jessica. C'est pour moi.

— Jamais de la vie !

— Laisse-moi au moins payer ma part.

— Sûrement pas.

— Mais Hugo…

— Je t'invite, Jessica. C'est comme ça. Et merci de m'avoir supporté.

— J'ai eu beaucoup de mal, dit-elle en souriant. Non, j'ai été contente de te voir, Connor. Je ne pensais pas que ce serait le cas, mais si.

Hum, on pouvait faire plus enthousiaste.

1. En français dans le texte.

Il la suivit pour sortir du restaurant et vit comme tout le monde l'observait, femmes comprises. Il se demanda si elle était consciente de sa beauté, mais se dit que non, ou que, si oui, elle s'en fichait pas mal.

Une fois devant les ascenseurs, elle se tourna vers lui et le remercia une nouvelle fois.

— On se voit peut-être à Manningsport ? suggéra-t-il.

— Sans doute. On devrait forcément se croiser.

— Prends soin de toi, ajouta-t-il au bout d'un moment.

Puis il la prit dans ses bras pour la deuxième fois de sa vie et cette fois elle passa aussi ses bras autour de lui. Elle avait des cheveux aussi soyeux qu'il l'avait imaginé. Il tourna un peu la tête pour respirer le parfum citronné de son shampooing et sentit sa joue contre la sienne. Il regretta alors de ne pas s'être rasé le matin car elle avait la peau si douce.

L'instant d'après, leurs lèvres se touchaient, s'effleuraient. Ce n'était pas vraiment un baiser, et ça n'en serait pas un, mais il n'avait jamais été si proche d'embrasser enfin Jessica Dunn.

Il posa alors la main sur sa nuque et se décida. Elle avait des lèvres pulpeuses et douces, et la rencontre de leurs bouches fut parfaite et délicieuse.

Elle l'embrassa en retour, à la fois entreprenante et innocente, tendre et un peu timide. Il n'en demandait pas davantage, enfin si, pour être honnête, mais c'était suffisant, c'était déjà tellement… Sentir Jessica Dunn tout contre lui, ses lèvres sur les siennes.

Soudain elle se recula.

— Désolé, fit-il, embarrassé.

— Je devrais, je…

Elle se passa une main dans les cheveux, en évitant de le regarder, et ajouta :

— Je suis désolée. Je suppose que c'est un réflexe chez moi quand un garçon m'invite à dîner.

Diffcile de dire pour lequel des deux c'était le plus insultant. Elle avait la main qui tremblait.

— J'ai été content de te voir, dit-il.

— Moi aussi. Prends soin de toi.

Et elle appela l'ascenseur.

Il hocha la tête avant de se détourner pour s'éloigner.

Mais quel nul ! Il avait tout foiré. Elle devait le détester encore plus qu'avant ! Elle lui avait pourtant dit qu'elle voulait passer la soirée toute seule mais, malgré ça, il avait accepté ce qui n'était sans doute qu'une invitation de politesse. Sans compter qu'il l'avait embrassée, comme si c'était un dû. Non vraiment, il ne saurait jamais s'y prendre avec elle !

— Connor ?

Il se retourna si brutalement qu'il faillit tomber. Elle était toujours là, et le regardait le plus sérieusement du monde.

— Oui ?

— Tu veux monter ?

Elle était très calme. Figée, pour ainsi dire. Puis elle se mordit la lèvre, trahissant sa nervosité.

— Oui, répondit-il très très doucement. Si tu es sûre de toi.

Derrière elle, les portes de l'ascenseur s'ouvrirent. Elle tourna la tête puis lui fit face de nouveau.

— Oui, je suis sûre.

Alors à sa grande surprise elle lui sourit, ce qui lui fit l'effet d'un coup de poing dans l'estomac.

Comme il n'avait pas l'air de la croire, et hésitait encore à la rejoindre, elle attrapa la poche de son manteau et l'attira dans l'ascenseur, appuya sur le 11 et, avant même que les portes soient refermées, ils s'embrassaient déjà. Sa bouche était si savoureuse, avec un goût de pomme et de citron et une touche de vin, qu'il était ivre de désir avant d'arriver au onzième étage. Lorsque les portes se rouvrirent, il la souleva et la porta dans le couloir, en souriant de la voir rire tout contre lui.

Elle chercha fébrilement sa clé qu'elle inséra à l'envers dans la fente puis ils entrèrent. Elle s'arrêta une seconde.

— Magnifique, non ?

Puis elle se remit à l'embrasser en lui ôtant son manteau.

Il n'avait jamais autant désiré une femme. Elle était longue, musclée et douce juste là où il fallait, et elle sentait si bon, la citronnelle et la coriandre. Il parcourait son cou de ses lèvres, goûtant la saveur de sa peau, tandis qu'elle commençait à le déshabiller.

— Attends, lui dit-il à mi-voix.

— Il y a des préservatifs dans le tiroir, précisa-t-elle. Fournis par l'hôtel.

— Non, mais… attends.

Sa respiration était déjà saccadée et son cœur battait à tout rompre contre ses côtes. Tout son corps lui disait de la renverser sur le lit et de n'en faire qu'une bouchée.

— Tu as changé d'avis ? demanda-t-elle, inquiète.

— Certainement pas.

— Alors quoi ? insista-t-elle, avec cette expression lointaine dans le regard qu'il connaissait bien.

— J'ai envie de te regarder, dit-il.

Elle parut surprise.

Il fit un pas en avant. De ses doigts agiles elle lui avait déjà déboutonné la chemise, mais elle était encore complètement habillée. Elle détourna ses yeux verts d'eau pour mieux les replonger dans les siens et il prit son visage entre ses mains, caressant ses pommettes saillantes de ses pouces. Elle avait de longs cils épais. Il toucha ses lèvres du doigt, puis se pencha pour l'embrasser tout doucement, avant de promener les lèvres sur le coin de sa bouche, ses joues, son nez, puis de nouveau sur sa bouche douce et rose.

Un jour, lorsqu'il était petit, Connor avait vu un coyote capturer un lapin dans les bois près de la maison. Il l'avait poursuivi, tout en sachant que le lapin était déjà mort, et avait alors découvert un bébé lapin tapi dans les feuilles, tremblant de peur. Il l'avait ramassé et avait senti son petit cœur sous ses doigts. Le petit animal était terrifié, mais sain et sauf. Il l'avait rapporté chez lui et nourri à la pipette. Il avait fallu une semaine au lapereau pour s'apprivoiser.

Ce soir-là, Connor ressentit la même chose.

Jessica, malgré son air bravache et son visage insondable, avait l'air d'avoir… un peu peur.

Il posa les lèvres dans son cou, lentement, avec beaucoup de douceur, et glissa les mains sous son pull, puis défit son soutien-gorge et caressa sa peau. Lentement il fit glisser le pull par-dessus sa tête et la regarda.

Elle était parfaite. Il vit que la veine de son cou se gonflait à un rythme très rapide.

— Tu es très belle, lui dit-il, avant de s'asseoir sur le lit et de la faire s'asseoir aussi.

Il lui maintint les mains au-dessus de la tête et l'embrassa très longuement, la savourant, allant à la découverte de sa bouche. Puis il lui lâcha les mains et elle les plongea aussitôt dans ses cheveux. Il l'effeuilla lentement, attentif à chaque carré de peau qu'il découvrait, et qu'il goûtait.

— Tu me rends folle, murmura-t-elle, à bout de souffle.

Il leva la tête et lui sourit. Une seconde plus tard, elle lui sourit aussi, d'un sourire sexy et provocant, irrésistible.

— Dépêche-toi, Connor O'Rourke.

C'était un de ces moments qui vous font aimer la vie à la folie, et il n'avait pas l'intention d'expédier la chose, non.

Au lieu de cela, il prit son temps.

Et personne ne vint s'en plaindre.

Jess se réveilla sur le ventre, la tête sous son oreiller. Le soleil brillait, derrière les rideaux (qu'ils avaient pensé à tirer vers 2 heures du matin après avoir fait l'amour pour la troisième fois, debout contre le mur !).

Tout doucement elle se tourna pour voir si Connor était toujours là. Il y était. Voilà qui était une première.

En fait il y avait eu plusieurs grandes premières cette nuit-là. D'abord sa première nuit dans un hôtel. Même si c'était passé au second plan maintenant qu'elle avait dans son lit cet homme magnifique.

Il était couché sur le dos, un bras replié sur la tête, et tellement parfait que c'était risible, comme dans une publicité pour l'eau de toilette Alpha Male. Ses cils étaient longs et recourbés, et un début de barbe assombrissait ses joues. Il avait une belle bouche et une petite fossette au menton. Sous sa mâchoire, on voyait la trace laissée par la morsure de Chico, ainsi qu'une légère cicatrice en arc de cercle, de son œil à sa pommette. Pour un type qui passait ses journées à cuisiner et à manger, il était drôlement bien fichu, avec de longs bras musclés et un torse large et pas trop poilu, un ventre où se dessinaient ses abdominaux et le fameux V qui de ses hanches rejoignait…

Elle savait qu'il était très beau. Elle l'avait toujours su en fait. Son arme secrète, c'était son sourire. Et les mots qu'il lui disait.

J'ai envie de te regarder, lui avait-il dit la veille. Et alors Jessica avait totalement changé d'humeur : d'abord impatiente, voire un peu irritable, lorsqu'il avait cessé de l'embrasser, elle s'était soudain mise à ressentir autre chose.

Comme mise à nu.

Parce que, lorsqu'il la regardait, elle se sentait… différente. Elle n'était pas du genre à s'appesantir sur ce qu'elle ressentait à chaque fois, parce que c'était trop risqué. Mais à cet instant elle avait éprouvé quelque chose de nouveau.

Un peu comme de la crainte.

Ou même beaucoup.

Puis il s'était mis à l'embrasser comme si c'était la première fois. Comme s'il avait attendu ça toute sa vie et qu'il n'y avait rien de plus précieux qu'elle au monde.

Encore une première.

Il ne s'agissait pas de baiser, comme elle disait quand elle était la fille facile du lycée. Ce n'était pas juste un type qui voulait s'envoyer en l'air et profiter de sa mauvaise réputation, un garçon dont elle se servirait tout comme il se servirait d'elle. Avec Connor O'Rourke, c'était tout à fait différent :

généreux et torride, tendre et osé juste ce qu'il fallait et puis tendre de nouveau. Et puis ce sourire qu'il avait et qui s'enfonçait directement dans son petit cœur fragile.

Cela n'avait rien à voir avec le sexe tel qu'elle le connaissait. Elle avait ressenti des choses tout à fait nouvelles. Alors, oui, bien sûr, ce n'était pas l'expérience qui lui manquait, mais elle avait toujours eu du mal à se laisser aller complètement. Évidemment ce n'était jamais juste du sexe pour le sexe, et elle avait toujours une arrière-pensée, sauf peut-être avec Levi Cooper, qui avait toujours été un ami, un peu spécial mais rien de plus, ni rien de moins.

Donc voilà qui était encore une grande première : inviter Connor à monter juste parce que… C'était la première fois que ça lui arrivait.

Même la veille, cela n'avait pas été facile. Elle n'avait aucune raison de coucher avec lui, si ce n'est parce qu'il allait partir et qu'elle avait eu envie qu'il reste.

J'ai envie de te regarder.

Le seul souvenir de ces mots la chamboulait. Parce que, lorsqu'il l'avait regardée, elle n'avait pas eu l'impression d'être Jessica-couche-toi-là.

Elle avait eu l'impression d'être une nouvelle femme.

Ça l'avait effrayée et ravie à la fois. Et Connor connaissait bien son affaire. Il savait embrasser et savait où poser ses mains, sans précipitation. Lorsqu'il s'était retrouvé sur elle, que leurs corps s'étaient rejoints enfin, elle avait bien failli s'abandonner, mais au dernier moment n'avait pas pu, et alors il lui avait dit quelque chose. Tout contre ses lèvres, il avait murmuré : *Fais-moi confiance.* Et elle avait plongé, emportée par une vague lumineuse et chaude, dans un vrai feu d'artifice, avec le sentiment que son corps ne lui appartenait plus, tout en n'ayant plus peur de rien.

Encore une première fois, ce sentiment de sécurité et cette confiance.

Que fallait-il qu'elle fasse maintenant ? Elle n'en avait

pas la moindre idée. Se lever ? Se coller contre lui dans cet immense lit ? Se brosser les dents ? Faire monter du café dans la chambre ? Se cacher ?

Dans un grand soupir, il ouvrit les yeux et tourna la tête vers elle.

— Salut, dit-elle.

Il ne répondit pas, se contentant de lui adresser un sourire endormi qui la fit fondre. Il tendit la main vers elle et se mit à jouer avec une mèche de ses cheveux.

— Salut, Jessica-couche-toi-là.

Elle sentit alors son cœur stopper net, et se briser juste avant d'être brutalement pris dans un bloc de glace.

— Quel con ! fit-il alors en se redressant d'un coup. Ce n'est pas ce que je voulais dire !

— Je pense qu'il est temps que tu t'en ailles, répondit-elle d'une voix calme.

— Jess, je suis désolé. Je ne voulais pas… je suis juste… Je ferais toujours mieux de ne rien dire avant d'avoir bu mon café…

Elle sortit du lit, en faisant exprès de ne pas se couvrir. Oui, elle était nue, et alors ? Il avait vu ce qu'il y avait à voir la veille. Elle parvint à se maîtriser en marchant jusqu'à la salle de bains.

Pas grave. Vraiment pas grave. Elle enfila le peignoir de l'hôtel et le serra un peu trop autour de sa taille.

Pas grave du tout.

— Jessica, dit Connor, debout dans l'encadrement de la porte, vêtu de son caleçon. S'il te plaît, excuse-moi, j'ai dit une grosse connerie.

— Tu n'as pas complètement tort en même temps, pas vrai ? répondit-elle en prenant sa brosse à dents. Je suis une fille facile, comme tu sais. Alors, bienvenue au club. Rentre à Manningsport et va dire aux copains qu'avec toi aussi je suis passée à la casserole. Juste, là tout de suite, je préférerais que tu partes.

Et elle se mit à se brosser les dents, sans plus le regarder.

Il vint se poster derrière elle. Elle fixait son propre reflet sans un regard pour lui.

— Écoute, c'est sorti tout seul. Mais ce n'était pas exactement la première fois pour moi non plus, tu sais.

— Eh bien voilà, maintenant, en plus des autres, tu as couché avec moi, comme la moitié de notre promo. Mais tu n'avais qu'à me demander. C'était pas la peine de m'inviter à dîner et tout le tralala.

— Jessica, dit-il sur un ton de reproche qui la mit hors d'elle.

— Je n'ai pas que ça à faire, Connor. Tu peux t'habiller, s'il te plaît ?

— OK, alors puisqu'on en parle, tu peux me dire pourquoi tu as couché avec tous ces types ?

— Ça ne te regarde pas.

Elle le poussa hors de la salle de bains avant de fermer la porte à clé. Elle se regarda de nouveau dans le miroir. Rien de particulier, sauf qu'elle avait l'impression de regarder quelqu'un d'autre. Et qu'elle avait très mal à la gorge, impossible d'avaler.

Jessica-couche-toi-là.

Ce foutu surnom allait la suivre tout le reste de sa vie.

— Jess, lui dit Connor à travers la porte. Je suis vraiment désolé. Ce n'est pas ce que je voulais dire. C'était juste une sorte de réflexe. Mais cette soirée avec toi a été…

Elle ouvrit la porte.

— Garde tout ça pour une autre, tu veux bien ? Il faut que j'y aille. Je travaille ce soir.

— Mais je n'en veux pas d'autre. Je veux juste effacer les cinq dernières minutes.

— Dommage, c'est impossible. Salut. Et merci pour le dîner.

Elle referma alors la porte à clé et ouvrit le robinet de la douche.

***

Lorsqu'elle rentra chez elle plus tard, son frère était assis sur les marches à l'attendre.

— C'était bien ? lui demanda-t-il tandis qu'elle le serrait dans ses bras et faisait une caresse à Chico Deux. Tu as commandé des trucs dans ta chambre ?

— Mais oui, lui dit-elle pour ne pas le décevoir.

La vérité, c'était qu'elle s'était enfuie aussitôt après sa douche, dès qu'elle avait été certaine que Connor n'était plus là.

— Je t'ai rapporté des petits shampooings et des trucs pour le bain. Ils sentent super bon. Tu vas voir en prenant ta douche ce soir.

Davey détestait se laver, alors peut-être que ça l'encouragerait un peu.

Voilà, dès qu'elle avait retrouvé son frère, tout était redevenu normal.

Elle trouva un bouquet de fleurs sur son lit.

— Le monsieur du camion a dit que c'était pour toi, expliqua Davey. Elles sentent très bon.

Des iris, des roses et tout un tas de fleurs qu'elle ne connaissait pas. Elle n'avait jamais rien vu de plus joli, dans un camaïeu de violet, de rouge et de rose.

Sur la carte était écrit : *Je t'en prie, pardonne-moi.* Sans signature.

— Et si tu les donnais à maman ? demanda-t-elle à son frère en ébouriffant ses cheveux si doux. Moi il faut que je file.

Au moins il ne pouvait pas lui téléphoner. Elle était tellement contente qu'il n'ait pas son numéro. Il lui envoya un petit mot qu'elle jeta. Les mois qui suivirent elle fit ce qu'elle savait faire le mieux : ne pas penser aux choses qui font trop mal. Elle se contentait de travailler. Pour Noël il vint avec toute sa famille au restaurant, ouvert pendant les vacances. Alors, oui, quand elle les vit, elle eut un pincement de cœur. Mais bon, elle était serveuse et c'étaient des clients. Rien de plus.

— Bonsoir, le clan O'Rourke. Comment allez-vous ? fit-elle aimablement.

— Viens t'asseoir un peu avec nous, Jessica, proposa Colleen.

— Merci, mais nous avons beaucoup de monde, répondit Jessica.

Ce qui était vrai, donc elle leur donna la carte, prit la commande des boissons et partit s'occuper de ses autres clients.

Au milieu du dîner elle se retrouva pour la seconde fois en train d'essuyer la table où Abby Vanderbeek avait encore renversé sa limonade, puis elle demanda à Felicia d'aller lui en chercher une autre et alla se laver les mains aux toilettes. Lorsqu'elle en sortit, elle tomba nez à nez avec Connor.

— Jess, j'aimerais bien m'expliquer sur ma remarque débile, lui dit-il.

— Pas besoin de t'expliquer, répondit-elle.

Elle lui sourit pour la forme, comme à son habitude, avec cette expression qui voulait dire : *T'en fais pas, j'ai compris, tout va bien, je t'en veux pas*, et qui à force lui donnait des crampes au visage.

— Alors comme ça, j'ai ruiné toutes mes chances avec toi par un seul mot de travers.

Ce n'était pas juste un mot de travers, eut-elle envie de lui dire. *Il s'agissait de ma réputation. Ça voulait dire Jessica-qui-couche-avec-n'importe-qui, ou encore cette-pauvresse-de-Jessica. C'est tout mon passé jeté à la figure, alors que je t'avais dit que j'avais pour une fois la chance d'être autre chose que cette idiote de Jessica-couche-toi-là.*

— N'en fais pas trop, tu veux bien ? C'était une soirée sympa et c'est fini, voilà tout.

— J'aimerais vraiment te revoir.

— Désolée, répliqua-t-elle, et elle attendit un peu avant d'ajouter : il faut que j'y retourne.

— OK, Jess, c'est toi qui vois, conclut-il, avec un air de défi.

— Exactement. Bonnes fêtes.

On ne pouvait pas être plus directe.

Après tout, c'était ce qu'il méritait. Ce sourire, ces yeux, ces baisers, tout cela n'était que ruses pour la mettre dans son lit. Après les chandelles, le bon dessert et dans cet hôtel magnifique, il s'était dit : *Pourquoi pas, puisque Jessica n'est pas farouche ? J'aurais tort de ne pas profiter d'un coup facile.*

Et elle s'était prêtée au jeu, en étant celle que tout le monde, y compris elle-même, attendait qu'elle soit.

Comment avait-elle pu être assez bête pour imaginer autre chose ?

Curieux que personne ne l'ait encore surnommée Jessica-qui-comprend-pas.

5

Huit ans et demi avant la demande en mariage…

La deuxième fois que Jessica et Connor se retrouvèrent dans le même lit eut lieu deux ans exactement après la catastrophique première fois.

Dans l'intervalle, Connor, à sa grande surprise, était revenu à Manningsport. Pendant ses études à l'Institut culinaire, il avait pas mal voyagé, fait des stages en France et passé quelque temps dans un établissement prestigieux, le seul de Manhattan à avoir obtenu trois étoiles au Michelin. Même s'il y avait énormément appris, ce grand restaurant tape-à-l'œil n'était pas son style. Le dressage des assiettes y frisait le ridicule : filet mignon surmonté d'une couronne de pointes d'asperges blanches et vertes, toutes de la même taille au millimètre près afin de former le symbole du yin et du yang, ou encore quenelle de purée de betterave en symétrie, autour d'une brique de polenta marquée au logo de l'établissement.

On y mangeait exceptionnellement bien, mais ce n'était pas ce genre de cuisine qu'il souhaitait faire. Il voulait sublimer la cuisine du quotidien, en se concentrant sur les saveurs et l'atmosphère. Le repas devait être source de bonheur et, à 500 dollars le dîner pour deux à La Vue des Anges, on faisait difficilement le bonheur des clients. Des clients snobs, qui essayaient d'impressionner leurs invités, des clients blasés, déprimés, et un peu stressés par la pression que leur mettait cette expérience gustative.

Ce que voulait Connor, en particulier maintenant, était un endroit pour gens normaux, où l'on servirait des plats parfaits sans pression aucune. Des lasagnes au porc et au veau à la crème, avec quatre sortes de fromage, et des pâtes maison, sans chichis ridicules, mais juste parfaites, généreuses, inoubliables. Alors oui, on servirait des hamburgers, ce qui mettrait sans doute Étienne, son ancien patron, hors de lui, mais des hamburgers au bœuf Angus, avec échalotes, persil plat, et au beurre d'ail. Le péché mignon de sa sœur, les *nachos*, serait servi avec du fromage mexicain et de fines tranches de radis, accompagnés de sauce à la tomate verte.

Un endroit qui ressemblerait à la maison qu'il n'avait jamais eue.

En surface, les O'Rourke semblaient être la famille américaine typique : deux enfants, deux voitures, des parents encore mariés. Mais en réalité il y régnait une atmosphère tendue qu'il était le seul à percevoir, enfin, avec son père.

Il ne s'était jamais senti proche de lui, et l'épisode de la morsure n'avait fait que confirmer ce sentiment. Pete O'Rourke était bien trop occupé à organiser la résistance à Donald Trump localement. Colleen était et avait toujours été sa chouchoute. Des deux, elle était la plus expansive, toujours à faire des réflexions drôles, toujours à attirer l'attention sur elle. Leur père lui passait tout. Elle avait beau avoir de moins bonnes notes que son frère, il n'avait pas l'air de s'en apercevoir. Il ne disait jamais à Collie de travailler plus ni d'aider leur mère. Il l'adorait, c'est tout.

Tout autant qu'il ignorait Connor, sauf lorsqu'ils sortaient en famille. Dans ces occasions-là, c'était Pete et ses magnifiques enfants, des jumeaux en plus, et super bien élevés, et tous les deux très beaux, etc., etc.

Jeannette, leur mère, le portait aux nues, et ne semblait jamais souffrir de sa légère, enfin pas si légère, condescendance à son égard, de ses journées de travail interminables et de son avarice en termes de marques d'affection ou de compliments.

Non, c'était vraiment une famille de sitcom, avec papa dans le rôle de l'homme d'affaires hyper occupé, Colleen, dans celui de la ravissante chipie, maman dans un rôle secondaire de femme au foyer un peu terne, et Connor… plutôt inexistant en fait, dans le rôle du jumeau de Colleen, à peine un rôle de figurant, du moins aux yeux de son père. Quoi qu'il fasse, il avait toujours l'impression de le décevoir, et à un moment donné il cessa d'essayer de l'impressionner. Leur mère était tellement reconnaissante de la moindre marque d'affection ou d'attention qu'il mettait un point d'honneur à se ranger de son côté, la complimentant lorsqu'elle s'habillait chic, vu que leur père faisait toujours des commentaires mi-figue mi-raisin, ou bien il regardait des émissions à la télévision avec elle pour ne pas la voir toute seule assise dans le salon.

Connor savait très bien que son père était un homme d'affaires douteux, plus ou moins impliqué dans des histoires pas très claires. Pete usait de son argent, de son influence et de ses privilèges sans scrupule.

Et Connor savait aussi qu'il trompait leur mère, ou du moins il le soupçonnait fortement. À quinze ans, en passant à pied devant une devanture vide que possédait son père, il l'avait vu en train d'embrasser une femme bien plus jeune que lui.

Il n'était pas stupide, il savait bien qu'à cet âge-là les hommes ne s'arrêtaient pas à un simple baiser, et la femme en question avait l'air tout à fait consentante. Des semaines durant après cette histoire, il avait fait la tête à son père, qui s'en fichait bien d'ailleurs.

Juste avant que les jumeaux ne partent faire leurs études, Pete avait annoncé qu'il quittait leur mère pour sa maîtresse. Sa mère et Colleen avaient été sous le choc en apprenant qu'il avait une maîtresse. Pas Connor.

Par contre, ce qui l'avait choqué, c'était que son père allait devenir papa à nouveau.

Leur mère s'effondra. Et Colleen eut du mal à s'en remettre. Non seulement son image du père volait en éclats, mais elle avait au même moment rompu avec son petit copain et ne fut plus que l'ombre d'elle-même des mois durant.

Peu après, Connor reçut un appel de Sherry Wong qui s'occupait des prêts commerciaux à la banque locale et le connaissait depuis le bal du lycée. Le Black Cat, un bar crapoteux et vieillot à côté du parc de Manningsport, était en faillite. Comme elle avait entendu dire qu'il était désormais chef cuisinier, elle se demandait si par hasard il serait intéressé.

Il l'était. Avant même que la vente fût publique, il s'était porté acquéreur, à la surprise et au mécontentement de son père qui possédait visiblement tous les autres établissements commerciaux de la ville.

À sa mort l'année précédente, leur grand-mère leur avait laissé un pécule confortable. Il demanda donc à sa sœur si elle voulait devenir copropriétaire et elle fut partante. Tout septembre et octobre durant, ils passèrent leur temps à restaurer l'endroit du sol au plafond, roulèrent un après-midi entier pour se rendre dans le New Hampshire sur un chantier où ils récupérèrent un vieux bar ravissant. Scie et marteau à la main ils se tenaient compagnie mutuellement tandis que leur mère dépérissait et que Gail, la belle-mère chinoise qui avait à peine quatre ans de plus qu'eux, couvait leur demi-frère ou sœur.

Curieusement, il était heureux d'être de retour dans sa ville natale, même s'il n'avait jamais cru s'y installer. Manningsport était une très jolie ville au bord du lac Keuka, entourée de collines et de domaines viticoles habités par des familles depuis des générations. Trois fois par an, les touristes venaient en nombre pour déguster le vin local et s'extasiaient devant la beauté de l'endroit, ses magasins, sa très bonne boulangerie et le restaurant français le Hugo's.

Désormais il y aurait aussi le O'Rourke. Ce fut Colleen qui trouva le nom tout simple ainsi que le slogan : *Bienvenue chez nous*. Ce serait le seul restaurant ouvert toute l'année, et qui offrirait ainsi aux habitants de la ville un endroit où se retrouver pendant les longs mois d'hiver. Connor se ferait aider en cuisine par Rafe, un ami moins ambitieux de l'institut, heureux de vivre dans la région et d'être sous-chef. Colleen tiendrait les comptes et le bar. Deux de leurs cousines postulèrent pour être serveuses, enfin, parmi les quarante-neuf candidats qui se présentèrent.

Mais Jessica Dunn ne postula pas. Connor avait vaguement espéré qu'elle le ferait, mais elle continuait à se montrer à peine polie lorsqu'ils se croisaient, rien de plus, son expression distante bien installée sur son visage.

Un mercredi soir d'octobre, alors qu'il était seul au restaurant à bricoler, Colleen l'appela.

— On a une petite sœur, annonça-t-elle, émue. Savannah Joy, 3,7 kg. Je vais à l'hôpital. Tu veux venir ?

Il réfléchit. Il était 9 heures du soir. Il était en nage et crasseux.

— Non, j'irai demain. Et sinon tout s'est bien passé ?

— Oui, d'après papa en tout cas.

Sa sœur se tut. Il savait ce qu'elle était en train de se dire. *Tu ne vas tout de même pas laisser ce bébé grandir dans l'indifférence générale ? Juste parce que papa est un gros con ?*

Non, il n'était pas comme ça.

— Une petite sœur. C'est sympa, dit-il alors. J'espère qu'elle est moins moche que toi, Colimaçon.

— Que moi ? Non mais tu t'es vu ? Tu ferais peur à un chien !

— T'as toujours un miroir chez toi ou c'est devenu trop dur ?

— Tu sais quoi, Connor ? Tu n'as rien dans le pantalon !

À chaque fois qu'elle disait ça, il ne pouvait pas s'empêcher d'éclater de rire.

— T'as gagné.

— Comme à chaque fois.

— Et dire que tu bosses pour moi ! dit-il en levant les yeux au ciel.

— Ben tiens ! Non, mon cher, *tu* bosses pour *moi* !

— Que tu crois ! Bon, je raccroche parce que tu me fatigues.

— Comment ça ?

— Rien que t'entendre respirer, ça me fatigue.

Puis il ajouta :

— C'est toi qui annonces à maman pour le bébé ou c'est moi ?

— Je vais le faire, trouillard. Après tout je vis chez elle.

C'était vrai. Dans un élan sacrificiel, Colleen était revenue vivre chez leur mère. Connor, voyant là la preuve qu'il était bien plus intelligent, habitait dans le minuscule appartement au-dessus du bar.

— Dis-leur que… je les félicite. Enfin que je félicite Gail en tout cas, dit-il en se passant la main sur le visage.

Il éprouvait une forme de pitié pour Gail, ou pas loin.

— Dis-le-leur toi-même, gros malin. Je t'embrasse, même si je te déteste.

— *Idem.*

Et il raccrocha.

Une petite sœur de pas moins de vingt-trois ans plus jeune qu'eux.

Quelle famille !

Il monta et prit une douche. L'appartement était modeste. On y crevait de chaud l'été et on y gelait l'hiver, mais c'était très bien pour un célibataire qui travaillait beaucoup : un canapé futon, un fauteuil, une télé, un lit et quelques caisses de livres. Quand le restaurant marcherait bien, il s'achèterait une maison.

Il enfila un jean propre et un T-shirt et l'idée d'aller rendre visite à sa mère lui traversa l'esprit. Elle allait être dévastée par cette nouvelle, la pauvre. Elle qui espérait toujours que Pete se rendrait compte de son erreur et reviendrait !

Ça n'arriverait pas. Tout le monde le savait, sauf elle.

Si Connor avait été au courant que son père trompait sa mère, il ne s'était jamais pour autant imaginé que Gail deviendrait sa belle-mère. Or Pete l'avait épousée neuf jours plus tôt, dès que le divorce avait été prononcé.

Il attrapa son casque et sortit. Eh oui, il avait une moto, qui consommait un max. Colleen se fichait de lui, mais et alors ? C'était sympa. Et il avait aussi un petit pick-up pour l'hiver.

Il démarra sans savoir vraiment où il allait. Il y avait peu d'endroits pour être tranquille dans le coin et c'est pourtant ce dont il avait besoin : quelque part où s'asseoir dans l'obscurité, boire une bière et ne penser à rien.

S'il proposait à quelqu'un de venir avec lui ? Un de ses potes de lycée peut-être ? Levi Cooper était en congé, après son retour d'Afghanistan, et Big Frankie Pepitone ne disait jamais non à une bière. Mais il se ravisa. Ce serait une soirée en solitaire. Il était irlandais et en avait le tempérament mélancolique. Colleen lui remonterait le moral demain, comme il l'avait fait pour elle tous ces derniers mois.

Il monta la colline et contourna le lac sur sa Honda. Penn Yan n'était pas loin, et il trouverait peut-être quelque chose d'ouvert là-bas. Il roulait dans l'air pur et froid, concentré sur sa conduite. Dans la nuit, il avala les kilomètres sans s'en rendre compte, apaisé par le ronronnement de son moteur.

Il arriva devant un bâtiment gris où tous les hommes dans un rayon de quatre-vingts kilomètres s'étaient rendus au moins une fois dans leur vie : le Skylar VIP Lounge, autrement dit, un club de strip-tease.

De la bière et des nanas : tout ce qu'il lui fallait.

Il entra. Il était venu l'an passé pour un enterrement de vie de garçon et c'était exactement comme on se l'imaginait : des cocktails minables, une cuisine pire encore, des entorses à la législation sanitaire par douzaines et quelques femmes quasiment nues, parfois jolies.

Ce soir-là, l'endroit était presque désert, et seuls quelques hommes étaient installés devant la scène. Une femme très agile et presque obèse se démenait autour de l'incontournable barre dans un costume scintillant de Wonder Woman tout en faisant des gestes obscènes aux clients. On était mardi, les patrons devaient garder les strip-teaseuses de moins de cinquante ans pour les week-ends.

Connor s'installa et commanda une Sam Adams en bouteille pour éviter d'avoir à boire dans un verre sale. La serveuse la lui apporta et il but une gorgée. Il lui semblait reconnaître Wonder Woman.

— J'en reviens pas que tu sois pas rangée des voitures ! dit un client au premier rang. Y a pas une date de péremption pour les strip-teaseuses ?

— Ta gueule, Ernie ! Non mais tu t'es regardé ? rétorqua la femme. Et toi, là, file-moi un pourboire avant que je renverse ta bière. Si tu crois que je fais un boulot facile !

Mais bien sûr ! C'était Mme Adamson. Son fils était avec lui à l'école, se dit Connor en prenant une nouvelle gorgée.

Il repensa à sa petite sœur. Savannah Joy.

Il s'en occuperait. La pauvre petite, avec deux abrutis irresponsables pour parents ! Oui, avec Colleen, ils veilleraient à ce qu'elle ne tourne pas mal, elle aussi.

En même temps, tout au fond de lui, il ne pouvait pas s'empêcher de se sentir encore plus insignifiant, même s'il n'était plus le gamin de onze ans en train d'attendre des miettes d'affection de son père. Après tout, ça pouvait être sympa d'avoir une petite sœur. Il pourrait lui apprendre à jouer au base-ball et à faire la cuisine.

La bière commençait déjà à lui faire de l'effet. Colleen se fichait toujours de lui car il ne tenait pas du tout l'alcool.

— Et maintenant un tonnerre d'applaudissements pour Athena, déesse de la Chasse, annonça le DJ.

Connor avait cru comprendre que c'était plutôt Wonder Woman, mais bon. Il allait lui laisser un gros pourboire, en souvenir des cookies délicieux qu'elle leur faisait dans le temps.

— C'est quand qu'elles arrivent, les femmes ? demanda un des clients.

— Allez vous faire voir ! déclara la strip-teaseuse en quittant la scène.

— Je vous demande de faire un accueil chaleureux à la magnifique Jezebel qui fait ses débuts ce soir, dit alors le DJ.

« Take it off » de Kiss démarra alors. Pas un choix très original. Connor se mit à chercher son portefeuille. Il était temps de filer avant que son ancienne prof de catéchisme ne surgisse.

À ce même moment, sur la scène, vêtue de talons très hauts et d'un microscopique bikini, apparut Jessica Dunn.

Il se figea, la main dans la poche arrière de son jean.

Elle avança en chancelant vers le devant de la scène puis s'arrêta, toute tremblante.

— Eh ben voilà ! Là on y est ! reprit Ernie. Vas-y ma belle, danse !

Elle essaya, fit quelques mouvements de la tête, puis des genoux, à droite, à gauche. On aurait dit une petite fille.

Depuis les coulisses on entendit la voix d'Athena, déesse de la Chasse :

— Fais mousser tes cheveux, ma jolie !

Jess tenta de le faire, mais ça n'avait rien de sexy. On aurait plutôt dit qu'elle avait un torticolis.

— Attrape la barre, ça va t'aider !

— Mais oui, c'est ça mon petit, enroule-toi autour de la barre ! cria Ernie. Il nous faut pas grand-chose à nous !

Connor était sidéré. Il était à peu près certain qu'elle ne l'avait pas vu parce qu'elle regardait droit devant elle, d'un air terrifié. Elle était maquillée comme une voiture volée, avec un rouge à lèvres très voyant, et il comprit soudain que même déshabillée elle cherchait à se cacher.

— Décontracte-toi ! dit Athena d'une voix forte. C'est mieux !

Ce n'était pas mieux du tout. Elle s'agrippait à la barre des deux mains comme si elle avait voulu l'étrangler et s'emmêlait les pieds à cause de ses talons trop hauts.

Connor aurait voulu une couverture pour cacher cette peau si parfaite, ces longues jambes, ce corps ravissant, cette poitrine à peine dissimulée par des bandes de tissu minuscules.

— Viens par là, ma poupée, dit un homme en tendant un billet. Tu nous la jouerais pas un peu plus sexy par hasard ?

Connor se leva d'un bond par réflexe, mais elle était déjà en train de s'échapper dans les coulisses.

— Bravo ! Vous lui avez fichu la trouille de sa vie, bandes d'abrutis ! s'écria alors Mme Adamson en assortissant ses mots d'un geste éloquent.

— C'est la dernière tournée, annonça le barman.

Connor monta prestement sur la scène et rejoignit les coulisses sans qu'on l'en empêche.

Un petit couloir conduisait d'un côté au bar et de l'autre à une petite pièce, un cagibi plutôt. Mme Adamson était en pleine conversation au bar et ne s'aperçut de rien.

La porte du vestiaire était entrouverte et Connor la poussa un peu plus.

Il la vit, le visage dans les mains.

— Alors, comme ça, tu n'as pas trop le sens du rythme ? dit-il en passant la tête à l'intérieur.

Elle sursauta comme sous l'effet d'une décharge électrique.

— Manquait plus que ça ! dit-elle en attrapant son jean et sa chemise. Qu'est-ce que tu fous là ? demanda-t-elle en se rhabillant, tout en séchant ses larmes d'un revers de main.

— Je suis en repérage pour *Danse avec les stars*. Désolé, mais vous n'êtes pas retenue, répondit-il en souriant.

Ses yeux s'illuminèrent un bref instant puis reprirent leur expression indifférente et elle haussa les épaules.

— J'ai besoin d'argent.

— Ah bon ? C'était pas ton rêve d'être strip-teaseuse ?

— Ta gueule.

Il était quasiment sûr qu'elle se retenait de sourire.

Le pas lourd de Mme Adamson se fit entendre dans le couloir.

— Jess, tu es virée. Désolée mon petit, mais n'importe qui ne peut pas devenir strip-teaseuse.

— Vous, en revanche, vous êtes douée, madame Adamson, répondit Connor en lui tendant vingt dollars.

— Ça alors ! Connor O'Rourke ! Mais regarde-moi ça comme tu as grandi ! Merci mon chou, ajouta-t-elle en lui pinçant la joue. On ferme maintenant, allez-y les enfants.

Elle sortit de la pièce et le sol vibra sous le poids de ses pas.

D'un geste rapide et adroit, Jess se fit une queue-de-cheval.

— Alors ? Tu es un habitué des clubs de strip ?

— Non, c'est la deuxième fois.

— Pourquoi ce soir ? Tu m'espionnes ou quoi ?

— Pas que je sache.

Il la regarda un moment fourrer toutes ses affaires dans un sac aussi vite qu'elle le pouvait.

— C'était très courageux, Jess.

Elle se redressa brusquement.

— Et je ne dirai rien à personne, ajouta-t-il.

— Merci, dit-elle en retournant à son sac.

— Tu veux boire quelque chose ?

— Il est presque 23 heures. Plus rien n'est ouvert.

— Au O'Rourke si, et je connais le patron.

Elle hésita puis leurs yeux se croisèrent.

— J'ai bien besoin d'un coup à boire, et c'est pour ça qu'il vaut mieux que je m'abstienne.

— Un Coca, alors ?

Elle hocha la tête.

Après l'air enfumé et chargé d'effluves de bière, c'était agréable de retrouver la fraîcheur de la nuit. Il attendit qu'elle monte dans sa voiture, mais lorsqu'elle tourna la clé rien ne se passa.

— On dirait que ce n'est pas ma soirée. Tu peux me déposer ?

— Je suis à moto, mais je pourrai te raccompagner chez toi après le Coca.

Elle sortit de la voiture, et il enleva son blouson de cuir pour le lui tendre.

— Non, ça va, dit-elle.

— Mets-le, et mets ça aussi.

Il lui donna son casque et elle hésita une seconde puis fit ce qu'il lui demandait.

Remerciant secrètement le ciel que sa batterie ait justement choisi ce soir-là pour tomber en panne, Connor enfourcha sa moto. Elle s'installa derrière lui et passa les bras autour de sa taille.

Rouler comme ça dans la nuit, Jessica collée à lui, fut un moment de plaisir comme il n'en avait pas vécu depuis des années. Et le trajet qui lui avait paru long à l'aller sembla durer le temps d'un éclair.

Il gara la moto derrière le restaurant puis ouvrit la porte.

— Les travaux ne sont pas encore finis, précisa-t-il inutilement en allumant la lumière derrière le bar.

Elle ôta son blouson et posa le casque sur le bar.

— C'est beau, dit-elle en regardant longuement autour d'elle et en passant la main sur le comptoir. Tu vas faire de la concurrence à Hugo, c'est certain.

— Oui, enfin, c'est juste un pub.

— C'est bien plus que ça, je trouve.

En l'écoutant, Connor considéra la pièce avec un œil neuf : le bar en U, les compartiments à l'éclairage étudié et aux confortables sièges de cuir, les tables qu'il avait payées plus cher pour qu'elles ne soient pas bancales comme dans quatre-vingt-dix-huit pour cent des restaurants, le parquet aux lames larges et le plafond métallique, les suspensions ambrées au-dessus du bar. Il espérait bien, oui, que ce serait beaucoup plus qu'un pub ordinaire.

Jess allait s'asseoir sur un des tabourets du bar lorsqu'elle s'arrêta.

— Tu habites au-dessus, c'est bien ça ?

— Oui.

Ce n'était pas un secret, mais il s'étonna qu'elle fût au courant.

— Ça te dérangerait si je prenais une douche ? lui demanda-t-elle d'une voix neutre, mais sans toutefois le regarder.

— Mais non, bien sûr. C'est par ici.

Il la conduisit en haut, regrettant soudain que son appartement ressemble à une piaule d'étudiant. Il attrapa une serviette propre et la lui tendit, mal à l'aise.

— Prends ton temps. Je t'attends en bas.

Il redescendit, en tâchant de ne pas l'imaginer en train de se déshabiller, de rentrer dans la douche, nue, son long corps doux ruisselant d'eau savonneuse…

— Stop ! dit-il tout haut.

Il alla à la cuisine, la pièce où il était le plus à même de penser.

Il ne savait pas grand-chose de ce qu'elle avait fait ces deux dernières années. Il savait qu'elle travaillait toujours chez Hugo, qu'elle habitait avec son frère dans une petite maison près de l'usine, en bordure du quartier résidentiel de la ville, un endroit où les façades étaient défraîchies et les trottoirs abîmés, mais un endroit nettement mieux que le camp de mobile homes.

Il cassa trois œufs dans un saladier et commença à les battre, puis coupa du persil et de la coriandre, en espérant qu'elle n'était pas comme tous ces gens qui détestent la coriandre. Il sortit une bonne poêle qui n'accrochait pas, alluma le gaz et mit une noisette de beurre à fondre. Il ouvrit le placard où il avait déjà installé sa collection de sel, choisit de la fleur de sel du Pérou et en ajouta quelques pincées dans les œufs. Il coupa deux tranches de pain de campagne acheté au marché mennonite le matin même et les disposa dans le grille-pain.

Il entendait la douche couler à l'étage.

Cette soirée désastreuse pour elle, et sa panne de voiture,

faisait de lui le plus heureux des hommes. Il sentait encore ses bras autour de lui sur la moto tout à l'heure.

Il ajouta une bonne cuillère de crème entière aux œufs et remua doucement, avant de verser le tout dans la poêle, sans oublier les herbes et du poivre noir de Tellicherry. Au bout de vingt secondes, il commença à remuer délicatement. Il beurra les toasts, les recouvrit d'œufs et déposa un brin de persil avant de les servir au bar, au moment où Jessica arrivait.

Elle ne portait plus de maquillage et ses cheveux mouillés tirés en queue-de-cheval étaient plus sombres. Elle avait l'air d'avoir quinze ans, mais avec des formes plus généreuses.

— Ce n'était pas la peine, dit-elle.

— Je sais. Tu ne préfères pas un verre de vin plutôt qu'un Coca ?

— D'accord, mais un petit alors, finit-elle par répondre.

— Lequel ?

— Ça m'est égal.

— Ah non ! J'attends mieux que ça de la part de quelqu'un qui a assisté à mon cours.

Elle sourit et s'assit au bar.

— Très bien. Alors un blanc fumé ?

— Excellent choix, approuva-t-il en lui faisant un clin d'œil avant de la servir généreusement.

Il se servit aussi pour l'accompagner et s'assit à côté d'elle.

— Tu ne manges pas ? demanda-t-elle.

— Pas tout de suite. Je te regarde.

— Tu es un voyeur pervers, dit-elle, amusée, avant de goûter les œufs. Bon sang, c'est une tuerie ! s'exclama-t-elle en fermant les yeux. C'est juste des œufs brouillés, vraiment ?

— Merci, parvint-il à répondre, fasciné par ses longs cils épais. Euh… oui, des œufs brouillés.

La voir manger était un spectacle merveilleux. Ses gestes étaient précis et adroits et elle savourait la nourriture, la goûtait vraiment, pas comme d'autres : Colleen, par exemple, qui se ruait sur son assiette comme un coyote affamé, ou sa mère qui alternait régulièrement phases de régime et phases de boulimie.

Elle, non. Elle savourait, se délectait, faisant glisser sa langue sur le coin de sa lèvre rose pour y attraper une miette de pain. Il détourna les yeux pour ne pas la voir avaler et but une gorgée de vin, ou de bière, à moins que ce ne soit un soda à l'orange. Il n'avait pas la moindre foutue idée de ce qui était dans son verre, mais c'était froid et il ferait aussi bien de s'en asperger un peu, car il avait un coup de chaud.

— J'ai pensé que ça me rapporterait facilement de l'argent de faire ce strip-tease, dit-elle sans s'adresser à lui directement, les yeux rivés sur son verre. Ils ont sorti un nouveau médicament pour les enfants atteints du syndrome de l'alcoolisme fœtal, mais il est cher et bien sûr pas remboursé.

— Quel genre de médicament ?

— Un truc qui aide à contrôler les crises. Ce pain aussi est dingue, au fait.

— Marché mennonite.

— D'accord. Bref, je pensais que je pourrais faire du strip-tease quelques mois pour pouvoir le payer, mais c'est plus difficile que je ne croyais. C'était les meilleurs œufs brouillés de toute ma vie, dit-elle en s'essuyant la bouche avec la serviette en papier. Merci.

— Je t'en prie, répondit-il.

Puis il ajouta au bout de quelques secondes :

— Jess, si je peux faire quelque chose…

— Non, mais c'est gentil de proposer.

Cela lui paraissait normal de lui proposer son aide financière.

— Tu veux venir travailler ici ?

— Non, mais encore une fois merci. J'ai un boulot, et même deux, en fait.

— Je vois.

OK, elle ne voulait pas travailler pour lui, il pouvait le comprendre. Elle avait toujours été orgueilleuse.

Elle prit une petite gorgée puis posa son verre, d'un geste

sûr et précis. Le moment était arrivé où elle allait le remercier et partir.

En fait non.

— Et toi, Connor, qu'est-ce que tu deviens ?

L'heure tardive et la lumière tamisée donnaient à cette question banale des accents extraordinairement intimes.

— Eh bien, j'ai une petite sœur depuis ce soir. Mon père et sa nouvelle femme.

— Waouh, félicitations !

— Merci. Mon père et ma mère sont divorcés depuis dix jours et mon père est remarié depuis neuf.

— Il n'a pas perdu de temps.

— Il ne voulait pas qu'un petit bâtard vienne salir la réputation de la famille.

— Curieuse définition de « réputation de la famille », mais je suis mal placée pour le dire.

— Oui, tu sais de quoi tu parles.

Elle ne répondit rien, mais but une gorgée de vin et reposa le verre à l'endroit exact où elle l'avait pris.

— Tes parents sont toujours ensemble ? lui demanda-t-il, plus pour la retenir encore un peu que pour connaître la réponse.

— Oui.

— C'est mieux comme ça, non ?

— Je ne sais pas si c'est mieux, mais au moins j'ai réussi à emmener Davey avec moi. Mon père trouvait rigolo de le faire boire et ma mère lui apprenait à faire des cocktails.

Merde alors ! Son père à lui n'était pas si mal en fin de compte.

— Tu es une super grande sœur.

— Donc je suis courageuse, j'ai le sens de l'honneur, je suis une super sœur… À quand le prix Nobel ? ironisa-t-elle.

— Et tu es aussi incroyablement belle.

— Hasard de la génétique, répliqua-t-elle en levant les yeux au ciel.

Elle n'aimait pas qu'on lui parle de son physique visiblement.

— Et intelligente.

— Connor, j'ai failli me faire virer du lycée.

— Les notes, ça ne veut rien dire. J'étais premier en tout et je suis devenu cuisinier.

— Deuxième plutôt, non ? Jeremy était tellement fort ! Impossible que tu l'aies battu.

Fumier de Jeremy ! Toute la gent féminine sans exception, de sa mère à sa cousine de trois ans, en était raide dingue. Ah mais non, elle souriait. C'était pour le charrier !

Elle avait fini son assiette et bu la moitié de son verre, mais n'avait pas l'air de vouloir s'en aller.

Durant ces deux dernières années depuis leur nuit ensemble, Connor avait eu quelques petites copines, deux en fait ou même plutôt une et demie. Mais aucune qui l'ait, disons, marqué autant qu'il l'aurait voulu.

À la différence de Jess.

— Tu te souviens de notre nuit ensemble ? La fois où tu es venue à l'institut pour ta formation ? lui demanda-t-il alors, après l'avoir longuement regardée.

— Absolument pas, Connor. Tu sais, tu as juste été une prise de plus sur mon tableau de chasse.

Puis, en remettant soigneusement en place ses couverts dans l'assiette, elle ajouta :

— Oui, évidemment que je m'en souviens.

— Ce n'est pas pour ce que tu crois que j'ai couché avec toi.

— Qu'est-ce que je crois ?

— Que j'ai couché avec toi pour faire comme les autres. Parce que tu étais Jessica-couche-toi-là.

— C'est pourtant comme ça que tu m'as appelée, rétorqua-t-elle sans se laisser émouvoir.

— C'est sorti tout seul !

C'était une réponse nulle, mais c'était la vérité. Ce surnom idiot lui avait été donné très jeune et l'avait suivie pendant tout le lycée. Même elle l'utilisait.

— Alors tu peux me dire pourquoi on a couché ensemble ?

— Si je te dis : parce qu'on est tous les deux des hétéros au sang chaud et qu'on vit en Amérique, ça te suffit comme réponse ?

Elle eut un petit sourire.

— Je veux dire, en quoi je t'intéressais ? J'imagine que tu attires les filles comme des mouches

— Pas faux. Certains jours, c'est même pénible.

— Alors pourquoi moi ?

Non mais elle était sérieuse ?

— J'ai adoré la façon dont tu as mangé ton dessert.

Il manquait cruellement de repartie.

— Et tu sentais bon.

Cruellement, la preuve.

— Tout ce que je sais, c'est que là je sens Printemps Irlandais. Pas très originale, ton eau de toilette.

— Cadeau de Colleen.

— Super. En tout cas, moi, la plupart du temps, je sens soit la cuisine ou le vin que je sers au restaurant soit un truc que Davey m'aura mis dessus…

— La cuisine et le vin, ça me va. Pour Davey, je ne me prononcerai pas. Ce qu'il y a de sûr, c'est que nous avons beaucoup de choses en commun toi et moi. On travaille tous les deux dans la restauration…

— Non attends, toi tu es chef cuisinier, formé à l'Institut culinaire, et propriétaire de restaurant à vingt-trois ans. Moi je suis juste serveuse.

— Et alors ? C'est pas facile d'être une bonne serveuse.

— Si.

— Désolé, je ne voulais pas te vexer. Je suis sûr que tu es une serveuse nulle.

— Arrête de me dire des trucs gentils, tu veux.

— Parfait. Tu danses comme un pied.

Elle éclata de rire.

Elle ne riait pas assez, ou peut-être que si, mais il avait l'impression de ne pas l'entendre assez souvent rire.

— Et tu n'as fait preuve d'aucune imagination pour ta tenue. Mme Adamson, au moins, elle s'est donné du mal.

Elle rit de plus belle.

Alors, sans l'avoir prémédité, il se pencha, passa la main derrière sa nuque et l'embrassa avec toute la douceur dont il était capable. Et, au contact de ses lèvres charnues et douces, il ressentit soudain comme un besoin vital. Ce n'était pas qu'il avait envie de l'embrasser, mais qu'il ne pouvait plus s'en passer, comme de respirer.

Et puis elle se mit à l'embrasser à son tour, ce qui lui fit l'effet d'un choc électrique dans tout le corps. C'était tellement bon de sentir son cou si fin et fragile et ses cheveux de soie humides. Tandis qu'il lui mordillait les lèvres et savourait sa bouche, elle s'agrippa à sa chemise des deux mains.

Soudain il éprouva du remords. Et s'il faisait ça pour… comment disait-elle déjà ? Pas évident de réfléchir alors que sa bouche était collée à la sienne… Ah si ! Pour tirer profit de la situation.

Il se recula, et fit glisser le bout de ses doigts sur sa joue et la peau tendre de son cou.

Ses yeux brillants paraissaient plus sombres, et sa bouche était entrouverte.

Au même moment, sans raison apparente, son visage reprit cette expression distante et en un quart de seconde un mur se dressa entre eux.

Un jour il parviendrait à la percer à jour.

— Connor, lui dit-elle d'une voix posée, tu ne veux quand même pas coucher avec une strip-teaseuse.

— Tu n'es plus strip-teaseuse. Ils t'ont virée, répondit-il en lui prenant la main pour y déposer un baiser, puis deux.

Son eau de toilette sentait encore meilleure sur elle.

— Il faut que je rentre retrouver Davey, dit-elle à regret,

sans pour autant faire mine de partir et en gardant les yeux rivés sur son torse, plutôt que son visage, comme si elle attendait d'être convaincue d'une manière ou d'une autre.

Jessica Dunn, qui en était venue aux mains avec des garçons de deux fois sa taille au collège et avait couché avec la plupart d'entre eux au lycée, et restait une princesse inaccessible, semblait à cet instant… timide. Même si, quelques minutes avant, elle l'avait embrassé avec fougue, et avait fait mine de le déshabiller.

Il lui plaisait, il en était presque certain.

Il aurait eu tant de choses à lui dire : qu'il voulait prendre soin d'elle, qu'il la désirait au point d'en avoir mal, qu'il avait eu un choc violent en la voyant ce soir sur cette scène, que s'il ne se remettait pas très vite à l'embrasser il allait peut-être en mourir et que s'ils ne faisaient pas l'amour ensemble, là, il en mourrait à coup sûr.

Au lieu de tout cela, il lui demanda simplement d'une voix étranglée qui s'occupait de Davey lorsqu'elle s'absentait.

— C'est Gerard Chartier. Ils ont le même âge mental.

— Et il ne pourrait pas rester un peu plus tard ?

Il y eut un long silence pendant lequel Jessica ne réagit pas tandis qu'il se tenait là, fou de désir et d'espoir qu'elle lui dise oui.

Elle finit par hocher la tête.

Sans attendre une seconde de plus il la souleva et la posa sur le bar et se mit à l'embrasser avec passion cette fois-ci, en glissant les doigts dans ses longs cheveux humides et décoiffés.

Elle noua les jambes autour de lui et lui rendit son baiser, et un orage se déchaîna en lui, électrique et brûlant, si bien que rien ne compta plus qu'elle, sa bouche, son cou, ses épaules si douces sous ses mains, son dos souple et magnifique et ses fesses parfaites.

— J'habite au-dessus, murmura-t-il au creux de son oreille.

— Je ferais bien de te raccompagner chez toi, alors, lui répondit-elle avec ce petit sourire qui le rendait fou.

Jugeant inutile qu'elle le raccompagne où que ce soit, il la prit dans ses bras et la porta dans l'escalier qui montait à l'appartement, sans cesser de l'embrasser. Il ouvrit la porte d'un coup de pied, la déposa au sol et commença à déboutonner sa chemise. Il posa la main sur son sein nu et sentit son téton se durcir. Il fut foudroyé de désir.

— Attends, dit-elle alors en se reculant un peu et en prenant sa main entre les siennes. Il faut que personne ne sache, hein ? Parce que Davey pourrait… eh bien… tu sais.

— D'accord.

— Sûr ?

— Oui.

À cet instant elle aurait pu lui dire tout aussi bien de se couper d'abord le bras droit, il aurait répondu oui sans problème !

— Ne t'inquiète pas, on va y aller tranquillement, toi et moi.

Enfin tranquillement, façon de parler, parce que là il était plutôt impatient.

— Je ne veux pas que ta sœur…

— Non. Moi non plus.

Colleen serait insupportable si elle l'apprenait.

Jessica le regarda. Elle le regarda vraiment pour la première fois de la soirée et il eut l'impression que ça lui demandait un effort.

Puis elle posa les doigts sur la cicatrice de sa joue et les laissa glisser jusqu'à l'endroit où sa mâchoire portait une marque. Cette histoire avec Chico était si ancienne.

— Emmène-moi dans ton lit, lui murmura-t-elle.

Dieu existait, cela ne faisait plus aucun doute.

Connor voulait bien tout ce qu'elle voulait et tout ce que la providence croyait bon de lui donner aussi.

6

Huit ans et demi avant la demande en mariage…

Trois semaines, vingt jours exactement, après sa plongée cuisante dans l'univers de la danse exotique, Jessica, qui n'était pas le genre à se bercer d'illusions sur la vie, commençait pourtant à se sentir merveilleusement heureuse.

Au troisième jour de leur… *relation*, elle avait posé par écrit ses conditions pour la suite.

Règle numéro un : ne rien dire à personne. Imaginez un peu si elle sortait ouvertement avec un des enfants chéris de Manningsport et que ça tournait mal ! Sa réputation était déjà assez désastreuse comme ça. Sans parler de Davey. Il fallait qu'elle trouve le moyen de lui faire accepter la chose et, pour l'heure, elle ne voyait pas comment.

Règle numéro deux : Connor ne viendrait chez elle qu'une fois Davey endormi, et jamais sans la prévenir.

Règle numéro trois : on éviterait les trucs cucul la praline. Ce n'était pas son truc, alors ni fleurs, ni mots doux, ni déclarations du style *je ne serai jamais assez bien pour toi.*

Il l'avait écoutée jusqu'au bout, amusé.

— Autre chose, Votre Majesté ? demanda-t-il ensuite.

— Sûrement, mais pour le moment c'est bon, répondit-elle en remettant la feuille dans sa poche.

Ils se promenaient dans une des allées de Ellis Farm, en partie ouvert aux amateurs de gastronomie. Il faisait froid et elle était venue à vélo car sa voiture continuait à se montrer capricieuse.

Personne n'allait à Ellis Farm en novembre par un froid pareil et c'était précisément pour cette raison que Jess avait choisi cet endroit.

— Alors, Juliette, pendant combien de temps allons-nous garder notre histoire secrète ?

— Jusqu'à ce que je le décide, Roméo. C'est un problème ?

— Qu'est-ce que je ne ferais pas pour toi ! répondit-il avec malice. Je peux t'embrasser maintenant ? Ou bien me faut-il une permission spéciale ? Qu'est-ce que dit ton règlement ?

Elle sortit sa feuille et fit mine de vérifier. Tout cela était nouveau pour elle qui n'était pas habituée à jouer, à part avec son frère.

— Alors, oui tu peux, mais tu as intérêt à t'appliquer.

Ce qu'il fit. Il avait une très belle bouche aux lèvres charnues et il savait exactement ce qu'elle aimait. Ses baisers étaient à la fois doux et tendres, ou bien pressants et passionnés, et à chaque fois ils la faisaient fondre et voir mille étoiles. Celui-ci fut délicieusement long et lent. Il posa d'abord les lèvres sur les siennes, puis fit glisser ses mains sur ses hanches pour l'attirer contre lui. Ses joues mal rasées lui piquaient légèrement le visage et, lorsque leurs langues se rencontrèrent, elle se sentit défaillir.

Un chien se mit alors à aboyer et les interrompit. Connor lui tapota le nez du bout de l'index, lui sourit, et ils reprirent leur promenade. Un setter irlandais les dépassa en courant, suivi par son propriétaire que Jess n'avait jamais vu.

— Quel froid, hein ? leur dit celui-ci.

— Ça oui alors ! lança Connor.

Puis l'homme disparut et Connor prit la main de Jessica.

Et ils marchèrent ainsi, tout simplement, main dans la main.

Encore une première fois. C'était un peu gênant de sentir ainsi la grande main chaude de Connor tenir si fermement la sienne et de faire comme si de rien n'était. Les garçons au lycée ne lui donnaient jamais la main, ils se contentaient de l'avoir baladeuse.

D'ailleurs, depuis le lycée, elle n'était plus sortie avec personne, trop occupée à tenter de quitter le mobile home familial et d'éloigner son frère de leurs parents. Elle n'avait plus besoin d'un garçon à ses côtés. Tout le monde savait que des types costauds s'étaient pris d'affection pour Davey, alors plus personne ne s'en prenait à lui. Il était en sécurité désormais.

Et voilà qu'elle se trouvait en compagnie de ce garçon craquant, non seulement drôle et attentionné, mais qui ne l'avait pas mal jugée même après avoir assisté à sa pitoyable prestation sur scène, lui avait cuisiné des œufs brouillés, ne lui posait aucune question embarrassante sur sa famille, avait juste l'air d'être bien avec elle, et s'était montré un partenaire exceptionnel au lit les cinq mémorables fois où ils étaient passés à l'acte.

Elle ne méritait pas tout ça et ça n'allait sûrement pas durer.

C'est pourquoi elle avait établi ces règles. En espérant qu'elles amortiraient le choc quand il la quitterait.

Ils se voyaient à chaque fois qu'elle parvenait à s'échapper, toujours chez lui, parfois le matin lorsque Davey était à l'école, ou bien tard le soir, juste pour une heure ou deux. Elle laissait un petit mot à son frère : *Sortie faire un footing !* avec un petit dessin qui la représentait en train de courir, puis elle demandait à Ricky, le voisin, de bien vouloir garder le babyphone. Les deux maisons étaient si proches qu'il entendrait si Davey se réveillait, mais cela n'arrivait presque jamais car il avait un sommeil de plomb.

Ensuite elle filait chez Connor, le cœur en joie et des ailes aux pieds.

Le soir de l'inauguration du restaurant, elle s'organisa pour laisser son frère passer la nuit avec leur mère, sobre depuis peu, même si cela ne durerait pas. Leur père était au casino et ne reviendrait pas avant un jour ou deux. Du reste, leur mère adorait Davey, même si elle était incapable de s'en occuper. Jess avait emporté toutes les bouteilles qu'elle avait pu trouver et vidé dans l'évier un fond de bourbon et une demi-bouteille de vodka bon marché. Si sa mère pouvait rester sobre quelque temps, elle pouvait aussi replonger à tout moment. Enfin, elle avait demandé à Mme Cooper d'aller vérifier une fois ou deux que *tout allait bien*, en d'autres termes que sa mère n'était pas ivre morte.

— Avec plaisir ma grande, avait répondu Mme Cooper. Je te dois bien ça pour toutes les fois où tu es venue garder Sarah.

Le restaurant était bondé et Jess connaissait tout le monde. Gerard Chartier tenta de la persuader de se joindre à l'équipe de pompiers volontaires. Colleen fit rire l'assemblée. Jeremy Lyon, qui étudiait la médecine, était rentré pour le week-end, et cette fois-ci elle ne ressentit aucune peine en le voyant avec Faith Holland, plus amoureux que jamais.

Jess aussi avait un amoureux désormais, même si personne n'était au courant. Et de toute façon Jeremy était bien trop parfait pour elle. L'homme idéal pour Miss Super Canon !

Connor sortait régulièrement de sa cuisine pour venir serrer quelques mains et chaque fois il la cherchait du regard. Ses yeux s'attardaient une seconde sur elle, faisant naître au creux de son ventre cette sensation de chaleur merveilleuse qu'elle imaginait être proche de l'ivresse, non pas telle que la connaissaient ses parents, mais une ivresse joyeuse, libératrice et pleine d'espoir.

Le dîner fut incroyable. Et gratuit en plus ! Pains de crabe, lasagnes onctueuses, mini-cheeseburgers, *quesadillas*, salades, *prosciutto* fourré à la crevette, tartines à l'ail et aux épinards… Tout était succulent et savoureux. Colleen, ravissante et gaie, comme toujours, s'en donnait à cœur joie derrière le bar, à servir des bières et à agiter des cocktails au martini dans son shaker, mais on se pâma surtout devant la cuisine de Connor.

Le O'Rourke allait cartonner, c'était certain. Grâce à Connor car, si Colleen était super, la vraie star c'était lui.

Et c'était son homme.

À cette pensée, elle sentit son cœur prêt à éclater.

Lorsque la soirée s'acheva, elle attendit dans le parc voisin que l'appartement de Connor soit éclairé et alla toquer à la porte de derrière.

Une minute plus tard, sortant de sa douche, il ouvrit, les cheveux mouillés, vêtu d'un jean même pas boutonné, torse nu, impeccable et musclé, et la peau douce de ses hanches comme un appel à la caresse.

Elle en défaillit presque de désir.

Il se pencha dans l'encadrement de la porte, un sourire au coin des lèvres.

— Jessica Dunn, mais que fais-tu ici ? lui demanda-t-il, d'une voix chaude qui l'atteignit jusqu'au tréfonds d'elle-même.

Elle passa les bras autour de sa taille et l'embrassa.

Elle resta toute la nuit et… quelle nuit !

Dans l'obscurité, après avoir fait l'amour pour la seconde fois et tandis qu'il dormait à côté d'elle, son bras lourd et magnifique posé sur elle, elle fut soudain envahie par une pensée effrayante, de celles qu'elle s'interdisait d'avoir, et qui la transperça comme un pic à glace : elle éprouvait un sentiment de sécurité.

Elle en tressaillit dans le lit.

En général, cela n'annonçait rien de bon.

Comme par exemple, ce jour où son père avait gagné sept mille dollars à un jeu de grattage et où elle s'était dit que cet argent allait leur permettre de déménager, que ce serait pour eux le début d'une autre vie, que son père trouverait un emploi stable, lui qui avait toujours pensé qu'il ferait un bon mécanicien. Ils gagneraient beaucoup d'argent et sa mère arrêterait de boire s'ils vivaient dans une vraie maison parce que ce serait tellement moins déprimant. Alors Davey pourrait aller dans cette école maternelle privée où les sœurs s'occuperaient bien mieux de lui que dans cette école publique où l'on ne cessait de l'envoyer en séances d'orthophonie ou bien de le mettre au coin.

Ce jour-là, elle avait éprouvé un sentiment de sécurité.

Or, le week-end suivant, leur père était allé au casino de Rolling Thunder et avait perdu les sept mille dollars, plus huit cents autres, soit tout ce qu'ils possédaient. On leur avait coupé l'électricité pendant six semaines, et Mme Cooper avait dû leur apporter de quoi manger.

Ou encore quand elle avait treize ans et Davey six et que leur mère était sobre depuis trois mois, couchée dans son lit, tout près de Davey mignon comme un cœur, qui ronflotait, il lui était apparu qu'elle allait être enfin déchargée de toute cette responsabilité, qu'elle allait peut-être pouvoir rester plus tard à l'école pour se rendre au soutien de maths, maintenant que leur mère ne buvait plus et que tout était redevenu normal. Ce jour-là aussi, elle avait ressenti la même chose.

Mais le lendemain Davey avait eu une crise à l'école. On avait appelé leur mère et celle-ci, après être allée le chercher, s'était arrêtée au magasin de vins et spiritueux acheter des mignonnettes de vodka Popov. À son retour, Jessica avait trouvé Davey endormi sur le canapé devant *Terminator*, des traces de larmes séchées sur les joues, et sa mère ivre morte dans son lit.

Elle avait de nouveau éprouvé ce sentiment de sécurité à seize ans, le jour où la mère de sa mère était venue s'installer chez eux, alors qu'elle ne l'avait vue qu'une fois dans sa vie. Sa mère était à l'hôpital avec la jaunisse et leur père avait disparu Dieu savait où. Soudain leur grand-mère était apparue devant le mobile home avec trois sacs de courses. Elle avait préparé le repas et fait la vaisselle, tout en disant à Jessica combien elle était fière qu'elle travaille. Ce n'était pas une grand-mère affectueuse ni chaleureuse, mais elle était là, ne buvait pas et s'occupait de tout. Davey en avait un peu peur, mais il prenait sur lui, et c'était tellement, tellement bon d'avoir un véritable adulte auprès d'eux. Le deuxième soir, vers 22 h 30, sa grand-mère se tourna vers Jessica et lui dit qu'elle ferait mieux d'aller se coucher puisqu'elle travaillait le lendemain.

Personne ne l'envoyait jamais se coucher. Personne ne se souciait de savoir si elle dormait assez. Elle avait alors eu envie d'embrasser sa grand-mère et, même si elle ne l'avait pas fait, une sensation très douce et réconfortante avait rempli son cœur.

Puis, au bout de quatre jours, leur mère était rentrée, le fond des yeux encore un peu jaune, et leur grand-mère était repartie au Nevada. Elle était morte un an plus tard.

Ce sentiment de sécurité était idiot, parce que personne n'était jamais en sécurité nulle part.

Tandis qu'elle pensait à tout ça, Connor murmura quelque chose dans son sommeil et l'attira un peu vers lui. Elle ne bougea plus, la main posée sur lui, et essaya malgré tout de ne pas se sentir trop en sécurité.

Chico Trois était un chiot pitbull lui aussi, parce que, si l'on faisait exception de leur très mauvaise réputation, ce pouvait être des chiens adorables. Chico premier du nom avait été exemplaire avec toute la famille d'ailleurs, mais il avait vécu une malheureuse expérience dans le passé et, lorsque des étrangers s'approchaient, il devenait menaçant. Jessica avait tenté de régler le problème en l'enchaînant à la rampe métallique du mobile home, mais elle aurait dû se douter que ce ne serait pas solide. Elle aurait dû vérifier. Elle craignait pour la petite sœur de Levi, qui n'avait que deux ans, et même pour Levi et Mme Cooper. Elle aurait dû anticiper le fait que la rampe se casserait.

Ensuite, leur deuxième chien, Chico Deux (baptisé ainsi par Davey évidemment), avait été parfait, un amour de chien. Il avait vécu jusqu'à un âge vénérable mais, lorsqu'il était devenu incapable de marcher ou de se nourrir, Jess l'avait emmené chez le vétérinaire en tâchant de retenir ses larmes et, tandis qu'on lui injectait le produit qui stopperait son cœur, elle lui avait répété combien il avait été un bon chien. Bien sûr Davey avait été dévasté et avait défoncé la porte de la salle de bains à coups de tête, après qu'elle avait heureusement réussi à lui mettre son casque.

Au bout d'un mois, elle avait appelé le refuge où on lui dit que bien entendu on avait des pitbulls, car on en avait toujours. Chico Trois avait quatorze semaines et ce fut le coup de foudre avec Davey, et avec Jess aussi d'ailleurs.

À cette occasion, elle décida donc d'inviter son amoureux (son amoureux !) à venir faire la connaissance du nouveau chiot, après que Davey se serait endormi. C'était naturel après tout, non ? Puisque contre toute attente leur histoire avait l'air de tenir.

Elle l'appela.

— Salut. Tu veux passer regarder un film ce soir ?

Elle savait qu'il était de repos le mardi soir.

Il ne répondit pas tout de suite et elle fut prise d'un doute. Peut-être n'avait-il pas envie de venir. Peut-être n'était-elle qu'un simple bon plan pour lui…

— OK, avec plaisir. J'apporte quoi ?

— Mais rien. Viens les mains vides, après 20 heures, OK ?

— Eh bien, d'accord, merci Jess.

En entendant sa voix, elle sentit de nouveau cette chaleur délicieuse au creux de son ventre.

Elle raccrocha et se mit à se ronger l'ongle du pouce. Ricky, son voisin qui passait son temps dehors, verrait arriver Connor. Et alors que Gerard Chartier venait souvent, et que tout le monde savait qu'il était le baby-sitter de Davey, ce n'était pas le cas de Connor. Ricky allait tout de suite comprendre qu'elle voyait quelqu'un.

Terrifiant et assez excitant aussi, en fait.

Ou pas.

Elle se rendit chez les trois personnes dont elle s'occupait et exécuta toutes ses tâches à la vitesse de l'éclair, avant de foncer chez elle faire un peu de ménage. C'était une maniaque de la propreté parce que, dans le mobile home, la moquette sans âge était toujours poisseuse et moisie. Cela dit, entre Davey et le chiot, il y avait toujours du désordre ici ou là.

La maison qu'elle louait était modeste, une construction bon marché des années 1970, identique à celle de Ricky, mais elle avait fait de son mieux pour la rendre agréable. Elle écumait les vide-greniers, où elle arrivait toujours la première, et avec le temps elle avait fait de jolies trouvailles comme ce service dépareillé de chez Fiestaware, ce saladier en faïence d'Italie, ce canapé bleu pastel qui ne payait pas de mine, mais était propre et confortable, cette bibliothèque bancale en bois qu'elle avait repeinte en noir puis calée pour qu'elle soit stable et cette table de cuisine avec trois chaises pour les soirs où sa mère venait dîner.

Dans le jardinet de derrière il n'y avait rien, à l'exception d'un arbre parfait pour y grimper. Or Davey adorait grimper aux arbres et elle aussi d'ailleurs. Sinon, l'ensemble n'avait aucun charme. Ricky était un voisin super, sauf lorsqu'il broyait du noir et s'enfermait chez lui pendant une semaine, sans répondre lorsqu'on frappait à sa porte, laissant la télé allumée vingt-quatre heures sur vingt-quatre. Il avait fait la guerre et souffrait d'un grave syndrome post-traumatique. Jess lui apportait alors de quoi manger et le déposait devant chez lui. De l'autre côté vivait un couple qui se disputait souvent et elle avait même été obligée d'appeler la police deux ou trois fois, ce qui fait qu'ils ne l'appréciaient guère.

Un jour, elle posséderait son chez-soi, une maison avec un jardin digne de ce nom et pas juste une cour en ciment minable avec trois brins d'herbe rachitiques. Elle y ferait pousser des fleurs, luxe suprême, et aussi des tomates et du basilic. Il y aurait un porche sur le devant avec une balancelle et des jardinières suspendues. Ça lui semblait le comble du beau : de grandes jardinières remplies de fleurs qui illumineraient toute la rue, où viendraient se cacher les oiseaux-mouches qui fascinaient tant Davey et les papillons que sa mère adorait.

Une vie normale, en somme !

Quoi qu'il en soit, pour le moment, cette maison lui convenait. Elle était délabrée, mais c'était une vraie maison avec une cave et tout. Le propriétaire était correct, tout comme le loyer.

Ce jour-là, Davey était particulièrement fatigué et, par miracle, il s'endormit tôt, Chico Trois pelotonné sous son bras. Jess passa une dernière fois la maison en revue, rabattit le couvercle des toilettes, ce que Davey ne faisait jamais, ajusta la serviette sur le porte-serviettes et passa un coup d'éponge sur le plan de travail.

Elle était nerveuse car c'était la première fois qu'elle recevait comme ça un garçon chez elle. Levi Cooper avait été le seul à venir la voir au mobile home, pour la seule raison qu'il habitait dans celui d'en face.

Une demi-heure plus tard, Connor se garait devant chez elle. Elle sentit une chaleur soudaine lui monter au visage et son cœur se mit à battre la chamade. Il avait un pot de chrysanthèmes jaunes dans les mains.

— Salut, dit-il une fois sur le perron. C'est gentil de m'inviter.

— Eh bien… euh… merci pour les fleurs. Tu n'as qu'à les poser ici sur la marche.

Il obéit puis entra et la cuisine sembla soudain minuscule. Combien mesurait-il ? Un mètre quatre-vingt-dix ? Il était grand en tout cas.

— C'est joli ici, dit-il. Tu as… comment dit Colleen déjà ? Tu as l'œil, hein ? Pour les couleurs et tout ça. En plus c'est nickel. Je veux dire… c'est super, je… Merci pour l'invitation.

Visiblement, il était aussi nerveux qu'elle.

— Il ne faut pas qu'on fasse de bruit, d'accord ? Davey dort. D'habitude il ne se réveille pas, mais bon…

— D'accord.

Il se contenta de la regarder, de ses yeux bleu-gris, clairs et parfaits, ourlés de cils épais. Des yeux pareils devraient être interdits par la loi. Et *idem* pour ses mains. Il sentait le savon. Elle devina qu'il avait pris une douche avant de venir. Une attention délicate…

— Et si je nous faisais du pop-corn ? suggéra-t-elle d'une voix mal assurée. Tu lances le film ?

Elle possédait une vieille télé et un magnétoscope, probablement un des derniers en service, mais il ne lui avait rien coûté et Davey adorait regarder des films.

Elle se mit à faire du pop-corn. C'était bizarre de le savoir chez elle, dans la pièce à côté.

C'était comme un vrai rendez-vous amoureux. *C'était* un rendez-vous amoureux.

Ensuite elle versa le pop-corn dans le saladier italien et se rendit dans le salon. Rien ne lui semblait très naturel. Est-ce que c'était normal ?

— Tu veux boire quelque chose ? lui demanda-t-elle tout en se disant qu'elle aurait dû le faire plus tôt.

— Ça va, merci.

Ils s'assirent sur le canapé.

— Merci pour tout ça, Jess, lui dit-il alors, tandis qu'elle évitait son regard.

— Il n'y a pas de quoi, murmura-t-elle.

Son cœur battait à tout rompre et elle sentait son visage prendre feu.

Elle était heureuse.

Elle était chez elle, son frère était en sécurité, elle avait un amoureux, son premier amoureux, et tout cela n'avait pas l'air d'être un rêve. Ce n'était pas juste une aventure pour oublier tout le reste de sa vie, ni pour assurer la protection de Davey. Non, elle *appréciait vraiment* Connor O'Rourke.

Et c'était réciproque.

Il sentait délicieusement bon. Elle en avait la chair de poule, au point qu'elle ne se rappelait même plus quel film elle avait pris à la bibliothèque tandis que le générique se déroulait et qu'une musique inquiétante se faisait entendre. Elle sentait la chaleur de son bras qui frôlait le sien.

Il se tourna vers elle et, avant même qu'il eût fait un geste, elle l'embrassait déjà.

Ils s'embrassèrent avec passion et Jess augmenta un peu le volume pour être sûre que Davey ne les entende pas. Elle ne connaissait rien de meilleur que de sentir son corps lourd et ferme contre elle, sur elle. Comment un homme qui passait ses journées à cuisiner et à manger pouvait-il être si musclé ? Elle sentait rouler sous ses mains les muscles de ses épaules, son dos était puissant et doux. D'une main habile et caressante, il jouait avec son sein et il avait glissé une jambe entre les siennes, provoquant une pression délicieuse. Elle ne voyait pas de meilleure manière d'occuper les cinquante prochaines années que ce qu'ils étaient en train de faire.

Il recula un instant, le souffle court, et la fixa, le regard brouillé par le désir.

— Tout va bien ? chuchota-t-il en souriant.

Elle acquiesça.

Au même instant, il aperçut quelque chose derrière le canapé.

— On a de la compagnie, dit-il.

C'était Chico Trois qui remuait la queue et attendait visiblement d'être présenté.

— Chico Trois, je te présente Connor, dit alors Jessica. Connor, voici le nouveau chiot de Davey.

Il se dégagea de son étreinte, la laissant sur sa faim, avec une sensation de vide, mais la nuit ne faisait que commencer. Il se rassit et prit le chiot sur ses genoux.

— Salut, toi.

Chico se tortilla de plaisir, et se mit à lui mordiller le menton en poussant de petits gémissements ravis.

— Oh là, doucement ! Tu as des quenottes bien pointues, dis-moi !

— Qu'est-ce qu'il fait là, lui ?

Jess sursauta. Davey était en bas de l'escalier, les cheveux en bataille, l'air un peu perdu. Nom de nom ! *Reste calme, comme si tout était normal.*

— Davey, tu connais Connor, je crois ?

— Salut, Davey, dit Connor sans cesser de caresser le chiot.

— Mais qu'est-ce que tu fais là ? Et pourquoi tu as pris mon chien ? Lâche-le tout de suite !

— Mon chou, c'est bon, il ne va pas…

— Lâche-le ! Tu vas le tuer !

Il était rouge de colère et, si elle ne parvenait pas à le calmer, la crise promettait d'être sérieuse. Elle se leva.

— Davey, on était juste en train de regarder un film, euh, d'espions. C'est quoi ton film d'espions préféré ?

Faire diversion. C'est ce que disaient tous les psychologues et tous les articles sur Internet, mais là c'était trop tard et sa question fit chou blanc.

— Pourquoi tu l'as laissé entrer ? hurla Davey.

Puis il attrapa un cadre à photo dans la bibliothèque et le jeta sur Connor sans l'atteindre, avant de se saisir d'un pot en terre qu'il avait fabriqué pour Jess à son atelier de poterie et de le jeter au sol, le brisant en deux.

— Calme-toi, mon grand, tout va bien, dit Connor.

— Sors de chez nous ! Va-t'en ! cria Davey en se jetant contre lui.

— Davey, arrête ! s'écria Jess en essayant de lui attraper le bras.

Par chance Connor eut l'idée de poser le chiot, qui se réfugia dans la cuisine en aboyant, mais Davey était toujours fou de rage. Il hurlait, se débattait et donnait des coups dans tous les sens, tel un diable de Tasmanie, ou une grosse otarie, si bien qu'elle avait du mal à le retenir. Connor se leva et se pencha vers lui, ce qui lui valut un coup de poing au visage. Jess empoigna alors le bras de son frère.

— On ne tape pas ! Ça suffit, calme-toi maintenant et dis-moi plutôt : qui c'est le meilleur, Batman ou Superman ?

Connor la regarda, l'air surpris.

— Je te déteste ! Je te déteste ! Tu as tué mon chien ! Tu l'as tué ! Va te cacher, Chico Trois !

Davey dégagea son bras et donna un nouveau coup de poing à Connor, dans l'œil, assez fort pour que celui-ci ait un mouvement de recul.

— Assez, Davey ! Tu arrêtes ! dit alors fermement Connor, sans succès.

— Davey, s'il te plaît, tu fais peur à Chico, tenta de dire Jessica en lui coinçant le bras de nouveau.

Le chiot était dans la cuisine en train d'aboyer. Or c'était la dernière chose à faire que d'initier ainsi un pitbull à la violence.

— C'est lui qui lui fait peur ! Il tue les chiens !

— Mon grand, calme-toi ! rétorqua Connor. Je ne vais tuer personne.

— Je ne suis pas ton grand ! Je te déteste ! Va-t'en ! Va-t'en !

Il en postillonnait de rage et, malgré les efforts de sa sœur pour le contenir, frappa Connor au menton avant de se dégager et de lui foncer dedans.

— Davey, ça suffit, dit-elle avec autorité.

Les médecins lui avaient conseillé d'être ferme, d'établir des règles et de faire diversion. Si seulement ils avaient pu être là pour l'aider !

— Maintenant tu montes dans ta chambre !

Au lieu de ça il se rua sur elle et lui donna une gifle.

— Assez ! rugit Connor, en empoignant le garçon et le plaquant contre lui.

Mauvaise idée, car s'il y avait une chose qu'il détestait c'était qu'on l'empêche de bouger. Il hurla de plus belle et jeta sa tête en arrière pour frapper Connor au visage. Celui-ci le lâcha.

Davey s'empara du saladier de pop-corn et le brisa au sol, renversa la table basse d'un coup de pied puis s'approcha du mur contre lequel il commença à se cogner la tête en répétant : « Va-t'en ! Va-t'en ! »

— Davey, s'il te plaît, arrête, le suppliait Jess en larmes.

Elle se fraya un passage entre lui et le mur, pour amortir les coups mais trop tard. Elle aurait dû prévoir d'avoir son casque à portée de main. Il saignait de la tête. Elle parvint à se mettre derrière lui et l'entoura de ses bras, mais il avait trop de force même si elle pesait de tout son poids pour l'arrêter.

— Davey, tu te fais mal, arrête tout de suite !

— Dehors ! Dehors ! Dehors !

— Connor, tu peux essayer de le plaquer au sol ?

— Nooon ! Ne me touche pas ! protesta Davey en se redressant.

Connor lui saisit les jambes et Jess entraîna Davey avec elle jusqu'au sol, puis elle s'assit à califourchon sur lui, en lui coinçant un bras derrière la tête et un autre sur la poitrine afin qu'il ne puisse pas lui casser la clavicule. Comme ça, il ne pouvait plus se faire de mal, mais ses hurlements lui perçaient les oreilles. Il était très agité, se débattait et sanglotait.

Il lui fallait ses médicaments.

— Connor, prends ma place, tu veux bien ? Tiens-le juste pour qu'il ne se fasse pas mal, mais fais attention de ne pas l'étouffer.

Elle était presque obligée de crier pour se faire entendre entre les gémissements de Davey et les aboiements du chiot.

Connor obéit. Son œil commençait à gonfler.

— Tout va bien, dit-il à Davey qui se débattait furieusement, et donnait des coups de pied dans le vide. Je ne te ferai aucun mal.

Pour toute réponse, il n'y eut que des hurlements. Connor n'avait pas l'air rassuré, mais comment lui en vouloir ? On ne voyait pas ça tous les jours.

Elle n'avait pas le temps de s'attarder là-dessus et monta à toute vitesse dans la salle de bains, où elle attrapa le Xanax, seul médicament prescrit par les médecins en cas de crise, ainsi que du Benadryl en sirop. Elle se détestait d'avoir à faire ça. Le droguer.

Davey continuait à brailler. Et à donner des coups, apparemment. Pauvre Connor.

Quel cauchemar ! Elle redescendit quatre à quatre, remplit un gobelet d'eau. Chico Trois était dans sa panière en train de mâchouiller un jouet en plastique.

Elle se précipita dans le salon et s'agenouilla. Son frère se contentait maintenant de respirer et de grogner comme un enragé, mais il donnait toujours des coups avec ses pieds. Une fois, leur père avait oublié de lui fêter son anniversaire et il avait brisé une vitre d'un coup de poing, ce qui lui avait valu cinq points de suture.

Mais là c'était encore bien pire.

— Je vais te donner ton médicament pour dormir, d'accord, mon chou ? lui dit-elle, avec une douceur qui contrastait bêtement avec sa rage à lui. Et après tu pourras faire un bon petit dodo avec Chico Trois. Et puis on regardera Batman, d'accord ? Tu sais, celui avec le Joker. C'est mon préféré. J'adore la Batmobile.

Elle glissa deux pilules roses dans sa bouche puis le fit boire. Il mordit le gobelet, qui n'était pas en plastique pour rien.

— Bois, mon chéri.

— Je te déteste, dit Davey tout en tentant de frapper Connor une nouvelle fois.

— Avale tes pilules, mon chéri. Tu te sentiras mieux.

— Fais-le partir.

— Oui, mais prends d'abord tes pilules.

Il obéit et elle lui fit avaler en plus le Benadryl.

Elle se haïssait de le droguer de la sorte. Ça ne valait pas mieux que de le faire boire. Mais ça marcherait, car il réagissait très bien aux médicaments.

Elle n'avait pas le courage de regarder Connor. Et lui ne disait rien, il se contentait de retenir le jeune garçon. Sur son bras on voyait clairement la trace d'une morsure. Une morsure humaine. Davey l'avait mordu.

C'était tellement injuste d'en arriver là, de droguer son

frère pour qu'il se calme. Elle avait l'impression d'être un médecin sadique qui utilisait des enfants comme cobayes.

Davey portait son pyjama Batman, ce qui rendait les choses plus difficiles encore.

— Ne le laisse pas me faire du mal, dit-il, et Jess ne put retenir ses larmes.

— Mais non, personne ne te fera de mal, mon poussin.

— Ne le laisse pas tuer Chico Trois.

— Mais non, Chico Trois n'a rien à craindre et il va très bien. Il mâchouille son dinosaure.

Davey commençait à s'endormir. Son corps se détendit et s'affaissa contre Connor. Il y avait du pop-corn partout, sans parler du saladier en miettes, de la table basse cassée et des traces de sang sur le mur.

— Je te déteste, murmura-t-il, et Jess fit de son mieux pour ne pas éclater en sanglots parce qu'elle savait que cette fois-ci il s'adressait à elle.

Il ferma les yeux, ses cils mouillés de larmes. Elle appuya sa manche contre la blessure qu'il avait sur la tête. Cela ne saignait pas trop. Il avait connu pire.

— Tu veux que je le porte dans son lit ? proposa Connor.

Il allait avoir un sacré coquard le lendemain.

— Toi aussi tu saignes, dit-elle, la gorge nouée, et sans parvenir à le regarder en face.

— Je suis patron d'un bar. C'est un bon exercice d'entraînement pour videur.

— C'est pas drôle.

— Désolé. Laisse-moi le porter en haut.

— Je peux le faire.

— J'en suis sûr, mais j'y suis déjà, alors laisse-moi faire pour cette fois, d'accord ?

Elle hésita, avant d'acquiescer.

Il souleva Davey sans difficulté et monta à l'étage.

— Première porte à gauche, lui dit-elle, sans que ce soit nécessaire car c'était assez évident.

Inquiète à l'idée que le chiot ne se blesse, elle ramassa les débris du saladier, bien trop en miettes pour être recollé. Quant au petit pot que Davey lui avait offert pour son anniversaire, eh bien, elle verrait plus tard.

Chico Trois était assis sous la table, le dinosaure en plastique dans la gueule.

— Viens là, mon beau, dit-elle, et il obéit gentiment.

Il n'avait pas l'air traumatisé, mais tout mignon et tout frétillant. Elle le souleva et déposa un baiser sur sa tête. Le chiot lui lécha alors le menton.

— Je ne mérite pas que tu sois si gentil, tu sais, chuchota-t-elle.

Davey dormait, sa couverture bleue relevée jusqu'au menton. Connor se tenait là et le regardait, son œil gonflé presque fermé.

Elle déposa le chiot sur le lit et il alla se nicher tout contre le dos de Davey avec un soupir d'aise. Jess se rendit dans la salle de bains, mouilla un gant d'eau froide et prit de quoi faire un pansement, puis revint dans la chambre. Elle ôta le sang de la tête de son frère. Ce n'était qu'une petite entaille heureusement. On n'aurait pas besoin de recoudre, mais il aurait mal à la tête le lendemain, pour sûr. La gorge toujours nouée, elle lui appliqua un pansement.

— Ça va aller ? demanda Connor.

— Oui oui.

Une branche tapa contre la vitre.

— Connor, tu devrais partir maintenant.

— Je vais t'aider à ranger.

— Je veux que tu t'en ailles.

— Mais, Jess, c'est…

— S'il te plaît.

Parce que, s'il ne partait pas tout de suite, elle allait se mettre à pleurer pour de bon et il n'en était pas question. Ça suffisait qu'il ait déjà assisté à tout ça.

Elle descendit à la cuisine, prit quelques glaçons qu'elle fourra dans un sac en plastique.

— Mets ça sur ton œil.

Il obéit.

— Jess, il faut qu'on parle.

— Oui, mais là je veux que tu t'en ailles.

Il la regarda de son œil indemne puis se pencha et l'embrassa sur la joue.

— OK. Tu m'appelles plus tard ?

— Évidemment.

Mais elle ne le fit pas.

Il l'appela le jour suivant et elle ne décrocha pas.

Trois jours après la crise de Davey, décidée à ne pas traîner davantage, elle attendit l'heure de fermeture du restaurant, vérifia que son frère dormait, lui laissa le petit mot pour dire qu'elle faisait un footing, puis se rendit chez son voisin. Ricky lui ouvrit tout de suite.

— Ça ne t'embête pas ? lui demanda-t-elle. Je n'en ai pas pour longtemps.

— Pas de problème, répondit-il en prenant le babyphone. Ça va, toi ?

— Très bien. Merci, Ricky.

Puis elle se rendit en voiture chez Connor et elle mit fin à leur relation.

— Je suis désolée, lui dit-elle, ça ne peut pas marcher. Il est ma priorité numéro un et je ne veux pas risquer de le contrarier avant de savoir comment il va réagir à son nouveau traitement. Tu as bien vu comment ça se passe.

Connor avait l'œil bien gonflé et avait raconté à tout le monde qu'il avait fait une chute à moto. Il avait menti pour elle…

— Jess, je me suis renseigné…

— Ah bon, tu es spécialiste maintenant ? l'interrompit-elle sèchement.

Toute sa vie on lui avait donné des conseils sur la manière de se comporter avec son frère.

— Non, mais je peux peut-être t'aider sur certaines choses.

— Comme quoi ?

— Je peux payer le traitement.

Elle sentit alors son visage se durcir, et la Jessica d'autrefois réapparut : *Tu laisses mon frère tranquille si tu veux éviter les problèmes*. D'abord la menace et juste après le plumard. En général, ça marchait.

Sauf qu'avec lui ça avait été l'inverse, mais bon ça revenait au même.

— Laisse-moi t'aider, lui dit-il d'une voix douce.

— Non merci.

Les gens avaient de bonnes intentions, bien sûr. Mais ils pensaient que leur argent leur donnait des droits. Si Connor finançait le traitement de Davey, il allait sans doute ensuite dire des choses comme : *Je pense que j'ai mon mot à dire, vu que c'est moi qui paye*. Ou alors il arrêterait de payer le jour où il ne serait plus d'accord avec quelque chose.

Non, il fallait qu'elle se débrouille toute seule. Elle ne devait compter que sur elle-même. Le problème venait d'elle et il fallait qu'elle l'assume. Et si ça signifiait renoncer à une vie normale, eh bien, c'était comme ça.

— Je peux peut-être trouver d'autres moyens de t'aider, insista-t-il.

— Lesquels ?

— Je ne sais pas encore. C'est nouveau pour moi. Mais je m'y connais un peu, j'ai lu beaucoup d'articles, et je…

— Oui, eh bien, pour moi, ce n'est pas nouveau. Et ne crois pas que tu vas tout régler parce que tu as passé trois heures sur Internet. Je vis avec ça depuis que j'ai sept ans. J'aime mon frère et je sais ce qui est bon pour lui. J'ai parlé avec des médecins, lu tous les articles possibles. Je sais ce qu'il peut et ne peut pas supporter et, pour le moment, il ne peut pas supporter que j'aie un… un copain.

— Un copain ? C'est comme ça que tu me vois ?

— Oui. Je suis désolée, répondit-elle la gorge serrée.

Il se contenta de la regarder pendant une interminable minute.

— Alors tu vas me manquer.

Pendant un instant elle sentit son visage se décomposer et tomber le masque de la fille *avec qui il ne fallait pas rigoler*, mais il ne devait pas voir à quel point elle se sentait soudain seule !

— Il faut que j'y aille. Davey est tout seul. Je suis juste passée te dire ça. Et merci pour toute ta gentillesse.

Là-dessus, elle descendit l'escalier en courant, et démarra en trombe en faisant crisser les pneus sur le gravier.

Elle ne s'aperçut pas qu'elle pleurait avant que la route ne devienne complètement floue.

7

Cinq ans avant la demande en mariage...

Après que Jessica lui eut rendu sa liberté, Connor ne renonça pas pour autant à la gent féminine. Il restait un mâle. Et un mâle américain qui plus est. Il eut donc des aventures. Et pas juste des coups d'un soir. Non, il faisait des efforts parce qu'il n'aurait pas voulu que n'importe quel salaud couche avec sa sœur et ne la rappelle jamais. En fait s'il avait dû choisir, Colleen serait entrée au couvent depuis longtemps.

Et puis il y avait Savannah, mignonne comme un cœur, que l'on déposait tous les vendredis soir au restaurant pour qu'elle passe du temps avec son frère et sa sœur, pendant que ses parents sortaient dîner dans un endroit plus chic.

Il était donc de la plus haute importance qu'il se comporte bien. Savannah avait déjà un modèle masculin désastreux en la personne de son père, même si Pete se révélait sous un jour bien meilleur à l'occasion de sa toute nouvelle paternité. Malgré tout, elle n'avait pas besoin d'un chaud lapin pour frère.

Connor y mettait donc de la bonne volonté, mais ça ne marchait pas, voilà tout.

Peu de femmes restaient au-delà de la deuxième semaine. OK, elles étaient très sympas, mais elles n'étaient juste pas Jessica.

Il persistait à attendre qu'elle revienne et lui dise qu'elle avait la situation bien en main et qu'ils allaient pouvoir reprendre les choses là où ils les avaient laissées. Elle passait au restaurant tous les mercredis soir avec les urgentistes et les pompiers volontaires et lui disait toujours bonjour très gentiment : « Salut, Connor, tu vas bien ? »

Il lui répondait toujours quelque chose du genre : « Ça va, oui. Et ton frère, Jess, il va comment ? »

Et elle de dire : « Ça va, ça va, merci. »

Alors, cette tension électrique qui existait entre eux depuis le collège montait d'un coup, preuve qu'ils ne pouvaient pas être indifférents l'un à l'autre.

Et puis ça se calmait.

Ou, plutôt, elle coupait le courant et partait retrouver son groupe de pompiers, avant tout un groupe de fêtards, en tout cas le mercredi soir. Puis elle se joignait à une partie de poker ou plaisantait avec Gerard Chartier, et se contentait d'un petit verre de blanc qu'elle ne finissait jamais.

Parfois, si elle s'apercevait qu'il avait eu une rude journée, elle surgissait dans la cuisine, son sourire indéchiffrable sur les lèvres, et lui disait quelque chose de gentil comme : « Ce cake au crabe, Connor, c'était une tuerie ! » Ou encore : « On m'a raconté une histoire l'autre jour, et j'ai pensé à toi. » C'était chaque fois une blague graveleuse et désopilante. Il secouait la tête en souriant tristement, tout électrisé à l'intérieur.

On aurait dit qu'elle voulait juste s'assurer qu'il allait bien, avant de retourner au bar pour ne pas y finir son verre.

Lorsqu'elle le servait au Hugo's, il lui arrivait de poser la main sur son épaule et de la presser doucement. Mais il avait bien vu qu'elle faisait la même chose avec Jeremy et Gerard et encore plus avec Levi, à qui elle passait la main dans les cheveux, ce qui le rendait bêtement jaloux. Jess et Levi se connaissaient depuis tant d'années, pratiquement depuis le berceau !

Il en était réduit à être son ami, et ça le décourageait, pour dire le moins.

Si bien qu'un soir où Colleen était trop occupée à flirter avec Levi Cooper tout juste promu chef de brigade, et qu'arriva une ravissante rousse, Connor sortit de sa cuisine pour prendre sa commande et entamer la conversation.

Elle s'appelait Kim Garvis et travaillait comme secrétaire de mairie à Bryer, la ville voisine. Elle était venue suivre une formation en informatique à Manningsport et s'était décidée à dîner là avant de repartir. On lui avait recommandé le O'Rourke.

Elle était intelligente, sympa, jolie et n'avait pas l'air indifférente à son charme.

Aucune raison de ne pas lui proposer de sortir ensemble quelque part. Ce qu'il fit donc.

Il avait un peu oublié combien les choses pouvaient être simples dans une relation. Ils ne se retrouvaient pas au restaurant parce qu'il fermait le lundi, que son jour de repos était le mardi et qu'il n'avait vraiment pas envie d'y passer son temps libre. Sans compter que Colleen n'aimait rien tant que fourrer son nez dans les affaires de son frère et donner des avis sur tout. Donc il partait à moto jusqu'à Bryer et passait un moment chez Kim ou bien l'emmenait dîner ou au cinéma.

Tout allait très bien. Il ne pouvait rien demander de plus. C'était super.

Tant qu'il ne pensait pas à Jessica Dunn. Dès qu'il se mettait à y songer, il se forçait à se rappeler qu'elle avait été claire sur ses priorités, et qu'il fallait faire entrer ça dans sa tête d'Irlandais buté.

Un soir, Kim lui fit la surprise de venir le voir. Il y avait eu une démonstration de voltige aérienne au-dessus du lac dans la journée si bien que le restaurant était plein et très animé, mais elle s'en fichait. Elle s'assit au bar, bavarda avec Colleen, qui avait deviné, grâce à ses super pouvoirs de jumelle, que son frère voyait quelqu'un. Kim avait l'air très à l'aise, riait avec les habitués, et Connor jetait un coup d'œil de temps en temps, ravi de la voir là.

— Rafe, je te laisse à la barre, dit-il à son aide qui ne

connaissait rien à la mer même s'il adorait les films de sous-marins avec Matthew McConaughey ou Denzel Washington.

— Entendu, capitaine ! répondit Rafe en le remplaçant aux grillades.

Connor se lava les mains et quitta la cuisine, puis se fraya un chemin dans la salle jusqu'à Kim.

— Salut toi ! lui dit-il en l'embrassant sur la bouche.

— Salut ! répondit-elle avec un sourire. Je me suis dit que j'allais venir te voir dans ton élément.

— Si tu veux tout savoir, son élément c'est le plomb, un truc bien lourd, dit alors Colleen avant de taper dans la main de Gerard et de servir une Guinness à la pression.

— L'osmium est plus lourd, ignorante, corrigea Connor. Ou éventuellement l'iridium.

— Qu'est-ce qu'on s'en fiche ! répliqua Colleen. C'était de l'humour ! Kim, tu sais que tu mérites mieux que lui.

— Je vois que tu as fait la connaissance de ma redoutable jumelle. Elle n'est pas très maligne. Il n'y a qu'à voir son niveau en chimie.

— Il dit ça, mais n'empêche qu'il travaille pour moi. Kim, oublie-le. Je suis bien plus intéressante que lui.

— Pas de pot, je ne suis pas lesbienne, répondit Kim. Sinon, tu serais tout à fait mon genre.

— C'est un bon début, conclut Colleen en faisant glisser une bière sur le comptoir.

— Il faut que je retourne en cuisine, dit alors Connor. Kim, tu as besoin de quelque chose ?

— À quelle heure tu termines ?

— La cuisine ferme à 22 heures.

— Alors je te veux à 22 h 2, répondit-elle, mutine.

Colleen fit une moue dégoûtée.

Kim se leva et embrassa Connor à pleine bouche, provoquant les applaudissements de la salle, puis se rassit.

Connor sourit puis se détourna.

Jessica, pétrifiée, lui faisait face, et il ressentit une douleur fulgurante et familière, un déchirement dans la poitrine.

Elle se ressaisit tout de suite et son visage reprit cette expression lointaine et indifférente. Elle lui tourna le dos et se remit à rire avec Theresa DeFilio.

Connor se retourna alors vers Kim.

— À dans une heure, lui dit-il.

— Parfait, répondit-elle, Colleen était en train de me raconter la fois où tu l'as frappée à coups de pomme de terre.

— Époque bénie ! s'exclama-t-il avant de retourner à sa cuisine.

Mais il n'était plus à ce qu'il faisait.

Hannah et Monica, ses cousines serveuses, apportaient commande sur commande, mais il n'était plus dans le coup. Il confondit les patates douces rôties avec l'écrasée de pommes de terre à l'huile de truffe, fit cuire du thon au lieu de l'espadon. Au bout de la quatrième erreur, Rafe lui lança un regard noir.

— Désolé, il y a cette fille dans la salle, j'ai la tête ailleurs.

Sauf qu'il ne pensait pas à Kim en disant cela.

— Eh bien, vas-y alors, mon grand, suggéra Rafe. Y aurait pas aussi un joli garçon gay pour ton adjoint à tout hasard ?

— Si, Jeremy Lyon.

— Ouais, mais il est tout jeunot et puis il a dû faire vœu de chasteté ou un truc du genre. Super flippant. Allez vas-y. Je termine.

Il sortit donc et s'assit à une table avec Kim. Il demanda à Monica de lui resservir un verre, la questionna sur son boulot, lui montra une photo de Savannah. Ils parlèrent cinéma.

Tout se passait bien. Sauf que Kim avait l'air furieuse, de plus en plus furieuse.

— Tout va bien ? lui demanda-t-il.

— Oui oui.

— T'es sûre ?

— Tout va bien, dit-elle, exaspérée.

— Mais enfin, Kim, qu'est-ce qu'il y a ?

— Rien.

— J'ai une sœur jumelle, tu sais, alors je vois bien qu'il y a un truc.

— Ah oui ? Et quoi ?

— J'ai dû merder quelque part.

— Tu n'es pas si bête que t'en as l'air alors.

— OK, si on doit se disputer, j'ai peut-être le droit de savoir pourquoi.

Elle se leva.

— Je m'en vais.

— Quoi ? Mais pourquoi ? Attends, je vais te raccompagner à ta voiture ! Mais enfin Kim…

Elle partait vraiment. Il fallait lui reconnaître ça, elle n'était pas le genre à se poser trop de questions.

Il la suivit jusqu'au parking.

— Kim, tu pourrais me dire pourquoi tu es fâchée, s'il te plaît ?

— C'est qui cette blonde ? demanda-t-elle en faisant volte-face.

Elle avait manqué sa vocation. Elle aurait dû travailler au FBI.

— Je ne vois pas de qui tu parles, répondit-il en faisant mine de ne rien capter.

— Ne joue pas au plus fin avec moi ! La blonde que tu évites de regarder.

Il ne savait pas trop sur quel pied danser.

— On a vachement de monde ce soir. Tu peux être plus précise ?

— La super jolie, répliqua-t-elle sèchement.

OK, c'était mort.

— Ah, Jessica ! On était au lycée ensemble.

— Oui, et vous avez couché ensemble.

— Eh bien, euh… oui, il y a quelque temps.

— Et tu es amoureux d'elle.

— Écoute, je…

— Laisse tomber, Connor, rétorqua-t-elle en rejetant en arrière ses magnifiques cheveux. Tu ne m'as jamais regardée comme tu évites de la regarder elle.

— Je ne sais pas quoi te dire…

— À la seconde où tu l'as vue, tu as complètement changé d'attitude, alors ne me prends pas pour une idiote.

Il leva les mains en signe d'abdication.

— OK, elle et moi on a eu une histoire, il y a… disons, deux ans. *Vingt-sept mois pour être précis.* Mais ça n'a pas marché.

— Pourquoi ?

Il n'allait pas lui raconter la vie de Jessica non plus !

— Elle a estimé que ça ne pouvait pas marcher, c'est tout.

— OK, mais c'est clair que toi tu n'as pas lâché l'affaire, alors bonne chance.

Sur ces mots, elle ouvrit sa portière et monta dans sa voiture.

— Contente de t'avoir connu.

— OK, je vois, tout est ma faute.

— Ben oui. Faut t'y faire.

Elle claqua la portière, recula pour sortir de la place où elle était garée puis baissa la vitre.

— Sortir avec quelqu'un quand on est amoureux de quelqu'un d'autre, ça ne se fait pas.

Là-dessus, elle accéléra, lui roula sur le pied et s'éloigna en faisant crisser ses pneus.

— La vache ! s'exclama Connor en massant son pied qui n'était peut-être pas cassé mais bien douloureux.

Furieux, il regagna le restaurant en boitillant.

— Alors, mon grand, elle t'a fait mordre la poussière ? lui lança Colleen.

— Je hais les femmes. Et toi en particulier, Colimaçon !

— Elles te le rendent bien, mauviette !

Rafe était en train de préparer la dernière commande.

— Je rangerai, lui dit Connor.

— Je te croyais avec ta nana.

— C'est terminé. Vas-y. Rentre chez toi. Va te détendre.

— Si tu étais gay, on ferait un couple super, toi et moi. Je dis ça, je dis rien.

— Ne m'oblige pas à te virer.

— C'est comme ça que tu me remercies d'être gentil avec toi ! Salut patron !

Connor répondit d'un grognement et se mit au travail. Il remit tout en ordre, congédia les cousines à coups de pied aux fesses et n'adressa plus la parole à Colleen.

Une fois seul, il se remit aux fourneaux pour préparer des lasagnes, végétariennes, avec des oignons rouges frits, des champignons de Paris et des pousses d'épinards frais. Il fit une béchamel épaisse avec du lait entier, de la farine, du poivre moulu et des tonnes de beurre. Il fit lui-même les pâtes à l'aide de son appareil spécial, parce que les pâtes qu'on achetait avaient un goût de carton alors que les siennes étaient une preuve de l'existence de Dieu. Il versa la sauce sur les couches successives ainsi que du vrai parmesan râpé qu'il commandait tout spécialement au marché italien de Philadelphie, et non pas son infâme imitation américaine.

Pourquoi Jessica l'avait-elle regardé comme ça, comme si elle avait le cœur en miettes ? Ça faisait deux ans, quand même ! Vingt-sept mois au cours desquels elle n'avait jamais laissé entendre qu'elle voulait revenir ! Et là, d'un seul et unique regard, elle avait foutu en l'air son histoire avec une fille super sympa.

— Alors mon frère ? demanda Colleen en entrant dans la cuisine après avoir fini de ranger les chaises. Tu veux qu'on parle un peu ?

— Non.

Elle se tut une minute. Puis, vu qu'il lui était impossible de se taire très longtemps, elle dit :

— Je suis désolée pour Kim. Elle avait l'air vraiment gentille.

— Oui. Merci, répondit-il en levant finalement les yeux.

— À demain, dit-elle en lui donnant une petite tape sur l'épaule, juste assez fort pour lui faire un peu mal et l'éclabousser de béchamel dans les cheveux.

Puis elle partit et le silence se fit tout autour de lui.

Cuisiner lui faisait toujours du bien. Pour être un bon chef, il fallait comprendre la nourriture, la laisser parler, en respirer l'odeur… Il fallait sentir la pâte, sa façon de coller à la cuillère en bois, la goûter pour savoir quand elle était prête. Il ne suffisait pas de se fier à sa montre. Il fallait sentir le bon moment.

Cuisiner était un moyen d'arrêter le temps, de forcer des gens à prendre une demi-heure pour s'asseoir, se détendre, manger et apprécier. C'était une expérience zen que de mélanger une douzaine d'ingrédients pour les transformer en quelque chose de singulier et de nouveau qui allait sustenter, nourrir et rendre heureuse une famille pendant un petit moment au moins.

Rien d'étonnant à ce qu'il se soit mis à la cuisine au moment où le mariage de ses parents battait de l'aile, des années avant que sa mère ne se doute de quoi que ce soit.

Il enfourna les lasagnes et se mit à nettoyer la cuisine jusqu'à ce qu'elle étincelle.

Il adorait cet endroit. C'était chez lui.

Et il détestait qu'on le poignarde en plein cœur chez lui.

Il était 1 heure du matin lorsque les six plats de lasagnes furent prêts. Il les chargea dans son pick-up et se rendit à la soupe populaire, dont il avait la clé, et où il passait une fois par semaine depuis l'ouverture de son restaurant. Il y laissa cinq plats dans le frigo avec des consignes pour les faire réchauffer. Ensuite il se rendit chez Jessica.

Étonnamment, elle ouvrit tout de suite.

— Connor ? Tout va bien ?

— Je t'ai apporté des lasagnes.

— Euh merci…, dit-elle en fronçant les sourcils. Pourquoi ça ?

— Je suis furieux contre toi.

— Ah oui c'est logique, d'où les lasagnes.

Évidemment, c'était complètement idiot.

— Mon amie n'a pas aimé la façon dont j'ai évité de te regarder, et elle a rompu.

— Ah oui, et du coup, les lasagnes, c'est pourquoi exactement… ?

Elle dit cela avec un demi-sourire qui le vexa.

— Je ne sais pas.

Alors elle sourit franchement.

— Tu veux entrer ?

Il la suivit à l'intérieur. La cuisine, bien que simple, était immaculée. Sur la table étaient posés un manuel et un cahier ouverts. Elle referma les deux et les posa sur une chaise. Message reçu : *Tu n'as pas à savoir ce que je suis en train de faire.*

Il déposa le plat sur la cuisinière, puis se tourna vers elle en s'adossant au plan de travail.

Jessica Dunn était très belle en pyjama, même si le bas était vert à carreaux et le haut un T-shirt rigolo avec un chat enroulé dans une tortilla qui disait : *Chat a l'air très bon !*

— Pourquoi es-tu ici, Connor ?

— Ma désormais ex prétend que je suis toujours amoureux de toi.

— Vraiment ? répondit Jessica d'une petite voix, tout en évitant son regard, et en ajustant le porte-serviettes, geste qui redonna de l'espoir à Connor. Elle avait l'air nerveuse, et ça ne pouvait pas être une mauvaise chose.

— Tu as fichu en l'air une relation parfaite, ajouta-t-il en se mordant la lèvre pour ne pas sourire.

— Par le simple fait d'exister ?

— Absolument.

Il laissa ses yeux glisser sur elle. Elle avait lâché ses beaux cheveux si doux et ondoyants qu'il adorait. Les joues en feu, elle se mit à tripoter les cordons de son pyjama, à en faire un double nœud pour être précis. Mais il avait toujours été très bon pour défaire les nœuds.

— Tu veux que j'arrête de venir au restaurant ?

— Non.

— Alors qu'est-ce que tu veux ?

— Toi.

Elle fit mine de vouloir mettre les mains dans ses poches, avant de s'apercevoir qu'elle n'en avait pas et au lieu de cela elle croisa les bras.

— Tu me fais du chantage aux lasagnes, alors ?

— Oui. Ça marche ?

— Peut-être, répondit-elle en haussant les épaules. Elles sentent divinement bon.

— Jess, reprit-il doucement, tu as mal supporté de me voir avec quelqu'un d'autre. Alors reviens.

— Je n'ai pas de problème avec le fait que tu voies quelqu'un d'autre, Connor, protesta-t-elle. Si tu es bien avec elle, tant mieux. Je suis contente pour toi.

— Tu as presque l'air sincère.

— Mais je le suis.

— Menteuse.

La cuisine était silencieuse à l'exception du frigo qui ronronnait. Il ne la quittait pas des yeux. Il voyait pulser le sang dans son cou. À toute vitesse.

— Elle avait raison, tu sais. Je suis toujours amoureux de toi.

— Je suis désolée.

— C'est faux, dit-il alors en s'avançant vers elle et en lui prenant les mains dans les siennes.

Elle déglutit avec difficulté, et rougit de plus belle.

— Jessica, murmura-t-il, en se penchant pour déposer un baiser sur sa joue.

Elle frémit mais ne recula pas.

— Je veux que tu sois avec moi, reprit-il en posant les lèvres tout près de son oreille. Tu es obligée, je t'ai fait des lasagnes.

Elle sentait la vanille et le citron.

— C'est impossible… Tu ne devrais pas…

— Des lasagnes, Jess, avec des pâtes faites maison.

Elle eut un petit rire.

— Connor, je suis désolée. J'aimerais… Il vaut mieux que tu sois avec elle.

— Je ne crois pas, non.

Ces derniers mots eurent raison d'elle. Ses beaux yeux verts s'adoucirent et elle se mit à regarder la bouche de Connor, qui n'attendait pas d'autre invitation. Il l'embrassa, passa les bras autour d'elle pour l'attirer plus près et retrouver instantanément cet emboîtement parfait, comme s'ils étaient faits pour s'embrasser, eux et personne d'autre. Sa bouche était douce et offerte et un petit soupir s'en échappa. Il n'en fallut pas plus pour le rendre fou. Cela faisait vingt-sept mois qu'elle lui manquait si fort, si douloureusement, au point que personne ne pouvait la remplacer.

Ils firent l'amour, là, Jess sur le plan de travail, les jambes nouées autour de lui. Ils commencèrent par échanger de longs baisers torrides et des préliminaires interminables à demi dévêtus, jusqu'à ce qu'elle n'en puisse plus et le supplie, à bout de souffle. Et il n'était pas le genre à refuser un ordre pareil, ça non.

Après avoir mangé une copieuse ration de lasagnes, ils allèrent au salon et parlèrent à voix basse pour ne pas réveiller Davey, puis s'embrassèrent et refirent l'amour. Plus lentement et plus tendrement cette fois. Enfin, enlacés sous une douce couverture verte, ils s'allongèrent sur le canapé.

Il la regarda dormir : ses longs cils lui chatouillaient la joue, et sa main était blottie dans la sienne.

C'était tout ce qu'il désirait. Peu importaient les circonstances.

Il finirait par dompter Davey. Il achèterait une maison pour deux familles où ils pourraient tous habiter. Ils auraient deux enfants et elle laisserait tomber son travail pour passer un diplôme de ce qu'elle voulait, et toutes les nuits seraient pareilles à celle-ci : ils seraient ensemble, nus et bien au chaud sous une couette, le vent battant les fenêtres, mais eux en sécurité à l'intérieur.

Sans attendre que les oiseaux se mettent à chanter, elle se réveilla et lui dit de partir avant que Davey ne se réveille.

Il la contempla longuement puis lui caressa les cheveux.

— On est ensemble cette fois-ci, Jess. Et pas juste au lit de temps en temps, d'accord ?

— Je… je dois penser à mon frère.

— Je sais. On ne va pas précipiter les choses. Mais tu es avec moi pour de vrai, d'accord ?

Elle se mordit un ongle, puis reposa sa main.

— D'accord, dit-elle, la mâchoire un peu crispée.

— Ça va aller, tu verras, lui dit-il en s'agenouillant devant elle.

— Je sais, murmura-t-elle.

Elle était terrifiée. Elle parvenait à peine à le regarder et cela ne fit que renforcer la détermination de Connor. Il allait lui prouver que ça pouvait marcher.

Et en effet ça marcha. Pendant plusieurs mois. En toute discrétion évidemment. Mais il était prêt à ça. Il était complètement, totalement amoureux, et plus heureux que jamais.

Certes, l'apprivoiser n'allait pas être simple. Elle avait été abandonnée par tant de gens dans sa vie que ça prendrait du temps de la convaincre qu'il était différent.

Mais elle lui donnait sa chance.

Ce dont il s'apercevait, et qu'elle ne savait sûrement pas, c'est que le gagnant dans cette histoire c'était lui. Jess était de loin la plus belle personne qu'il connaissait. Elle prenait soin de son frère, tout en ayant deux voire trois boulots. Elle ne lui parlait pas de ses parents, mais il était au courant de certaines choses. Elle leur donnait de l'argent, réglait les dettes de jeu de son père. Un soir, Levi avait interpellé Keith

Dunn qui roulait en état d'ivresse et elle avait dû le quitter pour s'occuper de ça.

Il ne se plaignait pas du peu de temps qu'ils passaient ensemble et se contentait de lui proposer son aide. Il faisait du chili pour Davey dont c'était soi-disant le plat préféré. Il attendait que ce soit elle qui l'appelle et ne disait rien lorsqu'elle annulait. Il proposait de payer Gerard lorsqu'il gardait Davey, mais elle refusait toujours.

Pendant une longue période bénie, il eut l'impression qu'ils avançaient. Colleen avait commencé par le regarder d'un air soupçonneux, mais l'avait finalement laissé tranquille, pressentant que cette fois-ci c'était différent.

Un jour pourtant, Jessica vint au restaurant en pleine journée, le visage blême.

— Je peux te voir une seconde ?

C'était la première fois qu'elle demandait à lui parler seul à seul dans un endroit public. Ce devait être grave.

— Laissez-nous, les gars, dit-il à Rafe et Omar, le plongeur, qui obéirent.

— Ma mère est morte, dit-elle. Hier soir.

— Oh, ma puce, répondit-il en la prenant dans ses bras.

Mais elle ne bougea pas, aussi raide qu'une statue.

— Je… C'est très soudain, mais on pouvait s'y attendre, j'imagine. C'est le foie.

— Je suis désolé.

Elle recula d'un pas et il comprit ce qu'elle était venue lui dire.

— Davey est dévasté.

— Et toi, Jess ?

— Moi… ça va, murmura-t-elle.

Ce n'était pas vrai, loin de là.

— Il faut qu'on fasse un break, toi et moi.

— Mais enfin pourquoi ? Laisse-moi plutôt t'aider.

— M'aider ? Mais comment ? Avec Davey ? Je ne pense pas, non.

— Laisse-moi t'aider, toi.

— Je n'ai pas besoin que tu m'aides, dit-elle, et il prit sa réponse en pleine poitrine, une fois de plus.

— Ta maman vient de mourir et tu n'as besoin de personne ?

— Non, ça va. Mais merci.

Elle était déjà passée à autre chose, comme si cette conversation n'avait été qu'une formalité. Il eut envie de se mettre en colère, de lui dire qu'il fallait qu'elle accepte son soutien.

Sauf qu'il connaissait sa réaction par avance.

Mais il savait aussi qu'elle aimait sa mère.

— Je suis vraiment désolé pour toi, répéta-t-il.

— Merci.

— J'attendrai.

— Tu n'es pas obligé.

— J'attendrai quand même.

— Eh bien, je ne préférerais pas, Connor, dit-elle d'une voix brisée. Je n'ai pas besoin en plus de me sentir coupable. Tâche plutôt de trouver quelqu'un de sympa et marie-toi, d'accord ?

Il encaissait les coups, comme s'il n'en avait pas déjà assez pris.

— Sauf que je ne vois pas bien avec qui.

— Il faut que je m'occupe de Davey et qu'on s'en sorte. Mon père… Tu sais quoi ? Il faut que j'y aille.

— OK.

Sa mère vient de mourir, se força-t-il à se rappeler. *Sois grand seigneur.*

— Si tu as besoin de quoi que ce soit, appelle-moi, OK ?

Ses yeux se remplirent alors de larmes.

C'était tout elle, ça ! Jessica Dunn jouait à la dure comme personne. *Jouait*, c'était le mot.

Il la reprit dans ses bras et cette fois-ci elle le laissa faire. Il lui caressa les cheveux et alors elle fit un pas en arrière.

— Prends soin de toi, lui dit-elle.

— Toi aussi.

Il se rendit avec Colleen à l'enterrement de Mme Dunn. En fait, presque toute la ville s'y rendit, plus d'ailleurs pour Jessica que pour sa mère, bonne à rien d'autre qu'à vider des bouteilles.

Après la cérémonie, il alla embrasser Jessica, et tenta d'ignorer Davey qui se mit à gémir plus fort et enfouit son visage dans la poitrine de sa sœur en le voyant. Il serra la main de M. Dunn, qui dégageait une odeur de bière bon marché et de transpiration. Il se fit violence pour ne pas lui mettre son poing dans la figure et lui dire de s'occuper de sa fille.

Il apprit par Gerard que Davey dormait avec sa sœur toutes les nuits et était passé par des crises épouvantables, allant parfois jusqu'à faire un trou dans le mur avec son poing. Il arrivait aussi au pauvre gosse d'oublier que sa mère était morte.

Par la suite, Jessica ne l'appela jamais, ni ne donna le feu vert à leur relation, ni ne fit un quelconque geste envers lui. Il garda ses distances, guettant le signal le moment venu.

Mais aucun signal ne vint.

Au bout de sept mois, il se rendit chez elle tard un soir et cette fois encore elle avait presque l'air d'attendre sa visite. Chico Trois, qui avait atteint sa taille adulte, frotta la tête contre sa jambe en remuant la queue et en grognant de plaisir. Un accueil contrastant nettement avec celui de Jessica.

Elle n'ouvrit pas la porte en grand.

— Davey ne dort pas très bien, chuchota-t-elle.

Connor ne répondit rien.

— Je suis désolée.

Elle allait dire autre chose, mais elle se ravisa et soupira.

— Vraiment désolée.

— Pas de problème, fit-il alors en lui tendant le grand saladier tupperware qu'il avait apporté. Tiens, c'est du chili.

Elle le prit et, lorsqu'elle leva les yeux vers lui, il vit qu'ils étaient un peu trop brillants.

— À bientôt, lui dit-elle.

— C'est ça.

Il s'en alla. C'était la seule chose à faire.

8

Quatre jours après la demande en mariage…

Ce n'était pas juste, cette demande en mariage de Connor. Depuis ce soir-là, Jessica ne faisait que ressasser. Pour la première fois, elle avait eu hâte que le long week-end se termine : c'était la fête de Manningsport et tout était fermé en mémoire d'un épisode de l'histoire que tout le monde avait oublié. Son travail à la boutique du domaine viticole de Blue Heron était le meilleur antidote à ses problèmes personnels et elle se serait bien passée de ce temps libre.

Se marier ? Sérieusement ?

Alors, d'accord, la plupart des gens auraient trouvé cette demande vraiment romantique et tout, mais ce n'était pas juste. Il connaissait les règles.

Lorsqu'ils s'étaient remis ensemble la dernière fois, elle avait pourtant été très claire.

Elle était attachée à lui, vraiment très attachée. Mais elle avait une vie compliquée et Davey serait toujours sa priorité. Rien ne pourrait changer cela, car qui d'autre qu'elle l'aimait ? Qui pouvait prendre soin de lui ? Il souffrait de ce syndrome d'alcoolisme fœtal et, d'après l'hypothèse des médecins, d'un désordre post-traumatique, grâce à ce crétin de Pete O'Rourke, le jour où on avait enlevé son chien au petit garçon pour le faire piquer.

Chez Davey, le temps ne suffisait pas à panser les blessures. Il pleurait encore son premier chien. Il pleurait encore leur mère. Il demandait encore si leur père rentrait dîner, même si celui-ci avait disparu le jour des obsèques de sa femme, et n'avait plus jamais donné de nouvelles, ni envoyé un centime depuis.

Le premier Chico... D'accord, il fallait le neutraliser, mais les choses auraient pu se passer tellement mieux. Pour Davey, c'était Connor le responsable. Elle avait beau lui expliquer le contraire, rien ne le faisait changer d'avis, et leurs parents n'avaient pas aidé avec leurs commentaires du style : *Ces salauds de O'Rourke !* Ou bien : *Le gamin n'avait qu'à pas aller embêter le chien au départ !* C'est comme ça que, dans la logique de Davey, Connor était devenu celui qui tue les chiens. Son QI limité l'empêchait de voir l'histoire différemment.

Résultat des courses : cela faisait vingt ans que Davey était terrorisé à chaque fois qu'il le croisait. Le soir où Connor était venu regarder le film avait été le pire, mais elle comprenait : il s'était senti trahi. Dans sa propre maison, avec sa sœur, se trouvait son pire ennemi, le tueur de chiens. Il avait fallu des mois à Jessica pour regagner sa confiance.

Au fil des années, elle avait rassemblé assez de connaissances sur ce syndrome pour obtenir un doctorat. Elle avait discuté avec des douzaines de conseillers d'orientation, de thérapeutes, de psychologues, de pédiatres, de neurologues. Elle avait même un jour réussi à assister à une conférence sur le sujet. Ce n'était pas inutile d'être jolie une fois de temps en temps. Elle avait laissé un spécialiste lui offrir un verre et lui reluquer le décolleté tandis qu'elle le bombardait de questions.

Au bout du compte, personne ne lui avait rien dit de très utile, mais elle était devenue la spécialiste mondiale de son frère. Les termes *fonction exécutive*, *troubles du traitement sensoriel* et *contrôle des pulsions* n'avaient plus aucun secret pour elle. Elle avait compris que, si elle lui disait : « Ne tape pas sur la voiture avec ce bâton », il pouvait très bien comprendre qu'il avait le droit avec un râteau.

Il savait un peu lire et, à moins d'observer son visage et

d'être déjà au courant, on ne soupçonnait pas le moindre problème chez lui. On l'entendait citer sans arrêt des répliques du *Hobbit* sans penser que pour lui ce n'était rien d'autre qu'une aventure très cool avec des épées et un dragon. La trahison, l'amitié, la corruption par l'argent, la perte de l'innocence étaient autant de concepts qui lui passaient au-dessus de la tête. Mais, parce qu'il pouvait citer des répliques de film et parlait parfaitement, les gens étaient frustrés lorsqu'il ne comprenait pas ce qui, pour eux, paraissait évident.

Connor, par exemple, refusait d'admettre qu'il ne le verrait jamais autrement que comme un tueur de chiens. Ce jour où les services sanitaires lui avaient arraché Chico avait été le pire de sa vie. Pire encore que le jour où sa mère était morte.

Connor pensait qu'il pouvait parvenir à se faire pardonner, mais il se trompait.

Davey ne changerait jamais. Il en était incapable.

En imaginant qu'elle puisse mettre son frère de côté, ce qui était impossible, Jessica, eh bien… n'avait pas confiance en Connor. Il ne savait pas ce qu'il voulait. Comme tous les hommes, il la voyait comme un trophée. Or, si elle avait été une fille facile par le passé, elle avait opté pour le célibat désormais.

Connor avait été la seule exception, mais elle avait pris soin de ne jamais perdre le contrôle de cette histoire. Leur relation avait toujours été sans conséquence, enfin, non, ce n'était pas le bon terme. Disons plutôt *fluide*. Et c'était très bien comme ça. Elle n'avait pas cessé de lui répéter qu'il était libre de trouver quelqu'un d'autre, ce qu'il avait fait d'ailleurs. Lors de leurs phases de rupture, il était sorti avec d'autres filles. Et alors ? Elle avait rompu avec lui trois, quatre fois, pour des raisons variées, et comprenait qu'il ait eu besoin de tourner la page. Elle aurait été heureuse de le voir avec quelqu'un d'autre.

Elle s'était presque réjouie de le voir avec une fille, cette rousse de Bryer. Qu'il avance et qu'il l'oublie et qu'il arrête de faire naître chez elle ces sentiments dangereux ! Après toutes ces fois où elle avait mis fin à leur histoire, elle aurait compris si un jour il lui avait présenté sa fiancée.

Mais ce ne fut pas le cas. Au lieu de cela, il revenait sans cesse à la charge, sans qu'elle comprenne pourquoi. Pour se faire pardonner l'histoire de Chico toutes ces années plus tard ? Pour lui venir en aide ? Mais elle ne voulait pas qu'on lui vienne en aide, merci beaucoup !

Bien des gens la voyaient comme *cette pauvre Jessica*, la gamine déshéritée qui vivait dans un mobile home avec des parents alcooliques et un frère attardé, celle qui avait été serveuse la moitié de sa vie et, oui, était devenue strip-teaseuse pendant deux minutes. Elle savait bien que les gens la voyaient comme Julia Roberts dans *Pretty Woman* : *Viens un peu par ici, ma belle. Tout ce qui te manque, c'est de l'argent, une bonne douche bien chaude et de beaux vêtements, et tu seras exactement comme je te veux.*

Non merci. L'histoire de Cendrillon, ce n'était pas pour elle. Elle pouvait très bien se sortir d'affaire toute seule, elle et Davey, non mais !

D'ailleurs elle y était parvenue. Cela lui avait pris neuf ans, mais elle avait obtenu un master en marketing. Désormais elle avait un super boulot à Blue Heron, auquel elle n'aurait pas pu prétendre cinq ans plus tôt, et travaillait pour la famille qui autrefois lui faisait la charité.

Elle habitait un endroit correct. L'état de son frère était stabilisé et il se débrouillait bien dans son emploi de manutentionnaire chez un fabricant de bougies. Elle était presque devenue quelqu'un de respectable. La dernière étape serait l'achat d'une maison, ce qu'elle ferait dans un an, quinze mois tout au plus. Elle prévoyait d'acheter quelque chose dans le Village, un endroit magique, un peu comme dans Narnia, avec de jolies maisons victoriennes sur de minuscules pelouses, et une vue sur le lac Keuka depuis chaque rue.

Trois ans plus tôt, alors que leur mère était morte depuis

quelque temps déjà et que Davey commençait enfin à s'y faire, Connor et Jess avaient de nouveau été ensemble pendant une semaine, leur record personnel de brièveté. Le huitième jour, elle avait eu une crise d'appendicite épouvantable, péritonite et tout le reste, puisque dans la famille Dunn rien n'était jamais simple.

Lorsque l'infirmière était entrée la prévenir que Connor était là, elle avait refusé de le voir. Et si Davey arrivait ? Il était déjà assez bouleversé et terrifié à l'idée qu'elle meure et Connor ne devait pas être rassuré non plus. Tout ça était trop pour elle. Leur relation n'était pas assez solide pour s'immiscer jusque dans l'unité de soins intensifs. Ça risquait d'officialiser un peu trop les choses.

Cette situation d'urgence lui avait fait prendre conscience qu'elle avait besoin d'un tuteur pour Davey et, à sa sortie de l'hôpital, elle s'adressa à des avocats pour essayer de trouver la bonne personne au cas où. Elle ne s'était jamais dit pendant toutes ces années que si elle mourait son frère se retrouverait tout seul.

Après cet incident, Connor renonça à venir. Ce n'était pas la peine, elle avait été assez claire. Il n'avait pas été autorisé à la voir à l'hôpital au prétexte que *son nom n'était pas sur la liste*...

Pour autant il continua à se montrer gentil. Lorsqu'elle rentra chez elle, elle trouva un frigo plein, des draps propres dans son lit et dans celui de Davey.

Cette dernière fois où ils s'étaient remis ensemble, c'était au mariage de Colleen et elle s'était laissé surprendre. Depuis des mois, elle le soupçonnait de voir quelqu'un et s'était efforcée de ne pas en souffrir. Il méritait de vivre une belle histoire, une relation normale et épanouissante avec une femme qui ne posait aucune condition ni aucune règle et lui faisait totalement confiance. Si elle n'était pas revenue avec lui pendant tout ce temps, c'était pour ne pas avoir à le quitter de nouveau.

Le mariage de Colleen et Lucas à l'automne s'était déroulé à la perfection : une belle journée ensoleillée, une immense tente dans un champ, et cette chère Colleen, qui lui avait toujours témoigné de la gentillesse (et qui elle-même avait une sacrée réputation), avait l'air tellement heureuse.

Il avait joué son rôle de grand et unique frère de la mariée, avait fait danser tout le monde, de Carol Robinson à Paulie Petrosinsky, et jusqu'à sa mère.

Il n'était pas venu accompagné.

Puis il l'avait invitée à danser elle aussi et elle avait dit oui parce que c'était la danse des canards et pas un truc romantique. Ils s'étaient bien amusés.

Elle avait fait comme si de rien n'était, comme si ce n'était qu'un vieux copain de lycée, le type qui confectionnait les meilleurs hamburgers de l'État de New York, le séduisant frère de la mariée, qui avait fait pleurer tout le monde avec son discours.

Après qu'ils eurent fini de battre des ailes, de se dandiner et de cancaner, il lui avait souri et dit : « Tu me manques. »

Comment était-elle censée le prendre ? Je vous demande un peu ! Pendant tout le reste de la soirée, elle avait eu comme des fourmillements sous la peau et du mal à respirer.

Elle avait terminé la nuit chez lui. À la seconde où Davey s'était endormi elle avait demandé à Gerard s'il pouvait le garder, et à la seconde où celui-ci était arrivé elle avait foncé chez Connor. Il lui avait ouvert et elle n'en avait fait qu'une bouchée, juste là, dans l'entrée. Ce dont il ne s'était pas plaint d'ailleurs.

À la suite de quoi, en petite tenue, piétinant sa robe, elle lui avait resservi son éternel discours sur la façon dont elle voyait les choses entre eux.

Trois personnes étaient au courant de son histoire intermittente avec Connor, pas forcément les trois auxquelles on se serait attendu. D'abord Gerard, son vieux copain pompier, avec qui elle avait couché une fois au lycée. Il était dans l'équipe de foot. C'était un grand gars costaud et gentil. Ils avaient fait ça une fois dans sa voiture, à côté du terrain de foot, et étaient restés amis depuis. En plus, il s'occupait de Davey. Elle s'était toujours adressée à lui pour les baby-sittings parce que non seulement il était assez fort physiquement pour gérer son frère en cas de crise, mais il était aussi très gentil avec Davey qui l'aimait beaucoup. Et n'avait pas peur des camions de pompiers. Donc Gerard était au courant. Forcément puisqu'il tenait compagnie à Davey lors de leurs soirées pizzas. L'autre personne c'était Ricky, d'accord lui aussi pour écouter le babyphone quelques heures le soir.

Si bien que ça fonctionna pendant les presque sept mois qui suivirent le mariage de Colleen.

Et puis patatras ! Connor avait posé un genou à terre, et lui avait tendu une bague, imaginez un peu !

Pourquoi avait-il fait ça ? Il avait tout gâché ! En plus ça n'avait pas été facile de rester assise là, à faire semblant d'être décontractée et… calme, alors qu'il était en train de tout chambouler dans sa vie, et pas dans le bon sens, ça non ! Plutôt à grands coups de batte de base-ball.

Se voir une ou deux fois par semaine, ça lui allait bien.

Mais le mariage ! Mon Dieu ! Toute l'excitation de leur liaison secrète s'évanouirait et il se demanderait bientôt : *Pourquoi je voulais l'épouser déjà ?* Alors, en supposant (ce qui relevait du miracle) que Davey ne serait pas un problème, il la quitterait. Et, pire encore que *Jessica-couche-toi-là*, elle deviendrait *Jessica l'ex*, comme dans *Jessica, l'ex-femme de Connor mais comment vouliez-vous que ça dure ?*

À certains moments, ce qu'elle ressentait pour lui était tellement… énorme que ça la terrifiait. Parfois, quand ils étaient au lit ensemble, qu'il posait les mains sur elle, qu'il lui souriait, alors elle éprouvait ce sentiment jusque dans ses veines, dans ses poumons, dans son ventre et dans ses os. Lorsqu'il prononçait doucement son prénom, lorsqu'il surgissait devant sa porte à 1 heure du matin, qu'il la regardait le mercredi soir au restaurant et qu'entre eux circulait cette énergie intense, perceptible pour eux seuls.

C'était presque trop. Plus encore serait tout simplement impossible.

Jess aimait arriver à Blue Heron une heure avant tout le monde. Davey prenait son bus pour l'usine de bougies où il commençait à 7 h 45, si bien qu'elle arrivait au domaine juste avant 8 heures.

Ce matin-là, après le week-end qu'elle avait eu, elle avait besoin de ce moment de calme pour se remettre les idées en place.

Sur son trajet, cette belle journée d'avril ne suffit pas à lui redonner le moral. Les pommiers démarraient leur floraison, une légère odeur de raisin parfumait l'air et Keuka, qu'on appelait aussi le lac biscornu à cause de sa forme, étincelait au loin. Les terres de la famille Holland s'étendaient du lac jusqu'à la crête, des centaines d'hectares de cultures, de champs et de forêts et, en plein milieu, le domaine viticole, avec les chais où la vigne était transformée en vin, la salle de dégustation magnifique avec ses poteaux et ses poutres, et aussi la boutique et les bureaux.

À quelques centaines de mètres se dressait la demeure familiale où vivait Honor, la patronne de Jess. M. Holland et sa femme habitaient au-dessus du garage et plus haut, sur la crête, était la maison d'Emmaline et Jack, que l'on ne pouvait voir que lorsque le soleil frappait les carreaux tant elle était bien camouflée. De l'autre côté du champ, dans les bois, se trouvait un autre bâtiment : la vieille grange rénovée deux ans plus tôt et où l'on organisait de très nombreux mariages.

Ayant grandi à l'ombre de la colline, dans le plus pourri des mobile homes de tout le campement, Jess ne pouvait s'empêcher de ressentir un pincement au cœur à chaque fois qu'elle se rendait à son travail.

Elle déverrouilla les grandes portes de chêne et entra en

passant par la ravissante salle de dégustation, désignée comme l'une des plus belles du pays par le magazine *Wine Spectator*, puis devant les rangées de bouteilles de Blue Heron, dont les étiquettes dorées brillaient dans la lumière. On trouvait dans la boutique tous les produits imaginables : T-shirts et tire-bouchons, verres et plateaux d'échecs, torchons décorés de grappes, tasses et marque-verres.

Juste après se trouvait le couloir qui menait aux bureaux. Celui de Jess était en face de celui de Honor et elle aimait ce rôle de chien de garde de sa patronne, d'autant que Honor était parfaite : calme, intelligente, prête à déléguer, pas avare de compliments lorsque le travail était bien fait, n'hésitant jamais à aider et à donner des informations à qui en avait besoin.

Si elle perdait un jour son travail, Jess en mourrait. Elle avait tant peiné pour en arriver là. C'était son premier poste dans le marketing, son premier emploi dans un bureau, et elle l'occupait depuis l'hiver dernier. Honor était directrice adjointe des opérations sur l'exploitation, autrement dit, elle prenait tout en charge à l'exception de la production : ventes, distribution, événements, marketing, relations publiques et ressources humaines. En tant qu'assistante, Jess touchait donc à tout. Il lui arrivait de faire visiter le site de production, d'organiser un événement, d'écrire un communiqué de presse ou de superviser une fête dans la grange, surtout à cette saison. Et elle se mettait en quatre pour faire vite et bien tout ce que lui demandait Honor.

Elle jubilait de pouvoir travailler derrière un bureau, d'écrire et d'avoir des idées pour faire prospérer l'exploitation, de participer à des réunions, de faire des suggestions qui neuf fois sur dix étaient retenues. On était bien loin de son boulot de serveuse au *Hugo's*, même si elle continuait d'y aller quelques soirs par semaine.

Tous les membres de la famille Holland travaillaient d'une manière ou d'une autre sur le domaine. La sœur aînée de

Honor, Prudence, cultivait la vigne. Leur frère Jack était responsable de la vinification, assisté par leur père et leur grand-père. Ned Vanderbeek, le fils de Prudence, était la quatrième génération employée dans l'exploitation familiale. Il gérait le tiers environ des ventes et était le seul à occuper son bureau. Tous les autres passaient leur temps dans les champs ou dans les chais.

L'autre sœur de Honor, Faith, mariée à Levi Cooper, ne travaillait pas officiellement pour l'exploitation, mais c'était elle qui avait rénové la grange et elle venait souvent vérifier ses plantations et rendre visite à sa famille.

Les Holland formaient un clan soudé qui passait beaucoup de temps ensemble, à se prendre le bec gentiment, à organiser des repas en famille, des mariages et des baptêmes, des dîners de fête et des événements autour du vin. On voyait rarement l'un sans les autres.

C'était le genre de famille que Jess aurait rêvé d'avoir, elle qui n'avait que Davey, et ni cousins, ni grands-parents, ni tantes, ni oncles. Sa mère avait eu un frère qui était mort jeune, et cela avait d'ailleurs été le déclencheur de ses problèmes d'alcoolisme. Son père était sans doute toujours vivant. À part ça, personne.

Heureusement, elle avait son frère. La veille au soir, il l'avait fait sortir dehors pour écouter le chant d'un corbeau. L'oiseau était posé sur un fil électrique et ses croassements mettaient Davey dans un état d'hilarité total. Ils s'étaient assis sur les marches pour écouter, et le garçon avait pleuré de rire jusqu'à ce que l'obscurité fasse taire l'oiseau.

Les gens pensaient souvent, à tort, qu'elle était une sainte de s'occuper comme ça de son frère au lieu de le placer dans une institution. Mais ils ignoraient tout ce qu'il lui donnait en retour : un sourire, un dessin, sa joie de manger un cookie particulièrement bon, toutes ces choses la comblaient plus que tout.

*
* *

Elle était en train de travailler sur un communiqué de presse concernant des événements à venir sur le domaine lorsque Honor entra, la tête de son minuscule chien dépassant de son sac à main.

— Bonjour Honor, et bonjour Spike, dit-elle en caressant la petite tête. Voulez-vous que je vous prépare un café ?

— Non merci, ça va, répondit Honor en déposant Spike. Tu as passé un bon week-end ?

Plutôt pourri. Mon petit copain m'a demandée en mariage. Horrible, non ?

— Super. Vous aussi ?

— Oui, très bon. Peux-tu venir dans mon bureau une minute ?

Jessica obéit, les jambes flageolantes sous l'effet de l'adrénaline. Elle allait être licenciée. La gorge nouée et le visage en feu, elle s'assit devant le bureau élégant et impeccablement rangé de Honor. Ses pensées se bousculaient dans sa tête : ici elle bénéficiait d'une assurance santé, pour elle et pour Davey, et elle avait des vacances, même si elle n'en faisait rien, et le salaire était vraiment consistant. Où trouverait-elle un autre travail ? Est-ce que…

— Je vais aller droit au but, lui dit Honor en souriant. Tu as été promue.

Jess en resta bouche bée.

— Quoi ? Vraiment ?

— C'est mérité. Je te félicite. T'embaucher a été la meilleure décision de mon père.

— Honor, je… Merci ! s'exclama Jess, émue et soulagée. Promue… comment ?

— Pour faire bref, tu vas être chargée de la plupart des relations publiques et du marketing. Tu es bonne là-dedans. Meilleure que moi en tout cas.

— Ça, j'en doute.

— Et tu vas laisser tomber les mariages parce que cela fait trop en plus de tout ce que tu as déjà à faire.

Elle se tut un instant.

— Est-ce que tu sais garder un secret ? Qu'est-ce que je dis ? Évidemment que tu sais ! reprit-elle en souriant. D'ici sept mois, je vais avoir besoin de prendre un peu de temps pour moi.

— Oh, félicitations, Honor !

Jess se leva d'un bond et alla embrasser sa patronne, avant de se rasseoir, un peu gênée. Cela faisait presque un an que Honor avait épousé Tom. Il était très sympa, tout comme Charlie, son beau-fils qui était récemment venu vivre avec eux.

Un bébé. Elle ressentit une pointe d'envie très forte qu'elle balaya vite fait. Même pas la peine d'y penser !

Honor lui sourit.

— Ne le dis à personne, d'accord ? Il peut se passer tellement de choses les premiers mois et tu connais ma famille. En plus Charlie vient d'arriver, alors je préfère garder le secret le plus longtemps possible.

— Compris. Je serai une tombe.

— Merci. Bon, tu te souviens qu'à notre réunion plénière le mois dernier on a évoqué l'embauche d'une personne pour organiser les événements ?

Jess acquiesça.

— Eh bien, j'ai tâté le terrain, et il y a quinze jours j'ai vu quelqu'un pendant que j'étais à New York pour la tournée commerciale. Tout s'est très bien goupillé et elle commence aujourd'hui. J'ai juste oublié de t'en parler. Avec la grossesse, je ramollis du cerveau.

— Ah d'accord ! C'est parfait !

— Elle s'appelle Marcy Hannigan. Elle a de super références et, comme la saison va démarrer, je me suis dit qu'on ferait bien de la prendre dès que possible. Alors à partir de maintenant tu vas pouvoir te consacrer vraiment au marketing et plus aux jeunes mariées hystériques.

— Je ne sais pas comment vous remercier, mais merci.

— Merci à toi, répondit Honor. Tu sais combien je suis maniaque sur certaines choses et tu es la seule derrière qui je ne me sens pas obligée de repasser.

— C'est bien mon problème, dit alors une voix à la porte.

Ned était là, en retard mais adorable, comme toujours.

— Et maniaque est un faible mot. Je dirais plutôt obsessionnelle, ajouta-t-il.

— On se tait, jeune homme, les grandes personnes discutent. Et je ne te donnerai pas le poste de Jess. Tu es bien trop bon commercial.

— Grâce à mon charme irrésistible ? fit Ned avec un clin d'œil en direction de Jess.

— Exactement, répondit Honor. Maintenant file.

Ned obtempéra.

— Alors, ce nouveau poste, reprit-elle, te voilà devenue la première directrice marketing de notre histoire.

Elle fit glisser une feuille sur le bureau, où étaient soigneusement notés des chiffres et soulignées ses nouvelles fonctions.

— Waouh, j'ai même un titre ! ne put s'empêcher de s'extasier Jess.

— Et un bureau. Nous nous sommes rendus à l'évidence : mon père n'occupera plus jamais le sien, donc tu le prends.

— Sans blague ?

— Et tu es augmentée. Vraiment, Jess, tu as fait un boulot fantastique et nous voulons te garder, dit-elle en lui tendant une autre feuille.

Jessica sentit les larmes lui monter aux yeux.

Huit mille de plus par an. *Huit mille !*

— Merci, murmura-t-elle.

— Ce soir nous aimerions vous inviter, Marcy et toi, d'accord ? Viens avec ton frère. Au O'Rourke ? À 20 heures ? Il y aura toute la famille, plus les conjoints et les enfants.

Jess n'osait pas lever les yeux car elle ne voulait pas que sa patronne la voie pleurer.

Honor s'en douta.

— Pourquoi n'irais-tu pas rassembler tes affaires pour t'installer dans ton nouveau bureau ? suggéra-t-elle gentiment. Marcy sera ici vers midi pour rencontrer tout le monde.

Une heure plus tard, Jess fermait la porte de son premier vrai bureau à elle. Honor avait déjà posé une petite plaque sur le battant : *Jessica Dunn, directrice du marketing*. Ça valait le coup de prendre une photo, non ? Peut-être plus tard quand tout le monde serait parti.

Sur son bureau elle avait posé une photo de Davey le jour de l'arrivée de Chico Trois et une tasse sur laquelle était inscrit : *Susceptible de contenir du vin*, avec le logo de Blue Heron. C'était une idée qu'elle avait eue deux mois plus tôt, d'introduire un peu d'humour dans leurs produits, et Honor avait validé, si bien qu'ils avaient maintenant une gamme d'objets rigolos qui se vendaient comme des petits pains à la boutique.

Jess s'assit timidement à son bureau. De sa fenêtre elle voyait les vignobles côté ouest : les rieslings et les chardonnays de 1780.

Une vue, elle avait une vue, réalisa-t-elle avec émotion.

Elle inspira un grand coup et considéra la pièce. Il faudrait ajouter deux ou trois choses pour la personnaliser un peu. Une photo et une tasse ne suffisaient pas.

Dans le bureau de Honor, il y avait des photos des vignes prises à différentes saisons par Jack, qui était un bon photographe amateur, ainsi qu'au moins une douzaine de photos encadrées de ses frère et sœurs et de leurs enfants. Il y avait aussi un tas de clichés de Tom et Charlie, dont un absolument superbe de Honor et Tom le jour de leur mariage, en train de danser front contre front, l'air tellement heureux.

Jessica se dit alors qu'il n'existait pas au monde une seule photo d'elle et Connor. À moins qu'on ne les ait pris en train de faire la danse des canards au mariage de Colleen.

Tous ces moments passés ensemble et pas une seule image.

Elle ne s'attendait pas à ce que cette découverte lui cause de la peine.

Mais elle était bien décidée à ne laisser aucune pensée négative s'immiscer en elle aujourd'hui. Elle avait obtenu une augmentation, un titre et un bureau ! Et si elle se procurait des plantes ? Des violettes d'Afrique ou bien des orchidées. Chez eux, Davey avait tendance à les arroser tellement qu'elles mouraient très vite, mais *son* bureau avait un large rebord de fenêtre parfait pour des plantes. Elle allait faire en sorte de se sentir ici chez elle autant que dans sa propre chambre, cette pièce que seul Davey connaissait. Et Connor, qui y était venu une fois.

En parlant de lui, elle se rappela soudain qu'elle allait dîner chez O'Rourke. Ce n'était certes pas une première, mais se rendre dans le restaurant de l'homme dont elle venait de refuser la demande en mariage… ça, c'en était une !

Elle se sentit soudain très nerveuse.

En avait-il parlé ? Est-ce que Colleen allait cracher dans son verre du coup ? Ou les cousines O'Rourke refuser de la servir ? Connor allait-il surgir de sa cuisine avec un plat de *nachos* qu'il lui renverserait dessus. Non, bien sûr ! Il avait sa fierté.

De plus ce n'était pas un homme violent.

L'image de lui à douze ans, le visage couturé et contusionné, lui revint en mémoire. *Tu peux me taper si tu veux.*

Elle sentit son cœur se serrer.

Enfin bon, elle allait prendre sur elle et les choses rentreraient dans l'ordre.

Pour l'heure, au boulot ! Elle devait rédiger un récit sur Ned et la quatrième génération de Holland employée à Blue Heron. Elle ouvrit le document et se mit à relire ce qu'elle avait déjà écrit, fit quelques corrections et ajouta un paragraphe. Elle l'envoyait à *Wine Spectator*, alors il fallait que ce soit bon.

On frappa à sa porte.

— Jessica Dunn, je te présente Marcy Hannigan, notre nouvelle responsable des événements, déclara Honor en s'écartant pour laisser entrer la nouvelle embauchée. Marcy, si vous avez des questions, adressez-vous à Jess. Elle était chargée de votre mission jusqu'à ce matin.

— Bonjour, Marcy. Ravie de vous rencontrer, dit Jessica en se levant pour lui serrer la main.

Elle avait les cheveux noirs et de toutes les longueurs, comme dans un dessin animé japonais, c'était très joli, et des lunettes à monture noire. Son visage respirait la bonne santé.

— Et oui bien sûr, venez me voir si vous avez besoin d'aide, ajouta Jess.

— Ne vous en faites pas pour moi ! répliqua Marcy d'une voix forte et décidée, qui collait bien à son physique robuste. Ça m'étonnerait que j'aie besoin d'aide ! Je travaille dans l'événementiel depuis dix ans et vous n'imaginez pas le genre de lieux dont j'ai pu m'occuper, ni les personnalités à qui j'ai eu affaire ! Donald Trump par exemple, oui oui ! Si, ça, c'est pas du gros mariage ! Pour finir il m'a dit que j'étais la meilleure organisatrice avec qui il ait travaillé ! Il m'a même proposé un job, mais je suis plutôt du genre à vouloir changer. Et tant pis pour le budget de un million de dollars ! On se lasse si vite de tout ça, vous n'imaginez pas. Sans rire ! Alors il a eu beau m'envoyer un service de cristal entier pour me séduire, je lui ai dit : « Écoute, Donald, je suis désolée, mais il va falloir que tu prévoies ma relève parce que je ne suis pas intéressée, c'est tout ! » Alors, ici, ça devrait être du gâteau pour moi ! Comme je l'ai dit à Honor en entretien, je ne pense pas avoir le moindre problème.

Eh bien, sacrée tirade ! Quelle assurance ! Jess jeta un coup d'œil à Honor qui n'avait pas l'air dérangée. Mais, bon, elle était particulièrement cool.

— Eh bien, euh… bienvenue à Blue Heron.

— Je serais ravie de rester bavarder avec vous mais, comme je vous l'ai dit, Honor, j'ai besoin de bouger. Il n'y a pas une seconde à perdre ! Les journées n'ont que vingt-quatre heures et je ne suis pas le genre à rester vissée sur ma chaise devant mon ordinateur. Enchantée de vous avoir rencontrée ! On se verra plus tard !

— Mais certainement, répondit Jess.

Elle venait de l'insulter là, non ?

Le bureau de Marcy était en face du sien et, pendant les deux heures qui suivirent, elle y installa ses affaires : des cartons, un ficus géant, des rideaux (quelle drôle d'idée de se boucher la vue sur les champs !), un fauteuil tapissé, une table basse. Elle fit un tel boucan que Honor puis Jess se levèrent pour fermer leur porte.

Elle avait de l'énergie, on ne pouvait pas dire le contraire. Et, si Honor l'avait embauchée, ce devait être une super organisatrice de mariages.

À cet instant, Ned passa la tête par la porte.

— Salut, je peux te voir une minute ?

— Bien sûr. Entre et ferme la porte.

— C'est bruyant, dis donc, par ici ! dit-il en s'asseyant. Au fait, bravo pour ta promo !

— Merci, mon grand. Quoi de neuf ?

Il pencha la tête en arrière sur le dossier de son fauteuil et soupira.

— Tu es au courant que j'habite à l'Opera House, n'est-ce pas ?

Elle acquiesça. C'était un très beau bâtiment ancien converti en appartements depuis quelques années, tout près du parc dans le centre.

— Bon, eh bien, je ne peux plus me le permettre. Je suis trop panier percé.

— Tiens, tiens !

— Ouais, je me suis acheté une nouvelle camionnette, j'ai craqué pour un écran géant, plus un collier pour une fille que je ne nommerai pas, et du coup je suis fauché.

Jess sourit. Tout le monde savait qu'il craquait pour la petite sœur de Levi.

— Que puis-je pour toi, jeune écervelé ?

— Tu as une chambre libre, non ? T'as déjà pensé à la louer ?

— Eh bien, euh… non, répondit-elle, surprise.

Avec les problèmes de son frère, cela ne lui était jamais venu à l'esprit.

— Je pourrais te payer, disons, deux cents dollars par mois. Et passer un peu de temps avec Davey quand tu as besoin de sortir ou comme ça. Je n'ai rien de spécial à faire, à part quand je m'en vais à Geneva retrouver la fille que je ne nommerai pas.

Deux cents par mois, plus son augmentation, ça voulait dire bien moins longtemps à attendre avant d'acheter sa maison.

En plus, Ned et Davey s'entendaient à merveille. Ils étaient proches en âge et partageaient le même goût pour les bandes dessinées et les films d'action. Ce serait tellement sympa d'avoir un autre adulte dans la maison.

— Laisse-moi en parler à mon frère et, s'il est d'accord, c'est OK.

— Super. Parce que, s'il faut que je retourne chez papa-maman, je me flingue. Bon, j'ai des coups de fil à passer. On se retrouve chez O'Rourke ?

Il ouvrit la porte et tomba nez à nez avec Prudence.

— Ah mince, salut, maman ! Il faut que j'y aille, là.

— C'est comme ça que tu dis bonjour à ta mère ? Embrasse-moi, petit ingrat.

Il leva les yeux au ciel et embrassa sa mère sur la joue.

— Comme tu es jeune et jolie ma mère aujourd'hui !

— J'aime mieux ça. File maintenant. Laisse parler les grandes personnes.

Puis elle entra dans le bureau de Jess et hocha la tête avec approbation.

— J'ai appris pour ta promotion. Bravo, Jess.

— Je ne remercierai jamais assez Honor.

— Tu sais ce qui ferait très bien ici ? Une silhouette grandeur nature de James Tiberius Kirk[1], ou encore mieux de Khan[2].

Elle s'affala dans un fauteuil.

— Alors, comment s'est passé ton week-end ? Qu'est-ce que tu me racontes de beau ? Avec Carl on n'a rien fait de spécial. Séries et parties d'échecs… Abby débarque toutes les deux minutes : c'est à croire qu'elle a envie de nous voir à poil !

— Ça, ça m'étonnerait.

— Et toi ? Vous avez fait des trucs sympas avec Connor ?

Étonnamment, Prudence était la troisième personne au courant de son idylle. Depuis que Jess travaillait ici, Pru, de quinze ans son aînée, avait décidé qu'elles seraient amies. Aussi simplement que cela. Du coup, presque chaque jour depuis le début, Pru rentrait de son tour dans les vignes, se posait dans le fauteuil et elles discutaient.

Jusqu'à ce que six mois plus tôt elles aillent ensemble au O'Rourke où Connor avait fait une courte apparition hors de la cuisine. Il était allé voir un couple de clients qui n'avait pas tari d'éloges, et avait jeté un regard sur elles en passant, leur avait fait un signe de tête, avant de s'intéresser de nouveau à ses clients.

— Vous êtes ensemble ? avait alors demandé Pru.

Jess en avait sursauté et renversé sa bière de surprise.

— T'inquiète, avait poursuivi Pru. Je ne dirai rien. J'ai du flair pour les liaisons secrètes. C'est le problème quand on est marié depuis vingt-cinq ans. On sait tout sur tout. Alors, il est comment ? Canon ? Je suis sûre qu'il est canon.

Jess était devenue rouge pivoine. Elle ne lui laissait vraiment pas le choix de mentir.

Mais c'était sympa d'avoir une copine.

Bien sûr elle en avait d'autres : Colleen, Emmaline Neal,

1. Héros de la série *Star Trek* créée en 1966.

2. Autre personnage de la même fiction.

qui venait de se marier avec Jack Holland, des filles du service d'ambulances. Et puis Faith, avec qui elle s'entendait bien aussi et avec qui Levi avait l'air tellement heureux. Honor aurait pu aussi devenir son amie, mais il y avait une ligne qu'elle ne voulait pas franchir, vu qu'elle était sa patronne.

Pru, c'était… encore autre chose. Elle était différente, et drôle. Même si elle donnait beaucoup trop de détails sur sa vie sexuelle, elle était *vraiment* gentille. Et, à sa connaissance, elle n'avait jamais révélé son secret à personne.

— Houhou, Jess ? Tu ne dis rien ? Vous vous êtes disputés ?

Jess baissa les yeux.

— Il m'a demandée en mariage, dit-elle à voix basse.

— Génial ! s'exclama Pru en levant la main pour taper dans celle de Jessica.

Celle-ci ne fit pas un geste.

— Ben mince. T'as dit non ? demanda alors Pru en se renfonçant dans son fauteuil et en croisant les jambes.

— Évidemment.

— Pourquoi ça ?

— Parce que… tu sais bien. Davey ne serait jamais d'accord.

Elle dit cela en regardant par la fenêtre vers les beaux champs verts, et les feuilles de vigne agitées par le vent.

— Et puis, même sans parler de Davey, j'aurais dit non. On est amis, Connor et moi, c'est tout.

— Des amis qui se sautent dessus comme des animaux affamés.

— Je ne suis pas sûre d'apprécier l'image, Pru…

— Quand même ! T'es sûre que tu ne veux pas te marier avec lui ? Il est tellement sexy. Et sa cuisine ! Réfléchis bien, ma grande. Ne sois pas trop difficile.

— Non, non, il est génial, mais le mariage c'est pas trop pour moi.

— Aïe. Pauvre Connor, dit-elle en compatissant pour de bon.

— Bon, Pru, j'ai du travail.

— Oui bien sûr, moi aussi. Dis, tu as fait la connaissance de la nouvelle responsable des mariages ?

— Oui.

— Bavarde, hein ?

Venant de Prudence, c'était plutôt drôle, vu sa liberté de parole.

— Ça fait partie de son boulot, j'imagine.

— J'imagine. Bon, on se voit chez O'Rourke ? Mais, dis donc, ça va te faire bizarre vu que tu viens de lui briser le cœur !

— Mais non, je ne lui ai rien brisé du tout. Sérieusement, il s'est juste un peu emballé.

— Si tu le dis. À plus ! Ça va être sympa.

Pru sourit, se leva en rajustant sa salopette et quitta le bureau de son pas lourd. Jess tenta alors de se remettre au travail.

Elle ne lui avait pas brisé le cœur, elle en était *presque* sûre.

9

À la seconde où son frère entra dans le restaurant ce mardi matin, Colleen le regarda d'un air suspicieux. Il y avait des moments où cette complicité était vraiment pesante.

— Qu'est-ce que tu fiches ici ? Tu ne travailles pas aujourd'hui ? Tu en fais une tête ! On dirait que ton chien vient de mourir, sauf que t'en as pas !

— Pas envie d'en parler.

— Connor…

— Non.

Il alla à grands pas jusqu'à la cuisine où il posa ses sacs. Au boulot !

La veille, le jour de la fête de la ville, qu'il aimait bien d'habitude, mais qui avait été bien pourrie cette année, il s'était rendu à la ferme mennonite. Il avait acheté de la coriandre et de la romaine, du fromage de chèvre et de l'agneau. Et, ce matin, il était allé jusqu'au marché au poisson de Corning où il avait acheté du haddock magnifique, pêché en Atlantique la veille. Plat du jour : tacos de poisson, servis avec un coleslaw onctueux ; hamburger, agneau et cheddar, avec fricassée de champignons de Paris et cœurs d'artichauts ; et soupe, potage Saint-Germain, aux pois frais et fenouil, idéal pour le printemps. Rafe ferait un dessert à la rhubarbe, avec une chantilly bien ferme en accompagnement.

Colleen se posta devant lui, l'air préoccupé, la main posée sur son énorme ventre (difficile de croire qu'il lui restait encore deux mois à attendre).

— Connor, dit-elle.

— Oui, dit-il sans s'énerver, tout en émincant un poireau à la vitesse de la lumière.

— Qu'est-ce qui s'est passé ? lui demanda-t-elle d'une voix calme.

Il devait vraiment avoir l'air très mal pour qu'elle soit si inquiète.

— Toi qui aimes tant régler les problèmes des autres, ma grosse…, commença-t-il après quelques secondes.

— Oui ?

Tout en continuant à parler, il s'attaqua aux carottes, et en tailla quatre en rondelles fines comme du papier à cigarettes.

— Si tu t'occupais de moi ?

— Quoi ? Sérieux ? Tu veux que je te trouve une femme ?

— Si tu pouvais être un peu plus discrète…

— Tu n'es pas gay alors ? dit-elle avec malice.

— Épargne-moi tes commentaires. Trouve-moi juste quelqu'un de sympa.

— Genre, pour te marier ?

— Oui et alors ? Ne me regarde pas comme ça. J'ai envie de me marier. Enfin bon, pas un mariage qui craint comme toi et Lucas !

— Mon enfant, n'écoute pas ton imbécile d'oncle. Il est juste jaloux du couple radieux que forment papa et maman. Mais bien sûr que je vais te trouver quelqu'un : Jessica Dunn.

— Non, pas elle.

— Pourquoi pas ?

Connor évitait soigneusement de regarder sa sœur.

— On est juste amis, mais ce n'est pas mon genre.

— Parce qu'elle était un peu chaude au lycée ? Mais on s'en fout !

— Non, non, c'est pas ça. C'est juste pas mon genre.

— Mais c'est impossible ! Même moi je pourrais coucher avec elle et pourtant je suis pas homo. Attends, Connor, on parle de Jessica Dunn là !

Il ne répondit pas et évita son regard, tout en continuant à émincer ses jolies petites carottes.

— Bon sang mais bien sûr ! Tu es déjà sorti avec elle ! Gros menteur, va ! Mais alors pourquoi tu ne l'épouses pas ? s'exclama Colleen.

Il saisit quatre carottes supplémentaires, coupa les bouts pour les émincer à leur tour. Son couteau tapait avec une régularité parfaite contre la planche.

— Oh non ! Elle a refusé, c'est ça ? murmura alors Colleen.

— Je vais m'en remettre, répondit-il.

— Tu souffres ?

— C'est bon. N'insiste pas.

— Mais tu…

— C'est bon !

Taptaptaptaptap.

— Mais je pourrais…

— Sûrement pas !

Un autre poireau, d'abord dans la longueur, puis en petits dés.

Colleen se hissa sur le plan de travail.

— Ça t'embêterait de t'asseoir sur un tabouret ? Je travaille, moi, là.

— Tu vas bien ?

Il s'interrompit et regarda sa sœur.

— Oui, merci. J'ai juste envie de rencontrer une femme sympa et de me marier.

— Tu l'aimes ?

— Arrête !

— Connor…

— Tu sais quoi ? Je vais m'inscrire sur Meetic.

— Non mais enfin ! s'écria-t-elle, scandalisée. OK, continue de ne pas vouloir me répondre. Mais si tu veux trouver quelqu'un, la règle numéro un, c'est de faire ce que je te dis.

— Tu sais quoi ? Laisse tomber.

— Jamais de la vie ! Et je te promets même que je vais y arriver ! Mais il faut juste que tu m'écoutes, OK ?

— OK, mais tu ne vas pas faire n'importe quoi, hein ?

— Bien sûr que non ! s'exclama-t-elle avec une telle force de conviction qu'elle fit naître un doute chez lui. Seulement, en amour, les évidences peuvent être trompeuses alors, si je te propose quelqu'un, il faudra que tu fasses confiance à ta grande sœur.

— Sauf que tu es ma petite sœur.

— De trois minutes, soupira-t-elle. Et je connais tellement mieux la vie que toi. Écoute, c'est à prendre ou à laisser. J'ai quelque chose comme vingt mariages à mon actif alors, si tu en as assez de te sentir seul et minable, il faut que tu m'obéisses. On est d'accord ?

— D'accord.

Ce n'était pas la conversation qu'il avait eu envie d'avoir avec sa sœur. Il aurait plutôt aimé lui annoncer que Jessica allait devenir sa belle-sœur, parce que toutes les deux s'entendaient bien depuis toujours. Il aurait voulu lui demander d'être son témoin, comme elle le lui avait prédit l'an dernier à son propre mariage.

Mais hors de question qu'il passe les dix prochaines années comme il avait passé les précédentes, à attendre que Jessica veuille bien lui faire quitter le banc de touche pour entrer sur le terrain.

Il avait sa fierté tout de même.

Colleen le fixait, soucieuse. Heureusement pour lui, la porte s'ouvrit.

— *Hóla mía !* dit en entrant le mari de Colleen, avant d'embrasser sa femme.

— Pas de ça dans ma cuisine, déclara Connor en fronçant les sourcils. J'ai un grand couteau dans la main, Lucas, et je t'ai vu peloter ma sœur.

— J'admets, j'admets, dit Lucas en embrassant de nouveau sa femme et en posant la main sur son ventre.

— Connor veut se marier, lui dit Colleen.

— Comme il a raison ! s'exclama Lucas en l'embrassant pour la troisième fois.

— Par pitié sortez de ma cuisine !

— Je vais te trouver quelqu'un de super, lui dit Colleen au moment de quitter la pièce.

Elle semblait sincère.

Il hocha la tête. C'était rassurant. Presque comme un mariage arrangé. Il n'avait rien à faire, juste se pointer et sourire.

Puisque Jess ne voulait pas de lui, il fallait qu'il s'y fasse.

Il laissa alors échapper son couteau qui tomba sur le bout de son pouce, et un fin trait de sang apparut.

10

En rentrant chez elle ce soir-là Jess avait un mal de tête atroce. Et il fallait qu'elle ressorte aussitôt pour se rendre à l'invitation que la famille Holland lui avait gentiment faite.

À elle et à Marcy.

Elle n'avait pas une super première impression de sa nouvelle collègue. D'abord il y avait sa voix, à vous faire grincer les dents. Et puis cette autosatisfaction… À vrai dire, elle enviait les gens qui faisaient preuve d'une telle confiance en eux. Pour elle c'était impossible d'arriver comme ça dans un nouveau boulot sans se demander si elle allait être à la hauteur, si ses employeurs allaient l'apprécier et si elle n'allait pas être renvoyée. Elle avait mis plusieurs mois à se sentir vraiment bien à Blue Heron. Or aujourd'hui elle avait vu Marcy, les pieds sur son bureau, en train de rire bruyamment au téléphone.

Cela dit, elle faisait confiance à Honor pour avoir embauché quelqu'un de compétent.

— Davey, ça te dit d'aller dîner chez O'Rourke ce soir ?

— Je pourrai prendre des *nachos* et aussi du chili ?

En fait il n'avait jamais réalisé que son ennemi juré et le propriétaire du restaurant ne faisaient qu'un, et, comme tous les hommes, il adorait Colleen. Soit il ne s'était pas rendu compte que Connor était dans la cuisine, soit, ne le voyant pas, il n'y pensait tout simplement pas. Mieux valait ne pas lui poser la question.

— Bien sûr. On va être nombreux parce que je suis invitée par la famille Holland. J'ai eu une promotion aujourd'hui.

Et une augmentation, se dit-elle en rosissant de plaisir, une augmentation substantielle.

— C'est quoi une promotion ?

— Ça veut dire que j'ai mon propre bureau, répondit-elle en avalant un ibuprofène. Tu pourras venir le voir ce week-end.

— OK. Donc c'est bien, une promotion ?

— C'est très bien. C'est quand ton patron te dit que tu fais du très bon travail et qu'il te confie d'autres choses à faire.

— Je vais en avoir une moi ? Parce que je fais du très bon travail !

— Alors probablement, oui.

Elle allait demander à Petra, la patronne de Keuka Bougies, de lui donner, comme à tous les employés handicapés, un certificat ou une bricole. Pour ça, c'était une entreprise super.

— Il me faut une photo de toi récente, lui dit-elle en caressant ses cheveux blonds. Parce que j'ai besoin de décorer mon bureau.

Et pas avec un ficus, ni un canapé.

— Mais moi je peux décorer ton bureau ! s'exclama-t-il en montant dans sa chambre. Attends, je reviens !

— Mets une chemise propre ! lui cria-t-elle.

Des pas lourds se firent entendre à l'étage puis il dévala l'escalier bruyamment.

— Et voilà ! dit-il, triomphant, ce qui le rendait encore plus craquant.

Il lui tendit ses cadeaux : un de ses animaux en peluche, Prickle le hérisson, et une bougie parfumée.

— Tout ça c'est pour ton nouveau bureau, pour décorer et pour que ça sente bon.

On lui donnait les bougies défectueuses.

— Oh merci, Davey ! C'est celle à la vanille cookie ? C'est ma préférée !

Elle le prit dans ses bras et lui déposa un baiser sur le front.

— Et au fait tu sais quoi ? Tu te souviens de Ned Vanderbeek ?

— C'est mon meilleur ami, répondit Davey, qui avait beaucoup de meilleurs amis.

— Eh bien, il se demandait s'il ne viendrait pas habiter chez nous quelque temps.

— Là où on range les cartons ?

— Oui. Qu'en penses-tu ? Tu serais d'accord ?

— Il a un lit ?

— Je pense que oui.

— Alors d'accord ! Je l'adore, Ned. Et on pourra regarder des films ensemble.

— Super. On va lui annoncer ça tout à l'heure alors. Viens mon chou, je meurs de faim.

Les Holland n'avaient pas réservé juste une table, mais toute une partie du restaurant. Davey et Jess arrivèrent les derniers. Davey avait voulu emporter un de ses doudous, qu'ils avaient fini par retrouver sous sa pile de bandes dessinées de Wonder Woman.

Marcy était entrée juste devant eux, sans leur tenir la porte d'ailleurs. Jeremy Lyon, en vrai gentleman, était en train de l'aider à enlever un manteau de cuir qui avait dû coûter les yeux de la tête.

— Salut Jeremy ! s'exclama Davey en lui faisant signe avec sa peluche.

C'était son médecin, ainsi que celui de Jess même si elle n'y allait pas souvent.

— Comment tu vas, Davey ? demanda Jeremy. Salut Jess.

— Il est super sexy, murmura alors Marcy.

— Oui mais il est gay.

— Évidemment.

Jess aperçut Connor à travers le passe-plat, mais il ne la vit pas.

Tant mieux. Même si c'était dur à avaler.

— Voici nos invités d'honneur, dit alors Honor en se levant. Laissez-moi faire les présentations. Marcy, je sais que tu as rencontré certains d'entre nous, mais je vais compléter. Voici mes grands-parents, John et Elizabeth Holland, mieux connus sous les noms de Goggy et Pops. Voici un autre John, mon père, ainsi que ma belle-mère, Mme Johnson, parfois appelée aussi Mme Holland, mais plus rarement. Tu connais mon frère Jack, dont voici la femme Emmaline, qui travaille avec Levi ici présent, chef de la police et mari de ma sœur Faith. Le petit bouchon sur ses genoux est mon adorable neveu Noah. Tu connais aussi Tom et voici enfin Charlie, notre fils.

Jess fit un clin d'œil à Charlie pour qui elle avait un faible et qui avait eu une adolescence difficile, chose qu'elle connaissait bien. C'était un garçon adorable.

— À côté de lui, ma nièce Abby, poursuivit Honor, qui vient de terminer son année à la fac et cherche du travail pour l'été. Et où est Pru ? Ah la voici ! Tu l'as déjà rencontrée ce matin, n'est-ce pas ? Eh bien, voici Carl, son mari. Chers tous, je vous présente Marcy Hannigan.

— Très heureuse de rencontrer tout le monde, répondit Marcy d'une voix qui couvrit sans peine le bruit ambiant.

— Désolée de ces présentations fastidieuses, Marcy, s'excusa Honor. Et puis je pense que vous connaissez tous notre nouvelle directrice du marketing et son charmant frère.

À ces mots tout le monde applaudit et Jess se sentit rougir, à la fois fière et gênée.

— Viens t'asseoir ici, Davey ! Je t'ai gardé une place, dit Ned d'un ton protecteur alors qu'il était le plus jeune des deux.

— Je suis le feu ! Je suis la mort ! répondit Davey d'un ton menaçant.

Ces temps-ci il regardait en boucle *Le Hobbit*.

— Te voilà, Voleur des Ténèbres, répliqua Ned, grand fan du *Hobbit* lui aussi. Comment ça va, mon pote ?

— Tu viens vivre chez nous !

— C'est vrai ? Super ! Merci tous les deux !

Jess s'approcha du bout de la table en saluant tout le monde au passage. Il y avait deux chaises vides, pour Marcy et pour elle. Marcy continuait son petit tour, en serrant des mains et en riant avec tout le monde. Malgré l'affection qu'elle avait pour cette famille, Jess n'était pas très à l'aise dans ce genre de situation. Heureusement elle avait un allié qui la comprenait.

— Salut Levi ! Et salut mini-Levi.

Noah Cooper, qui devait avoir deux mois et des brouettes, était le portrait craché de son père, avec ses yeux endormis et son front ridé.

— Comment vas-tu, Faith ?

— Salut Jess. Bravo pour ta promotion ! répondit Faith avec un sourire.

Jess se sentait toujours un peu honteuse vis-à-vis d'elle, car elle lui avait mené la vie dure au lycée, mais l'eau avait coulé sous les ponts, et surtout Faith était d'une gentillesse incroyable.

— Dis donc, cette Marcy, elle a l'air d'avoir de l'énergie, lui souffla Faith.

En parlant du loup, celle-ci tapota son verre avec son couteau.

— Juste pour dire merci à toute la famille Holland ! Merci de cette invitation ! C'est génial d'être ici ! Et je suis trop contente de travailler avec vous tous ! J'ai hâte de voir la super année qu'on va faire !

Son intervention fut saluée par des applaudissements.

Puis, en se rasseyant à côté de Jess, Marcy aperçut Noah.

— Oh, un bébé ! J'adore les bébés. Enfin plutôt ce sont eux qui m'adorent ! Il y a des gens qui ont le truc avec les bébés, et c'est pas comme si je faisais tout pour. Non, je les attire, c'est tout. Regardez comme il me sourit ! Vous devez être le père, vu comme il vous ressemble.

— Levi Cooper, dit-il en lui tendant la main, chef de la police.

— Ah, alors, si j'ai une contravention pour excès de vitesse, je viens vous voir, répondit Marcy, hilare.

— Ce sera sûrement moi qui vous l'aurai mise, répliqua Levi le plus sérieusement du monde.

Sacré Levi.

Hannah O'Rourke prit les commandes, sans s'impatienter lorsque Mme Holland, incapable de choisir entre le filet mignon et la sole amandine, demanda du riz à la place des pommes de terre et des petits pois à la place des choux de Bruxelles. Davey prit du chili et des *nachos*. Il avait beau manger autant que Homer Simpson, il était fin comme un bretzel.

On apporta plusieurs bouteilles de Blue Heron et Jack servit Jess. Comme toujours, elle apprécierait, mais ne finirait pas son verre. Elle n'avait rien contre le vin, mais c'était sa façon de se protéger de l'atavisme familial en matière d'alcoolisme. Parfois Colleen offrait une tournée, mais Jess n'y touchait jamais.

Colleen et son gros ventre firent justement leur apparition.

Étrange de se dire que, si elle avait dit oui deux jours plus tôt à Connor, elles seraient futures belles-sœurs et le bébé qui se cachait là-dessous serait son futur neveu ou sa future nièce. Connor était sûr que c'était une fille. Une petite fille qui l'appellerait tatie Jess, et qui…

Elle s'efforça de penser à autre chose.

Colleen l'observait.

Oh non ! Elle était au courant !

Elle lui sourit malgré tout.

En fait elle ne savait peut-être pas…

— Bonsoir tout le monde. J'ai appris qu'il y avait de la promotion dans l'air. Bravo Jessica !

Et se tournant vers Marcy :

— Bonsoir. Colleen O'Rourke Campbell, copropriétaire de ce vénérable établissement.

— J'adore ! C'est tellement joli et chaleureux. On se croirait chez soi ! Très heureuse de faire votre connaissance !

— Moi de même, répondit Coll, non sans l'examiner soigneusement. Jess, tu connaîtrais un ou une serveuse avec de l'expérience qui pourrait me remplacer cet été ? Je ne me vois pas en train de servir des bières avec un nourrisson dans les bras.

— Je vais demander.

— Peut-être que Hugo aura une idée.

— J'y travaille demain soir. Je lui demanderai.

Jess eut alors une révélation : avec le loyer de Ned et son augmentation, elle ne serait pas obligée de travailler comme serveuse cet été. Ce serait la première fois depuis dix-sept ans. Elle pourrait rentrer chez elle le soir, sans avoir à ressortir. Elle n'avait plus besoin d'un deuxième boulot. Cette idée la laissa pantoise.

— Tu es serveuse ? lui demanda alors Marcy.

— Je l'ai été pendant des années et ça m'arrive encore deux ou trois fois par semaine.

Marcy lui jeta un regard qui en disait long sur l'opinion qu'elle venait de se faire.

Il n'y avait aucune honte à travailler dur. Jessica le savait bien, mais ce n'était pas l'avis des personnes snobs.

— Faites-vous aussi traiteur ? demanda Marcy à Colleen. Je suis en train de constituer une liste de restaurants et de traiteurs du coin que je veux tester pour être sûre que tous les événements que j'organiserai auront de la classe.

— Notre chef va venir vous voir, répondit Colleen. C'est mon frère Connor. Il s'occupe de la partie gastronomique.

Oh non…

Il fallait qu'elle envoie Davey se laver les mains ou quelque chose comme ça. Ou peut-être qu'elle l'emmène jeter des cailloux dans le lac pendant dix minutes. Ça lui donnerait un prétexte pour l'éviter elle aussi.

— Allez, Levi, donne-moi mon filleul maintenant, réclama Colleen. Ça fait dix minutes que je suis là à attendre de pincer ces bonnes petites joues ! Pas vrai, Noah ?

Elle prit le bébé dans ses bras et posa la joue sur sa tête.

— Qui est-ce qui aime son bébé ? C'est sa tatie Colleen ! Faith, je te préviens, si j'ai une fille, on les marie, hein ?

— Même pas la peine de poser la question, répondit Faith.

— Profitez bien tous de votre dîner. Ravie d'avoir fait votre connaissance, Marcy. J'emmène ce bébé avec moi. Viens, Noah, viens faire un petit câlin avec moi, mon cœur.

Le bébé répondit d'un petit rot.

Elle s'éloigna pour montrer Noah à Gerard et Lorelei qui dînaient en amoureux et leur demanda si ce n'était pas le plus joli bébé du monde.

— Waouh, elle est sublime ! s'exclama Marcy. Je me sens toujours tellement nulle devant des femmes comme ça, pas toi, Jessica ? Toi, Faith, tu es ravissante, tu tiens carrément la route à côté mais, Jessie et moi, on est des vrais boudins, en comparaison, pas vrai ?

D'accord.

Pour commencer, personne ne l'appelait Jessie. C'était Jessica ou Jess.

Et, deuxièmement, qu'est-ce qu'elle était censée répondre à ça ? *Tu as raison, Marcy. Je suis un boudin*. Ou au contraire : *Tu rigoles ? Un boudin, toi ? Mais tu es jolie comme un cœur !* Elle attendait plutôt la seconde réponse, aucun doute là-dessus.

Du coup Jess s'abstint.

— Je ne vois pas qui pourrait vous traiter de boudin l'une ou l'autre, dit alors Faith, pour faire passer ce moment de gêne. J'ai toujours pensé que tu aurais pu être mannequin, Jess.

Marcy trépignait dans l'attente d'un compliment pour elle, mais Faith enfourna une bouchée de son *nacho* et Levi, qui n'était pas très causeur, lança un regard complice à Jess puis sourit tendrement à sa femme en lui caressant la nuque.

— Elle est où mon épée ? demanda alors Davey, au bord des larmes. Jess, j'ai pas mon épée !

— Je vais te la trouver, mon minou, répondit Jess.

On avait servi son cocktail à Davey sans la petite touillette en plastique. Or il en faisait collection et bon… voilà. Sa sœur se leva donc, alla jusqu'au bar en chiper une avant de revenir à table la mettre dans son verre.

— Tiens, Davey.

— Merci, Jess ! s'écria-t-il en lui saisissant la main pour la baiser bruyamment.

On avait évité la crise. Elle lui ébouriffa les cheveux et alla se rasseoir, en jetant subrepticement un coup d'œil à sa montre.

Elle aurait voulu profiter plus de ces moments-là, mais elle se sentait toujours un peu… sur ses gardes. Comme si à chaque instant un membre du clan Holland était susceptible de lui rappeler le jour où son père avait foncé dans leur boîte aux lettres, ou bien celui où sa mère avait vomi au concert de fin d'année de la chorale.

Alors elle se répétait en boucle *les Holland t'adorent*. Elle but une gorgée de vin et s'efforça de sourire à Jack, qui lui fit un clin d'œil avant de se tourner vers Emmaline.

Des couples, partout des couples.

— Qu'est-ce qui ne va pas chez ton frère ? lui demanda alors Marcy.

— Pardon ? répondit Jess en tournant brusquement la tête.

— Oh, j'ai fait une gaffe ? Je suis désolée. Je me demandais juste… Peut-être n'étais-je pas censée avoir remarqué.

Jess sentit son sang se figer, tandis que Marcy la fixait avec un grand sourire, en attente d'une réponse. Son expression transpirait l'hypocrisie.

— Il est retardé intellectuellement.

C'était la nouvelle dénomination utilisée par le corps médical. Tout de même mieux que bien des expressions méchantes utilisées par les autres enfants depuis que Davey était petit.

— Que lui est-il arrivé ?

Le silence se fit de leur côté de la table. Pru regarda Jess et leva les yeux au ciel. Levi et Faith, qui savaient très bien, comme tout le monde à Manningsport, ce qui était arrivé à Davey, attendaient sa réponse. Quelle idée de poser la question aussi brutalement ! Et en quoi cela la regardait-il ?

Jessica avait le cœur qui battait fort sous l'effet de la colère. Elle posa sur Marcy un regard glacial sans dire un mot.

Quelques secondes s'écoulèrent.

Le sourire de Marcy s'effaça et elle partit soudain dans un grand éclat de rire.

— Ah oui, je vois ! C'est un sujet tabou ! Vraiment désolée. C'est tout moi ça, je suis d'un naturel curieux, voilà tout. Les gens m'intéressent, me fascinent même.

Sans la moindre gêne, elle se détourna vers Faith et Levi, qui ne lui rendirent pas son sourire. Jess les bénit intérieurement.

— Alors, Jess, parle-nous de ta promotion, dit ensuite Faith. Honor nous a dit que tu allais faire davantage de marketing.

Reconnaissante de changer de sujet, Jess se fit un plaisir de répondre. La grange était la création de Faith et Jess se demanda ce qu'elle pensait de Marcy et si elle avait quelque chose à voir avec son embauche. En même temps, tout cela ne la regardait pas et, à la grande différence de Marcy, elle savait se taire.

Une fois leur dîner servi et englouti, Ned et Davey allèrent jouer au flipper au fond de la salle. Tout le monde avait changé de place afin que chacun discute avec chacun. Marcy s'était très bien remise de sa gaffe (d'ailleurs il était peu probable qu'elle s'en veuille) et elle racontait d'une voix forte le dernier mariage de star qu'elle avait organisé. Manque de chance, Abby était fascinée et la bombardait de questions.

Connor s'approcha alors de la table. Cela faisait trois jours que Jess ne l'avait pas vu et sa présence la prit par surprise, comme une vague traîtresse et dévastatrice. C'était incompréhensible. Ce n'était pas leur première rupture, ni leur première dispute, et ils ne s'étaient jamais évités.

— Comment ça se passe ici ? demanda-t-il.

Un chœur de compliments s'éleva.

— On peut dire que tu sais cuisiner, toi, dit Pru. Je n'avais jamais mangé une aussi bonne entrecôte. J'ai presque envie de terminer avec les doigts.

— Merci, répondit-il, toujours modeste.

Elle avait déjà remarqué qu'il était réticent à sortir de sa cuisine pour recevoir des fleurs de ses clients.

Cela dit, il avait toujours adoré la voir manger. Un jour, il lui avait même servi son dessert alors qu'ils étaient tous les deux nus au lit : une crème brûlée caramélisée avec du zeste d'orange et une pincée de cannelle. Et, la dernière bouchée avalée, ils avaient… Bref.

Elle réalisa alors qu'il était en train de lui parler.

— Bravo, Jess, il paraît que tu as été promue.

— Oui. Merci.

— Tu as bien dîné ?

— C'était délicieux, comme toujours.

Elle n'avait pas le moindre souvenir de ce qu'elle avait commandé.

— Je suis content que ça t'ait plu.

Charmante conversation. Qui aurait pu deviner dans quel état de fièvre elle était ?

Cette fois-ci, c'est fini pour de bon.

Il ne pouvait pas être sérieux.

Mais s'il l'était ?

À cet instant les yeux de Connor se posèrent sur Marcy.

— Bonjour. Connor O'Rourke. Chef cuisinier et copropriétaire. Vous êtes la nouvelle organisatrice d'événements, je crois.

— Mais oui ! s'exclama Marcy. Il faut que l'on se voie ! J'aimerais beaucoup que vous figuriez sur ma liste de traiteurs approuvés ! On ne peut pas servir n'importe quoi à la grange de Blue Heron, je veux dire. J'ai appris qu'au dernier événement ils avaient servi du poulet frit KFC ! Ce n'est pas du tout l'image que nous voulons donner, si ? Nous sommes bien plus haut de gamme.

Elle faisait allusion à un événement organisé par Jess. Alors oui, on avait servi du poulet frit dans des seaux en carton, mais il provenait de The Chicken King, une marque locale appartenant à une des familles fortunées de Manningsport (celle du petit copain de la mère de Connor). C'était une soirée de levée de fonds pour le refuge animalier de la ville et personne, les Holland compris, ne s'était posé la question de l'image.

— On voit bien que vous n'avez pas goûté ! dit Faith à Marcy. Cela dit, Connor, nous aimerions beaucoup mettre le O'Rourke sur notre liste, si c'est OK pour toi.

— Je ne pense pas, non. On a déjà beaucoup de travail ici.

L'idée traversa l'esprit de Jess qu'il refusait à cause d'elle, parce qu'elle travaillait là-bas, et ce serait trop bête parce que Faith et Colleen étaient les meilleures amies du monde, et...

— Cela ne nous empêche pas de prendre un verre ensemble, insista Marcy. J'aimerais discuter avec vous, pour que vous me recommandiez des fournisseurs locaux, des chefs pâtissiers, tout ça.

Jess vit alors qu'en disant cela elle jetait un œil à l'annulaire de Connor. Où il n'y avait évidemment pas d'alliance.

Damned !

Colleen s'approcha alors par-derrière et donna une petite claque sur la tête de son frère qui ne la regarda même pas.

— Eh bien, d'accord, avec plaisir, dit-il alors, sans conviction.

— Parfait, c'est noté. Tenez, si vous voulez bien me donner votre numéro, dit-elle en lui tendant le dernier iPhone dans un étui Burberry.

Autour de la table, la discussion se poursuivait, et on se passait le bébé de bras en bras pour avoir le bonheur de renifler sa petite tête. Mme Holland prodiguait des conseils à Faith pour qu'il fasse ses nuits et Mme Johnson réclamait une autre *piña colada*, car c'était la seule à ne pas boire de vin.

Surtout regarder n'importe où sauf vers Connor en train de donner son numéro de téléphone à une jeune femme séduisante, dans sa tranche d'âge et n'ayant pas froid aux yeux. Jess fit alors tourner sa bague sur son pouce : c'était l'alliance de sa mère. Pour tout le bonheur que le mariage lui avait apporté ! Rien d'autre que des disputes et une vie de misère et d'alcoolisme. Même si rien peut-être n'aurait été différent si elle ne s'était pas mariée.

— Ça va, Jess ? lui demanda Levi.

— Oui, répondit-elle en sursautant. Ça va bien, merci. J'ai juste un peu mal à la tête.

— Je ne vois pas pourquoi franchement, fit-il avec malice.

Elle lui était reconnaissante parce qu'il la comprenait. Lui aussi s'était senti un peu différent, mais aujourd'hui, grâce à Faith, il avait bien sa place dans le clan Holland.

Ce qu'elle n'aurait jamais, mais ce n'était pas grave. Elle préférait être seule. Personne ne pouvait l'aider quand il s'agissait de son frère.

En plus, ne comptant sur personne, elle ne pouvait pas être déçue.

Soudain, elle se retrouva avec un bébé dans les bras.

— Salut, Noah.

C'était vrai qu'il sentait bon. Elle sourit à Levi. Son vieil ami méritait d'être heureux. Un sentiment de solitude lui étreignit la gorge. Ce fut à ce moment-là que se produisit le drame.

— Qu'est-ce que tu fais là ? dit Davey en lançant un regard noir à Connor, qui, tout occupé à écouter Marcy parler de l'appartement *incroyable* qu'elle venait de quitter à Manhattan, ne l'entendit pas.

— Tu veux qu'on rentre, Davey ? lui demanda Jess en rendant le bébé à Levi.

— Je te déteste ! aboya Davey sur Connor, qui se retourna. Tu n'es pas invité. Va-t'en ! C'est la fête de Jessica !

Connor préféra ne pas répondre. Il avait retenu la leçon.

— Houla ! fit Marcy. Un peu gênant, non ? Il n'est pas bien, si ?

— Viens, Davey, on y va, dit Jess. Si tu veux on va regarder *Avengers*.

— Moi aussi, j'y vais, dit Ned en se levant. Il faut que j'aille dormir.

— Ah oui d'accord, moi aussi il faut que j'aille dormir, dit Davey, distrait.

Ned fit un clin d'œil à Jess, qui se força à lui sourire.

C'était fatigant parfois cette gratitude qu'elle devait à tous ceux qui se montraient compréhensifs envers son frère. Elle appréciait bien sûr, mais ça l'épuisait. Dans les situations les plus ordinaires, elle redoutait toujours que son frère ne pète les plombs, qu'il ait peur de quelque chose et que ça tourne mal.

Tandis que Ned accompagnait Davey vers la sortie, elle se leva devant tout le monde.

— Merci infiniment pour cette soirée. Et pour tout le reste.

Merci de m'avoir donné mon premier vrai travail. Merci de votre confiance. Merci d'accepter mon frère. Merci de me traiter comme une des vôtres.

Elle crut une seconde qu'elle allait pleurer.

— Nous avons beaucoup de chance de t'avoir, Jessica, dit Mme Holland.

— Je ne sais pas comment j'aurais pu faire sans toi, renchérit Faith, et Jack confirma.

Avant que tous ne se soient levés pour lui dire au revoir, elle était déjà en train de leur faire un petit signe de la main et de se diriger vers la sortie.

Marcy ne fit pas attention à elle, mais se contenta de se renverser en arrière sur sa chaise en riant à une de ses propres blagues, puis posa la main sur l'épaule de Faith et rit de nouveau.

Jess savait que la famille Holland l'appréciait déjà, mais elle ne put s'empêcher de se sentir un peu amère en voyant Marcy rester alors qu'elle devait partir.

Dehors, Ned regardait son téléphone et Davey parlait avec quelqu'un. Elle enfila sa veste car il faisait encore un peu frais en avril, et tout à coup elle se figea.

Davey serrait dans ses bras la personne avec qui il parlait, ce qui n'était pas dans ses habitudes.

C'était un homme pas très grand, maigre, avec des cheveux blonds-roux.

— Regarde, Jess ! Il est là ! s'écria Davey en se tournant vers elle.

Elle sentit le sol se dérober sous ses pieds et fit un pas en arrière sans le vouloir.

C'était lui, le nez déformé par les nombreuses bagarres, les cheveux en bataille comme toujours, la moitié du visage mangée par ses immenses yeux bleus, les mêmes que Davey.

Keith Dunn. Leur père.

— Jessica, dit-il avec un grand sourire, et les yeux remplis de larmes. Comment va ma petite fille ?

11

— Hors de question.

— Connor ! Tu m'as promis de faire tout ce que je te demanderais ! s'indigna Colleen en croisant les bras sur son énorme ventre. Tu lui as dit que vous alliez vous revoir !

— C'était par politesse. Maintenant bouge de là. J'ai du travail.

— Bon Dieu, tu peux m'accorder cinq minutes quand même ! Rafe, dis-lui, toi, de m'écouter !

— Où est le problème, Connor ? demanda celui-ci en se penchant au-dessus du comptoir impeccable. Ouvre tes horizons. Laisse-toi faire, souris à la vie.

— Cette fille n'est pas du tout mon genre.

— On a déjà parlé de ça, dit Colleen. Il faut au moins que tu essayes, ou sinon tu vas finir tout seul chez toi à déprimer.

Connor soupira.

— Et ne prends pas tes airs de martyr avec moi, ajouta sa sœur.

De qui parlaient-ils déjà ? Ah oui, la nouvelle embauchée à Blue Heron, qui était venue l'autre soir. Marie ou Marsha, quelque chose comme ça.

— Tu m'avais promis de m'écouter, lui rappela Colleen. Je suis enceinte et, si tu me contraries, Lucas va te massacrer. En plus comment veux-tu…

— C'est bon. J'irai.

Il l'interrompit avant qu'elle ne dise : *Comment veux-tu oublier Jessica si tu ne commences pas au moins par essayer* ?

Jessica avait été on ne peut plus claire, c'était vrai. Et puis Colleen avait peut-être raison, il fallait un début à tout.

— Parfait. J'ai fait un SMS à Marcy en lui disant que tu allais la retrouver pour boire un verre. Évidemment je me suis fait passer pour toi et j'ai été charmante alors elle s'attend à plus si affinités, ne sois pas étonné.

— Tu es terrible, répliqua-t-il.

— Tu veux toujours être le parrain de mon enfant, oui ou non ? Parce que sinon je peux demander à Rafe.

— C'est clair que, question cadeaux, j'assurerai mieux, surtout si c'est une fille. Entre un faux oncle gay et ton frère, y a pas photo, souligna Rafe.

— C'est une fille, dit Connor.

Colleen et Lucas préféraient ne pas connaître le sexe, mais lui était catégorique.

Colleen le regarda de cet air malicieux qu'il connaissait bien.

— Tu n'as pas tort, Rafe. Bon, Connor, maintenant tu arrêtes de gémir, tu te reprends et tu vas à ce rendez-vous, c'est tout !

Sur ce, elle lâcha un petit rot.

— Quelqu'un a du Gaviscon ? Ces reflux gastriques, c'est une horreur.

— Mais enfin il va naître quand ce bébé ? J'ai l'impression que ça fait des années que tu es enceinte, soupira Connor.

— Tu es sûr que c'est prudent de me provoquer, avec tous ces couteaux partout ?

Rafe lui tendit une boîte d'antiacides et elle en avala deux.

Connor savait qu'elle en bavait un peu, oui, et elle avait mal au dos. Il le savait sans qu'elle le lui dise parce qu'il avait mal lui aussi, par empathie. Et puis elle avait peur que les choses ne se passent pas bien. Il fut soudain envahi par la peur lui aussi et, sans s'en apercevoir, se retrouva le bras autour de ses épaules.

— Ça va aller, Colimaçon. Et avec un peu de chance cet enfant va me ressembler.

— Tu veux bien aller à ce rendez-vous avec Marcy ? Est-ce qu'une seule fois dans ma vie je me suis trompée ?

— Oui, et oui. Je vais y aller, mais parce que tu me forces.

— Eh ben voilà ! C'était pas si difficile ! Je pourrais écrire dans la rubrique faits divers : *Il se rend à un rendez-vous romantique parce que sa sœur jumelle adorée le menace de le poignarder.* Et, au fait, je reçois une serveuse remplaçante tout à l'heure, alors tâche de ne pas lui faire peur.

— Sortez de ma cuisine tous les deux, dit Rafe en agitant la main.

Ils obéirent. Le mardi et le vendredi soir, quand ils dînaient avec Savannah, Rafe était aux manettes.

Pendant que sa sœur trafiquait au bar, Connor prit son ordinateur dans son bureau, s'installa dans un coin et se concentra sur le projet qui l'occupait depuis quinze mois : la brasserie O'Rourke.

Au milieu de tous les petits vignobles avaient surgi çà et là des microbrasseries. Certaines de qualité, d'autres moins. N'était-il pas le candidat idéal pour en ouvrir une ? Il connaissait bien les différentes bières. La liste qu'il proposait au restaurant avait été désignée comme la meilleure de la région par le *New York Times*, excusez du peu. Alors pourquoi ne pas se diversifier ?

Il ne voulait pas devenir lui-même brasseur parce que sa passion restait la cuisine, mais il avait une petite expérience dans le domaine, même s'il ne buvait pas beaucoup et qu'une bière à jeun suffisait à lui faire tourner la tête. En revanche, il connaissait un gars, Tim Parsons, instituteur de son état, qui sauterait sur l'occasion et serait aussi compétent que lui. Il attendait juste que Connor se lance.

Même si le restaurant était sa priorité, Connor souhaitait quelque chose en son nom propre. Avec sa sœur ils possédaient le O'Rourke depuis maintenant dix ans. Le personnel était super. Rafe cuisinait presque aussi bien que lui et était même un peu meilleur en pâtisserie. Colleen s'occupait du bar à merveille et Hannah et Monica étaient d'excellentes serveuses. Pendant la saison touristique, ils embauchaient deux extras pour le service et la vaisselle. Ils avaient toujours des critiques dithyrambiques et, chaque fois qu'une revue mentionnait Manningsport, elle les citait aussi.

Cet objectif-là était donc atteint. L'autre objectif, celui d'épouser Jess, était parti en fumée.

Quelle épreuve de la voir l'autre soir en compagnie du clan Holland ! Elle avait fait comme si de rien n'était, avec cet air distant qu'il détestait et dont elle était spécialiste. Du coup, lui aussi l'avait joué cool, sauf qu'il avait laissé brûler la commande suivante.

Bref, le moment était venu de se concentrer sur sa microbrasserie. Dans le garage de Tim, ils avaient déjà mis au point plusieurs variétés de bières et, à son humble avis, elles étaient extraordinaires. Cela dit, la première étape était de réunir des fonds. Il avait des économies et pouvait emprunter à la banque, mais il avait encore besoin d'investisseurs, des gens qui ne verraient pas d'un mauvais œil d'être des partenaires silencieux tout en allongeant du cash. Il avait déjà une entreprise prospère à son nom. En tant que copropriétaire, il était déjà en lien avec des distributeurs et il était aussi chef cuisinier. Depuis quelque temps, il cherchait un lieu pour accueillir son affaire.

Encore un demi-million de dollars et ce serait bon.

— Tu rêves à ta brasserie ? lui demanda Colleen.

— Oui, répondit-il en lui montrant son document de travail.

— La « spéciale Colimaçon » ? Merci mon frère, dit-elle, ravie, en caressant son ventre. Tu sais que papa serait…

— Non, je ne vais pas lui demander d'investir.

— Mais ce n'est pas le diable quand même ! répondit-elle en soupirant.

— Je sais, mais ce sera mon affaire, pas la nôtre et encore moins la sienne.

— OK, alors pourquoi tu ne taperais pas les anciens du

lycée ? On a notre réunion bientôt. Commence par Jeremy, il est riche comme Crésus.

Il n'y avait pas pensé. Un peu gênant de lui demander comme ça de but en blanc s'il n'avait pas quelques milliers de dollars qui traînaient, mais pourquoi pas ? Après tout c'était aussi une belle opportunité pour lui.

— À part ça, tu vois les choses comment ? demanda Colleen.

— Eh bien, tout est là, tu vois, répondit-il en lui montrant un tableau Excel.

— Ça, c'est juste l'aspect financier mais, sinon, comment tu imagines la chose ?

— C'est-à-dire… ?

— Il faut que tu élabores une stratégie. Pourquoi j'achèterais la bière O'Rourke plutôt qu'une autre ?

— Parce que tu es ma sœur.

Elle leva les yeux au ciel.

— Mais qu'est-ce qui différencie la bière O'Rourke ? Tu as une jumelle ravissante. Comment vas-tu utiliser son charme et sa beauté pour contribuer à la réussite de ta boîte ?

— Je ne vais pas l'utiliser. Elle est moins ravissante qu'elle ne le croit.

Elle prit un air faussement outré.

— Au contraire ! Oh ! Le bébé a bougé. Tu veux sentir ?

— Non, c'est bon. Mon mal au dos me suffit.

— Tu as mal au dos toi aussi ? C'est trop chou ça, Connor.

Elle se mit à jouer avec ses cheveux comme à chaque fois qu'elle réfléchissait puis se redressa sur sa chaise.

— Tu sais qui pourrait beaucoup t'aider ? Jessica.

Il tressaillit.

— Euh, je crois que tu n'as pas tout compris…

— Non mais, attends, vous vous connaissez depuis trente ans ! Tu ne vas pas te morfondre pour le restant de tes jours !

— Peut-être pendant un jour ou deux quand même…

— Quel comédien !

— Venant de toi qui as passé dix ans à…

— Chut ! Je suis enceinte, alors sois gentil. Non mais sérieusement, Connor, elle s'y connaît en marketing. Elle a des contacts dans le milieu. Et elle a toujours besoin d'argent. Tu savais qu'elle avait même été strip-teaseuse ?

— Comment tu sais ça, toi ?

— Je sais tout. En plus, ça t'aiderait à tourner la page. Tu ne peux pas rester sans lui parler. On la connaît depuis toujours.

Sa logique imparable était agaçante.

La suite de cette conversation lui fut épargnée car la porte du restaurant s'ouvrit et une très jolie (et très jeune) femme qu'il ne connaissait pas entra.

— C'est Jordan, ma potentielle future serveuse, dit Colleen en essayant de se lever.

Connor tira la table pour lui faire de la place puis lui offrit sa main et la hissa à grand-peine.

— T'es sûre que c'est pas un petit veau que tu as là-dedans ?

— La ferme ! Non seulement je suis rayonnante, mais en plus, de dos, on ne voit même pas que je suis enceinte. Regarde mes fesses.

— Ah non, pitié !

— Bonjour, on est là ! dit Colleen en faisant un geste de la main vers la jeune fille.

Celle-ci s'avança, avisa Connor et devint rouge comme une pivoine.

— Bonjour. Jordan Reynolds.

— Bonjour. Moi c'est Colleen et voici mon frère Connor. C'est le chef cuisinier et il compte pour du beurre ici, donc ne faites pas attention à lui. Allons plutôt derrière le bar, voir comment vous vous débrouillez.

— Ravi de vous avoir rencontrée, dit Connor à la fille, qui en eut l'air toute chamboulée.

— Ne vous avisez pas de vous laisser séduire, lui dit Colleen en la poussant vers le bar. Il est abject. Il porte une perruque et des lentilles pour cacher ses yeux de serpent.

Connor n'écoutait déjà plus. Cette idée de solliciter ses camarades de lycée n'était pas mauvaise.

En revanche, jamais il ne solliciterait son père.

Il l'avait soupçonné de tromper sa mère bien avant d'en avoir la confirmation. On voyait ça dans tous les films : les réunions tard le soir, les appels téléphoniques passés en toute discrétion, les voyages d'affaires le week-end, dont le nombre avait beaucoup augmenté lorsque les jumeaux étaient au lycée.

Il eut la confirmation que son père était un menteur alors qu'il effectuait un stage à Corning un hiver. Il travaillait pour un restaurant de tapas appartenant à un ancien élève de l'Institut culinaire, ce qui lui permettait d'être à la maison pendant les fêtes tout en travaillant. Il y avait une ouverture entre la cuisine et la salle, si bien que les clients pouvaient voir l'agitation autour des fourneaux.

Un soir, une femme attira son attention, comme celle de tous les mâles présents. Pour commencer, elle était rousse et, ensuite, elle avait le corps de Scarlett Johansson. Difficile de la louper. Ajoutez à cela qu'elle le dévorait des yeux, et qu'elle lui fit un sourire coquin lorsqu'il croisa son regard.

Il sortit de la cuisine une fois sa commande servie. Elle était en compagnie de deux autres femmes.

— Est-ce que tout va bien, mesdames ? leur demanda-t-il.

Elles gloussèrent et ne tarirent pas d'éloges, sauf la rousse, qui lui tendit la main.

— Je m'appelle Gail, Gail Chinise.

Une de ses amies murmura alors : « Et tu m'as conquise… », ce qui les fit rire toutes les trois. Ils discutèrent quelques minutes avant qu'il ne retourne en cuisine. Après leur départ, un serveur vint le trouver avec un bout de papier et lui dit que quelqu'un avait laissé un numéro de téléphone pour lui.

C'était Gail.

En se disant que ça lui ferait du bien de voir quelqu'un

après sa débâcle amoureuse de l'automne précédent, il l'appela donc, et l'emmena faire du patin à glace. C'était un peu désuet comme activité, mais tout indiqué en cette saison, soi-disant la seule où elle était disponible. Elle était hôtesse de l'air, avait parcouru le monde entier, avait quatre ans plus que lui, et c'était une *incroyable* bombe.

Elle ne savait pas patiner et ne manquait pas une occasion de se plaquer contre lui, ce qui n'était pas désagréable. Il la trouvait plutôt sympa. Elle avait l'air de passer un bon moment, même si elle n'arrêtait pas de regarder sa montre. D'ailleurs elle n'avait pas mis une tenue très appropriée malgré ses recommandations, et commença à avoir froid. Ils n'avaient pas des milliers de choses à se dire, mais c'était un flirt agréable.

Il la reconduisit chez elle à la fin de l'après-midi et l'embrassa sur la joue.

— Tu es adorable, lui dit-elle. Tu es sûr que tu ne veux pas entrer ?

— J'adorerais, mais il faut que je sois au travail dans une demi-heure.

Il avait pour principe absolu de ne pas coucher le premier jour.

— Hmm, en effet ça risque de faire court, dit-elle en levant les bras au-dessus de sa tête pour découvrir une partie de son ventre musclé. Je crois qu'il va falloir que tu m'invites à nouveau.

— On dirait, oui.

À vrai dire, il était un peu refroidi par ses allusions constantes, ses minauderies et ses attitudes provocantes. L'opposé de Jessica. En y pensant il éprouva comme une douleur dans la poitrine. Depuis leur nuit ensemble et leur dernière conversation, il ne l'avait pas revue.

— Je t'appellerai, dit Gail, en lui faisant les yeux doux, avant de lui tourner le dos et d'entrer en faisant un petit geste de la main par-dessus son épaule.

Ce qu'elle fit quelques jours plus tard pour lui proposer de la retrouver pour boire un verre tout près de là où il travaillait. Ils s'assirent près de la vitrine.

— Comment ça va ? lui demanda-t-elle en le déshabillant du regard.

— Super et toi ?

— Merveilleusement bien.

OK, elle n'était pas son genre, mais puisqu'il était là autant lui faire la conversation, et puis il s'en irait. (Il entendait d'ici les sarcasmes de sa sœur.)

Le quartier commerçant de la petite ville était plein de gens en train de faire leurs courses de Noël. Il neigeait et la scène ressemblait à un tableau de Norman Rockwell, avec des souffleurs de verre et une fanfare devant la boulangerie.

Gail était belle, c'était indéniable, mais elle était aussi passablement ennuyeuse. Au moins en patinant ils n'avaient pas été forcés de se parler. Il la questionna sur ses voyages, en se disant qu'elle aurait quelques bonnes histoires, mais elle fit une réponse évasive. Il la questionna sur ses études, mais elle n'en avait pas fait. Il se creusa alors la cervelle à la recherche d'une question supplémentaire, mais rien ne lui vint.

— Combien gagne un chef cuisinier ? lui demanda-t-elle alors, non sans subtilité.

— Cela dépend du restaurant.

— J'imagine que les chefs célèbres gagnent beaucoup.

— Sans doute.

— Avec ton physique, tu devrais passer à la télé.

— C'est pas vraiment mon truc, dit-il en réprimant un soupir.

Belle ou pas, elle avait l'air assez creuse.

À ce moment-là, Pete O'Rourke se gara devant le bar. Il possédait des locaux commerciaux partout dans Manningsport, mais aussi à Corning et Dundee, et passait la moitié de sa vie dans son petit coupé Mercedes de luxe, pour se rendre partout et discuter avec des gérants d'immeubles, des locataires et des avocats.

Il sortit de sa voiture et mit de l'argent dans l'horodateur. Connor ne bougea pas, espérant que son père ne regarderait pas dans sa direction.

— Jolie voiture, lança Gail.

— Oui, et juste devant c'est mon père.

— Ah bon ?

— Oui.

Pete traversa pour se rendre dans un immeuble de l'autre côté, sans doute un de ceux qu'il possédait.

— Il fait quoi dans la vie ?

— Il possède des immeubles.

— Pas mal, approuva Gail en mordillant sa paille et en lui souriant sans raison avant de baisser les yeux.

C'était à se demander si elle s'entraînait devant sa glace. Puis elle jeta un œil à son téléphone.

— Ouh là là, il faut que j'y aille ! Je retrouve des amis. Merci pour le verre !

Elle lui souffla un baiser. Il lui dit qu'il avait été content de la voir tout en sachant que ce serait la dernière fois.

À dire vrai, il s'en fichait. Elle était belle, ça oui. Mais rien à voir avec Jessica Dunn.

Quelques semaines plus tard, à la fin de son service, Connor marchait jusqu'à sa voiture. Noël était passé et tout était calme à Corning, sous un sombre ciel d'hiver. Un chien aboyait quelque part. C'était bon de se retrouver dans l'air glacial après sept heures passées dans la chaleur étouffante de la cuisine et il s'arrêta une seconde dans la petite allée qui menait au parking pour prendre une grande goulée d'air pur.

C'est alors qu'il entendit une voix familière.

Il se retourna et vit son père dans l'entrée d'un immeuble dont il était le propriétaire.

En train d'embrasser Gail, les mains posées sur son spectaculaire postérieur.

C'était une chose de le soupçonner de tromper sa mère. C'en était une autre de le voir.

À cet instant, il ne pensa qu'à sa mère, si gentille et aimante et qui adorait son mari, qui lui avait encore préparé des œufs au bacon dimanche matin dernier et avait été aux anges quand Pete lui avait offert cet horrible peignoir rouge.

Gail avait vingt-six ans, Pete la cinquantaine. Rien de nouveau dans tout ça, mais ça n'en était pas moins dégoûtant pour autant.

Il s'en alla.

Une fois à la maison, il se montra doublement gentil avec sa mère et resta à bonne distance de sa sœur jumelle pour que ses antennes radar ne l'alertent pas.

Il ne savait pas quoi faire. Tout dire ? S'il racontait tout à sa mère, cela lui briserait le cœur. S'il racontait tout à Colleen, *idem*, et elle irait le répéter à sa mère. Du reste, ce n'était probablement, et même sûrement pas, la première fois que Pete trompait sa femme.

Mais, là, il n'avait plus aucun doute.

Il était dégoûté d'avoir présenté Gail à son père sans le faire exprès.

Il possède des immeubles, lui avait-il dit. Il aurait aussi bien pu lui dire : *C'est un vieux plein aux as.*

Il se mit à éviter son père, mais il doutait que celui-ci s'en rendît compte.

Après avoir ruminé pendant des semaines, il décida finalement de se taire. Il fut un jour sur le point de tout dire à sa mère et, en guise d'introduction, lui demanda si elle était heureuse.

— Oh, Seigneur, mais oui, mon chéri ! Pourquoi une telle question ?

Elle lui avait souri si gentiment qu'il n'avait pas pu.

Il avait eu tort.

En avril, Pete lâcha sa bombe : il demandait le divorce. Gail Chinise-tu-m'as-conquise était enceinte.

Colleen était dévastée et leur mère à ramasser à la petite cuillère. Connor n'était pas plus surpris que ça.

Il fit de son mieux pour éviter son père et Gail. Il refusa que Pete vienne à sa remise de diplôme, et partit travailler à Manhattan. Hélas, à l'automne, alors qu'il était rentré voir sa mère et sa sœur, il tomba, presque littéralement, sur les amoureux juste devant le Black Cat.

— Mon fils ! s'exclama Pete. Euh… eh bien, comment vas-tu ? Tu as l'air en forme.

Connor ne répondit pas.

— Je te présente Gail.

Il la regarda et vit qu'elle était mal à l'aise. Il aperçut aussi son gros ventre.

— Ravie de vous rencontrer, lui dit-elle avec un rire qui sonnait faux. Pete n'arrête pas de parler de vous.

Elle ne lui avait donc pas dit qu'ils se connaissaient. Son père ignorait qu'il était sorti deux fois avec cette garce de Gail comme l'appelait Colleen.

— Tu vas bientôt avoir une sœur, lui annonça son père. C'est bien, non ?

Non mais vraiment !

— J'en ai déjà une, répondit Connor, et il attendit une seconde avant d'ajouter : J'espère que tout se passera bien.

C'était le mieux qu'il pouvait faire.

Et depuis dix ans rien n'avait changé.

Cela dit, Savannah était une gamine super et Connor la voyait souvent. Avec Colleen ils s'occupaient d'elle une fois par semaine quasiment depuis sa naissance et à deux ans elle avait commencé à venir dîner avec eux tous les vendredis au restaurant. Elle avait démarré le teeball[1] à cinq ans. Connor allait la voir jouer à chaque fois qu'il le pouvait. Il la faisait aussi monter à cheval sur son dos et l'emmenait se baigner dans le lac. Une fois par an, il l'emmenait au stade des Yankees rien

1. Jeu de ballon par équipes réservé aux jeunes enfants, version simplifiée du base-ball.

que tous les deux. Il lui offrait de beaux cadeaux et s'arrêtait même parfois à l'école pour lui dire bonjour à l'heure du déjeuner, juste pour lui faire plaisir.

À neuf ans, elle avait le niveau pour rejoindre l'équipe de softball de la ville, et devint la plus jeune joueuse de toute l'histoire de la ligue à se qualifier. Colleen s'assura qu'elle fasse partie de l'équipe sponsorisée par le O'Rourke.

Connor évitait autant que possible de la voir avec ses parents. Lorsqu'il ne pouvait pas faire autrement, il était poli, comme par exemple à l'anniversaire de Savannah ou à ses matchs, mais Gail lui hérissait le poil et son père encore pire.

Contrairement à son frère, Colleen avait fait la paix avec Pete. Après ce qu'il avait fait subir à leur mère, Connor, lui, ne voyait absolument aucune raison de lui faire de nouveau une place dans sa vie.

Et il était hors de question qu'il lui donne l'opportunité d'investir dans une affaire.

Pour l'heure, il avait le choix : rester toute la journée assis là, ou bien sortir. Faire un footing, ou un tour à la salle de boxe, voir si Tom Barlow y était pour un petit combat.

L'idée du footing l'emporta.

Il alla chez lui se changer. Il possédait une maison victorienne à double entrée en bordure de parc. Jusqu'à récemment Colleen vivait à l'étage et, même s'il refusait de l'admettre, elle lui manquait, tout comme Rufus, son lévrier irlandais bâtard.

Le rez-de-chaussée lui avait toujours paru trop grand, avec trois chambres et un salon, un bureau et une cuisine. Colleen qualifiait son intérieur de « masculin et américain standard », mais il n'y voyait rien de mal. Il avait acheté tous les meubles d'un coup, en commandant toute la page 21 du catalogue Pottery Barn. Il avait disposé quelques photos : une de lui et sa sœur le jour de l'ouverture du restaurant, une de lui avec sa mère et Colleen au mariage de celle-ci l'an dernier et une photo de Savannah, sa batte à la main.

Aucune photo avec Jessica.

Décidément, cet endroit était trop silencieux. Trop grand, trop silencieux et trop vide.

Ça ne pouvait pas être autrement, puisqu'il avait été prévu pour une famille.

— Quel idiot ! dit tout haut Connor.

Il allait peut-être prendre un chien, parce que rencontrer quelqu'un c'était trop de travail en fait. Un de ses copains d'école, Bryce Campbell, s'occupait du refuge. Il y trouverait peut-être son nouveau meilleur ami.

Il enfila un short et un T-shirt de l'équipe de base-ball du O'Rourke. Le slogan de cette année était : *Team O'Rourke, Manningsport a trouvé ses champions !*

C'était une magnifique journée de printemps. Les arbres étaient en fleurs, le soleil brillait, et la ville grouillait à la fois de touristes et de locaux. Il fit bonjour de la main à Julianne, la bibliothécaire, et Emmaline dans sa voiture de police lui fit un appel de phares. Il se dirigea vers le Village, d'où s'échappaient de bonnes odeurs de barbecue, puis vers les collines au sommet desquelles étaient les vignobles, comme des joyaux sur une couronne, et des champs dont le vert contrastait avec l'azur du ciel, où glissaient des nuages.

Au bout de cinq kilomètres de course en montée raide, il avait les idées plus claires. Il allait contacter des investisseurs et démarrer sa brasserie qui serait une extension du restaurant. Il y aurait pour commencer entre cinq et huit bières différentes, un comptoir de dégustation et quelques petites tables. Il demanderait peut-être à Faith de lui dessiner une terrasse extérieure. Il allait mettre au point son emprunt à la banque avec Sherry. Il fallait aussi qu'il explore le marché de l'immobilier pour chercher une vieille grange où installer la brasserie, car ce serait le genre de bâtiment idéal.

Il arriva en haut de la colline, où flottaient des odeurs de raisin car les vignerons utilisaient la peau écrasée du fruit comme engrais. Il vit Prudence Vanderbeek sur son gros tracteur John Deere. Il leva la main et, sans réfléchir, s'engagea dans l'allée du domaine Blue Heron. La propriété des Holland, où travaillait Jess.

Il ne lui avait jamais rendu visite au travail auparavant. Leur relation secrète lui interdisait de passer à l'improviste avec des fleurs ou bien simplement pour l'embrasser.

Mais sa mère aussi travaillait là, dans la salle de dégustation où elle présentait le vin. Il avait donc le prétexte idéal.

À l'intérieur, des couples de visiteurs prenaient des notes en bavardant gaiement avec sa mère. Pas étonnant, car la salle de dégustation de Blue Heron était parmi les plus jolies de la région et il était fréquent qu'un membre de la famille des propriétaires vienne y faire un peu de relationnel, ce que les clients adoraient. De plus, sa mère faisait très bien son travail, réservant son caractère rabat-joie à ses enfants.

Un couple était vêtu des deux mêmes sweat-shirts imprimés d'un cheval au galop dans le désert. Dire qu'on trouvait ça dans le commerce ! Connor prit place à côté d'eux.

— Salut maman !

— Oh, mon fils ! s'exclama-t-elle. Bonjour mon chéri ! Quelle bonne surprise ! Je t'ai appelé hier, mais tu ne m'as pas rappelée.

Il fallait toujours qu'elle le fasse culpabiliser un peu, sinon ce n'était pas drôle. Mais elle avait tout de même l'air contente et il savait qu'il marquait des points en passant la voir.

— Mon fils et ma fille sont propriétaires du O'Rourke, le meilleur restaurant de la ville, expliqua-t-elle aux visiteurs.

— Merci maman. Tu auras ta commission, dit Connor avec un clin d'œil pour les clients amusés.

— Qu'est-ce qui t'amène ? lui demanda sa mère. Il y a un problème ?

— Non, j'étais parti faire un footing et je me suis dit que j'allais passer te voir.

— Le meilleur fils du monde, dit sa mère, aux anges.

— Comment ça, meilleur fils ? Le meilleur de tes enfants, tu veux dire.

— Tu sais bien que je ne fais pas de préférence entre vous deux, répondit-elle en souriant.

Il savait pourtant bien qu'il était son préféré.

— Alors, maman, comment tu vas ?

— Très bien.

Elle servit un verre de pinot gris pour le couple au cheval puis se tourna vers d'autres visiteurs pour répondre à une question. Elle revint vers lui en se passant une main dans les cheveux, deux fois.

— Tu ne remarques rien ? lui demanda-t-elle.

La question piège.

— Si ! Tes cheveux ! Super ! s'écria-t-il.

Elle avait renoncé à les teindre depuis peu et le gris lui allait très bien.

— Non, je n'ai rien fait à mes cheveux.

— Ah. Euh… eh bien, tu es très en beauté.

— Oui, n'est-ce pas ? dit-elle en joignant les mains devant son visage. Tu ne vois rien de nouveau ?

Connor réprima un soupir. Qu'est-ce que cela pouvait bien être. Un lifting ? Un nouveau rouge à lèvres ? Aucune idée.

— Euh… tu t'es maquillée ?

— Non.

La porte du fond s'ouvrit et Jessica apparut alors. Elle eut un moment d'arrêt en le voyant et il sentit son cœur tambouriner bêtement dans sa poitrine.

— Salut Connor, dit-elle d'un ton parfaitement neutre.

Il réussit à hocher la tête et à articuler une réponse, du moins lui sembla-t-il.

— Tu es passé voir ta mère ?

— Oui.

Sa mère, maintenant légèrement impatiente, s'obstinait à se passer la main dans les cheveux tout en le fixant.

— Tu ne remarques toujours aucun changement ? insista-t-elle.

— Puis-je goûter le gewurztraminer ? demanda quelqu'un.

— Mais bien entendu, répondit Jess avant d'attraper une bouteille, puis de se placer un mètre derrière la mère de Connor et de pointer du doigt sa propre main.

Son annulaire gauche, pour être précis.

Il ouvrit des yeux comme des soucoupes et regarda la main de sa mère. Aucun doute, c'était bien un diamant qu'il voyait là, gros comme une tomate cerise.

— Seigneur ! s'exclama-t-il.

— Oui, n'est-ce pas ? s'écria sa mère. Nous allons nous marier, Ronnie et moi !

— Nom d'un chien !

— Arrête donc de jurer et embrasse plutôt ta mère, suggéra calmement Jessica.

— *Mazel tov*, dit alors la femme au sweat-shirt chevalin, en trinquant avec son mari.

Connor avait encore des tas de jurons qui n'auraient demandé qu'à sortir en fait. Sa mère ? Qui se mariait ? Mais elle avait bien… soixante ans ! Qu'avait-elle besoin de se marier ? Et avec Ronnie Petrosinsky, le roi du poulet frit ? Il n'avait pas des liens avec la mafia russe, celui-là ?

Est-ce que ça voulait dire que sa mère couchait avec le roi du poulet ? Il eut un haut-le-cœur en l'imaginant.

— Il est tout chamboulé, Jeannette, dit Jess. Non mais, regardez-le.

— Tu seras toujours mon fils préféré, tu sais bien, dit Jeannette en s'approchant pour le prendre dans ses bras.

— Euh, je suis très heureux pour toi, maman, murmura Connor, devant les clients attendris.

Jess lui fit un sourire en coin auquel il répondit à contrecœur, avant de serrer sa mère plus fort.

Tout ça était pour le mieux. Ronnie était un type bien, et un très bon père. De plus il gagnait des fortunes dans son empire du poulet frit, et sa mère aurait quelqu'un qui prendrait soin d'elle. Il ne serait plus obligé d'aller dégager la neige dans son allée chaque hiver, ni de s'inquiéter si le courant était coupé pendant un orage. Et il n'aurait plus à se soucier de la savoir seule.

— Allez, allez, lâche-moi. J'ai une bouffée de chaleur.

Il se rendit compte qu'il la serrait très fort en fait.

C'était peut-être vrai qu'il était tout chamboulé.

— Vous avez décidé de la date ? Ça m'embêterait que tu te mettes à la colle avec lui. Il aurait pu au moins me demander la permission, bougonna Connor.

Sa mère éclata de rire. Elle avait l'air vraiment heureuse, et toute jeune, et jolie.

— Durant l'été. Du coup je vais peut-être aussi laisser tomber Blue Heron.

— N'y pensez même pas ! dit alors Jess, et tout en remplissant les verres elle ajouta : Mesdames messieurs, personne ne connaît mieux notre vin que Jeannette, à part la famille Holland elle-même. Vous avez aujourd'hui le privilège de parler à une vraie connaisseuse.

— Oh, Jessica, tu es trop gentille ! Mais c'est vrai, j'adore le vin. Avez-vous goûté notre chardonnay ? Il est délicieux, qu'il ait été vieilli en fût de chêne ou pas.

Puis, se tournant vers Connor, elle ajouta :

— Mon chéri, on se voit plus tard, d'accord ? Venez dîner à la maison avec Colleen cette semaine. D'ailleurs, j'ai rêvé ou ta sœur est énorme ?

— Je la trouve magnifique personnellement, dit Jess.

— Oui, elle est énorme, dit Connor. Félicitations, maman.

Sa mère était radieuse.

Tant mieux. Elle méritait d'être heureuse. Elle avait tant broyé de noir ces dix dernières années, à pleurer son Pete. Il était grand temps qu'elle tourne la page.

— Jess, je peux te parler une minute ? dit-il ensuite.

Les joues de Jess s'empourprèrent légèrement.

— Bien sûr. Viens par là.

Il la suivit dans le couloir, devant le bureau de Honor puis dans le sien, qui était le même, en plus petit. Sur la porte il put lire la plaque : *Jessica Dunn, directrice du marketing*.

Il devinait ce que ça signifiait pour elle. Ses fenêtres donnaient sur les vignes, et elle avait installé quelques photos d'elle et de Davey, ou de Davey tout seul. Sur une étagère était posé un animal en peluche ainsi que quelques livres sur le marketing et le vin. À part ça, tout était neuf.

— Assieds-toi, dit-elle en s'installant derrière son bureau, où elle se mit à tripoter un stylo.

— Félicitations à toi aussi, dit-il. Pour cette promotion. Je suis vraiment… il allait dire *fier*… heureux pour toi.

— Merci, répondit-elle en rougissant davantage. Qu'est-ce que tu voulais me dire ?

Il tenta d'évacuer toutes les pensées érotiques qui lui envahissaient l'esprit à cet instant.

— Eh bien, euh… je voulais juste te dire…

Bon sang, que c'était difficile de parler ! Il inspira profondément.

— Je ne t'en veux pas, Jessica. Je comprends.

Elle resta de marbre, le visage impassible, sauf une petite lueur dans les yeux.

Ce regard signifiait tant de choses qu'elle ne lui dirait jamais, mais il savait qu'elle en resterait là.

— Merci, dit-elle à voix basse en hochant la tête.

— Je ne voudrais pas que nous… je veux dire ce serait bien si toi et moi pouvions…

Décidément il *détestait* parler !

— Oui, moi aussi, répondit-elle gentiment.

Ils n'avaient jamais été très doués avec les mots de toute façon.

— Tu es sûre que tout va bien ? lui demanda-t-il en remarquant ses yeux cernés, et assez lucide pour ne pas imaginer qu'il en était la cause.

Elle tripota de nouveau son stylo.

— Mon père est revenu.

Une colère sourde monta alors en Connor. Keith Dunn avait bousillé sa famille autant qu'il était possible. Et il avait laissé Davey à la charge complète de sa sœur après le décès de leur mère.

— Tu veux que je t'en débarrasse ? lui demanda-t-il, oubliant que tout cela ne le regardait plus.

Elle secoua la tête.

— Merci de le proposer, mais je vais m'en charger.

Ou sinon Levi le ferait. Après tout, il était flic et pouvait mettre ses menaces à exécution. Une vieille jalousie refit alors surface chez Connor.

Ce ne serait pas très malin de lui demander maintenant de l'aider pour sa brasserie. Puisqu'elle ne voulait pas l'épouser, il fallait mettre un peu de distance entre eux.

— Je me demandais si tu serais d'accord pour travailler un peu en free-lance ? demanda-t-il alors.

Oui, bon, ce n'était pas la première fois qu'il faisait quelque chose de pas très malin, après tout.

Et puis, s'il pouvait la voir de temps en temps, ce serait mieux que rien.

— Comme serveuse ? Colleen m'a déjà demandé.

— Non, comme conseillère en marketing.

— Vous avez besoin d'un coup de main au restaurant ? demanda-t-elle, surprise.

— Non, à la brasserie.

— La brasserie ?

Ah. Il était très possible qu'il ne lui en ait jamais parlé, puisqu'ils n'avaient jamais eu une relation normale, où l'on discute, où l'on prend ses repas ensemble, et tout ça.

— Eh bien, j'ai travaillé avec Tim Parsons à l'ouverture d'une brasserie et ça m'a l'air d'être le bon moment. *Puisque tu m'as quitté, et que j'ai du temps pour moi.* Je me suis dit que ça pourrait… disons… être bien.

Question éloquence, il était champion toutes catégories !

— C'est super, Connor. C'est une idée géniale, je trouve.

— Vraiment ?

— Mais oui ! Tu es fait pour ça ! Tu connais bien la gastronomie, tu sais comment assortir les plats et les boissons.

— Oui, voilà. Tu sais comme moi qu'au restaurant on recommande toujours du vin, et jamais de la bière. Mais pourquoi pas ? Alors moi je serais juste consultant et Tim s'occuperait de la fabrication. Je lui dirais quels arômes je veux servir avec tel plat et je servirais ma bière au restaurant. On va démarrer comme ça.

Elle sourit discrètement et cela suffit à le mettre dans un état de béatitude absolue.

Relève-toi, idiot ! Sa réponse à la demande en mariage résonna alors soudain dans sa tête et il déchanta brutalement.

— Laisse-moi juste demander à mes patrons s'ils y verraient un inconvénient et, s'ils sont d'accord, je serai ravie de t'aider.

— Parfait. N'oublie pas de me donner approximativement ton tarif.

— Tu n'es pas obligé de me payer.

— Si.

À ces mots, la lueur dans ses yeux s'éteignit brusquement. Pourtant, il ne s'en voulut pas car, s'ils pouvaient rester amis et peut-être travailler ensemble, il était hors de question qu'il se mette en position de quémander quoi que ce soit.

Une porte s'ouvrit et un flot de paroles se déversa soudain dans le couloir.

— Vous allez adorer ! Ce sera fabuleux ! Et j'adore l'idée d'arriver en calèche à cheval ! Ah tiens, Connor ! Bonjour ! Vous me cherchez ?

Comment s'appelait-elle déjà ? Molly ? Mary ? Maybe ? Non pas Maybe. Ah oui, Marcy.

— Elizabeth, je vous présente le charmant Connor O'Rourke, poursuivit Marcy en s'écartant d'un pas pour laisser l'autre femme le voir. Il est le propriétaire d'une adorable auberge en centre-ville. Vous devriez réserver là-bas pour le dîner de la veille du mariage ! Sans blague, on y mange tellement bien.

— Bonjour, dit la femme aimablement. Si Marcy vous recommande, ce doit être très bien.

— Merci, répondit Connor, sans trop savoir quoi ajouter. Vous vous mariez à la Grange ?

— C'est ça. J'en suis tombée amoureuse lorsque je l'ai vue sur Internet. Et Marcy est d'une aide si précieuse !

Connor se retourna vers Jessica, dont personne ne s'était soucié jusque-là, puis de nouveau vers la future mariée.

— Tant mieux, dit-il.

— Au fait, Connor, j'ai eu votre message, ajouta Marcy en se penchant vers le bureau de Jess. J'ai hâte ! Où se retrouve-t-on ?

— Euh… comme vous voulez.

— Compris ! Je vous envoie un SMS tout à l'heure. Allons-y, Elizabeth, nous avons des tonnes de choses à faire ! Ce sera le plus beau jour de toute votre vie ! Je vous le promets ! C'est ce que me disent à chaque fois mes mariées. Sans exception… je vous jure !

Elles rentrèrent dans le bureau de Marcy et fermèrent la porte.

Épuisante, se dit Connor. Elle était plutôt jolie si on faisait baisser le niveau sonore de sa voix et son taux d'énergie de, disons, quatre-vingt-dix-huit pour cent.

En tout cas, Jessica était maintenant au courant qu'ils allaient se voir, même si cela n'avait pas eu l'air de l'affecter le moins du monde. Il l'observa une minute et elle lui rendit son regard, aussi calme que le dalaï-lama. Toujours cette distance…

— N'oublie pas de me donner ton tarif, finit-il par lui dire. Merci, Jessica.

Là-dessus, il ressortit, fit un signe de la main à sa mère et prolongea son footing de cinq kilomètres.

À force de s'épuiser, il finirait bien par cesser de penser à Jess.

12

Jessica avait les mains qui tremblaient en sortant de sa voiture devant le Hugo's. Elle respira à fond pour tenter de se calmer, puis regarda au loin en direction du lac et respira de nouveau profondément.

Lorsque son père avait surgi ainsi, de nulle part, elle avait bien cru, pour la première fois de sa vie, qu'elle allait y passer. Elle s'était mise à avoir la chair de poule et son cœur tapait si fort dans sa poitrine qu'elle le sentait jusque sous ses paupières.

Et Davey, ce traître, qui l'avait laissé le prendre dans ses bras !

Et ensuite Keith, qui l'avait appelée ma petite fille.

Elle avait attrapé son frère par le bras et l'avait traîné jusqu'à la voiture.

— Je veux voir papa, moi ! avait-il dit et elle avait senti qu'il allait se mettre en colère et lui faire une scène atroce, mais tant pis.

— Monte dans la voiture tout de suite !

— Mais c'est papa ! Il est revenu !

— Monte dans la voiture, Davey ! Tout de suite !

Tout de suite était leur code en cas d'urgence et Davey ouvrit des yeux comme des soucoupes. Il fit ce qu'elle disait, en se recroquevillant à côté de Jess qui n'en menait pas large non plus.

Leur père courait dans la rue pour les rattraper.

— Jessica, ma chérie, je sais que j'ai beaucoup à me faire pardonner.

— Tais-toi ! dit-elle d'un ton cinglant en se retournant

vers son père, les mains crispées au point que ses ongles lui transperçaient les paumes. Tu n'as pas le droit de faire ça. Tu ne peux pas resurgir d'un coup et nous tomber dans les bras. Si tu t'approches encore une fois de mon frère, je te tue.

Elle n'avait pas prémédité de dire ça, mais elle le pensait vraiment. C'était si bon de se sentir puissante et méchante à la fois.

— Tu as tout à fait le droit d'être en colère, répondit son père. C'est normal et j'assume complètement mes responsabilités.

— Et donc ?

Elle monta dans la voiture, tourna la clé et démarra en trombe.

— Jess, fit Davey d'une petite voix, tu n'es pas contente de voir papa ?

— Non, mon chou, pas du tout.

Elle avait une voix bizarre et brûla un stop. Elle jura, puis leva le pied et ralentit.

— Moi je l'aime, papa.

Elle regarda dans le rétroviseur et lut dans son regard qu'il avait peur. Elle l'avait effrayé.

— On en parlera plus tard, tu veux bien ? répondit-elle, la voix étranglée.

— Est-ce que papa va venir habiter avec nous ?

— J'ai dit plus tard, Davey.

— Mais moi je veux qu'il vienne habiter avec nous !

Elle essaya de détendre ses mains crispées sur le volant.

— Non, Davey.

— Mais moi je veux !

— Dommage, Davey, parce qu'il ne va sûrement pas rester plus de un jour ou deux, et pour aller au casino, pas pour nous voir.

— Mais il a dit qu'il m'aimait, que je lui avais manqué !

Si seulement c'était vrai.

Elle se fit mal à force de retenir ces mots qui lui brûlaient les lèvres. Le lendemain, elle trouva un mot collé sur sa porte. Keith, qui ne méritait pas qu'on l'appelle papa, voulait lui parler. Il n'avait pas bu depuis plus de trois ans. Il voulait faire amende honorable et essayer de reconstruire quelque chose avec ses enfants.

Il ne manquait que des dessins de chatons, un arc-en-ciel et le ticket gagnant du loto.

Cela dit, il était en ville et elle ne voyait pas comment éviter cette conversation. Connaissant son père, il passerait par le canal qui lui offrirait le moins de résistance, c'est-à-dire Davey.

Elle appela donc le numéro indiqué et, d'une voix tendue, accepta de le retrouver au Hugo's, parce qu'il y avait trop de gens qu'elle connaissait au O'Rourke. C'était moins le cas chez Hugo.

Et puis Connor n'y serait pas.

Elle avait presque pleuré lorsqu'il lui avait proposé de la débarrasser de son père. Elle avait eu tellement envie à ce moment-là de se blottir dans ses bras, et de le laisser s'occuper d'elle et aussi foutre son père dehors en lui faisant tellement peur qu'il ne reviendrait jamais.

Mais, si elle se laissait aller à ça, qui sait où elle s'arrêterait ?

Elle allait régler le problème avec Keith Dunn toute seule. Il le fallait. Et elle le ferait parce qu'elle était la seule à pouvoir le faire.

— Salut beauté, dit Hugo en la voyant entrer. Je t'ai réservé la table du coin.

Ce bon vieux Hugo. Il connaissait toute l'histoire.

Keith avait été un alcoolique plutôt haut de gamme. Pas comme sa femme qui était vraiment accro. Une fois, elle avait même bu du désinfectant pour les mains à l'hôpital tellement elle était en manque, et elle avait essayé de décrocher des tas de fois, sans succès.

Non, Keith, c'était la bière : de la Pabst Blue Ribbon. Douze par jour, même quand ils se nourrissaient grâce à la banque alimentaire. Il avait beau être maigre, son visage était bouffi et suintait la bière.

En revanche, il n'avait jamais l'air soûl comme leur mère. Ça rendait les choses encore pires, comme toutes ces fois où il avait décidé sciemment de laisser Jessica se débrouiller pendant qu'il allait s'enfiler une bière de plus devant la télé.

La table du coin était l'endroit le plus discret du restaurant, celle que Hugo réservait aux demandes en mariage. Aujourd'hui l'ambiance serait loin d'être aussi romantique. Jess s'assit et remit le couteau à beurre bien droit.

Elle n'était pas repassée chez elle se changer car elle voulait garder une distance professionnelle : jupe crayon grise, chemisier blanc, chaussures à brides noires et chignon.

— T'es sexy, dis donc, lui dit Felicia, qui elle aussi travaillait là depuis des années. La vraie femme d'affaires… On dirait le début d'un film porno. Lâche tes cheveux et secoue un peu la tête pour voir.

— C'était pas le look recherché, non.

— En tout cas, moi j'adore. Tu as un rencard ou quoi ?

— Avec mon père.

— Ah mince.

— Ne viens pas prendre la commande, OK ? On ne restera pas.

Felicia lui posa une main sur l'épaule.

— Compris.

— Attends, Felicia ! Euh… apporte-moi un verre de vin, OK ? Ou plutôt une bière, n'importe laquelle.

La bière, c'était *la* boisson de son père, et elle voulait le provoquer, le déstabiliser, remuer le passé.

Elle faisait tourner l'alliance autour de son pouce. Elle aurait tellement voulu être ailleurs ! Pendant une seconde elle fut tentée de foncer chez elle pour s'enfermer à double tour avec Davey et ses figurines d'Avengers, une plâtrée de pâtes à l'ail et à l'huile d'olive et une bonne série à la télé.

Au lieu de ce scénario parfait, elle était assise là en plein cauchemar.

Felicia lui apporta sa bière avec un sourire, puis alla s'occuper d'un groupe qui venait d'arriver.

Soudain Jess se sentit terriblement seule.

C'est alors que, miracle, entrèrent Pru et Carl, ainsi que Honor et Tom. Felicia les installa à une table pas trop éloignée, mais d'où ils ne pourraient pas entendre la conversation. Honor la regarda d'un air rassurant, Tom lui fit un petit signe. Carl lui dit bonjour de loin, mais Pru, elle, s'approcha.

— Je suis tombée sur ton père aujourd'hui, lui dit-elle. Je lui ai demandé ce qui l'amenait par ici et il m'a dit qu'il était là pour se racheter. Il m'a dit que vous aviez rendez-vous ici, alors je me suis dit qu'un peu de soutien ne serait pas de trop.

Parfois le preux chevalier prenait l'apparence d'une femme en salopette de travail.

— Merci, murmura Jess.

— On est avec toi. Et tu vas y arriver, Jess. J'en suis sûre.

Vraiment difficile de ne pas pleurer.

— En plus, avec Carl, on a un peu épuisé nos ressources en matière de sexualité torride. Ce soir, on la joue vieux couple bien rangé qui dîne en famille, ajouta Prudence avec un sourire.

Jess éclata d'un rire mal assuré.

— Bonne chance, ma grande.

Là-dessus, elle retourna à sa table.

Jess avait passé le plus clair de sa vie à détester la famille Holland, à les détester d'être tout ce que sa famille à elle n'était pas. Et voilà que ce soir ils venaient la soutenir, en amis.

La soirée promettait d'être riche en émotions.

Jess but une gorgée de bière, pour se rappeler qu'elle pouvait boire sans risque. Pas comme ses parents. Elle n'avait jamais été soûle de toute sa vie.

Enfin, son père entra. Il parcourut la salle du regard puis l'aperçut et lui sourit.

Jess ne l'avait jamais vu pénétrer sobre au Hugo's. D'ordinaire il venait lui rendre visite à chaque fois qu'il avait besoin de l'argent de ses pourboires, pour « un cas d'urgence ». Époque bénie où Keith hurlait à la cantonade et où elle tentait de faire en sorte que tout le monde ne soit pas au courant de leurs histoires de famille puis finissait toujours par lui donner l'argent pour qu'il s'en aille.

Ce jour-là, il s'avança jusqu'à sa table et elle serra les poings. Elle était en nage. Heureusement son masque de glace cachait sa rage.

— Bonjour, Jess. C'est vraiment gentil d'avoir accepté. Je peux m'asseoir ?

— Vas-y.

Il avait l'air en meilleure santé, il fallait l'admettre. Ses yeux bleus n'étaient plus injectés de sang et sa chemise n'était pas tachée. Mis à part quelques rides au coin de ses yeux, il n'avait pas changé.

— Tu es magnifique, lui dit-il. Une vraie présidente, la grande classe.

— Pourquoi es-tu revenu ? lui demanda-t-elle de but en blanc.

— Je veux me racheter.

— Ça fait partie du programme ?

Oui, elle connaissait les Alcooliques Anonymes, ou en tout cas Al-Anon[1]. Au lycée il y avait eu ceux qui jouaient au foot, ceux qui faisaient du théâtre, ceux qui travaillaient vingt heures par semaine et puis ceux qui allaient à des réunions d'Al-Anon parce que leurs parents buvaient.

— Exactement, répondit Keith.

— Ne te fais pas trop d'illusions, dit-elle en s'appliquant à boire sa bière lentement.

— Je ne m'en fais pas, répondit-il en regardant son verre, et en tapotant nerveusement la nappe du doigt. Jessie, ça fait mille quinze jours que je n'ai pas bu une goutte.

1. Groupe d'aide à l'entourage du malade alcoolique.

Il sortit de sa poche une médaille des Alcooliques Anonymes. Qu'est-ce que ça prouvait ? On trouvait sûrement ça sur Amazon.

— Félicitations. Maintenant va-t'en.

— Je voudrais que vous retrouviez une place dans ma vie, Davey et toi.

— Permission refusée.

Il hocha la tête, sans la regarder.

— Tu es en colère, je comprends, Jess. Et je ne peux pas changer le passé. Mais je vous aime tous les deux et…

— C'est faux.

— Jessie, je suis malade.

— Je m'en fiche. Maman aussi était malade, tu te rappelles ? Elle en est même morte si tu te souviens bien. Et juste après tu t'es volatilisé, tu t'es fait faire trois cartes de crédit à mon nom et à cause de toi je me suis retrouvée avec un découvert de quatorze mille dollars tandis que je faisais la serveuse pour nourrir ton fils handicapé.

En disant cela, elle entendit du bruit à la table des Holland. Il lui sembla que Pru venait de s'emparer d'un couteau. Elle ne la remercierait jamais assez.

— C'est vrai, admit Keith. Et je regrette d'avoir fait tout ça. Je ne recommencerai jamais et je suis vraiment, profondément, désolé.

— Je m'en fiche. Pour moi, tu es aussi mort que maman.

Les yeux humides, il se mit à regarder dehors.

— J'aimerais me faire une place dans ta vie, Jessie. Et dans celle de Davey. Ça fait trois ans que je ne bois plus !

— Et alors ? Davey est grand maintenant, j'ai fini par réussir à quitter le campement, j'ai un bon travail et une assurance santé. On n'a pas besoin de toi.

— Mais je voudrais avoir une chance de me racheter.

— J'ai trente-deux ans. Je n'ai plus besoin d'un papa.

— Mais Davey si.

Elle se figea.

— Eh bien, j'ai été son père *et* sa mère pendant toutes ces années, alors si tu crois que tu peux juste te pointer comme ça et l'emmener au stade ou au cinéma, et te faire pardonner d'un coup, tu te trompes. La meilleure chose que tu puisses faire pour nous, c'est t'en aller et ne plus jamais revenir.

— Je travaille dans l'usine de sel à Dundee. Je loue un petit appartement là-bas. Je ne vais pas partir, ma chérie. Et, même si cela prend des années, je veux rattraper le temps perdu.

— Comment peut-on rattraper une enfance perdue ? Tu vas m'en donner une deuxième, c'est ça ?

— OK, tu es en colère, je peux le comprendre.

— Monsieur est bien généreux.

— Mais je trouve que tu exagères un peu. Les choses n'étaient pas si graves, dit-il en soupirant.

Sans préméditation, elle lui jeta alors sa bière au visage.

Pendant ce temps-là, Connor était dans une vraie galère, avec cette femme qui était un moulin à paroles, Marcy.

— Alors, on en était là, et ce n'est pas pour me tresser des couronnes de laurier (comme si elle avait fait autre chose depuis le début), mais personne ne veut admettre sa responsabilité quand la fête de mariage d'un acteur oscarisé est complètement ratée, pas vrai ? Alors j'ai dit en italien, oui, parce que je parle couramment l'italien : Toi là-bas ! Tu enfiles ta chemise rayée et tu te ramènes ! Et je m'en fiche si tu ne sais pas nager ! Hahahaha !

Elle avait un de ces rires ! La première fois, Connor avait cru qu'elle avait avalé une épingle à cheveux. Et puis elle ne parlait pas, elle hurlait. Tout le monde les regardait, mais elle n'avait pas l'air de s'en apercevoir.

Ils étaient au Hugo's, car il n'avait pas voulu la retrouver dans son restaurant à lui en présence de Colleen. En plus, le mercredi, c'était le jour où les urgentistes bénévoles et les pompiers se réunissaient pour jouer au billard et raconter des histoires salaces.

Jess faisait partie du groupe et il ne voulait pas qu'elle le voie avec une autre femme. Il ne le sentait pas, voilà tout.

À brailler comme ça tout le temps, Marcy lui faisait l'effet d'un troupeau d'oies. Et encore, la comparaison était cruelle. Pour les oies. Plutôt des poules alors ? Un stade entier rempli de poules.

Le point positif c'était qu'il n'avait pas besoin de parler. Elle racontait ses histoires, citait à tort et à travers des noms de gens que Connor ne connaissait pas, mais il avait compris qu'il suffisait de hocher la tête et de faire semblant parce que, sinon, elle allait se lancer dans une explication interminable.

Son téléphone vibra et lui qui détestait quand les gens regardaient leur téléphone en pleine discussion comprit soudain combien la tentation pouvait être grande.

Lorsqu'il était avec Jess, il éteignait toujours son portable.

Celui-ci vibra de nouveau et il jeta un coup d'œil. C'était sa sœur.

> Arrête d'être si négatif. Il doit bien y avoir une chose que tu aimes chez cette fille. Essaye d'être positif une fois dans ta vie.

Il regarda autour de lui à la recherche de sa sœur, mais non. C'était encore un coup du lien magique entre jumeaux.

Il se mit à observer Marcy, encore en train de rire à ses propres blagues. *Sois positif. Po-si-tif.* Bon, elle était jolie, d'accord. Elle avait des cheveux noirs et brillants et, même petits derrière ses lunettes, ses yeux étaient d'un joli bleu. Décolleté : dans la moyenne. Un peu épaisse au niveau de la taille. Il l'avait remarqué parce qu'elle n'arrêtait pas de rentrer le ventre comme si elle s'apprêtait à souffler les bougies d'anniversaire d'un centenaire.

En vingt minutes, elle avait parlé davantage que Jess en dix ans.

Mais il suffisait que Jess prononce un mot et ça signifiait tout pour lui. *Oui*, par exemple. *Oui* aurait signifié tout pour lui.

— Alors je suis là et ce type me dit : « J'adore votre tenue. » Alors moi je lui dis : « Non mais allô quoi ! Cette chemise a au moins dix ans ! Tu as des goûts de chiottes, mon grand ! » Et à ce moment-là je me rends compte que c'est Michael Kors ! Je te jure ! Hahahahaha !

Ce dîner n'en finissait pas.

C'est alors qu'il vit Tom Barlow traverser le bar en traînant pratiquement Keith Dunn par le col pour le faire sortir manu militari.

Il ne pouvait y avoir qu'une seule explication à la présence du père de Jess ici.

— Excuse-moi une seconde, dit Connor en se levant.

Sans attendre sa réponse, il alla au milieu de la salle et vit Jessica dans le coin, entourée de ses amis, Honor, Pru et Hugo. La nappe était trempée.

— Jess ? Ça va ? dit-il en s'agenouillant à côté d'elle et en lui prenant la main.

Si tout le monde n'avait pas encore compris qu'il était amoureux d'elle, c'est qu'ils étaient aveugles ou stupides. Elle avait la main glacée. Et les yeux secs. Jessica Dunn ne pleurait jamais, non. En revanche la tension électrique entre eux surgit d'un coup, intense, brûlante.

— Oui oui, ça va, dit-elle, sans y croire et en retirant sa main. J'ai juste un peu perdu mon calme.

— Tu as eu raison. Moi je crois que je lui aurais cassé mon verre sur le crâne, dit Pru.

— Moi aussi, renchérit Honor.

— Je vais te raccompagner chez toi, proposa Connor en se relevant et en lui tendant la main.

— Bonne idée, dit Pru. Jess, laisse-le te raccompagner. Tu as eu une soirée difficile.

— Ça va aller, mais merci, répondit Jess à Connor.

Elle croisa son regard et ressentit un choc électrique. Non, ça n'allait pas du tout. Elle avait *besoin* de lui, bon sang ! Mais elle ne prit pas sa main et il la laissa retomber.

— Qu'est-ce qui se passe ici ?

Oh non ! Marcy ! Et elle vint se coller à lui.

— Ah mais c'est mon boss ! Salut Honor ! Salut Prudence ! On doit bien manger ici, dis donc ! Nous étions justement en train de dîner avec Connor quand, eh bien, quelqu'un a été fichu dehors ! Incroyable, non ? Ça arrive souvent par ici ? Enfin tout a l'air sous contrôle maintenant. Est-ce que Connor ou moi pouvons faire quelque chose, Jessie ?

Jessica la regarda.

— C'est Jessica ou Jess, lui répondit-elle d'une voix presque maîtrisée. Mais s'il te plaît ne m'appelle pas Jessie.

— Laisse-moi te raccompagner chez toi, insista Connor, en se levant, la main tendue.

Il avait tellement envie de la ramener à la maison, à sa maison à lui, pour prendre soin d'elle, qu'il était à deux doigts de la renverser sur son épaule et de quitter le restaurant.

Tom Barlow revint au même moment.

— Alors, ça va, Jess ? demanda-t-il.

— Oui, et vraiment merci, Tom.

Elle lui sourit et, en dépit de l'amitié qu'il avait pour Tom, Connor eut soudain envie de lui mettre son poing dans la figure.

Il y avait beaucoup trop de monde ici. Cela dit, elle avait besoin d'être entourée, en particulier maintenant que son père était revenu.

— Jessica, nous pouvons sans problème te reconduire chez toi, dit Marcy en lui posant une main sur l'épaule. Tu sais, ça nous est arrivé à tous des rencards foireux. Tu n'imagines pas le nombre de crétins que j'ai été obligée d'éconduire.

— Pourquoi tu ne viendrais pas dîner avec nous, Jess ? proposa Honor. Ça nous ferait très plaisir.

— Vous êtes vraiment adorables, mais je vais rentrer, je crois. Ned est en train de louper sa réunion de pompiers pour garder Davey, alors je vais aller le remplacer.

— Je te conduis, dit Connor.

Elle posa une seconde la main sur son bras et il sentit le parfum de citron qui s'en dégageait.

— Pas la peine, Connor, mais merci, et merci tout le monde. Désolée pour le spectacle.

— J'aurais bien voulu voir ça ! s'exclama Marcy. Rentre chez toi, sers-toi un grand verre de quelque chose et détends-toi, ma pauvre.

— Bonne soirée tout le monde ! Et merci encore. C'était vraiment… sympa de votre part.

Avec grâce, elle traversa la salle. Hugo l'arrêta pour la serrer dans ses bras et Felicia lui caressa les cheveux.

— Bon, revenons à nos moutons ! s'exclama joyeusement Marcy. Dommage, cette histoire de Jessie, enfin *Jessica*, parce qu'on passait un super moment, non ? Hahahaha !

Prudence leva les yeux au ciel.

Ne sachant pas comment s'en sortir, Connor suivit Marcy au bar.

— Alors, je me trompe ou il y a quelque chose entre Jess et toi ? lui demanda-t-elle, pas le moins du monde contrariée.

— Nous sommes de vieux amis, répondit Connor au bout de quelques secondes.

— Ah, tu dirais plutôt ça comme ça ?

Et elle se remit à rire de son rire de crécelle.

— Bien. Merci d'être venue, dit alors Connor. Je suis obligé de repartir au restaurant, mais j'ai été ravi de discuter avec toi.

— Absolument réciproque ! Mais nous n'avons même pas eu le temps d'évoquer notre future collaboration à la Grange ! Il faut que l'on se revoie, sans faute !

Connor détestait l'activité de traiteur.

— Nous n'offrons pas cette prestation, répondit-il, mais merci d'avoir pensé à nous.

— Je t'en prie. Eh bien, peut-être aurons-nous d'autres occasions alors ! Cette ville est tellement minuscule ! Ouh là là, il faut que je file ! Je suis tellement à fond ces jours-ci.

Non que je m'en plaigne ! J'adore ! Je vais peut-être aller dire un mot à Honor, tiens.

Pauvre Honor. Enfin, bon, c'était elle qui l'avait embauchée après tout.

— Bonsoir, dit-il en se levant et en laissant vingt dollars pour payer l'addition.

Ce soir-là, Jess ne retrouva pas son calme avant 22 heures. En guise de dîner elle avait mangé un pot entier de Ben & Jerry's et, plutôt que de se servir un grand verre de quelque chose comme l'avait suggéré Marcy, elle se consolait en regardant *Love It or List It*[1]. Pendant son entrevue avec son père, Ned et Davey étaient allés à la salle de sport et Davey s'était écroulé à huit heures et demie, après avoir couru comme un dératé sur le tapis de course, ce qui était un de ses plaisirs favoris. Ned était dans sa chambre, au téléphone avec Sarah Cooper, son rituel quotidien du soir.

Pourquoi avait-elle été si choquée que son père minimise les choses ? Ce n'était pas nouveau.

Mais, bon sang, ça lui serrait l'estomac d'entendre ça !

Elle ne regrettait pas pour la bière. Secrètement elle nourrissait l'espoir sadique que d'en sentir l'odeur et de la goûter à nouveau le ferait replonger parce que tout serait plus facile s'il retournait à sa condition minable pour toujours. Ce nouveau Keith Dunn, soi-disant guéri, qui battait sans cesse sa coulpe, elle n'en voulait pas. On frappa alors doucement à la porte. Chico Trois leva la tête et remua la queue parce que cet idiot était plus le genre à donner son jouet à un *serial killer* qu'à faire le chien de garde. Elle se leva et alla à la porte.

Si c'était son père, elle appellerait la police.

Mais ce n'était pas lui.

C'était Connor, un plat en aluminium dans les mains.

— Des lasagnes, dit-il, en s'excusant presque.

1. Une émission de téléréalité sur la rénovation de maisons.

Il était décidément irrésistible !

Chico Trois fonça à la porte et se mit à le renifler.

— Tu pourrais dire à ton chien de me lâcher, là ? dit Connor d'une voix calme et sans cesser de sourire.

— Désolée, dit Jess en prenant le chien par le collier. Sois poli, Chico !

— Je peux poser ça ? demanda Connor.

— Bien sûr.

Il entra dans la cuisine, et sa présence y sembla naturelle, familière. Il allait peut-être lui proposer de venir chez lui et elle pourrait demander à Ned s'il était d'accord pour qu'elle s'absente un petit moment.

Sans compter que ça lui ferait du bien. Sentir les bras de Connor autour d'elle, sa bouche, ses mains puissantes et calleuses. Oui, ça lui ferait du bien de passer quelques heures nue dans un lit avec cet homme magnifique.

Au lieu de cela, il se contenta de déposer le plat sur la cuisinière.

— Y a-t-il quelque chose que je puisse faire ?

Elle ne répondit pas tout de suite, la gorge serrée.

— Non, tout va bien.

Il la regarda quelques instants puis se pencha pour l'embrasser sur la joue.

— Très bien. À bientôt alors.

Là-dessus, il partit, fermant doucement la porte derrière lui, et la laissant seule dans la cuisine sombre et bien rangée.

13

— Allez, Connor ! Sers-toi de ton bras ! On dirait une fillette de six ans !

— Calme-toi, Yogi, je m'échauffe.

Depuis la zone de lancer Connor fixait sa petite sœur qui lui faisait signe de lancer fort. Elle était bonne pour rattraper et n'aimait pas ce qu'elle appelait ses « balles de chaton ».

Mais, quand il y mettait toute sa force, ses balles fusaient à cent trente kilomètres/heure, or il ne voulait pas lui faire mal.

— Allez fillette ! le provoqua-t-elle.

— Toi, t'as passé trop de temps avec Colleen, répondit-il en lançant sa balle.

Elle la rattrapa sans effort visible, son gant se refermant juste dessus.

— C'est tout ? Non parce que même ma mère lance plus fort que ça.

Et elle lui renvoya la balle, fort.

— Vas-y, fais la maligne. Faudra pas venir pleurer si tu te fais mal.

Il relança. Elle rattrapa sans difficulté.

Il n'y avait pas à dire, elle était douée.

Elle lui fit signe qu'elle s'apprêtait à relancer. Avec un peu d'effet… Facile pour elle.

Ils jouèrent pendant une demi-heure en échangeant des insultes affectueuses, chacun donnant aussi à l'occasion un petit conseil à l'autre. Ensuite, Savannah retira son équipement et ils se mirent à courir, car ça faisait partie de son entraînement. Elle avait pour objectif d'intégrer l'équipe des poussins garçons de la ligue et pour ça il fallait qu'elle s'améliore en vitesse. Étant assez sportif lui-même, Connor s'était autodésigné coach. C'était plus raisonnable : leur père lui aurait probablement déjà fait une crise cardiaque à ce stade.

— Alors comment ça va à la maison ? lui demanda-t-il en courant à reculons pour la voir.

— Bien. Enfin, maman a été malade.

— Et ça va mieux ?

— Je crois, oui.

Il se retourna sans insister. S'il y avait le moindre sujet d'inquiétude, Colleen le saurait et le lui dirait. Au cours de ces dernières neuf années, il n'avait jamais dit davantage à Gail que : « Salut. Ça va ? » Et : « Je te la ramène à 9 heures. »

Mais il aimait bien sa petite sœur. Son père et Gail l'élevaient correctement. Pete se montrait meilleur dans sa seconde paternité, ce qui lui évitait d'avoir à s'en mêler.

— Est-ce que tu as une copine, Connor ? lui demanda Savannah au bout d'un petit moment.

— Non, répondit-il en baissant les yeux vers la petite tête blonde.

— Pourquoi ?

— Non mais dis donc ! Et moi qui pensais que j'avais au moins une sœur sympa !

Elle rougit un peu et gloussa.

— Est-ce qu'il y a une fille que tu aimes bien ?

— Non, plus maintenant. Et je n'aime surtout pas les petites filles trop curieuses.

Nouveau gloussement.

— Et toi, il y a quelqu'un que tu aimes bien ?

Elle s'arrêta alors au milieu du terrain.

— Oui.

Ah mince.

— Mais tu n'as que dix ans. Je te l'interdis.

— Ne le répète à personne, reprit-elle. Il est plus vieux que moi.

Connor sentit alors une sueur froide qui n'avait rien à voir avec le footing l'envahir. *Ce vieux-là, je vais le tuer.*

— C'est qui, ma puce ?

— Il est en cinquième. C'est Sawyer Bickman.

Il avait quatorze ans, elle dix, et il tombait donc dans la catégorie des prédateurs potentiels. Ce Sawyer Bickman avait clairement besoin qu'un adulte d'un mètre quatre-vingt-dix vienne lui apprendre un peu la vie.

— La semaine dernière, il m'a dit que j'avais trop bien joué, avoua la petite fille, un peu gênée. Parce que les grands sont venus au match.

— Et c'est tout ?

— Ben oui, mais moi j'étais contente, dit-elle, légèrement vexée.

— Non mais, je veux dire, il a juste dit ça. Il n'a rien fait ?

— Euh, non. Il a juste dit ça.

— Et vous vous êtes parlé depuis ?

— Non, répondit-elle en se laissant tomber dans l'herbe et en levant les yeux vers le ciel d'un bleu azur parfait. Je suis sûre qu'il a une copine.

— Mais, ma puce, tu n'as que…

— Je sais. Je n'ai que dix ans. Maman n'arrête pas de me le répéter, figure-toi.

Connor s'allongea à côté d'elle.

Il avait douze ans le jour où il était tombé amoureux de Jess pour la première fois. Pour la seule fois du reste, puisqu'il n'avait jamais cessé de l'être depuis.

— Alors, comme ça, tu l'aimes bien ?

— Je crois que je l'aime plus que ça.

Il y avait un contraste entre le sérieux de ses paroles et son léger (et adorable) zozotement.

— L'amour peut faire bien mal, dit-il alors.

— À qui le dis-tu !

Elle se tut une minute avant d'ajouter :

— Il est gentil avec tout le monde, pas juste avec moi.

— C'est bon signe, approuva Connor.

Elle tourna vers lui son petit visage innocent.

— Tu crois que je devrais faire quelque chose ? Lui écrire un mot ou quelque chose comme ça ?

— Tu devrais peut-être demander à Colleen. Elle est douée là-dedans.

— Oui mais, toi, tu es un garçon. Qu'est-ce que tu penserais si une fille t'écrivait un mot ?

Damned.

— Euh… eh bien, ça dépend de ce qu'il y aurait dans le mot.

Elle se redressa et se mit à réciter : « Cher Sawyer, quand tu m'as dit que j'avais bien joué l'autre jour, ça a été le plus beau moment de ma vie. J'ai eu chaud au cœur et j'étais tellement heureuse que j'avais l'impression d'avoir des petits oiseaux qui volaient à l'intérieur de moi. Je pense à toi tout le temps. Je sais que je n'ai que dix ans mais, si tu m'attends, je t'aimerai toute ma vie. Respectueusement, Savannah Joy O'Rourke. »

Impressionnant. Connor se passa la main sur le menton pour masquer son amusement.

— Eh bien, c'est très… euh… poétique. J'ai bien aimé la partie sur les petits oiseaux. Seulement voilà, Savvie, il a quatorze ans et ça fait pas mal de différence. Alors que, tu vois, quand il en aura quarante, ça ne sera plus un problème.

Oui, c'est ça, quarante ans. C'était beaucoup plus facile d'imaginer sa sœur avec un garçon quand elle aurait trente-six ans.

— Quarante ?

— Oui, enfin, peut-être un peu avant, concéda-t-il. Mais là tout de suite je pense que, dans le meilleur des cas, il va se sentir flatté que tu l'aimes et il sera impressionné que tu aies eu le courage de lui écrire.

— Super !

— Oui mais, ce qui peut aussi se passer, c'est que s'il a une copine, ou bien s'il trouve que tu es, disons, un peu jeune, il se sente un peu… gêné. Il va sans doute se dire qu'être avec une fille de dix ans ça se fait pas. Et il va même peut-être se dire : ouh là là, mais elle a peut-être un grand frère super méchant !

— Mais tu n'es pas méchant, Connor, répliqua Savannah en souriant.

Tiens, elle avait perdu une autre dent.

— Mais si ! Tout le monde sait que je suis super méchant ! Tu sais ce que je pense ? Tu vas le mettre dans une situation difficile, parce qu'il veut peut-être juste être ami avec toi mais, si toi tu veux autre chose, il ne pourra pas.

La petite fille réfléchit puis soupira.

— Oui, tu as sans doute raison.

— Mais bien sûr, je suis ton grand frère ! Si j'étais toi, je continuerais à bien jouer au base-ball et je me concentrerais là-dessus. Je me contenterais d'en rester à une relation où vous discutez de sport sans ambiguïté.

— J'ai compris. Il faut qu'il reste dans la *friend zone.*

— Comment tu connais cette expression ?

— Tout le monde connaît cette expression. Bon, tu veux jouer encore ou tu es trop crevé ?

En guise de réponse, il se leva, la souleva et la renversa sur son épaule comme un sac de riz, puis se mit à courir, tandis qu'elle hurlait de rire.

Lorsqu'il reconduisit Savannah chez elle, il attendit comme d'habitude qu'elle soit entrée dans la maison. En général, elle ouvrait, se retournait pour lui dire au revoir et se précipitait à l'intérieur.

Pourtant ce jour-là la porte était fermée à clé. Elle sonna et attendit une minute. Voyant que personne n'arrivait, il la rejoignit.

Comme il fallait s'y attendre, la maison de son père était immense, tape-à-l'œil et sans âme. C'était la dernière au bout d'une voie sans issue et la plus grosse de tout le lotissement.

Connor était déjà venu à l'occasion des anniversaires de Savannah et l'intérieur était aussi clinquant que l'extérieur.

— Maman avait dit qu'elle serait là, dit Savannah.

Connor frappa plus fort.

Pas de réponse.

Sa petite sœur lui avait dit que Gail avait été malade.

— Eh bien, tu vas venir au restaurant avec moi, proposa-t-il. Je vais te mettre au travail, qu'est-ce que tu en dis ?

Il allait être obligé d'appeler son père.

À cet instant la porte s'ouvrit et Gail apparut.

— Coucou ma chérie ! Tu t'es bien amusée ?

Elle avait une mine épouvantable. Pâle, les cheveux ternes et en bataille.

— Tout va bien, Gail ?

— Oui, je suis juste un peu fatiguée.

— J'ai trop faim ! Salut Connor ! À bientôt ! s'écria Savannah en s'engouffrant à l'intérieur.

En se protégeant les yeux du soleil, Gail regarda Connor.

— Comment ça s'est passé ?

— Super.

Elle avait vraiment une sale tête. Normalement elle portait des vêtements très moulants, très décolletés et très courts, dans le genre esthétique minimaliste. Là elle portait un pantalon de yoga et un sweat-shirt. C'était même étonnant qu'elle en possède un.

— Je faisais une sieste, dit-elle en baissant la main. Ton père aimerait beaucoup te parler. Il est sorti, mais tu pourrais peut-être l'appeler.

— Peut-être. Repose-toi bien.

— Peut-être que nous aussi nous pourrions parler.

— Pourquoi ça, Gail ? Est-ce que tu es vraiment malade ? Y a-t-il quelque chose que je devrais savoir ?

— Non, non, c'est juste que… Je me suis toujours sentie un peu mal après… tu sais, soupira-t-elle.

— Après quoi ?

— Après ce qu'il y a eu entre nous.

— Mais il n'y a rien eu entre nous. On s'est vus deux fois.

Il n'avait pas prévu d'être aussi mufle. La vérité était qu'il n'avait aucun problème avec Gail, sauf qu'elle lui donnait toujours envie d'aller prendre une douche.

— Non, mais je déteste l'idée que ce soit à cause de moi que vous êtes si distants, ton père et toi.

— Tu n'étais pas sa première maîtresse, tu sais. C'est juste que, toi, tu es restée. Nous étions distants depuis bien avant que tu ne sortes du lycée, t'inquiète.

— Si, je m'inquiète justement.

— Tu as tort. Repose-toi et soigne-toi.

Sur ce, il se dirigea vers son pick-up.

Nom d'un chien ! Si elle était malade, vraiment malade, qu'est-ce qui allait se passer ? Si c'était un cancer ou un truc dans le genre ? Son père prendrait une infirmière et passerait le moins de temps possible auprès d'elle, c'était certain. Et il se remarierait avant même que sa tombe soit refermée.

Savannah pourrait toujours venir s'installer chez lui.

Décidément, il allait demander à Colleen d'enquêter sur tout ça !

14

Depuis la débâcle chez Hugo, il n'y avait rien eu à signaler. Davey était plutôt sombre, même s'ils avaient passé une demi-heure délicieuse ensemble la veille à regarder pousser les tulipes. Ou plutôt à fixer du regard les tulipes qu'elle avait plantées dans la minuscule bande de terre devant leur maison. Il était convaincu que le soleil était assez chaud pour qu'elles s'ouvrent, alors ils s'étaient assis là tous les deux, Chico Trois couché sur le dos à leurs pieds attendant qu'on lui grattouille le ventre, et ils avaient contemplé les fleurs.

C'étaient ces moments-là qu'elle aimait le plus avec son frère, cette manière qu'il avait d'apprécier les toutes petites choses était assez remarquable, si on savait y être attentif avec lui.

Leur mère était un peu comme ça. Chaque fois qu'un papillon s'égarait dans leur minable terrain au campement, Jolene appelait tout le monde pour qu'ils le voient, et elle était aux anges, comme si c'était le premier qu'elle voyait de toute sa vie.

Toutefois, Davey était plutôt silencieux et cela la préoccupait. Elle allait devoir regarder *Iron Man* ce soir. Elle connaissait toutes les répliques par cœur, mais à chaque fois ça redonnait la pêche à son frère. En plus, Robert Downey, on faisait pire.

Davey n'avait plus reparlé de leur père. Keith avait envoyé deux mails à Jess au bureau, après avoir cherché son adresse sur le site de Blue Heron. Dans les deux mails, elle lut le ramassis habituel de formules tirées du programme des Alcooliques Anonymes : *Se racheter. Impuissant face à l'addiction. Assumer la responsabilité pleine et entière. Il comprenait sa décision et la respectait.*

Mais, dans la dernière ligne, l'apothéose : *Davey restera toujours un enfant et je prie pour que tu me laisses une chance d'être un meilleur père pour lui que je ne l'ai été pour toi.*

Trois ans d'abstinence. Enfin, s'il ne lui mentait pas. Mais il n'y avait aucune raison de le croire ; il lui avait menti, l'avait trompée et lui avait volé sa vie.

Donne-moi une chance d'être un meilleur père pour lui que je ne l'ai été pour toi.

De fait, elle pouvait être tout pour son frère sauf une figure paternelle.

Quoi qu'il en soit, elle avait du travail : il fallait qu'elle aille montrer à Connor son projet pour sa microbrasserie.

Comme toujours le O'Rourke était très propre, et il y régnait une atmosphère joyeuse.

— Jessica ! s'écria Colleen de derrière le bar où elle se trouvait en compagnie d'une jolie fille. Mon idiot de frère t'attend.

Puis elle se tourna vers la cuisine et appela Connor.

— Mets la sourdine, Colleen, grommela-t-il en sortant par les portes battantes, vêtu de son uniforme blanc de chef cuistot, les cheveux un peu ébouriffés.

Beau à tomber avec sa barbe de trois jours… Mais l'avait-elle déjà vu rasé de près ? D'ailleurs, en avait-elle envie ?

— Salut Jess.

Elle eut de nouveau cette certitude, cette dangereuse certitude, qu'ils étaient faits l'un pour l'autre. Il suffisait de creuser un peu pour s'apercevoir que ça risquerait de finir mal et de les laisser plus malheureux encore, mais *quand même.*

— Il est vraiment beau, votre frère ! souffla la jeune fille derrière le bar.

— Il va falloir te calmer, Jordan, répondit Colleen. D'abord c'est complètement faux et en plus c'est ton boss.

Connor les ignora toutes les deux.

— Viens t'asseoir, dit-il en guidant Jessica vers la table la plus discrète tout au fond.

Jess avait la bouche sèche.

Est-ce qu'elle avait vraiment rompu avec lui ? Ou bien était-ce l'inverse ? Et pour quelle raison déjà ? Parce que non seulement ce type cuisinait à la perfection (ses lasagnes étaient une tuerie), mais il était beau comme un dieu avec ces cheveux presque noirs, ces yeux bleus, ces mains larges et viriles, et cette cicatrice sur le torse.

— Comment tu vas ?

— Oh, bien, bien. Je vais bien.

— Tant mieux. Et avec ton père ? demanda-t-il avec bienveillance.

— Statu quo, dit-elle en haussant les épaules.

Il hocha la tête. Il avait une bouche magnifique, un peu boudeuse avec des lèvres charnues et douces, et son sourire était littéralement renversant. D'ailleurs, quitte à être renversée, autant qu'ils…

— Je vais te chercher quelque chose à boire. Désolé, j'aurais dû commencer par là. Eau pétillante et jus d'airelle avec quelques gouttes de citron, ça te va ?

— Parfait, merci.

Il se dirigea vers le bar. On entendit alors un bruit de vaisselle cassée, car la jeune serveuse fit tomber quelque chose, puis la voix rassurante de Connor. Il passa derrière le bar et la fille — Jordan c'est ça ? — tenait à peine sur ses pieds, rouge comme une pivoine, tandis qu'il ramassait les débris. De son cœur, peut-être.

D'abord ce rendez-vous avec Marcy. Puis cette jolie serveuse raide dingue de lui. Jess allait devoir trouver le moyen d'être indifférente.

Il méritait d'être avec une femme exceptionnelle. Or elle avait entendu dire que Colleen avait pris les choses en main. Donc il ne faudrait pas plus de six mois pour qu'il tombe amoureux.

Elle se souvint de ce soir où elle l'avait vu embrasser cette rousse et le souvenir la brûla comme de l'acide.

Enfin bon, elle avait de bonnes raisons d'avoir rompu et il avait été assez généreux pour lui offrir son amitié, c'était déjà ça.

Elle pensait être la seule à connaître ses qualités de cœur derrière son côté ours. Combien d'hommes auraient réagi comme lui ? Aucun.

— Premier stress pour la petite Jordan, lança-t-il en posant un verre devant elle.

— Et un énorme béguin.

Il leva les yeux au ciel puis s'assit en face d'elle.

— Alors qu'est-ce que tu m'as apporté ?

— Regarde, dit-elle en tirant son ordinateur de son sac.

Elle l'ouvrit, l'alluma et tourna l'écran pour qu'il puisse voir.

Sur la première diapo, on voyait le logo de la brasserie, dans la même police de caractères que celui du restaurant, mais en mieux parce qu'elle avait relevé le brun d'une touche de doré et ajouté des détails victoriens dans les angles.

— C'est chouette, approuva-t-il.

La situation était trop bête : elle glissa de son côté de la table et s'assit à côté de lui. Elle sentait sa chaleur et l'odeur d'ail qui se dégageait de lui et fit frétiller une nouvelle fois son utérus.

Sur les autres diapos, il y avait des prototypes d'étiquettes des bières qu'il prévoyait de produire : blanche d'Inde, ambrée, Pilsner, Porter, Stout. Chacune avait son étiquette à elle et celle qu'elle préférait était l'IPA Colimaçon, en hommage à sa sœur. Elle vit à son sourire qu'il était satisfait.

— Il faudra que tu me dises exactement à quoi ressemble chaque bière, dit Jess. Comme pour décrire le vin : un arôme de houblon corsé, ou de malt caramélisé, tout ce que tu as en tête. Là c'est moi qui invente, évidemment.

— Houblon corsé, c'est ça ? répéta-t-il, amusé.

Les diapos suivantes détaillaient les chiffres : le taux

rapide d'implantations de brasseries dans le secteur, le chiffre d'affaires de brasseries comparables à la sienne, les prévisions touristiques dans la région des Finger Lakes.

Et, enfin, une photo de Connor aux fourneaux, en train de faire flamber quelque chose dans une poêle, concentré, sérieux, et scandaleusement beau.

Elle frétilla de plus belle intérieurement. La seule pensée d'être assise à côté de ce sex-symbol lui faisait presque mal.

— Où as-tu trouvé cette photo ? lui demanda-t-il.

— Par Colleen. C'est aussi elle qui m'a donné les chiffres du restaurant, répondit-elle, un peu gênée.

Ensuite venait le CV de Connor, détaillé point par point : études, expérience professionnelle, récompenses, articles de presse. Puis la fantastique progression du chiffre d'affaires du O'Rourke : mille quatre cents pour cent de croissance les trois premières années, et une progression constante par la suite. Puis quelques détails, pas trop, sur Tim Parsons et son expérience dans le domaine.

Et enfin venait le point qui ferait la différence entre la microbrasserie O'Rourke et toutes les autres : l'expertise du patron en matière d'arômes, et un produit assez sophistiqué et haut de gamme pour accompagner les meilleurs plats, ou bien être consommé seul. Jess était allée sur Internet chercher des photos de bières ainsi que des photos des spécialités de la maison.

— Je me disais que tu pourrais inclure des recettes pouvant aller avec chaque bière, suggéra-t-elle. Pour toute chope achetée, le consommateur reçoit gratuitement une recette afin de se rendre vraiment compte de la valeur ajoutée par la bière au plat en question.

— Bonne idée, dit-il en la regardant.

Elle ne put s'empêcher alors de se sentir irrésistiblement attirée. Jordan n'était pas la seule dans son cas. Heureusement Jess ne rougissait pas comme une tomate. Elle avait un peu plus de pratique.

D'autres diapos montraient quatre fûts de fermentation, des sacs de houblon, tout cela très artistiquement présenté, ainsi que la répartition des investissements que Connor lui avait indiquée, en particulier pour la publicité ciblée et les études de marché.

Enfin la dernière diapo, avec de nouveau le logo et ce message tout simple : *Faites de chaque jour un jour exceptionnel. Buvez une O'Rourke.*

— Qu'est-ce que tu en dis ? demanda-t-elle.

— C'est… parfait, Jess, répondit-il en posant sur elle ses yeux bleu-gris honteusement magnifiques. C'est parfait.

Elle évita son regard.

— Alors il faut juste que tu répondes à deux ou trois questions à propos des différents arômes, que tu corriges mes erreurs, et je te libère.

— Il n'y a pas d'erreurs.

— Euh… pardon…, les interrompit alors la pauvre Jordan en pâmoison, avec ses yeux de cocker, incapable de dire un mot en face de ce dieu de l'Olympe qu'était Connor Michael O'Rourke.

— Oui ? l'encouragea-t-il.

— Oui. Alors. C'est votre sœur. Elle dit que votre mère est ici.

Sur ces entrefaites, Colleen les rejoignit.

— Vous avez bientôt fini ? demanda-t-elle. Connor, on va parler mariage maintenant. Jess, tu sais peut-être que notre mère va épouser le roi du poulet et sera donc bientôt la reine du poulet.

— Mais oui ! Félicitations !

— Ah mais, bien sûr, tu étais au courant puisque vous travaillez ensemble. Eh bien, ça fait un peu bizarre, mais merci. Ça va nous faire une sœur de plus, pas vrai, Connor ?

— J'en ai déjà plus qu'il ne m'en faut, mais oui.

Jessica acquiesça. Paulie Petrosinsky était parmi les filles

les plus sympas au lycée, et fille unique, non ? N'importe qui aurait aimé l'avoir comme sœur.

— Jordan, ma grande, va donc préparer un Seven Up-Zin à ma mère, tu veux bien ? C'est au-dessus de mes forces.

Après un dernier regard langoureux en direction de Connor, la jeune fille s'éloigna, bousculant une table au passage.

— Tu vas dire que je suis folle, Connor, mais je crois qu'elle est dingue de toi. Alors ne va pas fricoter avec le personnel, tu veux ! s'exclama Colleen avec un clin d'œil à Jess.

— Elle est un peu jeune pour moi.

— Exactement, et que cela ne te sorte pas de l'esprit.

— Mais pourquoi veux-tu que ça me sorte de l'esprit ? Je ne…

— Tais-toi. Au fait, j'ai un autre rencard pour toi. Ce soir. Sois là et sois propre, OK ? Ou bien c'est trop te demander ? Et puis rase-moi tout ça. On dirait un grizzly. Allez viens, qu'est-ce que tu attends ? dit-elle en s'éloignant de sa démarche de canard.

— Vous êtes tellement mignons tous les deux, déclara Jess en se levant.

— Je suis pratiquement sûr que je la détesterais si ce n'était pas ma sœur, répliqua Connor en se levant lui aussi.

Elle se sentit toute petite à côté.

— Menteur, dit-elle, avant d'ajouter : Est-ce qu'elle est au courant ?

— Au courant de quoi ?

— De nous. De moi.

— Je ne lui ai rien dit, assura Connor en baissant les yeux. Mais, oui, elle est au courant. Entre jumeaux on ne peut rien se cacher.

— Pourtant elle est vraiment sympa avec moi. J'aurais plutôt pensé qu'elle voudrait m'égorger.

— Il y a longtemps qu'elle n'égorge plus personne.

Puis il la regarda longuement et elle se demanda ce qu'il voulait lui dire. S'il lui disait qu'elle lui manquait, elle aurait le cœur en vrac et, s'il ne le lui disait pas, elle aurait aussi le cœur en vrac.

— Bon, conclut-il en détournant le regard, il faut que j'aille m'intéresser à cette histoire infernale de mariage. Comme si je n'avais pas assez à faire avec ma sœur.

Si elle lui avait dit oui, c'était leur mariage qu'il serait en train d'organiser. Ils seraient même peut-être déjà mariés.

— Salut, dit alors une voix. Quoi de neuf, Jess ?

C'était Paulie, un mètre soixante, tout en muscles.

— Eh bien… je ne sais jamais comment répondre à cette question, mais ça va. Félicitations pour le mariage de ton père.

— Oui, c'est cool, hein ? Et puis Connor, du coup, toi, moi et Colleen, on est plus ou moins de la même famille !

Il lui donna une tape affectueuse sur l'épaule en souriant. Jess eut du mal à ne pas être jalouse.

— Bon, il faut que je retourne travailler, moi. C'est presque l'heure, dit-elle.

— Je t'envoie par mail ces descriptifs de bières, répondit Connor. Merci encore, c'était top !

Il sortit alors un chèque de sa poche.

— Euh… merci, fit Jess.

Transaction terminée.

Peut-être avait-il déjà tourné la page, se dit-elle en se dirigeant vers la table où étaient Jeannette, son fiancé et Colleen.

Cette fois-ci, c'est fini pour de bon.

De fait, il avait l'air plutôt serein.

Elle avait la gorge serrée.

Elle aurait aimé être aussi sereine elle-même, mais bizarrement une bouffée de nostalgie la submergea. Elle regrettait tous ces rendez-vous secrets chez lui, cette façon qu'il avait d'ouvrir la porte, de lui sourire et de la serrer si fort dans ses bras, la façon qu'il avait de l'embrasser.

Au total elle avait couché avec douze garçons, dont onze quand elle était au lycée et, depuis, un seul, le seul qui lui donnait l'impression d'être aimée.

— Jessica ?

Elle sursauta.

C'était son père.

— Qu'est-ce que tu veux ? demanda-t-elle, soudain arrachée à sa rêverie.

— Tu as une minute ?

— Pour quoi faire ?

— Juste une minute pour parler, Jessie.

Elle jeta un regard autour d'elle. Le restaurant était presque vide, mis à part à la table au fond où se trouvait la famille O'Rourke-Petrosinsky, et Victor Iskin, assis au bar en compagnie de son dernier animal de compagnie empaillé. Jordan ne quittait pas Connor des yeux tout en frottant avec son chiffon toujours le même coin du bar.

— Il faut que je retourne travailler dans cinq minutes.

— C'est plus de temps qu'il n'en faut.

En poussant un long soupir, elle se rassit. Elle entendait Connor rire. Il n'avait pas vu que Keith était là, sinon, il aurait rappliqué en une seconde.

— Qu'est-ce qui se passe ?

— Je me demandais si tu avais réfléchi à ce que je t'ai demandé, dit son père en s'asseyant.

Il sentait le savon, ce qui ne lui ressemblait pas. Dans son souvenir, il avait toujours senti un mélange de bière bon marché et de tabac froid. Il avait le regard clair et les mêmes longs cils que Davey. Il avait perdu du ventre et était maigre comme un clou.

Elle ne répondit pas.

— Il me manque, c'est tout, dit son père, ému.

— Ça ne m'étonne pas. C'est long huit ans sans voir quelqu'un.

Un nouvel éclat de rire général s'éleva de la table du fond.

— Je te dois des excuses pour la semaine dernière, reprit-il. Tu avais raison, ta mère et moi t'avons forcée à prendre des responsabilités d'adulte et j'ai été nul. Je le reconnais, j'en suis désolé. Tu mérites une médaille.

— J'aime mon frère plus que tout. Et, quand je te dis que je tuerais quiconque lui ferait du mal, je n'exagère pas, crois-moi.

— Oh, je te crois, répondit son père avec un sourire triste. Tu as toujours été tellement déterminée. Écoute, je veux juste le voir. Tu peux vérifier mes analyses et appeler mon parrain aux Alcooliques Anonymes si tu veux. Cela fait trois ans que j'attends, pour être sûr de ne pas replonger, d'en être capable. Je t'en prie, Jess, donne-moi une chance de le voir. N'importe quand, tu décides.

Elle se sentait de plus en plus mal.

C'était vrai que depuis quelques jours son frère ne parlait presque plus. Il était sombre, ce qui ne lui ressemblait pas, sauf au moment de la mort de leur mère.

— On va voir le cercle des percussionnistes ce soir, au conservatoire, à côté de la pizzeria. Tu peux venir si tu veux, mais c'est tout. Si Davey te demande si tu viens à la maison ensuite, tu lui dis que tu dois partir.

— Merci, Jessie, merci, répondit son père, éperdu de reconnaissance.

— Et évidemment, si je sens la moindre odeur d'alcool sur toi, je fais un signalement. N'oublie pas que je connais bien le chef de la police, l'avertit-elle en se levant, soudain pressée de retourner travailler dans son beau bureau, devant ses fichiers bien classés.

— Compris, lui dit son père en lui attrapant la main. Je ne te décevrai pas.

— Ce sera bien la première fois, répondit-elle en retirant sa main.

— Mais viens ! s'écria Davey. On va être en retard au spectacle ! J'adore le cercle des percussionnistes ! On va louper le début !

— On n'est pas en retard ! Regarde, il est moins dix. Calme-toi !

Il sauta de la voiture à la seconde où elle se gara et courut jusqu'à l'entrée du conservatoire.

Elle le suivit en soupirant. Ce n'était pas exactement ce qu'elle préférait faire pendant son temps libre mais, bon, il était tellement heureux.

Le cercle des percussionnistes portait bien son nom : c'était un groupe de gens assis en cercle sur des chaises en métal, qui jouaient de tout un tas d'instruments à percussion, allant du bongo à la toca en passant par les maracas et, celui que Davey préférait, la cloche tubulaire. Jess, quant à elle, optait en général pour le wood-block, que personne ne voulait.

Davey n'était pas le seul handicapé du groupe. Brody Tatum, un jeune trisomique, était là avec ses parents. Jess les avait servis au bar des douzaines de fois. Il y avait aussi Miranda Cho, qui travaillait à l'usine de bougies avec Davey, accompagnée de sa mère qui fit bonjour de loin à Jess.

— Salut Miranda ! s'écria Davey en courant vers son amie. C'est quoi ton instrument préféré ? Moi c'est la cloche !

Ils avaient cette conversation toutes les semaines, mot pour mot. Enfin surtout Davey car Miranda ne répondait jamais. Jess ne l'avait jamais entendue prononcer une parole. Au lieu de cela, elle regarda Davey avec un sourire timide et alla au milieu du cercle attraper un gros tambour africain avant de s'asseoir. Davey la rejoignit avec Jess, wood-block en main.

Tanner Angst (oui, c'était vraiment son nom) s'assit de l'autre côté de Jess afin d'être sûr de bien lui faire partager la noirceur de ses tourments d'artiste. Au lycée, il estimait déjà qu'il aurait dû être le prochain Dave Matthews. Elle avait eu une histoire avec lui à cette époque-là, mais il ne s'était même pas avéré capable de veiller sur Davey pour autant. À cette époque, il était suprêmement cool, mais un semestre à la fac de musique de Berklee avait suffi à lui faire comprendre qu'il n'était pas l'oiseau rare qu'il croyait être. Désormais il enseignait la musique au collège. Quatre ans plus tôt, il avait essayé de sortir avec Jessica et ne lui avait toujours pas pardonné d'avoir refusé, sans pour autant parvenir à la lâcher. Certaines personnes s'en sortaient mieux que d'autres, se dit Jess en repensant à Connor.

Elle regardait sans arrêt la porte et, à sept heures moins deux, son père était déjà là.

— Papa ! s'écria Davey en bondissant de sa chaise pour accueillir son père.

— Salut mon fils, dit Keith en le prenant longuement dans ses bras et en lui passant la main dans les cheveux. Je peux rester ?

— Mais oui ! Bien sûr ! Viens t'asseoir avec nous ! Viens ! Prends-toi un tambour ! Ou alors le triangle. Oui, tiens, prends le triangle ! Je te présente Miranda, ma meilleure amie. Miranda, c'est mon père. Jess ! Papa est là !

— Je vois ça.

— C'est super, non ?

— Mais oui, répondit-elle, très nerveuse, en se forçant à sourire à son frère.

Puis, comme elle voulait vérifier que son père n'avait pas bu, elle ajouta :

— Assieds-toi à côté de moi, tu veux ? Tanner, tu veux bien te décaler ?

— Ah, Jess, je ne t'avais pas vue ! Oui, oui pas de problème.

Keith sentait le savon. Pas le moindre effluve d'alcool, et elle s'y connaissait.

Elle entrevit une lueur d'espoir, qu'elle s'empressa de dissiper. Son père était là, sobre pour l'heure, Davey était heureux. C'était tout ce qui comptait. Ce serait une folie que d'en tirer des conclusions ou bien d'espérer que cela durerait.

— Merci Jessie, lui dit doucement son père, et elle hocha la tête.

Le cercle était au complet, composé de tous les canards boiteux de la ville, qui laissaient s'exprimer ici leur créativité et oubliaient les contraintes de leur quotidien. Jess faisait un peu tache, car elle n'avait aucun sens du rythme, comme l'avait prouvé sa carrière avortée de strip-teaseuse, et car elle n'avait aucun besoin de laisser s'exprimer ici sa créativité, satisfaite de sa vie par ailleurs.

— Allez tout le monde ! On est là pour laisser parler notre créativité, dit Debbie Meering, qui dirigeait l'ensemble. C'est le moment d'aller chercher au plus profond de nos âmes, de retrouver nos racines primordiales dans les marécages du temps.

Chaque semaine, elle leur sortait quelque chose de plus bizarre. Jess ne put s'empêcher de lever les yeux au ciel.

— Imaginons une petite grenouille courageuse qui décide de quitter le marigot du passé et fait un bond jusqu'aux rives de notre présent.

Keith eut un petit rire.

Jess se tourna vers lui et il fit un sourire gêné, avant de s'adresser à Davey.

— J'adore les cloches tubulaires, lui dit-il. Une fois j'ai été malade et on m'a conseillé de me soigner avec une cloche tubulaire.

Il avait le sens de l'humour, c'était déjà ça. Le même sens de l'humour qu'elle apparemment, car elle adorait ce sketch auquel il venait de faire allusion.

— Tu as été malade, papa ? demanda alors Davey. Tu as eu de la fièvre ?

— Non, non, c'est une blague.

— Tanner, dit alors Debbie en jetant un regard désapprobateur à Jess et son père, tu veux bien nous donner un rythme ? Pense aux battements de cœur de la petite grenouille.

Jess entendit son père rire de nouveau et ne put s'empêcher de sourire elle aussi. Qui aurait cru qu'elle partagerait un jour une forme de complicité avec lui ?

Tanner lança un rythme simple et tout le monde le suivit, même Jess, à condition qu'elle ne réfléchisse pas trop. *Tap,*

tap, tap, tap, tap. Tant que ce n'était pas trop compliqué elle suivait mais, dès que ça se compliquait un peu : *taptap tap... tap,* elle arrêtait tout et faisait semblant.

Son père n'était pas beaucoup plus doué avec son triangle. En revanche Davey se débrouillait et Miranda aussi marquait bien en rythme et bien fort les euh... battements de cœur de la petite grenouille.

Il y en avait deux dans le groupe qui étaient vraiment très forts, qui faisaient des variations et des impros, comme ils disaient.

Au bout de dix minutes, Jess posa son wood-block et attrapa des cymbales. Elle alla s'installer de l'autre côté du cercle pour regarder son père et Davey.

Davey était aux anges. Son sourire s'élargit encore lorsqu'il vit qu'elle les regardait. Elle lui fit un petit signe de la main, contente elle aussi.

Son père avait l'air plus heureux que jamais. Il n'avait plus cet air mystérieux, fourbe, faussement innocent. Il ne quittait pas son fils des yeux en faisant tinter son triangle, avec sur le visage un mélange de tristesse et de joie.

Des années d'attentes déçues avaient appris à Jessica à modérer son enthousiasme. Mais elle savait, pour le connaître si bien, que son frère possédait une forme de sagesse à partager, celle de vivre l'instant présent, de tâcher de ne pas s'inquiéter, et de savoir contempler la course des nuages dans le ciel.

Alors elle décida de cesser pendant une heure de se ronger les sangs et de profiter juste de cette image de son père et de son frère en train de s'amuser ensemble.

Une main se posa alors sur son épaule. Celle de Ned, qui avait fait partie de l'orchestre du lycée comme percussionniste.

— C'est quoi le thème aujourd'hui ? lui demanda-t-il à mi-voix.

— Les battements de cœur d'une grenouille préhistorique, répondit-elle, et ils éclatèrent de rire ensemble.

Ned lui prit alors les cymbales et se mit à les faire chuinter l'une contre l'autre parfaitement en rythme, exactement comme le cœur de cette petite grenouille courageuse qui allait du coup pouvoir faire son grand saut dans le temps.

À la fin de la session, Davey conduisit son père jusqu'à l'autre côté du cercle, où se trouvait Jess.

— Est-ce que papa peut venir dormir ? demanda-t-il.

— Je ne peux pas, mon grand, dit Keith.

— Mais, mon pote, tu sais bien qu'il n'y a pas la place. J'habite avec vous moi maintenant, ajouta Ned.

— Ah bon ? fit Keith. Parce que vous êtes… ensemble ?

— Non, répondit Jessica. Tu as vu l'âge qu'il a ?

— T'as pas encore viré couguar, hein, Jess ? plaisanta Ned. Zut, je viens de louper l'appel de Sarah. Bon, à tout à l'heure à la maison !

— Tu peux vraiment pas venir ? insista Davey, désolé.

— Non, il faut que j'aille travailler, mais on se voit bientôt, j'espère.

— Pourquoi tu ne viens pas dîner un de ces soirs ? demanda Jess.

Zut, les mots étaient sortis tout seuls !

— Oh oui ! s'exclama Davey. C'est une super idée, ça ! Alors d'accord ! Salut, papa, et à un de ces jours à la maison alors !

Sur ce, il fonça vers Miranda, dont la mère bavardait avec Debbie.

— Tu es sûre ? demanda alors Keith à sa fille.

— Non, mais viens jeudi. À cinq heures et demie. Il aime bien dîner tôt.

Ensuite elle se détourna et alla récupérer Davey avant d'ajouter quoi que ce soit qu'elle puisse regretter.

15

Jusqu'ici, Colleen n'avait pas avancé d'un pouce dans sa tentative de marier son frère. Elle pensait sincèrement que ça aurait pu coller entre Marcy et lui : « Non mais je t'assure, Connor ! Toi t'es plutôt taciturne et mal embouché. Elle, c'est la bonne humeur assurée, et puis elle est super extravertie. Il te faut quelqu'un qui te fasse sortir de ta grotte ! Tu ne veux pas réessayer ? »

Il avait dit non.

Ensuite il y avait eu Gwen, venue faire sa connaissance au restaurant. Elle avait l'air assez sympa. Elle était institutrice en CM1, jolie, et ils avaient réussi à arriver jusqu'au plat principal sans incident. Puis, suivant les recommandations de sa sœur, Connor lui avait posé la question qui tue.

— Alors, Gwen, raconte-moi quelque chose de pas banal à propos de toi.

Le terme « pas banal » le faisait un peu tiquer mais, bon, sa sœur avait fait ses preuves après tout.

— Eh bien..., lâcha Gwen en se penchant en arrière sur sa chaise, je fais du tir à la carabine.

— Ah bon ? Et tu es bonne ?

— Je veux, oui ! Une fois j'ai tué un bébé raton laveur à près de deux cents mètres, répondit-elle fièrement. Et toi, dis-moi un peu, tu préférerais être brûlé vif ou enterré vivant ?

Plus tard, il y eut Bailey, qui elle ne tuait pas de bébés animaux. Un bon point. Sauf que tout le reste sonnait creux.

— Le bouquet de mariée dont je rêve c'est celui-là, avec

des rubans, tu vois ? Il est beau, non ? Et parfaitement assorti à la robe de mes demoiselles d'honneur.

Des étoiles plein les yeux, elle avait ajouté en tournant vers Connor l'écran de son iPad :

— Et attends un peu de voir ces chaussures de rêve ! Magnifiques, non ?

À la seconde où le bébé serait né, il allait étrangler sa sœur. Et il élèverait lui-même sa petite nièce. Sauf que Lucas ne serait peut-être pas d'accord. Il lança un regard noir à Colleen, qui avait de plus en plus de mal à se déplacer derrière le bar. Elle prit un air innocent.

Quoi ? Où est le problème ?

Non, mais t'es sérieuse, là ?

Sois un peu ouvert, enfin !

Ouvert ? Non mais qu'est-ce qu'il ne fallait pas entendre ! Il avait déjà du mal à ne pas fuir à toutes jambes. Jusque-là il avait passé une journée parfaite, était allé courir avec Jeremy Lyon, puis était passé voir Tim dans son garage pour humer la bonne odeur du houblon, goûter leur dernière production et nettoyer les fûts. Pourquoi avait-il fallu que sa sœur gâche tout ?

Soi-disant, cette Bailey Machin avec qui il passait la soirée avait tout pour faire une épouse parfaite : avocate, donc pas débile, ancienne championne de natation, donc sportive, et militante dans une association de défense des femmes, donc généreuse. Assez séduisante aussi, il ne pouvait pas dire le contraire : cheveux bruns, yeux marron, taille moyenne. Mais, comme elle était constamment cachée derrière son écran d'iPad à surfer sur son site *Mon mariage de rêve,* il ne pouvait pas dire grand-chose de plus.

— Connor ? Tu ne m'as pas répondu, tu aimes ces chaussures ?

— Beaucoup, dit-il en regardant désespérément en direction de la cuisine.

Le restaurant était bondé mais, pas de chance, c'était son

jour de repos. Hannah et Monica couraient d'une table à l'autre et Jordan ne se débrouillait pas trop mal au bar, même si pas aussi bien que Colleen. Rafe avait assuré avec le plat du jour, encore que, sur le saumon, un peu plus d'aneth et du sel de la mer Noire plutôt que du sel à la truffe n'auraient pas été mal. Tous les habitués étaient installés au bar : Gerard et Ned, Victor et Lorena, Mel Stoakes et ce couple de filles sympas dont il avait oublié le nom.

— Je n'arrive pas à me décider entre cette dentelle et cette dentelle, se lamentait Bailey.

Il ferma les yeux.

— Coucou Connor !

— Hé, salut toi !

Ouf, un peu de répit. Il prit sa petite sœur dans ses bras.

— Je te présente Savannah, ma petite sœur.

— Oh ! trop mignonne ! s'exclama l'autre excitée, aux anges.

Oh, mon Dieu, en plus il aime les enfants ! Décidément, Connor allait tuer Colleen.

— Bonjour mon fils.

— Salut papa. Salut Gail.

Bailey serra la main que lui tendait Gail.

— Vous devez être les parents de Connor ! Je vous félicite ! Beau travail !

Gail fit une drôle de tête. Elle n'avait même pas quarante ans et on la prenait pour la mère de Connor. Celui-ci ne put s'empêcher de savourer la méprise. Gail avait l'air un peu plus en forme que la dernière fois et avait réintégré son accoutrement vulgaire habituel, bien moulant et bien court.

— Mon père et ma belle-mère, corrigea-t-il finalement.

— Tellement contente de vous rencontrer ! s'exclama Bailey. Nous étions en train de parler de mariages.

— Mon frère adore les mariages, dit alors Colleen, qui arriva avec ses gros sabots, tel le pachyderme auquel elle avait tendance à ressembler ces temps-ci. C'est lui qui m'a accompagnée à l'autel. On est jumeaux, il te l'a dit ?

Non, il ne l'avait pas dit, vu que pendant les dix-sept interminables minutes qu'avait duré ce rendez-vous ils n'avaient parlé que de Bailey et de son mariage de rêve.

— J'aimerais trop avoir des jumeaux ! dit alors Bailey, émerveillée. (Connor venait encore de marquer des points.) Deux filles, des copies conformes.

Ce serait son prochain site, à coup sûr : *Mes jumelles idéales.*

— Connor veut plein d'enfants, au moins quatre, précisa Colleen.

— Ah bon ? demanda Pete.

— Je n'ai jamais dit ça, protesta Connor.

— Ne le croyez pas, il a l'œil qui frise, insista Colleen. Allez, venez, je vais vous installer à une table.

C'était nouveau qu'ils viennent manger ici. Jusqu'à l'année précédente ils n'avaient jamais franchi le seuil du O'Rourke. Les temps changent…, se dit Connor avec nostalgie.

— Veux-tu voir mes centres de table ? Des orchidées. *J'adore* les orchidées.

Connor se sentit soudain très fatigué. Il avait besoin de vacances, de partir loin, très loin. Il rencontrerait une jolie petite Tahitienne qui ne parlerait pas anglais, lui ferait quelques gosses et resterait peut-être vivre là-bas.

À ce moment-là retentit la sirène municipale, lui donnant, Dieu soit loué, l'excuse qu'il cherchait désespérément.

— Il faut que j'y aille ! Je suis pompier volontaire, dit-il en bondissant comme un diable hors de sa boîte.

Techniquement ce n'était pas faux, même si de fait son travail l'empêchait bien souvent de répondre à l'appel. Ce soir-là il n'avait pas son bip sur lui et ne savait donc pas où se rendre.

— Je t'emmène ? lui proposa Ned Vanderbeek.

— Oui, super ! C'est où ?

— À Rushing Creek. Une altercation entre malade et soignant.

— Pas tes arrière-grands-parents, j'espère, dit Connor en grimpant dans la camionnette toute neuve.

— Non, eux, ils se contentent de se disputer, répondit Ned d'un ton jovial tout en posant le gyrophare bleu sur le toit.

Connor savait qu'il vivait chez Jessica et Davey et sortait avec la petite sœur de Levi Cooper (ce que Levi était d'ailleurs le seul à ignorer). Il savait aussi que Ned s'était mis dans un sacré pétrin financier et essayait de s'en sortir et que Jessica ne refusait jamais l'occasion de se faire un peu plus d'argent.

Cela ne l'empêchait pas d'être un peu jaloux. Tandis qu'il était obligé de se taper des rendez-vous avec des obsédées du mariage, Ned voyait tous les jours Jessica en pyjama, peut-être même à la sortie de la douche !

— Alors, c'était ta nana ? lui demanda Ned.

— Ta gueule !

— Mon pauvre ! dit Ned en éclatant de rire.

— Rigole encore une fois et je balance tout à Levi.

— Désolé, mec, répondit Ned en arrêtant instantanément de rire.

Ils se garèrent devant la maison de retraite de Rushing Creek. Ils étaient les premiers, Connor étant prêt à n'importe quelle mission pour échapper à ce rendez-vous.

La visite des pompiers de Manningsport était toujours un sujet d'excitation parmi les pensionnaires et un petit attroupement les accueillit.

— Oh ! Ned est là ! C'est mon arrière-petit-fils ! Il est beau, n'est-ce pas ? Bonjour mon petit chat ! s'écria Mme Holland. Et bonjour Connor !

— Salut Goggy ! Alors qu'est-ce que tu as encore fait ? lui demanda Ned en s'approchant.

— Mais rien du tout ! C'est Arlene Piller. Elle s'est enfuie toute nue. Et armée.

— Armée ?

— Oui, de sa canne.

Les locaux s'étendaient sur plusieurs étages et dans

plusieurs ailes, selon le niveau de soins requis. Les Holland habitaient dans la partie résidentielle composée de plusieurs appartements de luxe. Il y avait aussi une partie réservée aux convalescents postopératoires, une autre pour les malades chroniques, un hospice, et un service de prise en charge des cas de démence sénile.

Un membre du personnel se trouvait dans le hall, un peu bougon, un sac de glace pressé contre la joue.

— Elle est dans la serre. Et elle est beaucoup plus costaude qu'elle n'en a l'air. Derek Jeter n'a pas une meilleure frappe. Elle a déjà mis trois d'entre nous au tapis.

— Quel est son état physique ? demanda Connor.

— Eh bien, elle a l'âge de Mathusalem et doit peser à tout casser quarante kilos, mais elle se bat comme une ninja. Et elle n'a plus sa tête.

— Sympa, lança Ned. OK, on s'en occupe.

À cet instant apparut Jessica.

— Salut les gars.

— Tu as préparé ton lasso ? lui répondit Ned. Elle a déjà dégommé trois aides-soignants.

On entendit alors un bruit de verre venant de la serre, une structure vitrée en forme de dôme. Ils s'y rendirent et furent accueillis par une bonne odeur de terre humide. Ils s'avancèrent jusqu'au milieu de l'immense salle par le sentier dallé. Tout le monde venait ici pour acheter des plantes, et on comprenait pourquoi : orchidées, les fleurs préférées de Bailey, roses, lilas, tout était en fleurs ! Il y avait aussi des citronniers et des orangers et Connor sentit le parfum délicieux de la coriandre, du basilic et de la ciboulette. Rien de tel que ces herbes fraîches pour vous enchanter un plat ! Peut-être devrait-il organiser un cours de cuisine pour les personnes âgées ici.

— Pas normal, ce silence, dit Ned. Jess, donne-moi la main, j'ai peur.

— Un peu de professionnalisme, voyons, murmura Connor.

Madame Piller ? C'est Connor O'Rourke. Je suis là avec les pompiers volontaires. Vous allez bien ?

— Va te faire voir ! rétorqua une voix chevrotante.

— Charmant ! déclara Ned.

— Au moins, tu sais y faire avec les vieilles dames, Connor, ajouta Jess.

— Merci de votre soutien, ça fait plaisir, répondit Connor entre ses dents. Madame Piller, il faut rentrer dans votre chambre maintenant, d'accord ?

— Non pas d'accord ! Prends plutôt ça !

Sur ce, une jambe ridée surgit de derrière un palmier en pot.

— Oh, mon Dieu, mais tout ça n'est pas de mon âge ! s'exclama Ned. Il nous faut du renfort ! Où est Levi d'ailleurs ?

Les autres membres de l'équipe étaient restés à la porte de la serre, et commentaient le spectacle, hilares. Il y avait Levi, Emmaline, Gerard, Bryce Campbell et quelques autres que Connor ne voyait pas.

— Salut Connor ! lui cria Emmaline. T'es arrivé le premier, on te la laisse !

— On est là si tu as besoin, ironisa Levi.

Connor regarda Jess, qui semblait beaucoup s'amuser, vêtue d'un adorable petit T-shirt et d'un pantacourt, avec des chaussures en toile.

Toujours aussi belle.

À cet instant précis, il prit la décision d'arrêter d'essayer de rencontrer quelqu'un. Il préférait rester seul plutôt qu'avec une autre femme qu'elle et il n'aurait pas d'enfants avec une autre femme qu'elle. Il resterait tonton Connor, et serait le frère idéal de Savannah et de Colleen, et de Paulie Petrosinsky tant qu'on y était.

Il se sentit extraordinairement soulagé.

— Allons la chercher, suggéra Jessica.

— Essayez un peu ! répliqua Mme Piller.

On entendit alors un bruissement de feuilles et on entrevit

une forme blafarde tandis qu'elle se précipitait derrière un autre arbre.

— Madame Piller, nous voulons juste être sûrs que tout va bien, lui dit Jessica. Puis-je m'approcher ?

— Seulement si tu as envie de prendre un coup de canne dans l'œil.

Connor sourit, le caractère impossible de la vieille dame le réjouissait.

— Et si on allait faire un tour ensemble ? Juste nous trois ? proposa-t-il.

— Je me méfie des femmes, dit la voix.

— Moi aussi, renchérit-il en fixant Jess. Alors juste vous et moi, madame Piller ?

— D'accord, répondit la voix au bout de quelques secondes.

— Laisse-moi avec elle, Jess.

— Tu es sûr ? Il ne faudrait pas qu'elle te fasse du mal.

— J'ai une certaine expérience des femmes qui me font du mal.

Pour toute réponse, elle lui sourit gentiment.

— Bonne chance, super-héros ! dit-elle avant de partir, en fermant les portes-fenêtres derrière elle.

Puis il l'entendit dire au reste de l'équipe : « Bon, on n'est pas au spectacle là ! Donne-moi ce téléphone, Ned. »

Peut-être arriveraient-ils à être vraiment amis tous les deux. Ils se connaissaient depuis bien trop longtemps pour être indifférents l'un à l'autre. Il souffrait à chaque fois qu'il la revoyait, et alors ? L'avoir comme amie serait toujours mieux qu'être avec une autre.

Il s'avança lentement vers l'endroit où il pensait que se trouvait Mme Piller. Celle-ci était en train de caresser les pétales d'une orchidée, nue comme au premier jour. Elle avait les genoux rendus noueux par l'arthrite et, pour le reste, la loi de la gravité avait accompli sa sale besogne. Il fut submergé par la compassion. Si elle avait été sa grand-mère, il aurait voulu qu'on la traite dignement.

— Vous avez passé une bonne journée, madame Piller ? lui demanda-t-il en s'approchant doucement.

— Tu peux m'appeler Arlene. On peut pas dire, non.

— Pourquoi ça ?

— C'est juste que j'en ai marre de dépendre tout le temps des autres. Je déteste les gens.

Elle n'avait pas lâché sa canne, mais sa furie semblait calmée.

— Moi aussi. Bonjour, dit-il en lui tendant la main. Connor O'Rourke.

Elle ne la serra pas.

— Joli nom. Ça ne m'empêchera pas de te cogner si tu t'approches, mais c'est un joli nom irlandais.

— Merci, oui, irlandais par ma mère.

Elle sourit. Elle n'avait pas l'air si gâteuse. Il commença à déboutonner sa chemise.

— Et si vous mettiez ça ? lui proposa-t-il en l'enlevant et en la lui tendant.

Elle le considéra d'un œil approbateur.

— Pas mal.

— Merci.

— Tu fais de la muscu ? demanda-t-elle en se levant péniblement.

— De temps en temps. Laissez-moi vous aider à enfiler ça.

Il lui passa la chemise. Elle avait les mains qui tremblaient du fait de l'âge ou de l'effort. Il boutonna jusqu'en haut, soulagé de ne plus être obligé de la voir nue, non parce qu'elle était vieille, mais par égard pour son intimité. Elle était si petite et si frêle que la chemise lui arrivait aux genoux.

— J'imagine que tu vas me mettre une camisole de force et m'attacher dans un fauteuil roulant maintenant ?

— C'est pas vraiment mon style, non, mais si vous y tenez.

— Je suis trop épuisée pour m'échapper. Vas-y, remets-moi dans ce trou si tu veux.

— Ça ira comme ça. Pouvez-vous me dire où et quel jour nous sommes ?

— On est dans l'antichambre de la mort, répondit-elle, et Connor ne put s'empêcher de rire.

— Et dans quelle ville ?

— Manningsport, près de Rushing Creek, même si je ne vois pas de ruisseau[1] où que ce soit d'ailleurs. Et on est en mai, je ne sais pas le combien, parce que, en enfer, tous les jours se ressemblent.

— Pas faux. Vous n'avez mal nulle part ? Vous ne vous êtes pas blessée ?

— Non.

— Et qu'est-ce qui vous a pris de courir comme ça toute nue ?

— Je ne supporte pas que des gamins de soixante-dix ans de moins que moi me parlent comme si j'étais une petite fille. Du coup j'ai eu envie de ruer un peu dans les brancards, tu vois ?

Il rit de nouveau.

— Ce n'est pas drôle, jeune homme.

— Si plutôt.

Elle le regarda, sceptique.

Il promena son regard autour de lui.

— Je ne m'attendais pas à trouver autant de fleurs en enfer. Il y en a plus ici que dans mon jardin.

— C'est bien, chez toi ?

Elle se sentait seule, c'était évident, et souffrait d'être obligée de vivre ici, d'être traitée certes gentiment, mais sans grand respect par le personnel.

— J'habite dans une maison de style victorien, à deux étages, avec un joli porche à l'entrée et un appartement en haut. Je l'ai achetée avec le projet d'épouser une fille merveilleuse et d'installer son frère avec nous.

— Et elle t'a laissé tomber, c'est ça ?

— Oui. Du coup j'habite tout seul.

— Tu devrais prendre un chien.

1. « Rushing Creek » signifie « ruisseau jaillissant ».

— J'y pense.
— Moi j'aime les teckels.
— Oui, c'est pas mal.
— Je suppose que tu préfères les gros chiens plus virils, dit-elle en reluquant de nouveau son torse.
Il lui sourit et elle soupira.
— Je suis prête, on peut y aller, Connor O'Rourke. Merci de me traiter comme un être humain.
— Enchanté de vous avoir rencontrée. Je viendrai sûrement vous rendre visite, répondit-il en se levant et en lui tendant la main.
— Tu ne serais pas en train de me chauffer là, comme vous dites, vous les jeunes ?
— Vous seriez partante ?
— Jamais de la vie ! Tu pourrais être mon arrière-petit-fils ! s'indigna-t-elle joyeusement.
— Donnez-moi donc votre canne et prenez mon bras, histoire de profiter un peu de l'homme jeune et costaud que je suis.
— Mais quel dragueur !
— Uniquement avec les femmes d'un certain âge.
— C'est mon jour de chance alors, dit-elle en lui tendant sa canne pour lui prendre le bras.
Il la conduisit jusqu'à la sortie où les attendaient les curieux.
— Madame Piller, commença à dire une infirmière sur un ton de reproche.
— Arlene a eu une journée difficile, l'interrompit Connor.
— Mais, quand tu t'es déshabillé devant elle, elle a tout de suite retrouvé le moral, non ? plaisanta Ned, ce qui fit rire tout le monde, y compris l'intéressée.
Connor lui fit un clin d'œil et l'installa dans un fauteuil roulant.
— Tu veux récupérer ta chemise, j'imagine, lui dit-elle.
— Gardez-la. Je passerai à l'occasion.

Le visage ridé de la vieille dame s'illumina comme celui d'une petite fille devant son gâteau d'anniversaire.

On l'emmena et Connor se dit que ses exploits du jour — frapper le personnel, s'enfuir toute nue, flirter avec un jeunot — allaient lui assurer une sacrée réputation.

— Quand on va raconter cette histoire à notre prochaine réunion ! s'exclama Gerard. Notre major de promo, bourreau des cœurs, tous âges confondus.

Jessica, toujours l'esprit pratique, tendit à Connor une blouse.

— Tu as été vraiment gentil avec cette dame, dit-elle.

— Merci, répondit-il en enfilant le vêtement.

Levi lui donna une claque dans le dos.

— Beau travail, Connor. Je me charge de faire le rapport. Tu dois avoir envie de prendre une douche.

Tout le monde rit de nouveau, sauf Connor qui le regarda, sceptique.

— Tu veux que je te ramène chez toi, Connor ? lui proposa Jess.

Juste amis. Oui, pourquoi pas finalement ?

— D'accord, super !

Jess n'était pas surprise du rôle qu'il venait de jouer dans cette histoire. Il était doué pour… eh bien, pour apaiser les situations de crise. Ils roulèrent jusque chez lui, la voiture embaumée par son odeur fraîche de savon et de bonne cuisine, leurs bras se touchant presque.

Elle n'arrivait pas à dire un mot. Mais, bon, le trajet fut très bref. Elle se gara devant chez lui.

— Merci, dit-il en ouvrant la portière.

— Tu me manques, dit-elle alors soudain, terrifiée par ses propres mots. Rien n'a changé, mais il fallait que je te le dise.

Il l'observa durant une longue minute, de ses yeux aux cils épais.

— À chaque fois que je me dis que tu ne peux pas me faire souffrir davantage, tu t'arranges pour faire le contraire.

Ces mots s'enfoncèrent dans son cœur comme un poignard.

— Je ne le fais pas exprès, murmura-t-elle.

— Et c'est pire, du coup.

Il descendit de la voiture, puis se pencha pour la regarder de nouveau.

— Je t'aime toujours. Ça n'a pas changé non plus.

Elle ne détourna pas les yeux du volant.

Ne pleure surtout pas, se dit-elle. *Tu vas encore plus compliquer les choses.*

— Tu as vraiment été super avec cette vieille dame, dit-elle.

Elle sentait ses yeux rivés sur elle.

— Bonne nuit, Jess.

Puis la portière se referma, et elle démarra aussi doucement que possible, en évitant de regarder dans le rétroviseur.

16

Ce vendredi après-midi, Honor demanda à Jess de venir dans son bureau. Celle-ci eut la boule au ventre, comme à chaque fois.

— Ferme la porte, lui dit Honor sans un sourire en la voyant entrer.

Spike, son petit yorkshire, ronflotait dans son panier.

— Quoi de neuf ? demanda Jess, d'une voix inquiète en s'asseyant.

— Jette donc un œil à ça, répondit Honor en lui tendant un papier.

C'était un article de presse sur Blue Heron et le projet d'expansion et d'exploitation d'un nouveau cépage, Aromelia, la première nouvelle variété de raisin découverte à l'université de Cornell depuis plusieurs années. On attendait beaucoup de ce cépage et Jack Holland, un ancien de Cornell, avait suivi son développement. Cela faisait deux semaines que Pru préparait la terre.

Jess connaissait le sujet. En mars, elle avait interviewé Jack et conservait ses notes dans un dossier, tout comme un projet d'article. Elle avait noté dans son agenda pour la semaine suivante : *Finir l'article sur Aromelia et envoyer au service science de NPR*[1].

Cet article-ci était consistant et précis, peut-être un peu sec. Et le nom de la personne à contacter était celui de Honor Barlow, pas Jessica Dunn.

1. National Public Radio.

— C'est Marcy qui l'a écrit, lui expliqua Honor.

— Pourquoi donc ? s'étonna Jess.

— C'est la question que je te pose. Elle l'a déjà envoyé.

— Quoi ?

— Elle était ici tout à l'heure et m'a confié que tu étais un peu débordée, donc elle a pris l'initiative. Est-ce que c'est vrai, Jess ?

— Mais non ! J'avais prévu de le faire la semaine prochaine. Toutes mes notes sont prêtes.

Elle détestait l'accent de panique dans sa voix.

— Marcy m'a dit qu'elle était tombée sur une de ses connaissances au *Times*, et qu'elle lui avait envoyé l'article. Elle m'a dit qu'il fallait le faire très vite si on ne voulait pas rater le coche.

— Et donc elle l'a envoyé sans te consulter ?

Ni moi d'ailleurs.

— Hmm.

Jess n'aurait jamais fait une chose pareille. Même avec son nouveau titre, elle ne prenait pas de telles initiatives sans en référer d'abord à Honor. La radio nationale et le *Times* ? Il fallait que la patronne donne son feu vert.

Cela n'avait pas du tout gêné Marcy.

Jessica était outrée.

— Ce qui se passe, c'est que le *Times* le prend, dit Honor en croisant les mains.

— Ah, eh bien, c'est génial.

On ne pouvait pas dire le contraire, c'était sacrément impressionnant d'être cité dans le *New York Times*.

— Juste pour vérifier, Jess, si tu avais besoin d'aide ou si tu étais submergée, j'espère que tu me le dirais. Personne ne te jugerait mal.

Tu parles !

— Je ne sais pas pourquoi Marcy a dit ça. Je ne me sens pas submergée, et je ne lui ai jamais dit quoi que ce soit. Je la vois très rarement. Elle a l'air plutôt occupée elle-même d'ailleurs, non ?

C'était la pure vérité. Marcy était tout le temps pendue à son téléphone, ou en train d'arpenter les couloirs avec une future mariée ou bien un fournisseur, et ne s'arrêtait jamais de parler. Jess s'était même mise à passer de la musique classique dans son bureau pour ne pas l'entendre.

— Que penses-tu d'elle, Honor ? demanda Jess en prenant son courage à deux mains.

C'était risqué de demander à son boss son opinion sur une autre employée. Aussitôt qu'elle eut prononcé ces mots, elle les regretta.

— Eh bien, répondit Honor, la tête penchée, elle fait du très bon travail. Les événements sont réglés comme du papier à musique. On a eu de super retours et les mariées étaient ravies. Tu sais bien combien il y a de détails à prendre en compte, alors je suis soulagée de ne plus avoir à gérer tout ça.

Jess approuva. Honor avait trop de classe pour dire du mal de quelqu'un.

— C'est vrai qu'elle est un peu excessive, concéda Honor, au grand soulagement de Jess. Mais elle gère parfaitement la clientèle, en particulier les futures mariées. Et puis je ne vais pas me plaindre d'avoir un article dans le *Times*. Je lui ai quand même dit que c'était toi qui t'occupais de toute la presse, normalement. Tu peux voir ça avec elle, si tu veux.

— D'accord. Merci.

Un peu sous le choc, Jess se leva et sortit dans le couloir, non sans un sentiment de culpabilité.

Marcy n'était pas là, sans doute occupée avec des fournisseurs ou une de ses mariées, car elle n'était pas le genre à déléguer. Jess l'avait vue la semaine précédente à la boulangerie, où avait lieu une dégustation de gâteau, et même Lorelei qui avait perpétuellement le sourire semblait un peu lessivée.

La presse, quoi qu'il en soit, c'était l'affaire de Jess.

Une heure plus tard, elle entendit la voix claironnante de Marcy dans le couloir.

— Je me fiche de ce qu'elle pense ! criait-elle dans son Bluetooth. Si vous voulez des chrysanthèmes, vous les aurez ! Ne vous en faites pas une seconde, mon chou ! Je m'en occupe ! Ciao !

— Marcy, est-ce que je peux te parler une minute ? l'interpella Jess en ouvrant sa porte.

— Bien sûr ! Je suis super occupée, mais bien sûr !

Elle entra et jeta un regard circulaire au bureau.

— Tu pourrais le rendre bien plus chaleureux, tu sais. Je pourrai t'aider si tu n'es pas très douée en décoration intérieure. Il ne faut pas qu'on ait l'impression que tu es intérimaire.

— Mais ce n'est pas le cas. Je suis ici depuis plus d'un an. C'est juste que je n'aime pas les pièces encombrées.

— Oui, chacun ses goûts, j'imagine. Alors, qu'est-ce qui se passe ?

— L'article dans le *Times* ? dit Jess en s'asseyant à son bureau.

— Je sais ! Pas mal, hein ? C'est pas une blague, ça m'a rendue dingue ! Parce que bon, avec Neil, le journaliste, on se connaît depuis toujours. Et puis c'est tombé pile au bon moment ! Champion Blue Heron !

— Le seul truc, dit alors Jess, c'est que la responsable média ici, c'est moi, et tout ce qui va à la presse doit passer par moi.

— Est-ce que Honor a trouvé quelque chose à redire à l'article ?

— Je ne crois pas, non. Mais plutôt à la manière dont ça s'est passé…

— Ça va, pas de quoi en faire un plat ! C'est génial ! On joue tous dans la même équipe, non ?

— Oui, mais tu n'as pas à faire mon boulot à ma place.

— Parce que tu t'apprêtais à envoyer le sujet au *Times* ? Ça m'avait échappé…, dit-elle d'un ton sarcastique. Écoute, ne te mets pas la rate au court-bouillon. J'ai saisi l'occasion, c'est tout. Tu as déjà assez à faire avec ton pauvre frère et tout.

Jessica se figea.

— Ce n'est pas mon pauvre frère. Et, d'ailleurs, ça ne te regarde pas.

— Tout ce que je dis c'est que tu dois être épuisée, à t'occuper tout le temps de lui et à cumuler tous ces petits boulots.

— Je refuse de parler de ça avec toi, rétorqua Jess en serrant les dents.

Il n'y avait pas de doute, Marcy était une vraie garce.

— Et d'ailleurs, au fait, comment étais-tu au courant de cette histoire de nouveau cépage ? lui demanda-t-elle.

— Euh… J'en sais rien. Ned peut-être ? Ou Pru ? On a déjeuné ensemble l'autre jour. Qu'est-ce qu'elle est sympa ! Écoute, il faut que j'y aille là. J'ai une réunion dans à peu près trente secondes, dit-elle en se levant. Et, au fait, de rien ! Au cas où tu ne le saurais pas, un papier dans le *New York Times*, c'est complètement dingue !

Là-dessus, elle quitta la pièce, sans fermer la porte, ce qui força Jessica à le faire elle-même si elle ne voulait pas subir ses braillements toute la journée.

Elle avait eu affaire à des filles méchantes toute sa vie, mais elles parvenaient encore à la surprendre.

Elle aurait juste préféré ne pas se mettre dans un état pareil, et aussi que Marcy ne marque pas autant de points d'un coup.

Un peu plus tard, John Holland passa à son bureau, son petit-fils dans les bras, et le golden retriever de Faith sur les talons.

— Dis bonjour à Jessica, Noah, dit-il en attrapant la main du bébé.

— Salut mon tout beau, dit Jess en se levant, et Blue, le chien, qui crut que c'était pour lui, s'approcha en quête de caresses. C'était un chien magnifique du reste.

— Est-ce que cet enfant n'est pas le portrait de sa mère ? demanda M. Holland.

Jess sourit car le bébé était le clone de son père et Faith était la première à l'admettre.

— Ta maman était le plus beau bébé du monde, dit le grand-père, avant de se tourner vers Jessica, avec ce sourire légendaire qui symbolisait Blue Heron tout autant que le logo de la propriété. Alors comment vas-tu, toi ? Il paraît que ton père est revenu ?

— Oui, monsieur Holland.

— Tu peux m'appeler John, tu sais.

— Je ne pense pas y arriver, mais merci de proposer.

Elle lui sourit même si elle n'était pas ravie qu'il soit au courant. Enfin bon, dans une petite ville, tout se savait.

— Et tout va bien ?

— Je crois, oui.

Keith était venu dîner la veille. Ned était resté au cas où, mais tout s'était bien passé. Il avait discuté avec Davey des films qu'il aimait, lui avait demandé s'il était content de son travail, et quels étaient ses desserts préférés. Il avait proposé de rester donner un coup de main, mais Jess avait décliné et il était parti sans faire d'histoires.

— Si tu as besoin de quoi que ce soit, dis-le-moi, dit M. Holland. Et salue-le de ma part.

Derrière leur innocence apparente, ces mots étaient un avertissement. John Holland faisait juste savoir gentiment à Keith qu'il l'avait à l'œil.

À quoi aurait ressemblé sa vie si elle avait eu un père comme cet homme qu'elle voyait en train de faire rire son petit-fils ? Impossible de répondre à cette question.

— Merci, monsieur Holland.

— Est-ce que tu vas à la réunion des anciens du lycée ce soir, Jess ?

— Euh, je ne sais pas encore.

— Tu devrais ! Tout le monde serait ravi de te voir. Avec

Mme Johnson nous allons garder le bébé pour que Faith et Levi puissent y aller.

Noah commença à râler un peu, alors son grand-père le serra contre lui en lui tapotant le dos.

— Viens, mon petit gars, on va aller voir la vigne, tu veux ? Blue, on y va ! Bonne soirée, Jessica !

En rentrant chez elle, Jess réfléchit à cette réunion. Elle avait acheté un billet, parce que c'était Theresa DeFilio qui les vendait et qu'elle était tellement sympa qu'on ne pouvait pas lui dire non.

Si elle y allait, elle se retrouverait au temps de Jessica-couche-toi-là, les filles feraient des commentaires dans son dos comme au lycée, et les garçons la materaient.

Plus de la moitié de sa promo était partie après la remise de diplômes. Certains à la fac ou bien pour travailler. Puis ils étaient revenus : Faith, Levi, Colleen, Connor, Jeremy, Gerard, Tanner Angst. Ceux-là l'avaient vue assez souvent depuis qu'elle était serveuse au Hugo's et faisait de l'aide à domicile, avant de travailler à Blue Heron. Ils l'avaient vue prendre soin de son frère, déménager de son mobile home et s'installer dans sa maison.

Mais pour tous les autres elle était restée la traînée de la classe, la pauvre fille du mobile home.

— Et puis zut, j'y vais ! dit-elle tout haut.

Ned ne voyait aucun inconvénient à rester à la maison puisque ses baby-sittings étaient déduits de son loyer. D'autre part, Sarah avait des examens et lui avait interdit de l'approcher, donc il était enchanté de regarder *Thor 2* et de faire du pop-corn avec Davey.

Jess ouvrit son petit placard et en sortit sa plus jolie robe, en tricot, toute simple et sans manches. Elle l'avait portée l'année précédente au bal en noir et blanc et Honor l'avait complimentée. Des escarpins noirs à talons, quelques bracelets dorés, les cheveux relevés en chignon flou, un coup de blush, et elle fut prête.

Dans un an, elle aurait sa maison à elle, avec un porche devant où elle suspendrait des jardinières de pétunias, de vigne de patates douces et de lobélies. Le numéro de la maison serait indiqué en jolis carreaux de faïence. Elle s'offrirait une balancelle, non mais ! Elle avait déjà fait du chemin depuis le mobile home.

— Mmm, tu sens bon, lui dit Davey tandis qu'elle lui disait bonsoir.

— Moi aussi je veux bien un bisou, lui dit Ned.

Au lieu de ça, elle lui donna une petite tape sur la tête.

Le gymnase ressemblait à tous les gymnases scolaires d'Amérique, mal éclairé, avec quelques tables où étaient disposées des bougies, et dans un coin un DJ.

— Jessica ! s'exclama Jeremy Lyon, qu'elle avait vu la veille chez Hugo. Qu'est-ce que tu deviens depuis tout ce temps ?

— J'ai créé Facebook, plaisanta-t-elle. Et toi ?

— Moi, je suis gay, comme tu vois.

Il fit une grimace puis passa le bras autour de la taille de son petit copain.

— Salut Patrick. Oui il me semble que j'étais déjà au courant vu que je suis venue à votre non-mariage.

— Ah, tu y étais ? Tu dois t'en souvenir mieux que moi, parce que j'étais à l'ouest ce jour-là.

Il y avait malgré tout des gens qui ne savaient pas qu'il avait fait son *coming out*, et l'information alimenta une bonne partie des conversations. Faith, qui avait été sa fiancée, suscita elle aussi des commentaires hystériques de ceux qui ignoraient qu'elle s'était mariée avec Levi.

À part ça, il y avait l'histoire de Tiffy Ames, qui avait quitté l'armée et inventé un logiciel tellement compliqué qu'il fallait faire des études spécialisées pour comprendre. Ce qui ne les empêcha pas, avec Jess, de se serrer dans les bras. Elles avaient passé leur enfance au même endroit et Jess était heureuse pour sa vieille copine.

— Raconte ! C'est comment chez toi ? lui demanda Jess.

Un jour, petites filles, elles jouaient dans le ruisseau au bout du campement et elles avaient parlé de l'endroit où elles vivraient plus tard.

— C'est au bord de l'eau à Santa Barbara. Il faut que tu viennes me voir, Jess. Promets-le-moi !

— J'adorerais.

Elle avait du mal à imaginer à quoi ressemblait la Californie, mais ce devait être magique !

— Et ta maison à toi ? demanda à son tour Tiffy.

— J'habite Academy Street. On se débrouille. J'ai le projet d'acheter l'an prochain.

— Tu m'inviteras quand tu seras installée ?

Tiffy était superbe : plus aussi maigre, mieux habillée et ses cheveux n'étaient plus blond peroxydé comme autrefois.

— Évidemment, répondit Jess, en sortant son téléphone pour faire un selfie. Regarde comme on est belles !

— C'est vrai ! On devrait faire la pub pour les mobile homes ! Oh, à propos, où est Levi ? Il faut à tout prix que j'aille tâter un peu ses biceps ! s'exclama-t-elle en riant avant de s'éloigner à la recherche de leur vieux copain.

Jess but une gorgée de vin dans un gobelet en plastique et observa un peu tout le monde autour d'elle. C'était drôle de voir à quel point rien n'avait changé. Colleen, la fille la plus populaire de la classe, était toujours aussi appréciée et tout le monde y allait de sa petite caresse sur son gros ventre. Lucas, qui pourtant ne les avait rejoints qu'en terminale, passait de l'un à l'autre. Levi et Jeremy étaient toujours les meilleurs amis du monde et Bryce Campbell, le beau gosse de la classe, sortait avec Paulie Petrosinsky qui à l'époque lui faisait déjà les yeux doux. Theresa prenait soin de tout le monde, comme toujours, et s'assurait qu'il ne manquait rien sur le buffet.

Tout le monde sortait son téléphone pour montrer des photos de ses enfants, racontait sa réussite professionnelle et glissait sur certains autres sujets plus délicats.

Et, comme prévu, Jess était l'objet de quelques regards noirs, qui la laissèrent indifférente. Certaines femmes avaient mieux vieilli que d'autres. Tanya Cross avait pris au moins quarante-cinq kilos, tandis que Carleen Krasinsky s'était teinte en noir corbeau et portait des implants mammaires surnaturels.

Connor restait invisible. Elle espérait que ce n'était pas à cause d'elle.

Le DJ avait mis « Rock Your Body » de Justin Timberlake et pas mal de gens dansaient, notamment Faith et Jeremy, qui prenaient de la place parce que Jeremy dansait très mal en battant des bras comme s'il avait pris une décharge électrique. Colleen et Lucas s'en sortaient beaucoup mieux et la grossesse de Colleen ne la rendait que plus belle. Bryce et Paulie étaient morts de rire. Ils étaient tellement mignons ces deux-là !

Theresa DeFilio et son mari dansaient un slow, malgré le rythme de la chanson.

— Jessica-couche-toi-là ! s'écria Big Frankie Pepitone en lui passant le bras autour de la taille.

Ce maudit surnom ne la quitterait jamais.

— Salut Frankie, répondit-elle.

— Toujours aussi sexy !

— Depuis la semaine dernière ?

Il la serra un peu plus.

— Tu te souviens la fois où on a fait ça dans ma salle de séjour ?

— Pas vraiment non. Ta femme est là ?

— Non, elle se serait ennuyée. Alors qu'est-ce que tu deviens, Jess ?

— Salut Jess, dit une voix.

Jake Green, un de ceux qui étaient partis et jamais revenus. Il n'était pas sympa à l'époque et ça n'avait pas l'air d'avoir changé.

Elle avait couché avec lui aussi.

— Alors ? On fait bande à part ici ? Jess ! C'est sympa de te voir ! Que de bons souvenirs !

Chris Eckbert, le toutou de Jake.

Oui, avec lui aussi.

Mark Renner les rejoignit. Toujours le même. Il faisait partie de l'équipe de foot à l'époque et, oui, lui aussi, elle avait couché avec.

— Comment ça va, Jess ?

— Bien. Salut Mark. Contente de te revoir.

À l'époque, son charme, autant l'appeler comme ça, avait bien opéré sur Frankie et Mark. Ils s'étaient pris d'amitié pour Davey qui, encadré par ces deux joueurs de foot bien baraqués, n'avait plus été embêté. La plupart de ces types avaient été de bons investissements. Sauf Jake… Lui s'était avéré parfaitement inutile, une de ses rares erreurs de jugement.

— Toujours aussi chaude, Jess ? lui demanda-t-il justement.

Super. Il était déjà bourré.

— Non, quand j'ai su que j'avais la syphilis, je suis entrée au couvent. Mais, ton prénom, c'est quoi déjà ?

Autant lui faire croire qu'elle ne se souvenait plus de lui. Il ne méritait pas mieux, c'était certain.

— Jake Green. Je parie que je serais capable de te faire replonger dans le vice.

— Un conseil : ne parie pas trop gros.

Connard.

— Jess, il faut que je te dise merci en tout cas. Grâce à toi, le lycée, c'était très cool, dit Frankie.

— À moi de te remercier, Frankie. De t'être occupé de Davey. Et toi aussi, Mark.

— Ah mais c'est vrai ! s'exclama Mark. Comment il va ?

— Super.

Elle savait bien qu'elle avait eu raison à l'époque. Sauf qu'avec la maturité elle se disait aujourd'hui que ces deux-là auraient peut-être aidé son frère de toute façon, si elle le leur avait demandé, simplement parce qu'ils étaient gentils.

— Dis-lui bonjour de ma part, au petit gars, dit Mark.

— Je n'y manquerai pas. Merci.

— Et si on allait quelque part ? suggéra Jake d'une voix pâteuse. Ce coup-ci, je te garantis que tu n'oublieras plus qui je suis.

— Mais tais-toi, abruti, répliqua Frankie, atterré. T'as jamais pu tenir l'alcool.

— Je suis très bien ici, répondit Jess.

— Ou sinon je te raccompagne chez toi plus tard ? Et on s'envoie en l'air ?

Est-ce qu'elle avait bien entendu ?

— Non merci.

— Non mais pour qui tu te prends ? C'est quoi cette traînée qui joue la princesse effarouchée maintenant ?

La seconde suivante, il était par terre, et se tenait le menton après avoir reçu un coup de poing magistral.

— Lève-toi, lui dit Connor d'un ton menaçant.

Un attroupement se forma immédiatement autour d'eux et Jake ne bougea pas.

— Lève-toi que je t'en colle une autre, répéta Connor.

— Laisse tomber, Connor. Ce n'est pas grave, dit Jess en lui posant la main sur le bras.

Il lui lança un regard furibond. Et ma foi… plutôt émoustillant. C'était le comble mais, bon, il était tellement, waouh ! Bref.

— Tout va bien, Connor. C'est un naze, c'est pas nouveau.

— Il t'a insultée. Lève-toi, Green !

Jake se leva.

— Super ! Une baston ! s'écria joyeusement quelqu'un.

Mais où était Levi ? Pourquoi les flics n'étaient-ils jamais là quand on avait besoin d'eux ?

— Tu vas quand même pas te battre pour cette pute ? dit Jake.

Connor le frappa de nouveau. Il chancela puis revint à la charge.

Jess leva alors les mains.

— Arrêtez, c'est bon ! Frankie, fais quelque chose !

— Tu rigoles ? Il a que ce qu'il mérite !

— J'ai jamais pu supporter ce type, déclara Colleen. Tu t'en souviens, Lucas ?

— Oui. Si Connor veut du renfort, je suis là. Y compris pour se débarrasser du corps.

— Oh arrête, tu sais que ça m'excite quand tu joues les gros durs comme ça !

— Non mais vous ne voyez pas qu'ils sont en train de se battre là ? s'indigna Jess.

Connor décocha un bon coup dans les côtes de Jake, qui poussa un gémissement.

— Jeremy ? Tu ne fais rien ? insista-t-elle.

— Impossible, je suis médecin, répondit celui-ci en levant les mains. Je ne peux pas me permettre de me blesser. En plus j'ai jamais supporté Jake.

— Où est Levi ? demanda Jess.

— Il est sorti téléphoner à mon père pour vérifier que tout allait bien avec le bébé, répondit Faith.

Connor prit un coup en plein visage et répliqua par un magnifique crochet qui envoya Jake au tapis.

— OK, ça suffit maintenant ! Gerard, viens ici et ramène Jake chez ses parents ! J'imagine que c'est là que tu dors, espèce de naze !

Jake opina du chef. Gerard le remit sur ses pieds et l'accompagna jusqu'à la sortie.

— N'oublie pas de me réserver une danse, Jess, dit-il, taquin.

Ah oui, au fait, on était là pour danser. Le DJ passa « Angel » de Dave Matthews, et les couples s'avancèrent sur la piste.

Connor écumait toujours de rage.

— Viens danser, Connor, dit-elle en lui prenant la main pour l'entraîner au milieu de la piste.

Elle posa la main sur son épaule, chaude et musclée.

— Tu n'avais pas besoin d'en arriver là, dit-elle.

— Je n'ai fait que défendre ton honneur. Tu pourrais me remercier.

Il ne la regardait pas, mais mit la main sur sa taille, et elle en eut presque le souffle coupé.

— Oh, mon honneur, tu sais ! Et puis j'ai du répondant face aux crétins.

Il avait du sang sur la lèvre, juste un peu, et elle l'essuya du bout du doigt. Il plongea alors ses yeux bleus dans les siens et, tout à coup, l'embrassa.

Un grand silence se fit autour d'eux, mis à part Dave Matthews. Tant pis pour le secret. Elle s'en fichait d'ailleurs. Car il l'embrassait. Un baiser au goût de vin et aussi un peu de sang. Sa bouche ferme et chaude. Il était encore en colère et l'embrassait avec force, comme pour lui montrer qu'elle était sienne. Elle se sentit fondre.

Il cessa bientôt, mais posa son front contre le sien. Elle avait le cœur qui battait à tout rompre et les jambes en coton.

— J'arriverai à me faire aimer de ton frère, lui dit-il, et elle rit parce qu'elle ne s'y attendait pas du tout. Je suis sérieux, Jess. Je t'aime. Je ne veux plus être séparé de toi. Je…

— OK, c'est bon, tu as gagné, dit-elle en riant. Ne te rends pas plus ridicule que tu ne l'es déjà.

Il l'embrassa de nouveau, plus doucement cette fois-ci, et elle plongea les doigts dans ses cheveux épais et ondulés.

— Tu n'es pas une fille facile, Jessica Dunn, murmura-t-il contre sa bouche.

— Justement si. C'est bien tout le problème.

Il avait l'air tellement sûr de lui tandis qu'elle voyait déjà tous les problèmes surgir. Que se passerait-il une fois qu'ils seraient ensemble et non plus en train de se courir après ? Que leur vie de tous les jours serait faite de Davey, de travail, et de pannes de chaudière ou de voiture à changer ? Que se passerait-il une fois qu'elle serait vraiment à lui ?

— Arrête de t'inquiéter comme ça, lui souffla-t-il, en

l'attirant contre lui, et au contact de son corps ferme et légèrement en sueur, elle sentit une chaleur délicieuse la remplir tout entière.

Il fit glisser sa main au creux de ses reins.

— Si j'avais su qu'il me suffisait de prendre un poing dans la figure pour en arriver là, j'aurais depuis longtemps demandé à Colleen de s'en charger.

Connor était adossé au mur de briques de son ancien lycée et attendait que Jess eût passé son coup de fil. La réunion des anciens était terminée. On l'avait félicité et remercié d'avoir renvoyé dans ses buts cet abruti de Jake.

— Passez une bonne soirée tous les deux, lui dit Colleen d'un air entendu.

Je t'avais bien dit qu'elle était faite pour toi.

Fais pas ta maligne, Colimaçon.

— Tu as vraiment bien fait de lui casser la gueule ! dit Lucas.

Connor hocha la tête. Il avait les doigts douloureux, mais ne pensait plus qu'à une chose : emmener cette femme chez lui et faire l'amour. Enfin.

Jessica était au téléphone.

— Bon, tu es sûr que ça ne t'embête pas ? Je rentre vers… C'est ça. Euh, oui… mais comment tu sais que… ? Ah, je vois. OK. Merci, Ned.

Elle rangea son téléphone dans son sac.

— Moi qui pensais que personne ne savait pour nous deux, dit-elle.

— Oui, la clandestinité avait du bon, mais voilà.

Mais voilà. Elle comprit qu'il n'en voulait plus.

Elle hocha la tête sans rien ajouter.

Elle se sentait toute timide. Après toutes ces années, et alors qu'ils se connaissaient si bien !

— On rentre à pied ?

— D'accord.

Il lui tendit la main et elle la prit, après une seconde d'hésitation.

— Connor…

— Non, non, je ne veux plus de règles, ni de listes, OK ? On est ensemble, c'est tout.

Il porta sa main à ses lèvres puis ils commencèrent à marcher.

La ville était silencieuse et ils ne parlaient pas. Il n'avait jamais été si heureux, mais il la sentait nerveuse. Elle serrait sa main un peu trop fort et évitait de le regarder.

Ils arrivèrent au Village et, plutôt que de couper par le parc, il la fit passer par le bord du lac. Les rues se vidaient toujours vers 23 heures et, à part quelques clients au O'Rourke, tout était désert. Les feuilles d'érables bruissèrent dans la brise et un oiseau de nuit chanta, puis ce fut le silence.

Jess se baissa pour retirer ses chaussures et s'avança sur le ponton. Sa robe blanche brillait dans le clair de lune tandis qu'elle contemplait le lac.

Elle semblait toujours aussi nerveuse, ce que Connor prit pour un bon signe.

Il la rejoignit sur le ponton et l'enlaça par-derrière en l'attirant contre lui. Il ne dit rien, se contentant de respirer le parfum frais de ses cheveux.

Plus que tout, il voulait la rassurer. Lui faire sentir que tout irait bien, qu'elle était belle, qu'il allait prendre soin d'elle et qu'il ne la laisserait jamais tomber, qu'elle pouvait lui faire confiance.

Au lieu de ça, il lui fit un baiser dans le cou et posa son front contre son épaule.

— J'ai oublié de te demander, tu as parlé de ton projet de brasserie ce soir ?

— Non.

— Mais pourquoi ? Tiffy Ames aurait pu…

— Parce que je n'ai pas cessé de penser à toi.

Elle se tourna vers lui, avec cette expression indéchiffrable. On entendit une chouette hululer non loin de là.

Sa bouche était douce et chaude. Il avait pris son visage entre ses mains et l'embrassa jusqu'à la sentir abandonnée contre lui. Elle lui passa les bras autour du cou et glissa les doigts dans ses cheveux, en poussant un petit gémissement qui le fit vaciller.

— Allons chez moi, dit-il, et elle hocha la tête.

Dès qu'elle entra, la maison sembla prendre vie. À la seconde où la porte fut refermée, il se mit à l'embrasser, la plaquant contre le mur, envahi d'un désir sauvage. *Pas trop vite, pas trop vite*, lui soufflait la seule partie encore lucide de son cerveau. Facile à dire…

Ils se dévoraient mutuellement. Plus un soupçon de timidité chez elle, constatait-il avec satisfaction. Elle lui ôta sa veste sans faire de détail, tira brusquement sa chemise de son pantalon pour glisser ses mains fraîches contre ses hanches, avant de s'attaquer à sa ceinture.

Il l'arrêta en lui saisissant les mains et se pencha vers son cou pour goûter la saveur à la fois fraîche et citronnée de sa peau. Puis il se mit à la caresser et constata avec bonheur qu'elle ne portait pas de soutien-gorge. Elle lui mordilla la lèvre, lui rappelant qu'il avait reçu un coup de poing un peu plus tôt. Leurs langues s'entremêlèrent et il passa une jambe entre les siennes avec force, soulevant du même coup sa robe. Il était aveuglé par un désir brûlant.

— Lâche tes cheveux, lui demanda-t-il.

Elle recula d'un pas et passa la main derrière sa tête. Ses cheveux souples et brillants où se reflétait la lumière douce de la ville retombèrent sur ses épaules.

Alors elle se baissa et, sans la moindre pudeur, fit passer sa robe par-dessus sa tête.

Shorty de dentelle blanche, souliers noirs à talons, elle était belle à mourir.

D'un mouvement sûr il la souleva, sa peau douce comme

de la soie, ses cheveux tels une fraîche cascade, et la porta jusqu'au salon. Puis il la lâcha sans cérémonie sur le canapé et se laissa tomber sur elle.

Elle riait aux éclats et à l'entendre il comprit ce qu'il savait déjà.

Il était amoureux de Jessica Dunn. Il l'avait toujours été.

17

— Non mais regarde-moi cet air béat. Tu es pathétique !

— Au moins maintenant tu sais ce que je pense quand je vous regarde, Lucas et toi, répondit Connor.

— Alors, comme ça, elle a fini par avoir pitié de toi ?

— Ouais, répondit-il, rêveur.

Il lui avait même donné plusieurs occasions de lui exprimer sa pitié ces derniers jours.

— Non mais arrête de sourire bêtement ! C'est indécent ! Enfin bon, félicitations quand même.

— Merci.

C'était un mercredi matin à 9 heures et ils étaient dans la cuisine du O'Rourke. Connor préparait une paella façon Nouvelle-Orléans, épicée, avec des crevettes, des noix de Saint-Jacques, des queues d'écrevisses, des moules, du chorizo, des poivrons rouges grillés et de l'ail. L'odeur était à tomber. Il fallait aussi qu'il lance sa soupe, de la soupe à l'oignon à la française. Vu le temps froid et pluvieux, le menu du jour allait faire un tabac.

Colleen prenait beaucoup de place, de plus en plus.

— Ça va toi ? lui demanda-t-il.

— Oui, oui. C'est pas super confortable, mais bon.

— Vous avez choisi son prénom à cette petite fille ?

— Tu es sûr de toi, hein ? Non, ce sera une surprise, répondit-elle en souriant.

— Sauf pour ton grand frère.

— OK, alors, Lucas penche pour Amelia, mais moi je

voudrais l'appeler Isabelle, comme sa mère qui est morte quand il était tout petit.

— Une très belle idée, Colimaçon.

— J'ai du mal à te reconnaître, fit-elle en le regardant d'un air suspicieux. Tu es tout gentil et joyeux, ça fait presque peur. Cela dit, j'en profite que tu sois aux anges, et que tu ne puisses pas te fâcher contre moi parce que je suis enceinte et que j'ai des remontées gastriques horribles, et qu'il faille me ménager, pour te dire que papa va arriver et qu'il veut te voir.

— Pourquoi ?

— Il a quelque chose à te dire.

— Quoi donc ?

— Je le laisse t'en parler. Moi il faut que j'aille faire pipi. Je pense que ce bébé est assis sur ma vessie. D'ailleurs, voilà papa. À tout' et sois sympa !

Elle s'en alla, laissant Connor légèrement contrarié. Il termina de préparer les crevettes, puis la saucisse, avant de tout mettre à cuire. Il se lava deux fois les mains, essuya le plan de travail, faisant sans scrupule attendre son père.

Puis il le rejoignit dans la salle, sans enthousiasme. Pete était assis à une table.

— Bonjour fils, dit-il en se levant. Comment vas-tu ?

— Bien, et toi ? répondit Connor, poli, sans plus.

— Assieds-toi, assieds-toi, reprit son père en lui adressant son sourire Ultra Brite.

Connor ne bougea pas.

— Alors, euh, comment ça se passe ? Colleen m'a appris que tu montais une brasserie ? C'est super ! Est-ce que je peux t'être utile ?

— Non, merci.

— Eh bien, si tu changes d'avis, ou si tu as besoin de financement, ou que sais-je, je suis là.

Connor ne réagit pas. Son tempérament calme avait certains avantages.

Non sans respirer un bon coup, Pete O'Rourke prit la parole :

— J'ai une nouvelle à t'annoncer, une bonne nouvelle, je crois. Enfin, j'en suis sûr. Eh bien, euh, Gail est enceinte. Et c'est un garçon cette fois.

Voilà pourquoi elle avait cette mine de déterrée ces derniers temps.

Connor attendit un peu pour voir s'il ressentait quelque chose. Mais non, rien.

Il aurait trente-trois ans de plus que ce gosse, qui aurait pu être le sien. Et normalement son père serait mort avant l'entrée en fac de son fils. Du reste, Gail allait sur ses quarante ans.

Bizarrement la seule chose qu'il ressentait était de la pitié.

— Tous mes vœux, dit-il.

— Mon fils, il faut que tu saches que pour moi tu seras toujours…

— C'est bon, j'ai pas dix ans ! Je vais m'en remettre ! Et je m'en occuperai, t'en fais pas.

— Je le sais bien, répondit Pete, qui semblait avoir du mal à le regarder en face. Connor, depuis que Savannah est née, j'ai l'impression qu'on s'est éloignés toi et moi.

— C'était déjà le cas bien avant. Sauf que tu ne t'en es pas rendu compte.

— J'ai l'impression que c'est pire.

— Eh bien, oui mais, bon, tu t'es quand même bien fichu de maman à jouer les jolis cœurs avec une jeunette à qui tu as fait un gosse pour te rassurer sur ta virilité.

— Mais ça fait onze ans que nous sommes mariés avec Gail ! Et ta mère a rencontré quelqu'un elle aussi. Elle va se marier ! Et puis je ne suis pas un mauvais père pour Savannah, si ?

Il n'avait pas dit cela pour se vanter. Il attendait vraiment une réponse.

— C'est vrai, concéda Connor. Bon, écoute, j'ai du travail là. Félicitations pour le bébé. J'espère que tout se passera bien.

— C'est tout ?

— Tu t'attendais à autre chose ?

— J'imagine que non, répondit Pete en baissant les yeux.

— Je ne cherche pas à te punir, papa. C'est juste que je n'attends plus rien de toi.

— J'ai compris, dit son père, meurtri.

Connor se leva et se dirigea vers la cuisine. Par la vitre, il aperçut son père, qui resta assis quelques minutes avant de se lever à son tour.

Il croyait peut-être qu'ils allaient se tomber dans les bras ? Partir en vacances ensemble ? Ils l'avaient à peine fait lorsque Connor avait dix ans…

Pourtant, bizarrement, il ressentit comme un petit pincement au cœur qui le déstabilisa.

Jessica quitta Blue Heron pour aller déjeuner, ce qu'elle ne faisait que rarement.

— Il paraît que, mon fils et toi, vous êtes ensemble ? lui dit Jeannette en la croisant dans la salle de dégustation.

— Ah tiens, bonjour Jeannette, répondit Jess en piquant un fard.

— Je suis ravie, ne t'inquiète pas. Et d'ailleurs j'ai eu une idée. Ça te dirait d'être demoiselle d'honneur à mon mariage ? Colleen sera la demoiselle en chef, et Paulie sera aussi dans le cortège, et puis Carol Robinson, parce qu'elle trouve que les femmes mûres sont sous-représentées dans les cortèges. Qu'en dis-tu ? Ce serait sympa d'avoir l'amoureuse de mon fils à mes côtés ! Vous serez peut-être les prochains à franchir le pas…

Elle fit un grand sourire à Jess qui n'en revenait pas.

Mon Dieu, mais qu'est-ce que Connor était allé raconter ? Elle respira à fond pour se calmer.

— Comme c'est gentil de me le proposer !

Elle n'avait jamais été demoiselle d'honneur et trouvait bizarre de commencer avec Jeannette, mais elle était touchée.

— Devinez quoi ! s'écria alors Marcy en faisant irruption dans la pièce et en secouant ses cheveux mouillés par la pluie comme un chiot. Je viens d'obtenir l'autorisation pour John Holland de célébrer des mariages ! C'est pas génial, ça ? Le propriétaire du vignoble en personne pour présider la cérémonie ! Dingue comme idée, non ? Je ne sais pas pourquoi je n'y ai pas pensé plus tôt ! Tope là, Jeannette ! Mais au fait vous ne voulez pas qu'il célèbre votre mariage avec le roi du poulet ?

— Mais si ! Quelle bonne idée ! Nos filles sont meilleures amies après tout !

Il fallait reconnaître que c'était une bonne idée.

— Bien joué, dit Jessica, qui savait voir le mérite des autres.

Qui ne serait pas ravi d'avoir John Holland comme maître de cérémonie ? Marcy avait raison.

Depuis la parution de l'article, Marcy avait fait de plus en plus de RP, ou en tout cas avait essayé. Elle faisait des tas de propositions d'événements dont aucun n'avait obtenu le feu vert. À ce stade de l'année, le calendrier était déjà plein : d'une balade au clair de lune en calèche jusqu'à un concours canin couplé à une dégustation de vin, le tout sous le contrôle ferme de Jess et le tout ayant déjà fait ses preuves.

Pourtant, à la réunion hebdomadaire, Marcy était une fois de plus intervenue.

— Je ne sais pas si vous faites ce genre de choses, mais je crois que ce serait vraiment motivant si on organisait un séminaire des ventes cet automne.

Et elle avait poursuivi en suggérant un concours et des prix pour les meilleurs vendeurs, ceux qui trouvaient de nouveaux débouchés commerciaux, et faisaient la meilleure promotion du vin.

— Si ce n'est pas hors budget, on pourrait offrir un week-end quelque part, y compris à New York, avec des bons pour des massages ou des places de spectacle.

C'était une excellente idée, et mot pour mot une idée à laquelle Jessica avait aussi pensé. Six mois auparavant, elle avait imaginé les grandes lignes, mais elle n'en avait pas parlé.

De nombreuses entreprises faisaient ce genre de choses, mais c'était cher et, avec la neige qui était tombée cet hiver, la récolte n'avait pas été terrible.

Honor avait toutefois pris note de cette suggestion sur son iPad et posé quelques questions, tandis que Jessica se flagellait mentalement parce que l'idée n'était pas venue d'elle.

Au pire on lui aurait dit non, alors pourquoi avait-elle autant hésité ? Enfin bon, c'était trop tard et puis de toute façon elle avait un déjeuner de la plus haute importance aujourd'hui : avec Connor et… Davey.

Elle alla à la fabrique de bougies où travaillaient Davey ainsi qu'une dizaine d'autres manutentionnaires.

— Salut Jess, lui dit Petra, la directrice, à son arrivée.

— Salut Jess, répéta Davey en écho, avant de courir vers elle pour l'accueillir.

— Mmm, tu sens bon, lui dit-elle en l'embrassant sur la joue. C'est quoi ?

— Laine d'hiver, dit-il fièrement.

— Délicieux. Tu es prêt pour aller déjeuner ?

Ils se rendirent en voiture jusqu'au Chicken King le plus proche parce que, un, on y mangeait super bien, même si ce n'était pas très diététique, deux, la mère de Connor allait épouser le propriétaire et Jeannette était ravie qu'ils y aillent et, trois, parce que Davey contrôlait mieux ses crises en public.

Car il allait faire une crise, c'était certain.

C'était aujourd'hui qu'elle allait lui annoncer sa relation avec Connor, et elle était déjà terrorisée. Elle avait eu tellement peur cette fois où Chico Trois était encore petit et où Davey avait fait la pire crise de sa vie. Quelques mois avant, il en avait fait une autre en voyant Connor aider Jess à attraper un article sur un rayon élevé à l'épicerie. Il avait fallu qu'elle le fasse sortir de force du magasin puis qu'elle y retourne le lendemain pour payer les dégâts qu'il avait causés. Sauf que Connor s'en était déjà chargé.

Pourtant le moment était venu de le mettre au courant, c'était inévitable.

À cette seule pensée, elle avait les jambes flageolantes. Il s'était senti tellement trahi la dernière fois, outré que sa sœur ait introduit chez eux son pire ennemi. Dieu merci, il ne les avait pas surpris en pleins ébats, mais il lui en avait voulu pendant des semaines.

Lorsqu'ils entrèrent en courant dans le restaurant, il tombait des cordes. Comme prévu, ils étaient les premiers et elle devait envoyer un SMS à Connor pour qu'il arrive une fois qu'elle aurait abordé le sujet.

Il n'y avait qu'un client au comptoir, car il était encore tôt.

— Papa ! s'écria Davey en se précipitant vers lui.

Eh bien, c'était une sacrée coïncidence ! Difficile à éviter dans une ville de moins d'un millier d'habitants, mais tout de même.

— Tiens ! Mes deux enfants préférés ! répondit Keith en le serrant dans ses bras. Bonjour Jessie.

— Et voici votre spécial poulet de Louisiane, dit la jeune femme au comptoir en lui tendant un paquet déjà tout taché de graisse.

— Tu es venu déjeuner avec nous ? Oh si, allez ! Papa, s'il te plaît !

Jess examina son père : il n'avait pas les yeux rouges, ni une haleine alcoolisée, ni les mains qui tremblaient. Davey avait attrapé sa main et la balançait en chantant : « Reste avec nous ! Reste avec nous ! »

— D'accord, dit Jessica, se surprenant elle-même. Bon, Davey, regarde la carte et choisis ce que tu veux.

Elle s'éloigna de quelques pas et son père la suivit.

— Tu es sûre ? lui demanda-t-il.

— Oui ; en fait, j'ai quelque chose à dire à Davey qui va le contrarier et c'est peut-être aussi bien que tu sois là.

Elle lut dans ses yeux qu'il était heureux de pouvoir être utile.

— D'accord. De quoi s'agit-il ?

— Je suis avec quelqu'un, répondit-elle en faisant tourner sa bague sur son pouce.

— C'est merveilleux, dit-il, attendri.

— Davey ne va pas être du tout de ton avis.

— Pourquoi ça ?

— C'est Connor O'Rourke.

— Du restaurant ? dit son père sans comprendre. Ah oui ! Parce que Chico l'a mordu, c'est ça ?

Mordu était un bien faible mot. Il avait failli le tuer, oui !

— C'est ça. Et Davey pense que Connor a plus ou moins tué Chico.

— Ah bon ?

— Oui, il ne fait pas dans la nuance, tu sais, répondit-elle avec une pointe d'impatience. À l'époque il avait cinq ans et le souvenir est gravé dans sa mémoire. Tout ce dont il se souvient, c'est que M. O'Rourke et Connor sont venus chez nous, et que juste après Chico est mort.

— Ah mince. J'avais presque oublié cette histoire.

— Non, c'est plutôt que tu étais soûl ce jour-là.

— Tu as raison, admit-il. Bon, eh bien, si je peux être utile aujourd'hui.

— Le truc, c'est que quand il est contrarié il devient violent et comme ce n'est plus un petit garçon…

— Je peux prendre un Triple Batter Crunch, Jess ? demanda alors Davey. Avec des *onion rings* en supplément ?

— Tout ce que tu veux, mon poussin.

— Merci, Jessie. Merci de me laisser t'aider, dit Keith d'un ton grave.

— J'espère que ça va bien se passer, répondit-elle en soupirant.

Puis elle commanda un simple sandwich au poulet. Elle aimait beaucoup ce qu'on servait ici, mais ne pouvait rien avaler ou presque. Elle s'assit ensuite en face de son frère et de son père. Keith discutait avec son fils de choses et d'autres tandis que Davey s'attaquait à son repas comme un monstre affamé.

— Bon, Davey, il faut que je te parle de quelque chose, commença Jess.

— J'adore le poulet, répondit Davey. Ils ont trente-huit recettes délicieuses ici.

Il les connaissait toutes par cœur : l'hawaïenne épicée, la Sweet Home Alabama, la spéciale grand-mère au bacon.

— Alors voilà, mon poussin, j'ai euh… J'ai rencontré un garçon que j'aime bien. Et je voudrais que ce soit mon petit copain.

— Super, répondit Davey en continuant de manger.

Keith la regarda, l'air surpris. Jusqu'ici tout va bien, avait-il l'air de dire. Parce qu'il n'avait pas la moindre notion de ce qui allait suivre.

— Il est vraiment gentil, tu sais. Il aime les animaux, surtout les chiens. Sa sœur a un gros chien très rigolo. Et il aime aussi les enfants. Il a une petite sœur avec qui il joue au base-ball.

— Tu me donnes ta part ? demanda alors Davey.

Elle lui fit passer son épi de maïs ruisselant de beurre fondu. Ce restaurant avait visiblement pour mission d'abréger la vie de ses clients.

— Alors il aimerait bien faire ta connaissance. En fait il te connaît déjà un petit peu.

— Qui ça ?

— Eh bien, ce garçon avec qui je sors.

— Ah, d'accord.

Les choses sérieuses commençaient.

— Le seul truc, c'est que tu vas peut-être d'abord te dire qu'il n'est pas gentil, alors que si.

— C'est qui ?

— C'est Connor. Connor O'Rourke, répondit-elle dans un souffle.

Il eut l'air étonné et arrêta de mâcher une seconde plus tard.

— Mais il a tué Chico Premier.

— Non justement, dit alors Keith, après avoir, d'un regard, sollicité la permission de Jessica. Chico avait été très méchant ce jour-là. Il avait mordu Connor. Très fort.

— Et alors Connor l'a tué, répéta Davey en haussant le ton.

— Non, mon chou, c'est faux, insista Jess.

— Mais il est venu chez nous et ils ont emmené Chico et puis il est mort ! Il l'a tué !

— C'était de ma faute si Chico s'est détaché de sa chaîne, et donc c'était de ma faute s'il a mordu Connor. Et, quand un chien mord un enfant, on ne peut pas…

Hélas, Connor choisit cet instant pour faire son apparition. En avance. Il était censé attendre, bon sang !

— Bonjour tout le monde, dit-il.

— Va-t'en ! hurla Davey, qui se saisit de la boîte en carton contenant son déjeuner pour la lui jeter au visage.

Connor se baissa, évitant de justesse les morceaux de poulet frits.

Keith posa le bras autour des épaules de son fils.

— Calme-toi, Davey. Tout va bien.

— Va-t'en ! Je ne veux pas te voir, répéta Davey, des larmes de rage lui jaillissant des yeux.

Jess sentit elle aussi sa gorge se nouer.

— Davey, écoute-moi, dit-elle en lui attrapant la main par-dessus la table. Je ne serais pas amie avec quelqu'un qui déteste les chiens, si ? J'adore les chiens. J'adorais Chico Premier, et aussi Chico Deux, et je suis folle de Chico Trois. C'est pas vrai ? Tu le sais très bien. Je ne laisserais personne faire du mal à un chien.

— Tu l'as laissé emmener Chico Premier. C'est toi qui l'as donné aux méchants, répondit-il en se mettant à sangloter.

Oui, bien sûr, il avait raison. Elle était au bord des larmes.

— Davey, écoute, dit alors Keith en forçant son fils à lui faire face et en essuyant ses larmes avec une serviette. Chico Premier a fait quelque chose de mal. Ta maman et moi aurions dû faire plus attention. Tu ne te souviens peut-être pas, mais il n'aimait que nous. C'est pour ça qu'il est allé mordre Connor. Et quand les chiens mordent les gens comme ça, eh bien, ils doivent aller… au paradis.

Davey posa la tête sur la table et se mit à gémir, devant sa sœur bouleversée.

Keith se leva ensuite pour accueillir Connor et lui serrer la main.

— Bonjour, je suis Keith, le père de Jessica. Vous devez être ce très gentil garçon avec qui elle sort.

Il fit exprès de bien articuler *ce très gentil garçon* à l'intention de Davey, qui ne leva même pas la tête.

Connor jeta un œil à Jess puis s'adressa à son père :

— Nous nous sommes déjà rencontrés.

— Oui, oui, bien sûr. Je suis content de vous revoir.

— Il est *pas* gentil, dit alors Davey sans lever la tête, ses épaules maigres toujours secouées de pleurs.

Il avait l'air totalement perdu et désespéré. Jess en était malade. Ce n'était pas juste. Tout ce que son frère avait cru vrai restait vrai, et cela lui épargnait d'ailleurs bien des souffrances. Par exemple, lorsqu'il pensait à son père, il ne se rappelait que le père qui l'avait aimé, pas celui qui l'avait abandonné pendant huit ans. Son père l'aimait, point final.

Connor était méchant, point final.

Malgré tout, elle détestait voir son frère dans cet état.

Connor s'assit à côté d'elle et lui prit la main sous la table.

— Salut Davey.

— Je veux rentrer à la maison, dit le garçon en serrant les lèvres.

— J'aimerais beaucoup faire ta connaissance, tu sais, insista Connor. Jess t'aime tellement. Elle parle tout le temps de toi.

— Tais-toi !

— Et je voulais aussi te dire que je n'ai jamais voulu que Chico Premier… s'en aille.

— Je te déteste ! cria Davey en tapant des deux poings sur la table. Laisse-moi tranquille ! Jess ! Dis-lui de partir !

— Ça ne sert à rien, murmura Jess. Tu devrais peut-être t'en aller.

Connor la regarda, l'air sceptique.

— OK, je t'appelle plus tard.

Il se leva, lui caressa les cheveux puis s'en alla.

Sans avoir rien mangé.

— Connor ! appela Keith. À bientôt j'espère !

Connor répondit d'un signe de la main et sortit sous la pluie.

18

Une chose était claire pour Connor : Davey Dunn était un sacré manipulateur.

Si la décision n'avait appartenu qu'à Jessica, Connor n'aurait plus jamais franchi le seuil de chez elle. Elle avait l'habitude de se soumettre aux caprices de son frère, ce que Connor pouvait comprendre.

Mais il décida que cette affaire se réglerait d'homme à homme.

Après le déjeuner, il retourna à son restaurant et prépara cinq hachis parmentier divins, ainsi que quelques pains de viande et un plat végétarien qu'on pouvait servir avec des pâtes normales ou sans gluten. Puis il laissa les manettes à Rafe en disant qu'il serait de retour une heure plus tard.

— Bonjour, lui souffla timidement Jordan derrière le bar.

— Salut Jordan, à tout à l'heure, répondit-il à la jeune fille, qui piqua un fard et laissa déborder sa bière.

Il roula jusqu'à la fabrique de bougies, un bâtiment industriel au sommet de la colline en direction de Dundee. Il attendit quelques minutes dans sa voiture avant de descendre.

Davey était là, en train de bavarder agréablement avec une brunette, visiblement remis de son traumatisme, puisqu'il avait obtenu ce qu'il voulait. Un vrai manipulateur, décidément. Même s'il n'en avait peut-être pas conscience.

— Salut cuistot, dit Petra, qui était une cliente régulière du O'Rourke. Qu'est-ce que tu mijotes, ici ? Ha ha ! Elle est bonne, non ?

— … Et on me l'avait jamais faite, figure-toi ! répondit-il. Est-ce que je peux parler à Davey Dunn une minute ?

— Qu'est-ce que je gagne en échange ?

— *Nachos* de la maison à l'œil !

— Ça marche ! Davey ! Viens voir un peu par ici, mon grand !

Davey leva la tête et, lorsqu'il aperçut Connor, son expression changea.

— Il ne t'aime pas beaucoup, si ? demanda Petra à voix basse.

— Je sors avec Jessica.

— Je vois. Davey, sois sympa, tu veux bien ? dit-elle en s'éloignant de quelques pas pour aider un de ses employés.

— Qu'est-ce que tu veux ? demanda alors Davey d'un ton menaçant en serrant les poings.

— Je veux sortir avec ta sœur et, pour ça, il me faut ta permission.

— Non, non et non. Ça jamais ! Je te déteste.

— Je comprends, mais l'homme de la maison c'est toi, non ?

Davey hésita.

— C'est toi qui t'occupes de ta sœur, oui ou non ?

— Oui, répondit le jeune homme d'une voix mal assurée.

— Alors il me faut ta permission.

— Pourquoi tu t'en vas pas pour toujours, plutôt ? rétorqua Davey, en croisant les bras sur sa poitrine, assez fier d'avoir repris confiance en lui.

— Voilà qui n'est vraiment pas aimable !

Connor fit alors mine de regarder derrière Davey.

— Est-ce que tu crois qu'elle apprécierait de t'entendre parler comme ça ?

— Qui ça ?

— La jeune fille qui te regarde là-bas. La mignonne.

Davey se retourna.

— Miranda ?

Bingo.

— Oui, Miranda. J'imagine qu'elle aime les garçons gentils, pas les mal élevés.

Davey ne dit rien et se renfrogna.

— Dave, écoute-moi. Ta sœur t'aime. Elle t'aime bien plus qu'elle ne m'aime moi et ça ne changera jamais. Mais moi j'ai envie de l'emmener au cinéma et de venir la voir de temps en temps. Et je veux aussi qu'elle vienne chez moi.

— Non.

— Exactement comme toi, tu aimerais bien que Miranda vienne te voir et regarder des films avec toi, et qu'elle soit ta petite copine.

— C'est pas ma petite copine, répondit Davey en rougissant.

— Attends, on est tous pareils, nous les mecs. Elle est mignonne, et tu l'aimes bien, pas vrai ?

Il se renfrogna de nouveau.

— Est-ce que tu lui as déjà préparé à manger ? Les filles aiment bien qu'on leur fasse la cuisine.

Il était bien placé pour le savoir.

— Mais non ! Je ne sais pas faire la cuisine, moi !

— Pourquoi ça ?

— Parce que ! Je pourrais me faire mal. Jess ne veut même pas que je me serve du grille-pain.

Ça semblait un peu excessif. Il travaillait après tout et il ne fallait pas être un génie pour faire griller du pain.

— Tu sais quoi ? Moi je sais faire la cuisine. Je suis chef cuisinier.

— Je suis sûr que t'es nul.

— Tu aimes les *nachos* du O'Rourke ? Et le chili ?

— Évidemment.

— Eh bien, c'est moi qui les fais.

Davey le regarda, étonné, et Connor se retint de sourire.

— Si tu veux qu'une fille t'aime, il faut que tu lui fasses la cuisine.

— Je savais pas.

— Et pourtant c'est vrai.

Davey rumina un instant.

— Mais Jess ne va jamais vouloir. Elle va avoir peur que je me fasse mal.

Mince, Connor n'avait pas tant d'arguments que ça et, si Jess lui avait savonné la planche, il n'allait pas s'en sortir.

— Je t'apprendrai à ne pas te blesser, dit-il au jeune garçon. Et tu sais quoi ? Ce sera notre secret et tu pourras faire la surprise à Miranda et à ta sœur en leur faisant toi-même des *nachos* un de ces jours. T'en penses quoi ? Quand tu seras devenu assez bon, tu pourras même préparer le dîner de temps en temps à la maison pour que ce ne soit pas toujours Jessica. Pour être l'homme de la maison, tu comprends ?

Davey ne répondit pas, mais il détourna les yeux vers Miranda.

— Qu'est-ce que tu en dis, Dave ? On est d'accord ?

Toujours pas de réponse. Davey n'avait peut-être pas un QI très élevé, mais il n'était pas non plus complètement idiot.

— Et puis aussi, il faut que je choisisse un chien, dit Connor, jouant sa dernière carte. Et je me demandais si tu pourrais m'aider.

— Pour que tu le tues ?

— Mais non, répondit Connor en levant les yeux au ciel. Alors quoi ? Tu vas m'aider, oui ou non ?

Lorsque Jessica rentra à la maison ce soir-là, elle n'avait qu'une envie : se coucher.

Ou bien boire un verre de vin. N'importe qui d'autre se serait servi un verre de vin. Pas elle. Dommage.

Il faudrait qu'elle se contente de Chico Trois pour calmer son stress. Il était d'ailleurs tout à fait prêt à ça et gémissait de joie en remuant la queue et en se frottant à ses jambes.

— Salut Chico, lui dit-elle en s'agenouillant. Qui c'est le gentil chien ? C'est toi ? Mais oui, c'est toi !

Elle l'embrassa sur la tête et lui grattouilla les oreilles.

Il ressemblait beaucoup à Chico Premier. Pas étonnant que son frère réagisse comme ça.

En fin de compte, cela aurait pu être pire au restaurant. Il fallait reconnaître que son père avait été très bien. Mais, rien que de penser cela, elle avait peur.

Elle se changea et alla sur son ordinateur vérifier ses comptes. Rien n'avait bougé. Ils n'avaient jamais reparlé de l'histoire de la carte de crédit avec son père mais, depuis qu'il était revenu, elle avait changé ses codes bancaires chaque semaine.

Elle tapa sur le clavier : *maisons à vendre Manningsport*. Un meilleur dérivatif que le vin, la recherche immobilière.

Elle ne voulait pas d'un bien où tout serait à refaire, même si c'était ce qui correspondait à son budget actuel. Elle adorait les émissions de téléréalité où l'on voyait des gens défoncer des murs, mais n'avait pas les compétences nécessaires pour retaper une maison. Sans compter qu'elle avait déjà deux boulots, même si elle n'allait au Hugo's que deux soirs par semaine. Elle pouvait faire un peu de peinture et quelques travaux d'embellissement, mais l'idée d'abattre des cloisons la fatiguait d'avance.

Emmaline Neal possédait une maison super et elle avait espéré qu'elle la vendrait en épousant Jack Holland, mais sa sœur Angela, qui enseignait à Cornell, venait y passer tous ses week-ends. D'autre part, on ne vendait pas une maison de famille.

Tout ce qui se trouvait sur les bords du lac avec une jolie vue était hors de prix. De nombreux mobile homes étaient à vendre et, même si certains étaient très jolis, il n'était pas question qu'elle y retourne. Non, elle voulait une vraie maison, avec un porche.

Une maison comme celle de Connor, ce serait parfait.

Elle referma son ordinateur. On appelait ça un rêve, car aujourd'hui leur histoire avait fait un grand pas en arrière.

Peut-être vaudrait-il mieux tout arrêter très vite.

Ou en revenir à la clandestinité. Ce slow qu'ils avaient

dansé ensemble à la réunion des anciens… avait été pour elle à la fois terrifiant et merveilleux. Se trouver là, devant tout le monde, sans crainte du jugement des autres. L'autre soir, Ned était resté avec Davey et Connor l'avait emmenée à Geneva. C'était la première fois qu'ils se trouvaient ensemble dans le même restaurant alors que ni l'un ni l'autre n'était en service. C'était étrange et merveilleux, et aussi un peu inquiétant. Pendant toute la soirée, elle s'était dit : *Alors c'est ça que font les gens normaux*.

Elle s'était aussi inquiétée de ce qui se passerait une fois qu'il serait lassé de tout ça.

Non pas qu'elle se jugeât mal, mais elle ne se voyait pas comme indispensable non plus. Chaque fois qu'elle avait tenté de guérir ses parents de leur addiction, elle avait échoué et, même si elle avait tout lu sur le sujet, elle ne pouvait s'empêcher de penser que si elle avait été meilleure, ou plus intelligente, ou plus gentille, elle y serait parvenue.

Bien sûr elle était contente que son père soit abstinent, mais personne ne pouvait dire combien de temps cela durerait, et cela lui faisait mal de se dire qu'il n'y était parvenu qu'en s'éloignant d'elle longtemps. Toutes les fois où sa propre fille l'avait supplié à genoux n'avaient servi à rien. Personne avant Connor n'avait attendu autre chose d'elle que son corps, pas même Levi, qui n'était jamais tombé amoureux d'elle. Et du temps du lycée, quand les garçons avaient obtenu ce qu'ils voulaient, ils ne l'emmenaient jamais chez leur mère. On recherchait sa compagnie à l'arrière des voitures, mais on ne l'invitait jamais au bal du lycée. Peut-être que, pour Connor aussi, elle n'était finalement qu'une passade.

Elle ne savait pas comment on faisait avec un amoureux. Lorsqu'ils étaient sortis ensemble l'autre soir, elle s'était creusé la cervelle pour trouver des choses intéressantes à dire, sans succès. C'était pour ça que des filles comme Marcy la complexaient à mort ; avec une telle confiance en soi, impossible de ne pas fasciner un garçon.

Certes, elle était travailleuse, loyale, généreuse, mais de là à s'imaginer mariée à l'homme le plus incroyable du monde. Il l'aimait bien, OK. Il disait même qu'il était amoureux d'elle, mais il ne savait pas tout d'elle, en particulier ce qu'elle avait fait à Davey.

Pourtant il l'avait embrassée devant tout le monde, et avait cassé la gueule à Jake, alors, même si on n'était plus au temps des chevaliers, elle lui devait au moins d'essayer.

— Salut Jess ! s'écria son frère en faisant irruption bruyamment dans la cuisine et en jetant son sac au sol.

— Salut toi ! Je n'ai pas entendu le bus arriver.

— Tu sais quoi ? C'est moi qui vais choisir le chien de Connor O'Rourke !

19

Le refuge pour animaux de Manningsport était une sorte d'hôtel de luxe pour nos amis à quatre pattes, avec parquets en bois, lumière d'ambiance et un vaste parc clos. Ce qu'on appelait la « Pièce de la Communauté Féline » était équipée de perchoirs moquettés par dizaines, de petits ponts et de structures bizarroïdes pour éviter que les pauvres petits ne s'ennuient, comme le spécifiait la brochure dans l'entrée. Quant à la pièce de repos des chiens, elle ressemblait à s'y méprendre au salon de Connor.

— Salut mon pote ! s'exclama Bryce en voyant entrer Connor.

L'été précédent, il avait investi une somme coquette dans ce qui était alors un refuge pour animaux sans prétention, et désormais il en était le directeur.

— Qu'est-ce que je peux faire pour toi ?

— Je cherche un chien.

— Super. Je te fais un prix famille.

— Merci !

Techniquement, Bryce était le cousin par alliance de Colleen et il sortait avec Paulie. Or Ronnie allait épouser Jeannette d'ici quelques semaines, ce qui faisait que Paulie allait devenir la demi-sœur de Connor et donc Bryce son demi-beau-frère ou un truc du genre. C'était un peu complexe, mais Bryce était sympa en tout cas, et toujours souriant.

Soudain l'idée lui traversa l'esprit que Jessica avait peut-être eu une aventure avec lui. Ce n'était pas impossible, mais il ne posait jamais de questions. Il connaissait certains de ses ex puisqu'ils s'en étaient bien vantés à l'époque mais, bon, pas non plus la peine de s'attarder là-dessus.

— Tu cherches quel genre de chien ? lui demanda Bryce.

— Je n'en sais rien. Un qui ait bon caractère et ne demande pas trop d'entretien.

— Un chien porte-clés ?

— C'est quoi ça ?

— Tu sais, un que tu peux trimballer dans un sac à main. Comme celui de Faith Holland.

Sûrement pas.

— Plutôt un peu plus grand. Mais pas énorme non plus, pas comme Rufus.

— OK. Remplis-moi ce formulaire et on va aller voir ce qu'on trouve, répondit Bryce d'un air entendu.

— J'attends Davey Dunn pour qu'il m'aide à choisir.

— Cool, il est super. Il vient souvent ici pour jouer avec les chiens. Il me tient compagnie.

— Salut Connor, dit alors Keith en entrant, suivi par Davey.

Ce n'était pas rien de voir que Jess avait laissé son père le prendre en charge. Ah, mais non, Gerard Chartier était là aussi. Connor comprenait mieux.

— Bonjour Bryce ! s'exclama Davey en se précipitant vers lui pour lui taper dans la main. Je peux aller montrer les chats à mon père ?

— Bien sûr, tu connais le chemin.

— Bryce, t'as pas un truc à lire pour moi ? Je vais attendre ici pendant que vous choisissez le chien.

Avec un coup d'œil complice à Connor, Gerard prit le magazine de sport, numéro spécial maillots de bain, que lui tendait Bryce.

— Ne me dis pas que tu lis les articles là-dedans, ironisa Connor.

— Parce qu'il y a des articles ? répondit Gerard en feuilletant le magazine.

Connor se mit à remplir son formulaire. Raison pour

laquelle vous souhaitez adopter un chien : *Pour que le frère de ma copine m'aime bien.* Au lieu de ça il écrivit : « Parce que j'en ai toujours voulu un. »

La démarche était comparable à l'adoption d'un enfant, avec toutes ces questions sur ses revenus, ses horaires, le nom de la personne qui s'occuperait du chien lorsqu'il s'absenterait. Est-ce que Colleen aurait le temps, avec son bébé ? Il inscrivit plutôt Lucas. Davey revint alors avec son père dans la pièce.

— C'est bon, dit Connor en tendant le formulaire à Bryce. On y va ? !

— On y va ! répéta Davey, qui n'avait toujours pas croisé son regard, mais n'était pas non plus en train de se taper la tête contre le mur.

Ils suivirent Bryce jusqu'aux chenils, qui, franchement, étaient presque plus beaux que le premier appartement où il avait habité, avec leurs coussins, petits jouets, affiches d'animaux sur les murs et une petite porte qui ouvrait sur un espace clos en plein air.

Il y avait quatre ou cinq pitbulls ou croisés de pitbulls, les éternels mal-aimés. L'un d'eux grogna et Connor ressentit alors de nouveau cette panique qui l'avait envahi lorsque Chico Premier avait planté les crocs dans sa chair, et qu'il avait peu à peu perdu connaissance devant les yeux horrifiés de Colleen.

— Ils sont mignons, ceux-là. Ils ressemblent tous à Chico, fit remarquer Davey.

— C'est vrai. Très mignons.

C'était vrai, Chico Trois était mignon. Il ne mordrait jamais personne, lui.

— Vous avez autre chose ? demanda Keith, au grand soulagement de Connor.

— Eh bien, nous avons aussi cette jolie demoiselle, dit Bryce en se penchant vers une boule de poils blancs de la taille d'un mouton de poussière comme il y en avait sous son lit.

Hors de question qu'il reparte avec cette boule de poils ridicule !

— Trop mignonne ! s'exclama Davey. Salut, comment tu t'appelles ?

— Moi, je l'appelle Peluche, répondit Bryce.

Hors de question qu'il reparte avec un chien qui s'appelait Peluche, un croisement entre le bichon maltais et le caniche, si l'on en croyait l'indication sur sa cage.

— C'est parfait comme nom ! dit alors Davey. Salut Peluche. Tu trouves pas qu'elle est trop mignonne, papa ?

— Elle est adorable. Salut la belle !

Un petit jappement lui répondit.

— Papa, elle te lèche. Elle t'aime ! Peut-être que c'est toi qui devrais l'adopter !

— C'est impossible. Mon propriétaire ne veut pas de chien.

Damned.

— T'aurais pas un golden retriever plutôt ? demanda Connor à Bryce à voix basse.

— Ben non. Quand on en a ils partent aussitôt, tu verrais ça !

— Un setter irlandais ?

— Pas plus.

— Un braque ?

— Non mais tu sais, dans un refuge, t'as pas souvent des pures races, lui fit remarquer Bryce sur un ton de reproche.

— Prends Peluche, Connor ! dit Davey.

— Elle est sur ma liste, répondit Connor pour lui faire plaisir, mais on va quand même aller voir les autres.

Le suivant était un bâtard de bullmastiff, couché comme un lion mort, qui laissait échapper des pets à tout bout de champ.

— On est en train d'essayer d'adapter son régime alimentaire, expliqua Bryce d'un air triste. Salut mon pote, comment tu vas ?

Le chien ne bougea pas d'un pouce.

Le dernier était un genre d'épagneul très vieux au regard vitreux.

— Je ne savais pas qu'on faisait des couches pour chiens, souffla Connor à Bryce.

— Si, c'est vraiment pratique.

Connor se pencha vers Davey et lui dit à mi-voix :

— Je ne veux pas d'un chien qui… eh bien…

— Qui va bientôt monter au paradis des chiens ?

— Voilà. Tu n'as pas de chiots ?

— Non, vous avez tout vu, répondit Bryce en secouant la tête.

Tandis que Davey cajolait amoureusement Peluche, Connor se disait que, s'il ramenait ce chien chez lui, il lui marcherait dessus et l'écraserait sans même s'en rendre compte. Il n'allait tout de même pas prendre ce risque.

Donc c'était soit le lion mort, soit le centenaire, soit un pitbull.

— Je te présente Peluche, ma nouvelle meilleure amie, dit Connor en sortant la petite bête de sa poche deux heures plus tard.

— C'est pas vrai ! s'écria Colleen, avant de courir s'enfermer aux toilettes d'où l'on pouvait clairement entendre ses hurlements de rire.

— En voilà un beau chien, déclara Lucas en réprimant un sourire. Et très viril en plus. Un caniche, c'est ça ?

— Croisé bichon. Ta gueule !

— Tu vas lui mettre un petit nœud sur la tête ? ne put s'empêcher de demander Lucas en éclatant de rire cette fois-ci.

— Encore une fois : ta gueule ! C'est le frère de Jessica qui a choisi pour moi.

— Comment tu te fais dominer !

— Parce que toi, non ?

— OK, je te l'accorde, concéda Lucas en allant toquer à la porte des toilettes. Tout va bien, mon aimée ?

Colleen sortit en s'essuyant les yeux.

— Elle est vraiment mimi, Connor, mais quand tu m'as dit que tu allais prendre un chien je t'imaginais avec un… enfin…

Et elle éclata de nouveau de rire.

— C'est ça, va donc plutôt mettre bas, toi ! Lucas, emmène-la loin d'ici.

Elle lui tira la langue et s'écria :

— Rafe, tu es officiellement parrain !

— Tant mieux parce que j'ai déjà acheté dix-sept tenues bisexuelles en taille zéro, répondit celui-ci à travers la fenêtre de la cuisine. C'est comme ça qu'on dit, non ? Bisexuel ?

— On dit unisexe, corrigea Connor.

— Ah OK. Mais qu'est-ce que tu fais là toi ? Va-t'en, tu es de repos !

— Je voulais montrer ma petite chienne à Colleen.

— Mon Dieu qu'elle est belle ! s'extasia Rafe. Si je n'étais pas en train de tambouiller mes blancs de poulet, je te l'aurais prise tout de suite.

— C'est vrai, Connor, Peluche est une beauté, ajouta Jordan en rougissant.

— Merci, lui répondit Connor.

Elle en laissa tomber son verre. Mais bien sûr ! Il ne fallait jamais qu'il la regarde dans les yeux.

— Bon, on s'en va, Peluche et moi. C'est notre jour de repos.

— Parce que tu comptes en profiter ? C'est nouveau ça ! fit remarquer Colleen. Lucas, je raccompagne mon frère à pied. J'ai besoin de prendre l'air et de faire de l'exercice. Il faut que ce bébé descende…

— Je ne bouge pas, mon aimée, je t'attends.

Un deuxième verre se brisa au sol. Visiblement cette pauvre Jordan était aussi sous son charme.

— Je ne veux pas jouer les rabat-joie, mais marcher deux cents mètres n'a jamais voulu dire faire de l'exercice, dit Connor en posant la petite chienne sur le trottoir et en attachant sa laisse. Elle lui arrivait à la cheville et, Lucas avait raison, il lui fallait un petit nœud. Ils se mirent en route, les pattes minuscules de Peluche trottinant à toute vitesse et sa truffe humant joyeusement l'air.

— Alors, tu fais quoi aujourd'hui ? demanda Colleen tout en avançant de sa démarche de canard.

— Je donne un cours de cuisine à Davey Dunn. Mais ne dis rien à Jess. Il veut lui faire une surprise.

— Qu'est-ce que tu es gentil, toi ! Vraiment adorable, je suis sincère.

En disant cela, elle se frotta les reins avec les deux mains et soupira.

— Tout va bien ?

— Penses-tu ! Je suis enceinte de trente-sept semaines. Je passe mon temps à roter, j'ai dépassé mon poids maximum conseillé depuis quatre mois et depuis hier je suis farcie de boutons. Pour la première fois de ma vie ! Quand je pense que Faith était sublime enceinte. Moi on dirait un hippopotame avec de l'acné.

— Malheureusement je ne vais pas te contredire.

Elle lui donna une petite claque sur la tête.

— Pardon, s'excusa-t-il. Mais non, tu es radieuse, Colimaçon.

— J'aime mieux ça. Alors, qu'est-ce que tu penses de cette histoire de bébé chez papa et Gail ?

— Je m'en fiche un peu, répondit-il en soupirant. Je veux dire, je suis sûr que j'adorerai ce bébé, tout comme j'adore Savannah, mais c'est juste que… je ne sais pas.

— Tu ne te sens pas proche d'eux.

— Pourquoi le serais-je ?

— Je ne sais pas, dit-elle en haussant les épaules, un peu triste. C'est juste que… c'est notre père, après tout. Et, la brasserie, comment ça se présente ? Tu as trouvé des investisseurs ?

— En fait, oui. Jeremy en a entendu parler, je ne sais pas

par qui..., répondit-il en jetant à Colleen un regard suspicieux, et m'a demandé s'il pouvait prendre des parts. Sinon, j'ai une réunion dans quelques semaines avec des investisseurs plus sérieux.

— C'est super dis donc ! Ça va peut-être marcher ! T'imagines, si tu arrives à faire quelque chose sans moi et sans te planter complètement !

— Merci de me faire confiance.

Ils firent un signe de la main à Lorelei qui sortait de la boulangerie avec un carton à gâteau.

— Je peux te donner un conseil ? demanda Colleen.

— Pourquoi tu me demandes la permission ? Tu vas le faire de toute façon.

— Laisse Jessica faire la présentation aux investisseurs. Elle est belle, tu es moche, elle est chaleureuse, tu es désagréable, elle s'exprime parfaitement et tu ne sais pas aligner correctement deux phrases.

— Au moins, avec toi, je ne risque pas de prendre la grosse tête.

— Je sais ce que je dis. Et tu le sais aussi.

Ils étaient arrivés devant chez lui, là où elle avait habité jusqu'à l'automne dernier.

— Ramasse cette petite bête que je lui fasse un bisou. Si je m'accroupis, je vais accoucher sur le trottoir.

— Tu as peur ? lui demanda-t-il en obéissant.

— Quoi ? Moi ? Meuh non !

— Si tu veux je viendrai à l'hôpital, proposa-t-il, et au même instant il vit les yeux de sa sœur se remplir de larmes.

— Je suis terrorisée, murmura-t-elle, et il la prit dans ses bras, tandis que la petite chienne leur léchait le visage.

— Tu es une fille incroyable, Collie, dit-il doucement en l'embrassant sur la tête. Et moi aussi je sais ce que je dis, et tu le sais aussi.

— Mais plus rien ne va être pareil. Et si je ne suis pas une bonne mère ?

— Eh bien, tu me donneras ce bébé.

Elle éclata de rire et lui donna une tape sur l'épaule.

— Idiot !

— Coll, ne t'inquiète pas de ne pas être une bonne mère. C'est déjà tout le contraire.

Ses yeux se remplirent de nouveau de larmes.

— Je te déteste, lui dit-elle.

C'était leur façon de se dire que l'émotion était trop forte.

— Moi aussi. Mais maintenant il faut que j'y aille. Tu vas pouvoir rentrer toute seule ?

— Oui, mais je vais passer voir Faith et renifler un peu le crâne de Noah. Je vais traverser par le jardin.

— Préviens ton mari, qu'il ne se fasse pas de bile.

— Tu te mets à l'apprécier, hein ? Admets-le.

— Je n'admets rien du tout. À plus tard.

Il la surveilla jusqu'à ce qu'elle soit entrée chez Faith et Levi puis il posa Peluche par terre.

— Bienvenue à la maison. Tâche de ne pas te faire piétiner.

Une heure plus tard, Davey était assis dans la cuisine avec la petite chienne sur les genoux. Si celle-ci pouvait aider Connor à parvenir à ses fins avec Jess, il lui ferait ériger une statue dans le parc, comme à Balto, ce chien qui avait apporté des médicaments aux enfants malades en Alaska. Gerard avait déposé Davey, puis était parti voir Lorelei à la boulangerie en disant qu'il repasserait vers 16 heures.

— Alors, comme ça, tu ne fais jamais la cuisine ?

— Je sais utiliser le micro-ondes pour faire ramollir ma glace.

— Tu ne te fais jamais de pop-corn, ou des trucs comme ça ?

— Non, répondit Davey avec une grimace.

— Très bien. J'ai pensé qu'on pouvait commencer par des œufs brouillés. Alors, première règle en cuisine : on se lave les mains.

Lorsque ce fut fait, au bout de trois fois car Davey ne pouvait s'empêcher de caresser Peluche, Connor lui apprit à casser des œufs. Il en avait deux douzaines de réserve, car il pensait bien que ce ne serait pas évident.

En effet. Il cassa le premier œuf, en s'en mettant partout sur les mains, mais aussi sur la table et sur la chaise. Pas grave, Connor avait prévu un grand ménage de la cuisine à la fin.

— C'est nul ce truc, dit le jeune garçon en se baissant vers Peluche.

— On ne touche pas le chien, tu te rappelles ? Tu vas y arriver. Regarde.

Connor cassa alors un œuf d'une seule main.

— Et alors ?

— Alors c'est un de mes petits trucs à moi.

— Je m'en fous de tes trucs.

Comme un grand enfant, il était soudain en colère. Connor avait lu sur Internet que son humeur pouvait basculer tout à coup, pour des raisons incompréhensibles si on n'était pas au courant de son problème. Il pouvait accumuler ainsi de petites frustrations et exploser d'un coup.

— Écoute, Dave, je sais que tu ne m'aimes pas beaucoup. Et tu n'es pas obligé d'ailleurs, mais j'aimerais vraiment qu'on essaye d'être amis, même si ça ne marche pas.

— Mais moi j'ai pas envie. Tu fais trop ton malin.

Ah zut, il n'aurait pas dû lui faire le coup de l'œuf à une main.

— J'ai une question sur les chiens à te poser.

Diversion. C'était un des principes qu'il avait retenus sur le sujet. Il se souvenait de la fois où Jessica avait parlé de Superman quand il avait fait sa crise. À l'époque il s'était dit qu'elle aurait mieux fait d'être beaucoup plus ferme, mais il comprenait aujourd'hui.

— Est-ce que tu crois que Peluche aimerait que je lui mette de la musique ?

— Oui, répondit Davey, sans enthousiasme.

— N'importe laquelle ?

— Non.

— Par exemple, moi j'aime bien la musique d'*Avengers*, tu connais ?

— Oui, mais ça fait trop peur.

— Je vois. Alors peut-être…

— *Spirit in the Sky*. Ça, c'est bien.

Connor approuva puis se leva et nota le titre.

— Merci, Dave.

— Tout le monde m'appelle Davey, dit-il sur un ton redevenu normal.

— Je trouvais que Dave faisait un peu plus âgé. Comme quelqu'un d'assez grand pour avoir une petite copine.

Davey baissa les yeux vers la table en souriant.

— Tiens, lui dit Connor en lui tendant un autre œuf. Essaye encore.

Lorsque Gerard revint de la boulangerie avec des cupcakes, Davey avait réussi à casser correctement trois œufs sur quinze. La table de la cuisine était dégoûtante, mais Connor s'en fichait.

— Alors, mon grand, raconte un peu, dit Gerard en passant le bras autour des épaules du jeune homme.

— C'est un secret, répondit celui-ci. Pour faire une surprise à Jess et à Miranda.

Peluche (non mais un nom pareil !) jappa alors pour qu'on la fasse sortir. Elle était propre, c'était déjà ça.

— Je peux aller dehors avec elle ? demanda Davey, les mains en visière sur les yeux pour regarder dans le jardin. C'est beau par là-bas !

— Bien sûr.

Le jardin était clôturé et effectivement très beau, rempli de fougères et de plantes d'ornement, avec au fond un grand tilleul, et un potager énorme dont il s'occupait avec amour. Il n'était pas irlandais pour rien. Le jardinage, c'était une religion chez lui.

Davey fit sortir la petite chienne et alla jouer avec elle. Voilà, ce serait comme ça un petit frère, ou un petit beau-frère.

— Est-ce que Jessica sait tout ça ? demanda Gerard.

— Non, répondit Connor. J'essaye de lui apprendre les bases et j'aimerais mieux qu'elle ne le sache pas. On va lui faire la surprise.

— Compris. T'es complètement *in love* toi, hein ?

— Oui. Tiens, voici ce que je te dois. Merci.

Il sortit deux billets de vingt dollars et les lui donna.

— Tu aurais pu te contenter de me nourrir à l'œil ce mois-ci.

— Ça me coûte moins cher comme ça. Merci encore.

Puis ils se serrèrent la main et Gerard s'en alla avec Davey. Connor se mit au nettoyage, aidé par Peluche qui léchait tout ce qu'elle trouvait par terre.

— Tu penses que je suis sur la bonne voie, hein, Peluche ?

20

Le samedi suivant, Jess regardait par la fenêtre Connor se garer devant chez elle. Elle tenta de se cacher, mais il l'aperçut et un large sourire s'afficha sur son beau visage tandis qu'il s'avançait vers la porte.

— On m'espionne ? dit-il en lui donnant un baiser rapide.

Il était décidément beaucoup trop beau. Elle lui sourit puis se retourna et appela.

— On y va ! Les vaches vont nous attendre !

Connor les emmenait, Davey et elle, à un concours agricole à Penn Yan, dans le but de gagner les faveurs de son frère. Un invité supplémentaire se joignait à eux, son père.

Keith n'avait pas manqué une seule séance du cercle, sans en demander plus, et avait accepté toutes les invitations à dîner. Il était toujours libre, mais ne protestait jamais si elle annulait. Il la laissait le renifler comme un chien policier, ne contestait jamais les règles et s'en allait à la minute où elle le lui signifiait.

Chaque fois qu'il venait, il passait plus de temps avec Davey qu'avec elle. Il n'avait aucun passif, forcément. Mais parfois elle lisait dans les yeux de son père la tristesse et le regret, et détournait très vite le regard.

Trop souvent il l'avait laissée espérer des choses : qu'il allait arrêter de boire, qu'il allait garder son emploi, économiser de l'argent, ne plus s'en aller. Sans jamais parvenir à rien de tout cela.

Jusqu'à aujourd'hui. Elle ne l'avait jamais vu aussi longtemps sobre que durant ces deux derniers mois. Et il avait vraiment l'air d'avoir changé. Elle voulait y croire, mais c'était devenu presque impossible.

Pourtant, lorsque Connor leur avait proposé ce concours agricole et que Davey avait demandé si leur père pouvait venir, elle avait accepté.

Une sortie en famille, voilà qui était nouveau.

— Devine quel film j'ai regardé hier soir, Davey, dit Connor. *Iron Man*.

— J'adore ! s'exclama Davey. *L'homme de fer. Ça impressionne. Le nom sonne bien. Mais c'est techniquement inexact. Le costume est en…* c'est quoi la suite, Jess ?

— *En alliage d'or et de titane, mais c'est juste pour en mettre plein la vue, vous savez*, termina Jess.

Connor la regarda, amusé, et elle eut un instant envie de lui donner la main, mais elle y renonça. Ce serait peut-être un peu trop pour Davey.

Et pour elle.

— Un attelage ! Regarde, papa ! Un cheval !

Même si c'était courant dans la région, les attelages rendaient toujours Davey fou et il y en avait beaucoup ce jour-là. Jess admirait le ciel d'un bleu pur, parsemé de nuages rebondis, tandis qu'une brise légère ébouriffait les cheveux de son frère.

Il y avait les habituels enclos avec des veaux et des alpagas, des moutons, des chèvres, des poules et même une démonstration de chiens de berger faite par un agriculteur de la région dont les border collies étaient très réputés.

— On aurait dû venir avec Chico ! s'exclama Davey en courant en direction des chiens.

— Attends, Davey ! lui cria Jess.

— Je vais avec lui, dit Keith. Promenez-vous un peu tous les deux. Ce n'est pas si grand, on ne va pas se perdre.

Il croisa son regard et elle comprit qu'il voulait dire par là : *Si je déconne, tu le verras tout de suite*.

— D'accord, répondit-elle. Merci alors.

— Seul avec toi et tout ce bétail, dit alors Connor. J'en

ai de la chance ! Alors qu'est-ce qu'on choisit ? Vache à lait ? Vache à viande ?

— Si on allait manger un bout ? suggéra Jess.

Ils se laissèrent guider par l'odeur appétissante de viande grillée.

— Quelle cruauté ! Regarde-moi tous ces barbecues. Pauvres vaches ! Elles doivent passer leur temps à se compter !

Jess se mit à rire et cette fois-ci lui donna la main en marchant. Son pouls s'accéléra immédiatement, mais elle tint bon.

Partout étaient installés des petits stands où l'on vendait de tout, depuis les pulls en différents types de laines jusqu'aux bols et cuillères en bois, en passant par les couverts en argent. Jess s'arrêta devant un stand de vieilles photos. On y voyait des gens qui posaient tout raides et sans un sourire.

— Mais qui donnerait comme ça ses photos de famille ? se demanda-t-elle tout haut.

Tous ceux qui mouraient seuls, sans enfants pour vouloir ces photos, sans cousins, ni petits-enfants. Des gens qui finissaient leur vie comme elle le ferait si Davey mourait avant elle. Elle s'empêchait toujours d'aller au bout de sa pensée.

— Viens, ma chérie, lui dit alors Connor, et cette façon de s'adresser à elle la fit fondre, voyons si je peux gagner à un jeu et te prouver que je suis un homme, un vrai.

— Oh, oui alors !

— Encore que j'aimerais mieux te le prouver tout à l'heure si Ned veut bien garder Davey, ajouta-t-il à voix basse en l'attirant à lui pour l'embrasser.

Voilà ce que faisaient les gens normaux : ils s'embrassaient en public et se tenaient la main. Il se recula et lui déposa un baiser sur le front en lui souriant.

Elle avait du mal à le regarder en face, tant elle exultait. C'était presque impossible pour elle de lui laisser entrevoir combien elle était heureuse…

Il la fixa d'un œil interrogateur. Alors elle se mit sur la

pointe des pieds et l'embrassa, encore et encore, jusqu'à se laisser envahir par le seul désir de lui.

— Alors ? Qu'est-ce que j'ai gagné ? finit-elle par dire.

— Oui, bien sûr, votre prix, ma reine, répondit-il, un peu sonné.

C'était un de ces petits jeux d'adresse où il est quasiment impossible de gagner.

— Un jour, Davey est resté coincé dans un truc comme ça, raconta Jess, penchée contre la vitre tandis que Connor était très concentré à tenter d'attraper un lot à l'aide d'une grue miniature. Il était monté dans la cuve et il a fallu une demi-heure pour l'en faire sortir, mais il s'était bien amusé. Les gens lui ont donné huit peluches du coup.

— Tais-toi, femme, tu me déconcentres. Lequel tu veux ?

Elle examina les lots.

— Le lapin avec le nœud sur la tête.

— C'est comme si c'était fait, répondit Connor en manœuvrant sa grue en direction de l'animal. Les mâchoires de la grue s'ouvrirent et attrapèrent quelque chose, mais pas le lapin. C'était une boule en plastique avec à l'intérieur un objet vert.

— Pile ce que je voulais, dit Jess.

— Je pense que ce jeu est truqué, protesta Connor.

— Sans blague ! Tu crois ?

La boule tomba dans le distributeur. Elle contenait une minuscule figurine en plastique avec des crocs et une touffe de poils verts. Assez rigolote.

— Je l'adore, déclara Jess.

— Qu'est-ce que tu as gagné ? C'est quoi, Jess ? demanda Davey en se précipitant sur elle, le visage collant de barbe-à-papa.

— Un petit monstre vert.

— Tu me le donnes ?

— Non, celui-là, je le garde. Comment on l'appelle ?

— Yoshi, répondit instantanément Davey.

— Voyons si je peux te gagner quelque chose, dit alors Keith.

Finalement ce fut Davey qui remporta le lapin.

— Tu veux qu'on échange ? proposa gentiment Davey, qui savait que sa sœur aimait les lapins.

— Jamais de la vie ! C'est Connor qui l'a gagné pour moi.

— Oui, et ça n'a pas été facile, mais le trésor de guerre valait la peine, répondit celui-ci tout bas.

— Et papa a gagné celui-là pour toi.

À ces mots, son père s'arrêta net puis se remit à marcher, les yeux rivés au sol. Lorsqu'il les leva, elle vit qu'il pleurait.

Pour la première fois depuis près de vingt ans, elle l'avait appelé papa. Elle ne le regrettait pas. Elle lui adressa un petit sourire et à l'intérieur d'elle quelque chose changea soudain, comme un rideau qu'on soulève et qui laisse entrer à flots la lumière.

Ce soir-là, Connor invita toute la famille Dunn au O'Rourke, malgré la quantité insensée de nourriture qu'avait déjà absorbée Davey. Il avait besoin de légumes et Connor ne désespérait pas de lui faire avaler une salade après toute la barbe-à-papa, les trois hot-dogs, et le pop-corn au caramel…

Il s'agitait à la cuisine, dans un enchaînement réglé comme du papier à musique avec Rafe et les serveuses. Certains soirs tout se passait à merveille. La carte était délicieuse : coquilles Saint-Jacques revenues dans un beurre d'ail et de coriandre avec un filet de citron et une pincée de gingembre, filet mignon avec une sauce moutarde au cognac, hamburger de bœuf de Kobe à la truffe avec des échalotes et des tomates Roma, sans parler des classiques de la maison. Connor émincait, tranchait, faisait revenir, rôtir, mélangeait et dressait les assiettes, entendant à peine ses cousines passer commande, mais les enregistrant tout de même. Dans sa bulle, comme disait Colleen.

Le sablé aux fraises à la crème du Devonshire préparé par Rafe eut un gros succès, tout comme la crème glacée maison au gingembre caramélisé et aux pommes rôties. Colleen ne travaillait pas ce soir-là, mais Jordan avait l'air de s'en sortir, avec de temps en temps un coup de main de Monica.

Et, chaque fois qu'il regardait en direction de la salle, Connor apercevait la femme de sa vie.

Jeremy Lyon s'était joint à la famille Dunn, ce qui facilitait les choses pour Jess : être ici en petite amie officielle, qui plus est accompagnée de son père, ancien alcoolique notoire. Heureusement, Jeremy avait l'art de mettre tout le monde à l'aise, si bien que même Prudence et Carl vinrent leur dire bonsoir.

C'était bon de pouvoir regarder Jess sans qu'elle ait besoin de faire semblant de n'être rien de plus qu'une vieille copine de lycée. Et que Davey ne fasse pas une crise lorsqu'il le voyait. Et puis que Keith ne boive que de l'eau.

— Tu devrais aller te montrer en salle, lui dit Rafe vers 21 h 30, au moment où les commandes s'espaçaient. Tu t'es surpassé.

En général il détestait faire ça, mais ce soir c'était différent.

Il se lava les mains, retira son tablier et sortit de la cuisine.

— Bravo cuistot ! s'écria Pru, évidemment suivie par un tonnerre d'applaudissements.

Connor prit un air modeste et sourit avec un petit hochement de tête avant de se diriger vers la table de Jessica.

— Comment ça se passe ? demanda-t-il.

— Parfaitement bien, répondit Jeremy, approuvé par Keith.

— C'était très bon, renchérit Davey. J'ai pris les *nachos* et le chili.

En réalité, la question de Connor ne s'adressait qu'à Jessica, qui ne répondit pas, mais se contenta de le regarder de ses beaux yeux de chat en souriant.

La femme de sa vie, dans son propre restaurant, et aux yeux de tous.

Il se pencha pour l'embrasser, ce qui lui valut des applaudissements supplémentaires de la part des habitués. Elle ne se rétracta pas.

— J'ai toujours pensé que vous formiez un magnifique couple, déclara Jeremy avec assurance.

Puis il fouilla sa poche à la recherche de son portefeuille.

— C'est la maison qui invite ce soir, l'arrêta Connor. Et moi je ferais mieux d'y retourner. À plus tard !

Il s'éloigna avec un dernier regard pour Jess.

Cette journée avait décidément été parfaite.

Il passerait chez elle plus tard, voir si elle n'était pas encore couchée. Et sinon il se contenterait de regarder par sa fenêtre. Oui, l'amour le rendait stupide, et alors ? Quelle honte y avait-il à cela ?

Il était plus de minuit, ce qui pour Manningsport était tard, lorsqu'il éteignit la cuisine, après avoir envoyé tout le monde se coucher.

Pourtant il avait l'impression que quelque chose clochait, qu'il n'était pas seul. Il entendit du bruit au fond de la salle, dans les toilettes des dames plus exactement.

Il alla donc toquer à la porte.

— Il y a quelqu'un ? On ferme !

Un petit hoquet suivi d'un toussotement lui répondit.

— Oui, oui, une seconde.

Il entendit de l'eau couler puis la porte s'ouvrit.

— Jordan ? Je te croyais déjà partie.

— J'y vais.

Elle avait les yeux rouges. Elle avait pleuré, aucun doute.

— Tout va bien ? demanda-t-il, en regrettant immédiatement d'avoir posé la question parce que son visage se chiffonna et de grosses larmes jaillirent de ses yeux, tandis qu'elle se mettait à hoqueter de nouveau.

— Eh ben alors ? Viens, assieds-toi.

Il la conduisit vers la table la plus proche et lui donna des serviettes en papier pour sécher ses yeux, puis un verre d'eau auquel elle ne toucha pas. Elle se contenta de rester là, à pleurer.

Colleen n'était jamais là quand il avait besoin d'elle…

— Jordan, qu'est-ce qui s'est passé, mon petit ? Est-ce qu'on t'a fait du mal ?

— Oh oui !

— Mais qui ça ?

— Vous !

— Quoi ?

— Je vous aime et vous ne vous en rendez même pas compte, avoua-t-elle en sanglotant. C'est tellement difficile pour moi ici. Je ferais mieux de démissionner.

— Eh bien, euh… calme-toi, dit Connor en tentant de cacher sa gêne.

C'était une vraie fontaine et il lui tendit encore une serviette.

— Je suis complètement invisible à vos yeux. Vous sortez avec une déesse, alors évidemment vous ne faites pas attention à moi. C'est normal. C'est moi qui suis complètement stupide, mais depuis la première seconde où je vous ai vu…

— Attends, attends, l'interrompit Connor, inquiet de ce qu'elle allait dire. Écoute-moi, tu n'es pas… ce n'est pas… Tu es…

Jeune, innocente, gentille certes, mais vraiment, vraiment jeune. Elle avait quoi ? Douze ans de moins que lui ? À peine l'âge d'être derrière le bar.

Il repensa à Savannah, et à son béguin pour ce gamin au nom débile.

— Tu n'es pas invisible, lui répondit-il doucement en lui tendant une autre serviette, qu'elle prit. Pas du tout. Je te vois très bien.

— Mais non.

— Mais si. Tu es une chouette gamine.

— J'ai vingt et un ans.

Un bébé, quoi !

— Oui, je sais. Non mais tu es très gentille, Jordan.

— Vous ne me connaissez même pas.

— Tu es bosseuse, toujours de bonne humeur, un peu timide, mais en tout cas tous les gars t'adorent ici : Gerard, Ned, Jeremy, M. Iskin, tous nos habitués. Ils pensent tous que tu es super.

Elle eut l'air surprise.

— Et tu es très jolie, Jordan. C'est vrai ! Enfin, tu t'es regardée ?

— Mais vous ne seriez jamais avec quelqu'un comme moi.

Il entendit dans sa tête la voix de Colleen le mettre en garde.

— Tu as sans doute raison, dit-il, et elle prit l'air consterné de nouveau. Mais ça n'a rien à voir avec toi. C'est parce que j'aime Jessica depuis que j'ai douze ans. Cela fait vingt et un ans, exactement le nombre d'années depuis ta naissance. C'est ridicule, non ?

— Complètement, répondit-elle en buvant un peu d'eau.

— Et, quatre-vingt-dix pour cent du temps pendant toutes ces années, nous n'avons pas été ensemble. On n'a pas été très…

— Chanceux ?

— J'allais plutôt dire… pas très bons.

— Mais maintenant vous êtes ensemble.

— Oui. Enfin.

— Je n'imagine pas qu'un homme puisse m'attendre aussi longtemps, dit-elle en se remettant à pleurer.

— Eh bien, mais tu es jeune ! Et je pense que tu es ce genre de fille qui ne connaît pas ses qualités, qui ne voit pas ce qui est évident pour tout le monde.

— Ah bon ? Et c'est quoi ?

— Que tu es très douce, fidèle, dévouée.

Il employait les mêmes mots que pour un chien, non ?

— Et puis tu sais écouter les gens, je m'en suis rendu compte. Les gens viennent te parler. Je peux te garantir que tu finiras par rencontrer quelqu'un qui saura voir ta valeur.

Elle leva vers lui ses yeux rougis.

— C'est vrai ?

— Mais oui ! Si ça se trouve, il te connaît déjà et attend juste que tu arrêtes de rêver à ce cuistot bien trop vieux pour toi.

— Ah bon ? fit-elle avec un sourire timide.

— Crois-moi, je sais ce que c'est d'attendre une fille. Je sens ces choses-là.

Elle se sécha les yeux et soupira.

— Je suis désolée.

— Pas grave.

— Vous n'allez pas me renvoyer ?

— Mais non.

Elle le regarda quelques secondes et lui sourit.

— Vous êtes vraiment gentil, vous.

— Tout ça reste entre nous, dit-il en se levant et en lui tendant la main. Tu veux que je te raccompagne chez toi ? Tu habites à Opera House, c'est ça ?

— C'est juste à côté. Ça va aller, merci, Connor.

— Parfait, alors à demain !

Elle lui lâcha la main et sourit.

— À demain, patron !

Dix minutes plus tard, il toquait doucement à la porte de Jessica, qui ouvrit presque aussitôt.

— Salut, chuchota-t-elle.

— Salut.

— Salut, dit le voisin, qui visiblement ne dormait jamais, et fumait une cigarette dont on voyait le bout rougir dans la nuit.

— Bonne nuit, Ricky, lui dit Jessica en attirant Connor dans la cuisine. Pas de lasagnes ce soir ?

— Je t'ai déjà bien nourrie.

— Ça oui alors ! Davey ne dort pas encore et il est un peu surexcité après la journée qu'il a eue, alors tu ne peux pas rester, je suis désolée.

— Pas grave, je voulais juste te voir.

— Et c'est tout ?

— Non, il y a bien autre chose, répondit-il en se penchant pour l'embrasser et la sentir contre lui.

— Jess ? appela Davey depuis l'étage.

Elle interrompit leur baiser et posa un doigt sur les lèvres de Connor, sans le quitter des yeux.

— Oui ?

— Tu sais où est ma BD de Wonder Woman ?

Elle fit une grimace.

— Ah, Wonder Woman ! Il a très bon goût, ce garçon, chuchota Connor.

Elle leva les yeux avec philosophie et tourna la tête vers l'escalier.

— Sûrement dans le tiroir de ta table de nuit ou bien sous ta pile de linge sale !

— Trouvée ! Ne monte pas tout de suite, d'accord ?

Ce fut au tour de Connor de faire la grimace.

— Il a vingt-six ans, dit Jess, en haussant les épaules. Tous les Américains de cet âge sont amoureux de Wonder Woman. C'est plutôt sain.

Connor n'allait pas dire le contraire. Sa super-héroïne à lui n'avait rien à lui envier…

— Et si on allait dans ta cour regarder les étoiles ? suggéra-t-il.

— Tu es un sacré romantique, toi, hein ?

— Non, qui t'a dit ça ? Je suis une brute épaisse. Alors, on y va ?

Cette journée parfaite se termina donc ainsi, sur une couverture dans la petite cour, avec d'un côté Jess, de l'autre Chico Trois, et au-dessus d'eux un ciel si étoilé que Connor eut l'impression qu'un dieu bienveillant avait décidé de lui accorder tout ce qu'il souhaitait au monde.

21

Tout se passe bien.

Jessica chassa aussitôt cette pensée de son esprit. Par superstition.

Mais c'était vrai, tout se passait bien.

Davey était encore parfois un peu contrarié lorsqu'il pensait à Connor et boudait si Jess sortait pour le voir, mais la présence de Ned était une bénédiction.

Lorsque Connor venait chez eux, il amenait Peluche. Ce nom faisait toujours beaucoup rire Jessica. La petite chienne, on aurait dit un jouet avec sa fourrure toute douce et ses yeux brillants, s'entendait très bien avec Chico Trois et cela faisait hurler de rire Davey de les voir se courir après.

Keith Dunn n'avait pas replongé. Depuis cette journée en famille, il venait de plus en plus souvent pour voir Davey toujours sous la surveillance de Jess, Ned ou Gerard. Elle le laisserait peut-être un jour l'emmener quelque part mais, pour le moment, elle avait trop de mauvais souvenirs liés à la conduite excessivement rapide de son père.

Par ailleurs, grâce à son augmentation et au loyer que lui versait Ned, ajoutés aux deux soirs par semaine où elle travaillait pour Hugo, elle avait fait assez d'économies pour envisager sérieusement l'achat d'une maison. Terrorisée à l'idée de connaître un jour la pauvreté, elle avait même une réserve pour le cas où elle viendrait à perdre son poste à Blue Heron, ce qui n'était pas impossible.

Elle ne pouvait pas s'empêcher de le craindre à chaque fois qu'elle voyait Marcy faire du zèle auprès de tous les Holland de la terre, sans parler de ce rire insupportable. Cela dit, les futures mariées l'adoraient, la Grange était réservée tous les week-ends, et il n'y avait jamais aucun problème d'organisation.

L'ennui, c'était qu'elle empiétait sur son territoire. Elle avait fait une petite vidéo du domaine, alors que Jess avait programmé la même chose avec une équipe professionnelle en juillet. Marcy avait déclaré pendant une réunion que c'était mieux de le faire tout de suite, au moment où la saison touristique battait son plein. Ce à quoi Jess avait rétorqué que ce n'était peut-être pas judicieux de faire une vidéo amateur. De plus, elle avait choisi juillet pour une bonne raison : Blue Heron accueillerait alors un festival de montgolfières et la même semaine débuteraient les foins, ce qui donnerait des images de toute beauté.

— On gardera les miennes au cas où, dit alors Marcy en balayant ces remarques d'un revers de main. Cela dit, pour du travail d'amateur, le résultat est très bien. Tu peux même garder ton argent, Honor, et te contenter de mon film ! Hahahahaha !

Difficile de discuter avec elle sans se sentir mesquine, du coup Jess renonça ou du moins essaya. Elle se tut et continua à travailler du mieux qu'elle pouvait. Elle était incapable de se mettre en avant ou de faire valoir ses idées contre celles des autres. Elle ne le souhaitait d'ailleurs pas vraiment.

Le mardi soir, elle retrouva Connor devant Scoop, le glacier qui venait d'ouvrir dans le parc. Il était de repos et c'était leur quatrième soirée ensemble depuis l'officialisation. Pour bien commencer : une glace en guise de dîner, à la fraise pour elle et au chocolat pour lui. Ensuite ils se promenèrent un peu en ville, passèrent devant chez Lorelei, les magasins d'antiquités et la nouvelle boutique de meubles, dont la vitrine était très belle. Jess se dit qu'elle achèterait bien ce genre de choses pour chez elle un jour : des meubles élégants et racés, fabriqués dans du beau bois. Qui valaient sans doute une fortune.

Connor lui prit la main et une nouvelle fois surgit en

elle cette évidence : tous les gens normaux faisaient ça. Il la regarda avec un sourire en coin et lécha son cône. C'était scandaleux d'être aussi beau, même en mangeant une glace.

— Il y a une ruelle par là si jamais tu avais le projet d'abuser de mon corps, mais enfin bon il y a des enfants…, lui dit-il.

— Je ne vois pas du tout de quoi tu veux parler, répondit-elle, d'un ton taquin.

Heureuse. Voilà ce qu'elle était.

— Je voudrais te montrer quelque chose, dit-il alors.

Ils descendirent Lake Street jusqu'au parc. De petits enfants couraient partout, couverts de sable, en poussant des cris et en s'éclaboussant dans l'eau fraîche du lac Keuka. On faisait cuire des hot-dogs, et des bateaux à voile passaient doucement. Elle crut reconnaître un chien qui aboyait. C'était Blue, le chien de Faith. Toute la petite famille Cooper était là en effet : Levi, très beau dans son uniforme, avec le bébé dans les bras, et Faith, dont la chevelure rousse brillait dans la lumière. Elles échangèrent un signe de la main.

Ensuite, Connor prit Liberty Street. À quelques pas du lac et du parc se trouvait un petit bâtiment de pierres et de bois, éloigné d'une centaine de mètres de la plus proche maison. Pour autant que Jess se souvenait, il avait toujours été abandonné. Quelques années plus tôt il y avait eu un incendie, un jour où elle était de garde d'ailleurs, et la personne qui vivait là n'était jamais revenue. Devant poussaient quelques cèdres et des framboisiers, et l'herbe était si haute qu'on ne voyait presque plus la maison.

— Par ici, dit Connor en la conduisant jusqu'à la grande porte.

La façade du bâtiment était en bois, noirci par les flammes. Il ouvrit, et les dégâts étaient les mêmes à l'intérieur. Toutefois, si le plancher avait brûlé, les murs étaient intacts ainsi que les fenêtres en forme d'arche. Il y avait une cheminée côté ouest.

— Bienvenue dans la future brasserie O'Rourke ! déclara-t-il.

— Sans rire, c'est vrai ? Oh, Connor, j'adore ! s'exclama-t-elle, émue, avant de le prendre dans ses bras. Félicitations !

— Bon, j'ai quelques travaux à prévoir, répondit-il en riant. Mais mon beau-frère est entrepreneur et il va m'aider. Au début du siècle le bâtiment servait d'entrepôt à la compagnie nautique Jacob Manning. Il est resté inutilisé pendant trente ans, et puis cet incendie a eu lieu il y a quelques années. Bref, il faut refaire l'électricité et la plomberie. Remplacer l'escalier et la porte, et le plancher. Mais l'emplacement est idéal.

— C'est sûr. Où vas-tu mettre les cuves ?

— À l'étage. En bas, il y aura une dizaine de tables. On servira de quoi grignoter, juste pour que les gens puissent goûter les différentes bières.

Elle termina sa glace et frotta ses mains sur sa jupe.

— Et où vas-tu installer le bar ?

— Attention à la marche. En face du lac évidemment. Et je vais faire un petit patio, avec une tonnelle. Je vais embaucher Faith pour ça. On commence dès que j'ai réuni les investisseurs.

Elle considéra le bâtiment, qui avait l'air solide. D'ailleurs il ne l'aurait pas acheté sinon.

— Tu as toutes les autorisations ?

— Oui.

Évidemment. C'était un O'Rourke, copropriétaire d'un des restaurants les plus fréquentés du coin, fils d'un homme qui possédait la moitié de la ville. Même s'il n'en faisait pas étalage, il avait de l'argent.

Elle ressentit un pincement d'envie comme à chaque fois qu'elle tentait d'imaginer ce que ça devait être d'être assez riche pour posséder une maison et une entreprise florissante tout en pouvant investir ailleurs.

Il la regarda et la tendresse la submergea.

— C'est magnifique, Connor.

— Merci. Maintenant j'ai une question à te poser.

Je t'en supplie, ne me redemande pas en mariage. À cette idée, son cœur s'emballa, et elle se mit à tripoter sa bague.

— J'ai quatre personnes de chez Empire State Food & Beverage qui arrivent d'Ithaca, commença-t-il, un peu gêné. C'est une entreprise qui investit dans des business comme le mien. Alors, bien sûr, je peux me contenter de leur montrer ton PowerPoint, mais rien que d'y penser j'en ai déjà les mains moites. Je me demandais si tu ne voudrais pas faire la présentation.

— Mais bien sûr ! Évidemment ! Je peux poser mon après-midi, j'ai plein de congés à prendre, répondit-elle, euphorique, tellement soulagée qu'il ne s'agisse pas de mariage. Il faudra quand même que tu sois là.

— Je resterai assis bien sagement.

— Non, il faudra que tu répondes à des questions, corrigea-t-elle en souriant. Mais il faudra que tu te fasses beau, que tu ailles chez le coiffeur peut-être, et que tu mettes un costume.

— Merci, Jessica Dunn, dit-il alors en s'approchant d'elle, les yeux rivés sur sa bouche.

Elle recula d'un pas et se retrouva adossée au mur frais, sans pouvoir aller plus loin.

Il lui prit le visage entre les mains.

— Il y a un vieux proverbe irlandais, murmura-t-il en posant doucement les lèvres sur les siennes, qui dit que si on fait l'amour dans un bâtiment à restaurer…

— Destiné à devenir une brasserie…, poursuivit-elle en riant.

Il l'embrassa de nouveau, mieux encore, en souriant lui aussi.

— Oui, dans un bâtiment qu'il faut restaurer pour en faire une brasserie… si on parvient à convaincre une fille d'ôter sa culotte et de se laisser faire, alors les affaires marcheront du feu de Dieu.

— Et il est de qui ce dicton ?

— D'un Irlandais qui gagnerait à être connu, affirma-t-il.

— J'exige des preuves de son existence.

Connor rit doucement tandis que ses mains habiles se faufilaient déjà sous sa robe et la faisaient remonter sur ses cuisses.

— Je te les montrerai plus tard, promit-il.

Heureusement le mur la retenait car il se mit alors à genoux devant elle…

— Tu penses bien que je n'ai pas l'intention de compromettre ton succès, dit-elle, haletante.

Puis elle se laissa faire.

Lorsqu'ils sortirent du bâtiment un peu plus tard, comme des adolescents fugueurs, Connor lui reprit la main et, cette fois-ci, elle trouva ça parfaitement naturel… et merveilleux.

— Tu m'as l'air toute chose, Jess. Je devrais peut-être te mettre au lit, dans mon lit, je veux dire.

— Je ne peux pas, Ned a rendez-vous.

Ils prirent alors Putney Street, sans se presser. C'était une des rues qu'elle préférait, pas très loin du parc, à l'autre bout du Village par rapport à chez Connor. Dans son quartier à lui, les maisons étaient imposantes, avec de grands jardins. Ici, c'était pittoresque, avec des maisons de petite taille, mais pleines de charme, et des arbres le long de la rue, où chantaient les oiseaux à la tombée du jour, lorsque le ciel prenait une couleur de rose et de lavande au-dessus du lac.

Tout à coup, elle s'arrêta.

Devant le numéro 34 se trouvait une affiche *À Vendre*. Elle s'y précipita.

C'était une maison victorienne en brique avec un porche. Elle la connaissait bien sûr, comme elle connaissait chaque maison du Village, mais ignorait qu'elle était sur le marché. Une petite maison, avec un minuscule jardin devant où fleurissaient des hortensias d'un bleu profond.

— Elle est à vendre ! Viens, Connor, il n'y a personne ! On va jeter un coup d'œil.

Depuis quand était-elle en vente ? Jess regarda par la

fenêtre et crut défaillir : des planchers d'origine en chêne, de gros radiateurs de fonte, une cheminée surmontée de carreaux de céramique verts, des placards en bois et une bibliothèque aux portes ouvragées. La porte d'entrée elle aussi était ravissante, en chêne, avec une grande découpe ovale et un bouton de cuivre.

— Joli porche, lâcha Connor.

C'était fermé à clé, mais Jess aperçut l'entrée à travers les panneaux vitrés. On pouvait mettre une console le long du mur et y poser un beau récipient en verre pour les clés et le téléphone. Un escalier tournait à quatre-vingt-dix degrés et sur le palier se trouvait un vitrail.

— Tu as vu ce vitrail ? Magnifique, non ? Et toutes ces boiseries !

— C'est vrai que c'est très joli, répondit Connor en regardant à son tour.

Comme elle ne pouvait pas voir grand-chose depuis la porte, elle avança dans le jardin latéral, planté de hostas et de fleurs bleues pas très hautes dont elle ignorait le nom. Une petite statue de saint François la main tendue les accueillit. On aurait dit une maison de conte de fées, tellement c'était joli. À l'arrière, le jardin était petit et bien entretenu, et plein de potentiel… Elle se voyait déjà planter des massifs de fleurs d'un côté, et faire peut-être un coin ombragé de l'autre.

Il y avait même un gros érable idéal pour l'escalade et qui devait être magnifique en automne. Il fallait remplacer la clôture métallique par une en bambou, comme elle avait souvent vu à la télévision, et ce serait un bijou de jardin où Chico Trois serait en sécurité. Elle pourrait demander de l'aide à Faith ou sinon, encore mieux, tout faire elle-même.

Un garage se trouvait derrière la maison. Elle ne serait plus obligée de racler la voiture à chaque fois qu'il neigerait ou qu'il gèlerait !

Les fenêtres latérales étaient trop hautes pour qu'elle puisse regarder à travers.

— Tu veux que je te porte ? lui proposa Connor.

Et, sans attendre la réponse, il se baissa et passa la tête entre ses jambes.

— Rebonjour, dit-il en embrassant l'intérieur de sa cuisse, avant de la soulever sur ses épaules.

— Oh, mon Dieu, mais comme c'est joli ! s'exclama-t-elle en mettant les mains de chaque côté de son visage pour voir mieux.

C'était la salle à manger, avec un vaisselier encastré et un buffet, ainsi qu'un lustre qui, s'il n'était pas d'origine, en avait tout l'air.

Cette maison était faite pour elle. C'était tout ce dont elle rêvait. Bien sûr, il y avait quelques travaux, mais surtout d'embellissement. Il faudrait peut-être changer la chaudière, vu l'âge de la maison.

— Tu me reposes ?

— Mais oui, ma reine.

Sans lui dire un mot, elle prit son téléphone et entra l'adresse sur Google. Voilà. La maison était référencée sur un site immobilier : trois chambres, une salle de bains (elle pourrait peut-être en ajouter une plus tard), une salle de séjour, une salle à manger, une cuisine, une réserve et une cave.

Elle n'osait pas regarder le prix.

Mais elle le regarda quand même.

Et son cœur s'arrêta de battre.

Un peu sonnée, elle marcha jusqu'au porche et s'assit.

— Tout va bien ?

— J'ai les moyens de l'acheter, dit-elle alors.

— Tu… tu veux acheter cette maison ?

— Oui ! Je l'adore ! J'appelle l'agence tout de suite !

Elle composa le numéro.

— Zut, ils sont fermés.

Elle laissa un message : « Bonjour, je suis Jessica Dunn, et je suis très, très intéressée par la maison du 34 Putney Street. Si vous pouviez me rappeler le plus vite possible, j'aimerais vraiment la visiter. » Elle laissa son numéro de téléphone, les mains tremblantes. « À très vite. Merci beaucoup. »

Son cœur battait à tout rompre. Elle regarda Connor, avec un grand sourire. Il avait le visage fermé.

Ah oui, zut, évidemment.

Il s'assit à côté d'elle. Dans un éclair doré, un chardonneret passa devant eux.

— Au risque d'énoncer une évidence, dit-il doucement, je te rappelle que j'ai moi-même une jolie maison, avec des vitraux et des boiseries incroyables.

Elle s'était remise à tripoter sa bague.

— Je sais, mais c'est juste que… j'ai toujours voulu avoir ma maison à moi.

— OK.

— Je ne suis pas sûre que tu comprennes bien, continua-t-elle prudemment, les yeux posés sur les hortensias et la petite allée. Mes parents n'étaient même pas propriétaires du mobile home où nous habitions. Deux fois on nous a expulsés. Alors aujourd'hui je vis dans une maison, d'accord, mais ce n'est pas la mienne et elle est moche, et le propriétaire refuse de changer le lino de la cuisine, et…

— Tu n'as pas à te justifier.

— J'ai l'impression que si, au contraire.

Il baissa les yeux pendant un temps qui parut infini à Jess.

— Non, dit-il en la regardant de nouveau.

Puis il lui baisa la main et ajouta :

— Laisse-moi te raccompagner chez toi.

Il n'en dit pas davantage, mais elle eut cette horrible impression de lui avoir mis le cœur en miettes.

Une fois de plus.

22

— Encore de mauvais poil, soupira Rafe.

— Oui, et méfie-toi de mon couteau, répondit Connor.

— Je vais te consoler, moi. Raconte à tonton Rafe ce qui ne va pas, mon petit Connor.

— Tu ne veux pas plutôt commencer à préparer le gâteau à la noix de coco ? Juste faire ton boulot, quoi !

Rafe prit son air de martyr, comme le lui avait si bien appris Colleen, et alluma le mixer.

Le dessert du jour était un gâteau à la noix de coco servi avec sa boule de sorbet maison au citron vert. Quant au hamburger du jour, l'assiette était composée d'un chutney de chou kale, mangue, piment japaleño et menthe et de frites à la truffe. Un potage glacé aux asperges accompagnait le menu du jour pour les petites faims.

— C'est quoi ça ? Ce n'est pas du tout ce que j'ai commandé ! dit Connor en inspectant le frigo. Qui a acheté de la laitue iceberg ?

— Pour l'amour du ciel, Connor, arrête de hurler ! le supplia Colleen.

— Je ne hurle pas. Et qu'est-ce que tu fais assise sur le plan de travail, toi ? Tu me donnes encore plus de boulot, il va falloir que je nettoie ça maintenant.

— Mais enfin cesse de me parler comme si tu voulais m'étriper ! protesta-t-elle. Qu'est-ce qu'elle t'a encore fait, Jess ?

— Rien. Elle s'achète une maison.

— C'est super !

— Pas vraiment, non.

— Pose ce couteau, mon frère. Faisons comme si tu n'étais pas un sauvage et raconte-nous ce qui ne va pas. Parle. Bouge tes lèvres et produis des sons. Exprime tes émotions. Tu peux le faire.

Mais il ne voulait pas parler. Il avait fait un effort surhumain pour ne pas se disputer avec Jess la veille et lui dire qu'il trouvait stupide d'acheter une maison à rénover alors qu'il en avait une en parfait état qui pouvait non seulement le loger lui, mais aussi Davey, elle, et leurs futurs enfants. Mais non. Bonne poire comme d'habitude, il avait encaissé.

Après, sa mère était venue au pub pour discuter avec lui de son mariage, et aussi de sa lune de miel. Elle voulait qu'il sache que ce n'était pas parce qu'elle était ménopausée qu'elle ne ressentait plus rien. Il ne méritait pas ça ! Il allait porter plainte pour maltraitance !

Sans compter qu'il était ensuite tombé sur Gail en faisant une course et s'était fendu d'une petite conversation polie : *Salut, comment ça va ? Félicitations. Comment va Savannah ? Et toi ?*

Maintenant Colleen, assise sur son plan de travail, enceinte jusqu'aux yeux, qui avait même dépassé le terme de huit jours, qui n'arrêtait pas de se lamenter !

Et Jessica qui ne voulait pas vivre avec lui, pas non plus l'épouser ni avoir des enfants.

— Jésus Marie ! murmura Colleen.

— À qui le dis-tu ! renchérit Rafe.

— Connor ? reprit Colleen d'une drôle de voix. Je crois que je viens de perdre les eaux.

— Dans ma cuisine ?! s'exclama-t-il en lâchant son couteau.

— Oh, mon Dieu, dit-elle, blême.

— OK, tout va bien, tout va bien, mon colimaçon.

Jésus, Marie, Joseph, faites qu'il ne soit pas obligé de l'accoucher ! Il l'aida à descendre et force était de constater que la tente qui lui servait de robe était bel et bien trempée.

— Dans ma cuisine, Colleen ! Non mais comment tu as

pu me faire ça ? Tu peux marcher ? Ça va ? Ne pousse pas surtout ! Tu crois qu'il faut un panier ou un truc comme ça ? Des maniques ? Rafe, appelle Lucas !

— Tais-toi ou je vais accoucher ici. Appelle Lucas, Rafe !

— J'y suis, dit celui-ci, son téléphone déjà collé à l'oreille. Lucas, salut beau gosse, c'est Rafe. Amène-toi vite fait, elle est en plein travail.

Colleen s'agrippait de toutes ses forces à Connor.

— Ça va ? Tu es sûre ? Tu veux t'asseoir ? Te coucher ? Que je te porte quelque part ? Je fais le 911 ? Je fais bouillir de l'eau ? Collie ?

— J'ai toujours rêvé de mettre un bébé au monde, dit Rafe, songeur.

— Ta gueule ! rétorquèrent le frère et la sœur d'une seule voix.

Colleen s'agrippa encore plus fort à son frère, les yeux révulsés, et il vit littéralement la contraction arriver puis repartir.

— Nom d'un chien, ça fait un de ces mal ! murmura-t-elle. Bon, ça va, j'ai compris ce que c'était que les contractions. On peut arrêter là.

Le dos endolori lui aussi, Connor l'encourageait.

— Tout va bien. Tu vas y arriver.

— Non, je ne vais pas y arriver du tout ! Je ne supporte pas d'avoir mal, tu sais bien !

Connor était déjà en nage.

— Mais non, ce n'est pas vrai. Tu es une championne, une héroïne. Juste, évite d'avoir ce bébé ici, s'il te plaît. Attends que Lucas arrive.

Puis il s'adressa à Rafe.

— Ferme le restaurant.

— Mais on n'a pas encore ouvert.

— Je m'en fous. Ferme !

— Connor, je ne veux pas accoucher ici, gémit Colleen, paniquée.

— Non, c'est hors de question. Tu ne vas pas faire naître cet enfant dans ma cuisine !

Au même instant il croisa son regard terrifié. Ses genoux flanchèrent et il la retint.

— C'est bon, Collie, tout va bien se passer.

Quelle chance de ne pas être une femme…

— J'ai peur, murmura-t-elle.

— Je sais, mais écoute-moi, Colleen, lui dit-il d'un ton ferme. C'est un grand jour. Ta fille va naître.

Il eut les larmes aux yeux tout à coup et ajouta :

— Et tu vas très bien t'en sortir, ma sœur !

On entendit bientôt un crissement de pneus devant l'entrée et, grâce à Dieu, Lucas surgit en trombe. Connor s'écarta pour qu'il puisse prendre sa femme dans ses bras, puis il la rassura à voix basse, sourit et l'embrassa.

— Tournez-vous, les gars. Je vais aller voir ce qui se passe.

Connor ne se le fit pas dire deux fois, mais Rafe ne put s'empêcher de se retourner et de prendre une photo par-dessus son épaule. Connor sentait toujours cette douleur lancinante dans son dos et plaignait sa sœur.

— Faites le 911, dit alors Lucas. Mon aimée, tu n'as pas perdu de temps ! Je vois la tête.

La nièce de Connor vit le jour à cent mètres à peine du O'Rourke. L'ambulance était arrivée à temps pour embarquer Colleen qui pourtant leur interdit de la toucher et faillit mordre Gerard lorsqu'il la mit sur la civière. Cent mètres plus loin, l'ambulance s'arrêtait.

Isabelle Grace Campbell fut mise au monde par son père, aidé de Jeremy Lyon, qui avait gagné le droit de consommer à l'œil pour toute sa vie. Il avait reçu l'appel par radio et foncé, tout comme Gerard Chartier qui, quant à lui, avait admis que voir Colleen les jambes en l'air était son rêve secret.

— Tu peux venir maintenant, tonton Connor, annonça

Lucas en sortant de la chambre d'hôpital, un large sourire aux lèvres. Tu te sens bien ?

— Oui, juste un gros coup de vieux depuis ce matin. J'ai pas des cheveux blancs ? Félicitations, mon frère, dit-il en serrant la main de Lucas, avant de lui donner une franche accolade.

Puis il entra et ses yeux se remplirent de larmes en voyant sa sœur qui serrait contre elle un petit paquet rose.

— Connor, je te présente ta nièce et filleule, dit Colleen, radieuse. Le plus beau bébé que la terre ait jamais porté.

Et c'était vrai : un plumeau de cheveux noirs, de bonnes petites joues, et une bouche comme un bouton de rose. Elle avait les yeux fermés.

— Je peux la toucher ? demanda-t-il.

— Tu peux même la prendre, dit-elle en lui tendant le bébé.

Avant qu'il ait pu protester, sa nièce était dans ses bras.

— Salut, souffla-t-il.

La petite ouvrit les yeux et, apparemment pas impressionnée, les referma.

La fille de sa sœur. Sa nièce. Une femme de plus à protéger. Elle avait des sourcils minuscules, parfaitement dessinés, et le plus mignon nez qu'on puisse imaginer. Elle était tellement petite, c'était incroyable.

Isabelle Grace, sa petite nièce chérie.

— Bravo Colleen, dit-il, ému.

— Vingt minutes de folie, hein ? dit-elle en riant doucement. Tu aurais vu ta tête ! J'aurais voulu avoir une caméra. Lucas, on aurait dû le filmer.

— On était un peu trop occupés pour ça. Tu me la donnes, Connor ?

Lucas prit sa fille, déposa un baiser sur sa tête et la contempla, subjugué.

Connor se sentit tout vide. Il avait toujours su que ce serait une fille, mais n'en était pas moins heureux. La fille de sa sœur jumelle.

— Tu te sens bien, Coll ?

— Assez héroïque, en fait. Tu veux savoir combien on m'a fait de points ?

— Surtout pas, non !

Au même instant entrèrent leurs parents.

— Oh, Colleen ! s'exclama leur mère en fondant en larmes. Elle est magnifique !

Pete s'approcha et déposa un baiser sur le front de sa fille.

— Merci pour cette petite-fille, ma chérie. Mon Dieu, mais c'est une perfection ! dit-il, ému aux larmes. On m'a dit que tu avais été super, Connor.

— Oui, enfin, il a été pas mal, dit Colleen. Disons qu'au moins il n'est pas tombé dans les pommes.

— Nous voilà grands-parents, Pete, dit Jeannette. Comment s'appelle-t-elle ?

— Isabelle Grace, répondit Lucas. C'est votre fille qui a choisi.

— Isabelle était le prénom de la mère de Lucas, et Grace, parce que grâce au ciel elle n'est pas née dans une cuisine de restaurant. C'était un peu visqueux, hein, Connor ? Et encore t'as pas tout vu. Après il y a eu du sang, des…

— Arrête de torturer ton frère, dit Lucas. Raconte-leur plutôt tes exploits. Elle a été incroyable. Elle a poussé deux fois et le bébé était là.

Pete passa son bras autour de Jeannette.

— Tu ne trouves pas que c'est le portrait de Colleen ?

— C'est vrai. Le portrait craché, répondit-elle en le regardant, avec un sourire ému. Savannah va en être folle, j'imagine. Tatie à dix ans !

— Je vais aller la chercher à l'école et l'amener directement ici, si tu es d'accord, Colleen.

Cela faisait bizarre de voir leurs parents réunis. Et c'était sympa qu'ils soient tous les deux venus en célibataires. Juste les parents biologiques. Cela dit, vu que les parents de Lucas étaient morts, ce n'était pas si mal que le bébé ait des grands-parents par alliance.

Grand-mère… Gail était grand-mère par alliance. Cette idée fit sourire Connor.

— Bon, dit-il. Il faut que j'aille désinfecter ma cuisine. Je repasse plus tard, OK ?

Il alla embrasser sa sœur.

— T'as bien travaillé, Colimaçon. Je suis fier de toi.

Il serra de nouveau la main de Lucas et félicita ses parents. Son sourire ne le quitta pas pendant tout le retour. Il était heureux. Encore un peu sous le choc mais heureux.

— Devine quoi, dit Connor à Davey. Je suis tonton. Le bébé de Colleen est né aujourd'hui.

Ils étaient chez lui. Rafe avait accroché une grande affiche dans la vitrine du O'Rourke :

C'est une fille : Isabelle Grace Campbell ! La mère et l'enfant se portent à merveille. Revenez demain, tournée générale offerte par la maison !

La dernière phrase était l'idée de Connor. Sa sœur serait très heureuse.

Au bout de quatre semaines de cours, Davey maîtrisait les œufs brouillés, enfin presque, ils étaient mangeables, quoi ! La leçon du jour, c'était les tartines de fromage fondu.

— Alors, c'est tout simple mais, si tu prends du très bon pain et du très bon fromage, ça peut être dément.

— Moi, j'aime le fromage à fil. Celui qui est de deux couleurs et que tu peux séparer en deux, avec le lapin sur l'étiquette, tu vois ?

— Oui, mais ça ce n'est pas du vrai fromage, répondit Connor en réprimant un frisson de dégoût. Alors, Dave, le truc c'est qu'il faut que la poêle chauffe très doucement. Tu vois la flamme bleue ? Il ne faut pas plus fort que ça. Tu te rappelles la règle quand on fait cuire quelque chose ?

— Il faut toujours être sûr que c'est allumé quand on commence et bien éteint quand on a fini, répéta-t-il comme un perroquet.

— Très bien et quoi d'autre ?

— Ne jamais se servir de la gazinière tout seul.

— Parfait. Alors, pour le fromage grillé, il faut mettre à feu doux et étaler du beurre sur la tartine jusqu'à la croûte, tu vois ? Ensuite tu la déposes dans la poêle, avec le beurre en dessous, super. Et maintenant tu déposes les tranches de fromage sur le pain. Bien ! Enfin, les rondelles de tomate.

— Je déteste les tomates.

— Personne ne déteste les tomates quand c'est moi qui cuisine, déclara Connor.

Davey éclata de rire.

— Personne ne déteste les tomates quand c'est *moi* qui cuisine, répéta-t-il d'un ton grave.

Connor avait remarqué qu'il aimait bien imiter les autres, et c'était vraiment bon de l'entendre rire.

— Maintenant, encore un peu de fromage et enfin la deuxième tranche de pain, cette fois-ci le côté beurre en haut. C'est le beurre qui fera croustiller le pain, alors il faut qu'il soit en contact avec la poêle. Il ne reste plus qu'à attendre quelques minutes.

— Peluche ! Viens là ! appela Davey.

La petite chienne vint jusqu'à lui en se tortillant et s'attaqua à ses lacets. Il rit et la souleva.

— Je devrais venir te voir avec elle à la fabrique. Tu pourrais la présenter à Miranda, suggéra Connor.

— Je crois qu'elle ne m'aime plus, répondit Davey, l'air dépité.

— Pourquoi ça ?

— Elle ne me parle presque plus.

Connor hocha la tête.

— Eh bien, mais toi tu parles facilement, non ? Il faut que tu lui poses des questions.

Colleen rigolerait bien si elle l'entendait donner des conseils en romantisme.

— Comme quoi ?

Aïe.

— Eh bien, euh… par exemple c'est qui ton Avenger préféré ?

— Moi c'est Iron Man.

— Oui, comme tout le monde, mais pose-lui quand même la question. Et après tu lui dis quelque chose comme : « Tu sais quoi ? Moi aussi ! Peut-être que tu pourrais venir le regarder chez moi. » Ensuite tu lui fais tes super tartines de fromage fondu et là elle craque !

— Elle craque ?

— Oui, enfin, c'est une façon de parler. Elle est contente et surprise. Un type qui a des super goûts en cinéma et qui sait en plus faire la cuisine !

Son élève hocha la tête avec gravité.

Connor glissa la spatule sous le sandwich.

— Parfait. Tu vois cette jolie couleur ? Et maintenant on le retourne. Voilà ![1]

— Je pourrais le retourner la prochaine fois ?

— Bien sûr. Ah oui, autre chose : quand tu verras Miranda, fais-lui un compliment. Dis-lui qu'elle est jolie, ou qu'elle sent bon. Dis-lui que tu aimes sa coiffure.

— Elle a surtout de très beaux seins.

— Ça, tu ne lui dis pas.

— Pourtant c'est vrai.

— Ne le dis pas quand même. C'est un peu trop… direct.

Davey s'énerva un peu.

— Mais je te jure !

— Tant mieux, mais ne lui dis pas, elle pourrait être fâchée.

— Mais moi je les aime. Ils sont beaux. Pourquoi elle serait fâchée ?

Et s'il allait piquer une crise ? Comment gérer ?

1. En français dans le texte.

— Je n'en sais rien, Dave. Les femmes sont mystérieuses.

Davey éclata de rire. Ouf !

— Ah ça oui ! Les femmes sont mystérieuses !

Connor s'aperçut qu'il riait lui aussi.

23

Quelques jours après que Colleen eut mis toute la ville en émoi en accouchant dans l'ambulance, Jessica envoya un SMS du bureau à Connor pour l'inviter à dîner. Sa présentation aux investisseurs était la semaine suivante et elle voulait qu'ils la peaufinent ensemble.

Et puis, elle se sentait un peu… coupable.

Elle savait bien qu'il attendait plus que ce qu'elle lui donnait. Pour être honnête, elle n'avait jamais envisagé d'aller vivre avec lui depuis la demande en mariage en avril. Et ne l'envisageait toujours pas. Elle formait une équipe avec Davey. Avec une troisième personne, ça ne marcherait pas. Ned ne comptait pas vraiment, c'était son locataire et il s'en irait à la fin de l'été une fois qu'il aurait remboursé ses dettes.

Elle avait fait une offre sur la maison dans le Village. Or elle en rêvait, mais ne pouvait s'empêcher de se sentir mal. Il fallait qu'elle lui parle, même si c'était difficile. La vérité, c'est qu'elle ne savait pas très bien quoi faire, ni comment lui donner davantage.

— Davantage de quoi ? lui demanda Pru un jour qu'elles déjeunaient ensemble dehors, assises sur une couverture devant la Grange, profitant de la vue et des énormes sandwichs de Lorelei. De sexe ?

— Non, de ce côté-là ça va.

— Tope là ! répondit Pru en riant et en lui tapant dans la main.

— C'est juste que j'ai l'impression qu'il attend quelque

chose, et je sais même quoi, mais je ne pense pas en être capable.

— Capable de quoi ? dit Pru en lui proposant des chips.

Jess accepta. C'étaient ses préférées, saveur barbecue.

— Eh bien, me marier, être heureuse, tout ça…

— Tu préférerais être malheureuse ?

— Non évidemment. Mais peut-être pas me marier du tout.

— Mais pourquoi ? J'irais à genoux chercher cet homme-là si j'avais la chance d'être veuve !

— Ah bon ? Vous avez des soucis avec Carl ?

— Non, c'est juste que parfois je rêve de me retrouver seule. C'est normal quand on est marié depuis longtemps, expliqua-t-elle en froissant l'emballage de son sandwich avant d'attaquer les fabuleux cookies à la noix de macadamia et au chocolat blanc de Lorelei. Tu vois, plus de mari qui pète dans son fauteuil à côté de moi, un nouvel homme jeune et beau comme un dieu. Mais parlons de toi, tu as peur qu'il te quitte ? Qu'il s'ennuie s'il n'est plus obligé de te courir après comme il le fait depuis dix ans ?

Quand Pru le disait si crûment, ça avait l'air bête.

— Peut-être un peu, oui.

Pru regardait droit devant elle et mâchait avec gourmandise. Dans le ciel d'un bleu pur, le vent poussait doucement les nuages.

— Tu vois cet arbre là-bas ? Le grand érable ? demanda-t-elle en désignant un arbre géant au feuillage magnifique, devant lequel les mariées se faisaient souvent photographier, surtout à l'automne lorsqu'il prenait une teinte dorée somptueuse.

— Il est magnifique.

— On l'appelle l'érable de la Liberté. Il a été planté en 1780 par le premier Holland qui s'est installé ici.

— Waouh !

— Tu l'as dit. On n'en fait pas de publicité même s'il pourrait être dans le livre des records. Mais, tu sais ce que c'est, les gens sont parfois débiles et je ne voudrais pas qu'un couple idiot vienne y graver ses initiales le jour de son mariage. C'est un petit secret de famille du coup mais, bon, tu es ma meilleure amie.

Cette petite phrase prononcée si naturellement toucha Jess. Pru était son amie parce qu'elle l'avait un peu poussée dans ses retranchements. Jess avait des copines, ça oui, mais, des amies, c'était plus compliqué. Sauf Prudence.

— Donc, notre arrière-arrière-grand-père dont j'ai oublié le nom a un jour planté un arbrisseau. Il le raconte dans son journal que Honor conserve quelque part et il explique aussi que cet arbre est la preuve de sa confiance dans l'avenir. Il ne vivrait pas assez longtemps pour le voir pousser, mais il avait l'espoir que ses descendants le verraient. Et ce fut le cas. Nous y avons tous grimpé, nous avons tous fait la sieste dans son ombre. Ce type a eu raison.

— C'est un conseil pour ma vie amoureuse, c'est ça ?

Pru laissa éclater son célèbre rire sonore qui ricocha par-delà les collines.

— Ben oui, maligne ! Aie confiance en l'avenir ! Tu ne le vois peut-être pas aujourd'hui mais, si tu n'arroses pas ton arbrisseau, tu ne le verras pas grandir et devenir un arbre magnifique.

— C'est bien la fille de la terre qui parle ! Tu veux venir dîner cette semaine ?

— Avec plaisir, répondit Pru en se relevant et en s'étirant. Aïe, je me suis fait une élongation en faisant des galipettes au lit avec Carl hier soir. Je pensais pas qu'il était si lourd…

Elle épousseta l'arrière de son jean.

— Bon, il faut que j'y aille. Mes vignes m'appellent.

Ce soir-là, Connor arriva pile à l'heure pour dîner. Jess lui ouvrit et il entra, un pack de bière sans alcool pour Davey dans une main et un bouquet de roses sans doute pour elle, dans l'autre. Peluche trottait à ses côtés, pas plus haute qu'un écureuil.

— Dis donc, Jess, c'est ton régulier ou quoi ? demanda Ricky depuis son jardin, où il était en train de lustrer sa chère Chevrolet.

— On dirait que oui, répondit-elle.

— Un peu, oui ! renchérit Connor.

Il l'embrassa et elle se sentit fondre.

— Ça aurait pu être pire, déclara Ricky.

— Merci.

Ils entrèrent, et Chico fit un accueil enthousiaste à Peluche, puis fonça dans le salon lui chercher un jouet en caoutchouc.

— Salut Dave, dit Connor. Je t'ai apporté de la bière.

Les deux hommes de sa vie s'entendaient étonnamment bien. Bien mieux qu'elle ne l'aurait cru. Peut-être grâce au chien.

— Je peux en prendre une maintenant ?

— Commence par dire merci, Davey.

— Merci. Je peux ?

— Un demi-verre, répondit Jess.

Connor resta quelques instants à la regarder.

— C'est joli ta coiffure, lui dit-il.

Au même instant Davey éclata de rire, tandis que Connor se tournait vers lui avec un sourire complice. Une blague entre eux, à l'évidence.

— Qu'est-ce qui sent si bon ? demanda Connor.

— Du poulet à l'origan, avec des patates rôties et une salade d'épinards.

— Je déteste les épinards, dit Davey.

— Tu ne les aimes pas cuits. Là ils sont en salade.

— Ah d'accord.

— Merci de m'avoir invité. C'est très rare que je mange un repas cuisiné par quelqu'un d'autre que moi.

— Colleen fait bien la cuisine ?

— Tu plaisantes ?

— Et ta mère ?

— Si on peut parler de cuisine… Disons que c'est l'école irlandaise.

— Ce sera répété, plaisanta Jess. Davey, lave-toi les mains.

— Première règle en cuisine, fit remarquer Davey en allant vers l'évier.

Elle le regarda, étonnée. Habituellement, il fallait beaucoup insister pour que son frère se lave quoi que ce soit.

Connor était venu de temps en temps ces dernières semaines, mais c'était leur premier dîner à trois. Elle apporta les plats. Ça lui faisait drôle de le servir, même si Connor l'avait fait plus d'une fois pour elle. Davey se rapprocha de son assiette comme si on allait la lui voler et se mit à dévorer comme à son habitude.

— N'oublie pas de mâcher, Dave, lui dit Connor et Jess se crispa un tout petit peu. Comme si elle aussi n'avait pas remarqué qu'il mangeait comme un diable de Tasmanie !

Cela dit, Connor avait raison et, à la grande surprise de sa sœur, Davey obéit immédiatement.

— C'est bon, dit-il en souriant, la bouche pleine.

— Merci mon chou.

— Excellent, ajouta Connor.

Voilà comment les gens normaux se comportent.

Or elle ne trouvait rien de tout cela normal. Pour elle c'était extraordinaire et un peu angoissant comme si tout risquait de déraper à chaque instant.

Mais tout se passa bien.

Après le dîner elle demanda à Davey d'emmener les chiens jouer dans le jardin.

— Il faut que j'aide Connor avec un truc sur l'ordinateur, OK ?

— OK, répondit-il en ramassant Peluche et en la soulevant en l'air. Tu viens avec moi, toi.

— Tiens-la plutôt contre toi, lui dit Jess.

Puis elle se leva pour vérifier qu'il avait compris.

— Bon, dit-elle ensuite en attrapant son ordinateur. Alors, j'ai ajouté deux ou trois choses…

— Viens ici, dit Connor en l'attirant sur ses genoux.

Il posa l'ordinateur sur la table et lui caressa les bras.

— Tout va bien ?

— Oui, très bien.

— Tu es sûre ?

Elle soupira.

— Oui, c'est juste que… c'est la première fois que j'invite quelqu'un à dîner comme ça. Comme…

— Comme en famille ?

Elle hésita puis opina du chef en haussant les épaules.

— Et tu trouves que ça s'est passé comment ?

Elle posa sur lui ses yeux magnifiques pendant quelques instants.

— Bien, reconnut-elle.

Il eut un petit rictus. Décidément irrésistible.

— C'est un bon point, non ?

— Oui.

Elle sourit à son tour et il l'embrassa langoureusement, lui faisant ressentir à la fois un abandon total et une fièvre soudaine. Puis il s'arrêta et posa un doigt sur sa lèvre.

— La semaine prochaine, c'est le mariage de ma mère et vous serez là tous les deux, avec Colleen et tout le reste de la famille. Ça ira ?

Elle ne répondit pas tout de suite. Elle avait encore à l'esprit le dîner avec toute la famille Holland : très agréable mais… un peu terrifiant.

— Ça ira, oui.

— Tu vas t'y habituer.

Elle se sentit bouleversée.

— Bon, on devrait peut-être s'y mettre, non ?

— Vas-y, c'est toi le boss.

Elle se leva, s'assit dans un fauteuil à côté de lui, et ouvrit son ordinateur.

— J'ai fait la liste des points sur lesquels tu interviendras.

— Je pensais qu'on s'était mis d'accord. Je me contente de faire de la figuration.

— Non, répondit-elle en riant. Parce que les investisseurs ne misent pas juste sur ta boîte. Ils misent sur *toi*.

— Super. Un ours mal léché et qui déteste les gens.

— Qui va croire ça, Connor ? Tu te prends pour une brute, mais tu es un grand sentimental, et tout le monde le sait.

— Pas du tout. Je suis très désagréable et très intimidant.

— Il paraît que tu as pleuré en voyant ta nièce ?

— Jeune maman ou pas, je vais museler Colleen un de ces jours !

Puis il la regarda longuement.

— Tu as déjà pensé à avoir des enfants ?

La question lui transperça la poitrine. C'était pile pour cela qu'elle ne voulait pas d'une relation sérieuse. Pour ces conversations si douloureuses.

— Non, répondit-elle.

— Pourquoi ? À cause de Dave ?

— Pourquoi l'appelles-tu comme ça ? Tout le monde l'appelle Davey.

— Davey est un prénom de gamin. Il a vingt-six ans.

— C'est un petit garçon et il le restera toujours.

— Pourquoi ne veux-tu pas d'enfants ?

— Je ne pense pas que je serais une bonne mère, dit-elle en croisant les bras.

— Mais tu plaisantes ? Tu es incroyable avec ton frère. Et je t'ai vue avec Noah Cooper. On sent bien que tu es complètement gaga.

— J'aime les enfants. Je ne veux juste pas en avoir.

— Pourquoi ?

Très bien. Puisque c'était ce qu'il voulait, ils allaient avoir cette conversation.

— Parce qu'il faudrait que je leur avoue tout ce que j'ai fait, ce que je suis, ou que j'étais.

Ils ne voudront pas que leurs amis viennent chez nous. Ils redouteront les rencontres avec les autres parents de l'école. Les autres parents diront du mal de moi, et leurs enfants se moqueront. Mes enfants se battront pour me défendre et ils m'en voudront ensuite.

— Ils seraient… gênés, voilà.

Ou plutôt ils auraient honte.

— Et je ne veux pas imposer cela à un enfant.

— Mais que penses-tu avoir fait de si terrible, Jess ? demanda Connor.

Depuis le jardin leur parvenaient les jappements joyeux de Peluche et les aboiements plus graves de Chico, tandis que Davey leur criait d'aller chercher le jouet.

Il la fixait toujours. Elle haussa les épaules.

— J'étais la fille facile du lycée, pour commencer.

— Tu es trop…

— Ben si, c'est ce que j'étais. Et, une réputation comme ça, on la garde toute sa vie. Et puis tu sais d'où je viens, non ? Les parents alcoolos, le mobile home…

— Mais, ma puce, tout le monde a des choses à cacher, tu sais bien.

Elle eut un pincement au cœur en entendant ces mots. Elle baissa les yeux. Il fallait tout lui dire. C'était le moment.

— Et puis c'est moi qui ai fait boire ma mère.

Elle le regarda droit dans les yeux et pinça la bague sur son doigt de toutes ses forces.

— Je lui préparais des verres. Avant de savoir lire, je savais déjà préparer une vodka tonic.

Il prit sa main. Elle la retira.

— Mais, Jess, tu étais une gamine.

— Pas tant que ça. Au début oui, mais pas après. En rentrant de l'école, je lui préparais un verre et ça continuait comme ça jusqu'à ce qu'elle aille se coucher.

— Ce n'est pas ta faute.

— Mais j'ai continué quand elle était enceinte.

Il ferma les yeux et les rouvrit.

Voilà, il savait. C'était à cause d'elle que Davey était comme ça. Bien sûr, elle était gamine, mais à sept ans elle avait compris la vie et elle savait très bien que c'était mauvais pour sa mère de boire autant.

— Ma mère était dépressive, ajouta-t-elle tout de suite. Et elle était plus joyeuse quand elle avait bu. Je savais que c'était mauvais pour elle et même pour le…

Sa voix se brisa un peu, mais elle se força à continuer.

— Pour le bébé. Mais j'ai continué. Et jusqu'à treize ans j'ai fait en sorte que ma mère ait de quoi boire.

— Je te le répète, tu n'étais qu'une gamine.

— À quatre ans oui. Mais plus à sept. Alors, avoir la responsabilité d'enfants, non je ne crois pas, Connor. Je sais que toi tu en veux, et je pense vraiment qu'il faut que tu renonces à moi. Je ne comprends pas pourquoi tu t'obstines, parce que tu serais bien mieux avec quelqu'un d'autre.

Voilà. C'était dit. Et les mots étaient là, comme un mur entre eux.

Au même moment, la porte s'ouvrit et Ned entra avec Sarah Cooper.

— Salut Jess ! Salut Connor ! dit-elle. Comment ça va ? J'ai entendu dire que tu étais tonton ?

— Eh oui.

— On peut rester ici ? demanda Ned. Regarder un film et faire des pop-corns ? Parce que Levi n'a pas trop l'air de m'apprécier. Franchement ça fait peur. Quand même, il est marié avec ma tante, tu crois pas qu'il pourrait me lâcher un peu ?

— Il n'arrête pas de parler d'armes à feu quand Ned est là, ajouta Sarah. Il est tellement lourd !

— Mais, bien sûr, restez, dit Connor. On vous laisse Davey ?

— Évidemment, répondit Ned.

— Non mais attends, dit alors Jess, à qui personne n'avait demandé son avis.

— Je crois vraiment qu'il faut qu'on aille terminer cette conversation, déclara Connor d'un ton ferme.

— Houla, vous avez des choses à vous dire tous les deux, observa Ned. Allez-y, on est là.

Jess se retrouva donc assise dans la voiture de Connor comme une gamine qu'on conduit chez le directeur de l'école.

Il était furieux. Et alors ? Elle aussi. Sans savoir bien pourquoi. Il ne disait rien, et la regardait à peine. Et elle se sentait mal.

Elle n'avait jamais raconté à personne cette histoire, ni combien elle avait eu peur que Jolene les quitte pour toujours quand elle avait l'air si triste, ni combien elle avait essayé de se montrer joyeuse et serviable. Elle savait qu'en buvant sa mère était un peu moins triste, et parfois même elle lui avait servi à boire sans que celle-ci lui ait rien demandé.

Ils arrivèrent chez lui, dans sa belle maison impeccable au jardin paysager magnifique où poussaient des roses, des iris et des hortensias, avec son porche inutile où ne se trouvaient ni chaises ni plantes. Il ouvrit et l'attira à l'intérieur à travers le salon et dans le couloir.

— Connor, je voulais juste que tu saches la vérité, dit-elle, et elle ressentit alors une terrible envie de pleurer.

Il la poussa directement dans sa chambre, une vraie chambre d'homme, avec un grand lit robuste en bois et aucun coussin, une armoire et une table de nuit assorties. Aucune photo sur le mur à l'exception d'un paysage.

Il la regarda pendant une longue minute, impassible.

— Tu es en colère ? demanda-t-elle.

— Non.

De nouveau elle attendait que quelque chose se passe.

— Tu avais sept ans quand ta mère attendait Davey. Tu n'es pas du tout responsable de son état, et je te le répéterai jusqu'à ce que tu me croies, Jessica Dunn. Tu es la meilleure sœur qui puisse exister. Tu avais des parents nuls et ce n'était pas ta faute. La seule raison pour laquelle Davey s'en sort bien aujourd'hui, c'est toi.

Elle était incapable de dire un mot.

Puis il dénoua ses cheveux et y glissa les doigts. Il la tint comme ça pendant de longues minutes de ses mains chaudes et solides, et elle était si bouleversée qu'elle luttait pour ne pas fondre en larmes.

Il posa ensuite les lèvres sur son cou et l'embrassa, un baiser si doux qu'elle en eut des frissons dans tout le corps ; puis un autre, et encore un autre juste sous l'oreille, tandis que ses doigts continuaient à lui caresser les cheveux.

— Je ne veux personne d'autre que toi, dit-il sans cesser de l'embrasser. Arrête de me dire de trouver quelqu'un d'autre.

Il parcourait son cou avec sa bouche et elle était de plus en plus troublée, le souffle court, les jambes tremblantes. Finalement il posa les lèvres sur les siennes, très tendrement, très doucement. Il avait pris son visage entre ses mains et lui picorait la bouche.

Il voulait la séduire comme au premier jour.

Elle n'en revenait pas : ils avaient fait l'amour déjà si souvent et pourtant il se comportait comme si c'était la première fois. D'une main il défit son chemisier, un bouton après l'autre, un baiser après l'autre, en l'effleurant au passage. Elle sentait son corps ferme et puissant contre elle et la chaleur qui émanait de lui. Avec adresse il lui ôta son chemisier.

— Connor, dit-elle, la voix rauque et les yeux pleins de larmes.

— Chut, fit-il simplement, en l'embrassant encore.

D'une main experte, il défit son soutien-gorge, qui rejoignit son chemisier par terre, et il la caressa.

Elle s'abandonnait totalement et brûlait de désir. Il recula d'un pas et ôta sa chemise, dévoilant son torse magnifique, fin et musclé, puis lui déboutonna son short en jean et l'embrassa de nouveau. Le contact de sa peau nue la fit défaillir.

Il la guida vers le lit et acheva enfin de se déshabiller. Lorsqu'il fut sur elle, elle fut incapable de penser davantage. Les seuls mots qui lui venaient étaient *oui* et *encore*.

Leurs corps réunis lui donnaient un sentiment de perfection.

— Regarde-moi, Jess, murmura-t-il.

Elle ouvrit les yeux.

— Je t'aime, dit-il. Je t'aime, Jessica Dunn.

Ses larmes débordèrent alors sur ses tempes et dans ses cheveux. Il les essuya de son pouce et sourit.

Et pour la première fois elle sut que c'était vrai.

24

Connor avait la certitude que son histoire avec Jessica progressait.

Après coup il voyait bien que sa demande, tombée comme un cheveu sur la soupe, n'avait pas été très bien inspirée. En revanche, parvenir à apprivoiser Davey Dunn s'était révélé un coup de génie.

Le fait qu'elle veuille s'acheter une maison n'était pas très bon signe mais, à défaut d'arguments, il faisait mine de l'ignorer pour le moment. Son offre ne serait peut-être pas acceptée. Et puis il y aurait les expertises et les histoires de prêt à la banque. Bref, elle n'allait pas emménager tout de suite. Et après tout, si elle le faisait, pourquoi pas ? Ils ne seraient pas loin.

Ce qu'elle lui avait raconté de son enfance l'avait secoué. Il savait bien qu'il ne suffisait pas de lui répéter que ce n'était pas sa faute pour tout effacer. Mais, en restant, il pouvait lui prouver qu'il l'aimait.

Il pouvait lui montrer qu'elle n'était pas toute seule et que le bonheur pouvait aussi durer. Il avait lu beaucoup de choses sur les enfants nés de mère alcoolique, parce qu'il tentait de comprendre, de se frayer un chemin jusqu'à son cœur. Il désirait ça plus que tout au monde. Il voulait lui donner de l'espoir et du bonheur parce qu'elle en avait manqué. Et de la légèreté aussi.

Un soir il l'invita avec Davey à un match de softball. C'était la septième fois consécutive que l'équipe sponsorisée par le O'Rourke participait au championnat, malgré la défection de Colleen, qui vint en spectatrice avec Lucas, le bébé et Rufus le chien, qui était une vraie nounou pour Isabelle, et surveillait sa poussette de très près.

Ce n'était pas le seul chien présent : Blue, le golden retriever de Faith, était là aussi, tout comme Chico Trois, et Peluche, sa meilleure amie adorée.

Savannah s'approcha et gratta la tête de la petite chienne.

— J'adore son prénom, dit-elle spontanément devant Connor, qui se retint de réagir. Ça lui va trop bien.

— Alors, il paraît que tu vas être grande sœur ? lui demanda Jessica.

— Oui, encore un frère. J'aurais préféré un chien.

— Si tu veux on partage Peluche, lui proposa Connor. Et puis, c'est bien les frères, non ?

— Les grands frères, oui.

— Mais les petits aussi, dit Jess en posant le bras sur l'épaule de Davey.

— En tout cas, moi je ne lui changerai pas ses couches ! fit Savannah avec un air de dégoût.

Visiblement elle atteignait l'âge bête, ce qui réjouit secrètement Connor. Il fallait que les parents en bavent un peu.

— Moi j'aime pas les bébés, déclara Davey. Ils font que pleurer.

— Je sais, approuva Savannah. Et ma mère l'appelle déjà *son petit prince*. Ça craint.

Connor regarda derrière lui vers Gail et Pete en train de papoter avec le maire. Pete ne manquait jamais un match de Savannah, preuve de ses efforts pour progresser en tant que père modèle.

— Bon, souhaitez-nous bonne chance à ma sœur et moi. On a un match à gagner, dit-il à Davey et Jess.

Davey souleva la chienne et, en prenant une toute petite voix, dit : « Bonne chance, papa ! »

— Dave, par pitié, comment tu veux que j'impressionne les filles ?

— C'est vrai ça ! renchérit Jess, ce qui fit rire Savannah.

Le match fut le jeu de massacre habituel. Les O'Rourke étaient intouchables, grâce à la stratégie agressive de la sélectionneuse, Colleen : repas et boissons offerts par la maison après chaque victoire. Dans la septième manche, Connor frappa si fort que personne ne tenta même d'attraper la balle. Il percuta les sœurs Murphy et Bryce, revint sur sa base, tapa dans la main de Savannah et courut embrasser Jess sur la bouche.

— Bien joué ! lui dit-elle.

— Tiens, encore un qui se tape Jessica-couche-toi-là, marmonna une femme derrière eux, juste assez fort pour être entendue.

Jessica sursauta, et Connor se redressa et regarda autour de lui.

Ce ne pouvait être qu'une ancienne du lycée, vu que Connor était le seul homme à l'avoir approchée depuis dix ans. Dix ans quand même !

Tanya Cross était là, en train de scruter l'écran de son téléphone. Elle leva la tête vers lui et lui sourit. Elle avait toujours été jalouse. À l'époque elle s'en prenait à Colleen.

— Tu as dit quelque chose, Tanya ?

— Hein ? Moi ? Non. Comment vas-tu, Connor ?

— Super. Je suis même très heureux, répondit-il en regardant Jessica, qui prit l'air étonné.

Elle avait le cuir épais, sa Jess, mais il savait que ce surnom la blessait encore.

— Très heureux même, ajouta-t-il en l'embrassant, plus longuement cette fois-ci.

— Arrêtez de vous embrasser, dit Davey. Ça craint.

— Je suis assez d'accord avec Davey, dit Colleen, qui fit son apparition avec le bébé et un grand sourire sur le visage. Jess, tu sais que tu peux beaucoup mieux faire, mais c'est gentil d'avoir pitié de mon pauvre frère. On peut s'asseoir avec vous ? Je ne vois rien là-bas avec l'énorme tête de Gerard.

Elle tendit alors Isabelle à Jess.

— Veux-tu admirer le plus beau bébé du monde ?

— Elle a la figure toute fripée, fit remarquer Davey.

— Tu veux dire qu'elle est parfaite ? Oui, tu as raison ! Tiens, salut Tanya. Ça va ma grande ? Tu as l'air un peu abattue, non ?

Ah, Colleen ! Certains jours il l'aurait bien noyée, mais elle pouvait aussi être comme ça. Elle lui fit un clin d'œil. Sa jumelle était un peu dingue en fait.

Connor ébouriffa les cheveux de Davey, posa un doigt sur la tête de sa nièce qui portait un petit bonnet à oreilles de lapin, complètement craquant. Puis il repartit sur le terrain où on le félicita à juste titre et il glissa un billet de cinquante dans la main de Ned pour qu'il garde Davey le soir.

S'amuser, faire l'amour et bien manger, voilà tout ce dont Jessica avait besoin.

Et un de ces jours elle l'épouserait.

Arriva le grand jour de la présentation à Empire State Food & Beverage. Jessica lui téléphona pour savoir s'il avait le trac.

Il se sentait seul, c'était plutôt ça. Son lit était beaucoup trop grand pour lui.

— Non, lui répondit-il, puisque c'est toi qui vas parler.

— Mais toi aussi un peu. Ne t'inquiète pas. Tu es une bonne affaire, Connor O'Rourke. Je peux en témoigner.

Le double sens de ses paroles résonna quelques instants.

— Au fait, mon offre sur la maison a été acceptée.

— Bravo ! C'est super !

Damned ! Il avait espéré que l'affaire lui file sous le nez.

— Je suis content pour toi.

Il n'avait pas d'autre choix et il comprenait.

— Merci, c'est gentil.

Il y eut un blanc puis elle se reprit :

— Bon, il faut que j'aille dire à Davey de se brosser les dents. À plus tard ! 14 h 15, ne sois pas en retard.

— J'y serai.

À 14 h 15, pourtant, Jessica n'était pas là. On fit entrer Connor dans la petite salle de conférences de l'hôtel Radisson à Corning. En effet il n'y avait pas vraiment d'hôtel à Manningsport, juste des tas de chambres d'hôtes et un motel du côté du lac. Pour l'occasion, Jess avait jugé préférable de choisir un endroit plus officiel, avec une salle de conférences et un projecteur.

La réunion était à 15 heures et elle avait dit qu'elle arrangerait la salle avec les fleurs et tout, comme elle le faisait à Blue Heron pour les rencontres de presse ou les événements particuliers. Il était content car il n'en aurait jamais eu l'idée tout seul.

La dernière réunion de cette nature qu'il avait eue c'était avec Sherry Wong, une ancienne copine du bal de promo, lorsqu'il avait dû signer les papiers pour son emprunt. Et, dans son souvenir, il n'y était pas allé en costume, mais en jean et T-shirt. Aujourd'hui, il était en costume et malheureusement il faudrait qu'il en remette un le lendemain, pour le mariage de sa mère, avec une cravate.

Il était en nage. Quand avait-il mis une cravate pour la dernière fois ? Sûrement à un enterrement. Ou au mariage de Colleen. Quoi qu'il en soit, il avait l'impression d'avoir une corde au cou. Jeremy Lyon, lui, portait une cravate tous les jours.

Son téléphone vibra. C'était Jessica.

Un peu de retard.

Quelle bonne idée avait eue Colleen de lui conseiller Jessica, qui gardait son calme en toutes circonstances ! En plus, ces gens-là seraient impressionnés par sa beauté. Il y avait trois hommes et une femme.

Même en pyjama, Jess était toujours d'une élégance discrète. C'était naturel chez elle.

Il aperçut son reflet dans le miroir. On aurait dit un tueur à gages : le costume, la mâchoire crispée, les épaules tendues.

— Détends-toi, dit-il tout haut.

Et cette cravate qui l'étranglait !

Grâce à dix ans d'économies, il disposait de près de cent mille dollars. Jeremy allait y mettre cinquante mille de plus. La banque était d'accord pour un prêt correct, mais il lui manquait environ six cent mille dollars supplémentaires pour les travaux, l'assurance, le matériel, le mobilier, la matière première, le salaire de Tim, le salaire du personnel de salle, une licence, de la publicité et de quoi couvrir les pertes la première année, ou même pendant deux ans.

Six cent mille dollars !

Ça semblait énorme. Mais avec ça il pouvait démarrer tout de suite. Et ce n'était pas juste un caprice. Il travaillait sur ce projet depuis quinze mois.

La veille au soir, Jess et lui avaient revu toute la présentation. Elle était vraiment douée. Elle avait imprimé une douzaine de brochures reliées, ce qu'il n'aurait jamais eu l'idée de faire non plus. Sur la couverture on pouvait lire : *Brasserie O'Rourke, opportunité d'investissement et business plan*, avec un gros plan sur une Pilsner, une Stout et une IPA, prises sur le comptoir au restaurant. Rien de tel pour donner envie.

Chaque page était magnifiquement composée. Sur la première, les étiquettes, pour lesquelles elle avait embauché un designer graphiste à qui elle avait donné des directives. Celle qu'il préférait était celle de l'IPA Colimaçon, avec une photo qui ressemblait effectivement à sa sœur.

Il y avait aussi des photos du bâtiment où il se proposait d'installer la brasserie, prises avec talent par Jack Holland, et des projections de ce que cela serait après les travaux. Faith avait fait une simulation sur son logiciel d'architecture, en y intégrant des clients attablés ou accoudés au bar, ou encore dans le patio. Il y avait aussi un beau cliché de lui et Colleen derrière le comptoir du O'Rourke, pris deux ans plus tôt.

L'analyse marketing portait sur l'expérience de Connor en tant que chef cuisinier et son positionnement comme brasseur. Il ne s'agissait pas seulement de proposer des bières savoureuses, mais de redonner à la bière ses lettres de noblesse. Cette partie le concernant était celle qui le mettait le plus mal à l'aise.

Puis venait l'analyse financière, celle que Connor lui avait envoyée par mail, et dont elle avait revu la présentation, pour qu'on comprenne comment l'argent serait dépensé, puis un échéancier avec les prévisions de coûts et de profits à un an, trois ans et cinq ans.

Enfin, sur la dernière page, le logo de la compagnie et ce slogan génial : *Faites de chaque jour un jour particulier, buvez O'Rourke.*

Il n'aurait jamais réussi à faire ça sans elle. Elle n'en savait rien encore mais, dès qu'il aurait les fonds, il lui proposerait de s'associer.

La veille, en la regardant lui montrer tout ça, il était enthousiasmé, pas tant par la brasserie que par elle. Elle était claire et sûre d'elle, précise dans son discours, et il lui aurait acheté n'importe quoi tellement elle était convaincante.

Il avait prévu d'apporter son exemplaire de la brochure, mais il l'avait oublié. Tant pis, elle en apporterait d'autres, en même temps que sa présentation PowerPoint et les interventions qu'elle lui avait préparées. La seule chose qu'il fallait qu'il apporte, c'était les bières. Tim et lui avaient travaillé dessus depuis des semaines pour atteindre le bon stade de fermentation et les goûts parfaits.

Il les avait avec lui dans une glacière, sept variétés différentes, ainsi que des verres et des serviettes marquées au sigle du O'Rourke. « C'est la partie la plus importante, avait dit Jess. Moi je les chauffe, et toi tu les emmènes ensuite chez toi. Tu leur parles de chaque bière, et de ce que l'on pourrait servir avec, et ensuite, s'ils sont contents, nous les invitons dans ton restaurant pour qu'ils voient comme ça marche bien. »

La façon dont elle avait dit « nous » était peut-être professionnelle, mais il avait eu l'impression qu'elle parlait de leur couple.

Nerveux, Connor regarda sa montre : 14 h 30. Ils arrivaient à 15 heures. Une employée de l'hôtel vint lui demander s'il avait besoin de quelque chose.

— Non merci, répondit-il.

Puis il fit un SMS à Jessica.

Où en es-tu ? J'y suis.

Pas de réponse. Elle devait être au volant, et allait arriver d'une seconde à l'autre.

Il reçut alors un SMS de Colleen, avec une photo d'Isabelle en train de dormir :

Bonne chance, tonton !

Toujours rien de Jess. Il vérifia ses mails, la page Facebook et le compte Twitter de Blue Heron pour voir si quelque chose pouvait expliquer son retard. Même si elle n'était pas encore en retard. Peut-être la circulation. Il l'appela sur son portable. : « Salut, tu dois être dans ta voiture. » Elle n'avait pas le Bluetooth dans sa Subaru. « Bon, c'était juste pour savoir. »

Il sortit de la salle et se rendit au bar de l'hôtel.

— Puis-je avoir un verre d'eau bien fraîche ? demanda-t-il.

— Bien sûr. Avec une rondelle de citron ?

— Oui, merci. Et donnez-moi aussi un pichet de, disons… de Pabst.

L'idée lui était venue en avisant toutes les marques de bière à la pression : il allait leur faire goûter une bière ordinaire pour comparer. Plutôt habile.

Il emporta tout ça dans la salle de conférences et vérifia une nouvelle fois son téléphone. Toujours pas de Jess. Ni SMS, ni appel, ni mail.

Il était 14 h 48.

Il refit un SMS.

Tout va bien ?

Mais le signal pour dire qu'elle avait bien reçu le texto ne s'afficha pas.

Il entendit alors des voix dans le hall. « M. O'Rourke vous attend », dit le manager. En les voyant entrer, il eut une nouvelle suée.

Damned.

— Vous êtes en avance, dit-il. Entrez, entrez. Je me présente, Connor O'Rourke. Ma… euh… mon associée n'est pas arrivée, mais entrez, je vous en prie.

Tout le monde se serra la main. Il y avait Amy Porter, une femme d'une cinquantaine d'années, Mark Quelque Chose, un homme un peu chauve dont Connor sut immédiatement qu'il allait oublier le nom, Trey Williams, qui ressemblait à un joueur de la ligue nationale de football : très élégant, costume gris, chemise blanche, tête rasée, au moins un mètre quatre-vingt-dix et des dents parfaites qui ressortaient magnifiquement sur sa peau noire, et Gary Gennaro, un roux qui pesait au moins cent vingt kilos, et était le président de Empire State Food & Beverage. Jess lui avait dit de les appeler par leur nom.

Il déglutit avec peine et tenta un sourire qui devait ressembler plutôt à une grimace. Pourquoi était-ce si difficile pour lui de mémoriser les noms, alors qu'ils en avaient parlé toute la semaine ? Avaient-ils remarqué comme il transpirait ?

Ils commencèrent par échanger des banalités sur la météo.

— Et si nous commencions ? suggéra alors la femme.

Porter, Amy Porter, comme la bière. Au moins ce nom-là il ne risquait pas de l'oublier.

— Mais certainement, *Amy*. Laissez-moi juste une minute pour voir où est mon associée.

Deuxième fois en trente secondes qu'il disait *mon associée.* Il était déjà grotesque.

Il tomba directement sur le répondeur. « Jess, tout va bien ? Apparemment, tu es en retard. Juste pour te dire qu'ils sont arrivés. » *Ils sont arrivés.* Rien que de prononcer ces mots il avait peur. À raison sans doute. « Appelle-moi, OK ? »

Et il doubla d'un SMS, au cas où. À quoi servait toute cette technologie sinon à ça, pas vrai ?

Il prit une grande inspiration, décolla sa chemise trempée de son torse et retourna dans la salle de conférences. *Leur nom, leur nom. Appelle-les par leur nom.*

— Jessica arrive, dit-il. Bien. Trey ! Amy ! Et… vous tous ! Je pense qu'il est important que nous fassions un peu connaissance. Alors, euh, je suis Connor O'Rourke, propriétaire du restaurant O'Rourke à Manningsport, et je viens d'être tonton ! Ma sœur jumelle a eu un bébé il y a deux semaines. J'ai également une demi-sœur de dix ans et un demi-frère en préparation. Dingue, non ? Gros écart d'âge.

Ça commençait mal…

Trey, le beau gosse, le regardait fixement. Le gros, Geronimo, non Gennaro, prenait des notes. Amy le fixait aussi. Et celui dont il avait oublié le nom avait l'air de souffrir.

— Bien, alors, je pense que je suis très doué pour fabriquer de la bière, étant chef cuisinier, et j'ai des documents financiers pour vous. Des brochures, un PowerPoint… Juste, je ne les ai pas avec moi. Jessica devait les apporter, et elle ne devrait pas tarder maintenant. Avez-vous des questions ?

Trey commença :

— Quel genre de locaux envisagez-vous ? Où seraient-ils situés ?

— Bien, alors… euh… dans un bâtiment qui a brûlé tout à côté du lac, le lac Keuka, je veux dire, et qui est super. Enfin qui est vraiment… beau. Enfin qui était beau, avant l'incendie.

Il prit une serviette pour s'éponger le front.

— Il y a des travaux, mais c'est parfait comme location, enfin comme situation je veux dire… Bref.

Quand elle était impressionnée, Colleen bafouillait. Et il se moquait d'elle à chaque fois.

— Vous savez quoi ? À l'évidence, c'est Jess qui devrait faire cette présentation à ma place et je me demande bien pourquoi elle tarde tant. Pourquoi est-ce que je ne commencerais pas par faire ce que je sais faire de mieux, c'est-à-dire une dégustation ? Qu'en pensez-vous ? Ou bien est-ce qu'il est trop tôt pour vous autres ?

C'était la première fois de sa vie qu'il utilisait cette expression : *vous autres*. Non mais sans blague !

— Il est 3 heures de l'après-midi, fit remarquer Trey.

Connor avait plutôt l'impression qu'il était 4 heures du matin. Où donc était passée Jess ? Est-ce qu'il lui était arrivé quelque chose ?

— Oh, juste un échantillonnage, bien sûr. Je ne vais pas vous encourager à devenir alcooliques ! Ce n'est pas mon genre !

— Mon père est alcoolique, dit alors Amy.

Il ne manquait plus que ça.

— Allez-y, dit Geronimo.

Ouf, il en tenait au moins un !

Connor aligna les pichets qui portaient chacun une étiquette : India Pale Ale, Amber Lager, Pilsner, Porter, Stout. Il commença par la Porter.

— En votre honneur, madame Porter, dit-il en lui en servant un fond.

Elle ne réagit pas. Il versa la même chose aux trois autres ainsi qu'à lui-même.

— Pas mal, non ? dit-il en vidant son verre. Dure, puissante, longue en bouche.

Horreur ! Ça sonnait comme une réplique de film porno ! Il jeta un coup d'œil à Trey, qui lui aussi semblait dur et puissant. Heureusement il ne parut pas faire le lien.

— Nous utilisons des malts bruns très riches, ce qui donne cet arôme fumé, avec une note de terre et de beurre.

C'était n'importe quoi, non ? Il avait l'impression de dire n'importe quoi.

— Un corps assez ferme et doux à la fois.

De plus en plus limite. Il s'enfonçait…

— Qu'en pensez-vous ?

— Je ne bois pas, répondit Trey.

Génial !

— Elle est très douce, dit l'homme sans nom. Et j'aime bien la touche amère à la fin.

— Oui, amère, c'est exactement ça.

Enfin quelqu'un avec qui il pouvait discuter !

— Faites-moi regoûter pour voir.

Connor s'exécuta et remplit son verre en même temps. Il but une gorgée. Il entendait dans sa tête la voix de Colleen qui lui disait de se calmer, qu'il allait y arriver. Il se souvint aussi qu'ils étaient convenus avec Jessica que ce serait elle qui parlerait, parce que lui ne savait pas aligner deux phrases.

Jess lui avait dit de se montrer amical. Ça oui, il pouvait le faire.

— Vous ressemblez beaucoup à cet acteur dans *House of Cards*, s'entendit-il alors déclarer à Trey. Vous savez, le beau gosse ? Remy ?

Ça sentait la drague, non ?

— Je vous rassure, je ne suis pas gay.

— Moi si.

Connor sentit des flots de transpiration lui couler sous les aisselles.

— Ah bon ? Mon meilleur ami aussi.

Jessica, je t'en supplie, arrive tout de suite !

— Et je parie que vous avez aussi un meilleur ami noir.

— Euh, non, pas le meilleur, mais un bon ami quand même. Marcus, de la salle de sport. Mon meilleur ami, en vrai, c'est ma sœur jumelle.

Oh putain ! Y avait vraiment pas d'autre mot !

Il s'essuya de nouveau le front.

— Bien, retournons à notre dégustation. Voici l'IPA, ma préférée personnellement.

Il servit les quatre fantastiques, mais s'abstint pour le gay sans alcool.

— Celle-ci est très crémeuse dans la gorge.

Noooon !

— … et elle résiste bien, avec une bonne teneur en alccol, des notes épicées au nez et sur le palais, et juste assez de malt pour un parfait équilibre.

Là c'était mieux.

— Donc elle est très fraîche, piquante, avec des notes citronnées. Parfaite avec un repas simple : *nachos*, hamburger, mais aussi avec un poisson plus raffiné ou bien des pâtes aux légumes. Je suis cuisinier, comme je pense vous l'avoir dit, et c'est un de mes objectifs : introduire la bière dans les repas gastronomiques. Le vin, ce n'est pas très nouveau, pas vrai ?

— Je suis copropriétaire des vignobles Wilson, dit Mme Porter.

Connor vida son verre d'un trait.

— Mais j'adore le vin ! s'exclama-t-il avant de se servir un autre verre et de le vider aussi.

L'homme sans nom sourit, nota quelque chose et retendit son verre vide. Geronimo ne souriait pas, mais il écrivait aussi. Trey, qui en plus de son physique de footballeur ou de mannequin avait un prénom très cool, prenait lui aussi des notes.

À tous les coups, il avait un petit copain. Dommage que Jeremy soit avec Patrick parce que ça aurait donné de beaux bébés.

Il se rappela alors une chose importante : il ne tenait pas du tout l'alcool, à la différence de Colleen. La génétique…

En tout cas, là il en avait la confirmation.

Il vérifia son téléphone. Toujours rien.

Il poursuivit donc : la Pilsner, l'Amber Lager, la Stout. Et tout son discours était truffé de sous-entendus sexuels, si bien que le type de *House of Cards* commençait à se crisper sérieusement. Amy au contraire goûtait à tout et prenait des notes, tout comme Geronimo. Quant à l'homme sans nom, il se faisait resservir sans arrêt. Connor finit par se demander si c'était un effet d'optique ou si le sol de la pièce penchait vraiment.

— Et, dans ce pichet-là, c'est quoi ? demanda Amy.

— Ah oui, j'avais oublié ! fit Connor d'une voix pâteuse. C'est la bière américaine de base. J'ai pensé que je pourrais vous la faire goûter pour comparer. Donc, là, nous avons essayé toutes mes bières, et vous allez pouvoir vous rendre compte de la différence avec cette eau de vaisselle. Mon intention, c'est de vous faire vraiment *sentir* la différence.

Il ponctua sa déclaration de son doigt pointé, ce qui n'était pas forcément très bienvenu.

— Voilà, laissez-moi vous servir. C'est de la Pabst ou de la Genesee, je ne sais plus très bien.

Là-dessus, il se mit à servir Amy, mais il manqua son verre et elle fut inondée.

— C'est pas vrai ! s'écria-t-elle en se levant.

— Et merde ! lâcha Connor. Attendez, laissez-moi vous aider.

Il attrapa des serviettes et commença à lui éponger les seins. Des implants, vu l'angle selon lequel ils se dressaient comme des obus, et comme ils étaient durs.

— Ils sont tout neufs, non ? demanda-t-il en continuant à éponger.

Elle repoussa sa main.

— Je crois que c'est bon, là.

— Oui, j'aime autant, dit-il avant de se rendre compte de sa gaffe, trop tard. Ravi de vous avoir rencontrés. Je suis désolé que Jess n'ait pas pu être là, parce qu'elle est vraiment… géniale. Et elle aurait vraiment bien fait ma pub.

— Au revoir, dit l'homme sans nom.

— On se rappelle ? proposa Connor.

Personne ne répondit. Ils quittèrent la pièce. Il se rassit, posa la tête sur la table et soupira.

On ne pouvait pas vraiment parler de succès. Il en aurait le cœur net une fois qu'il aurait dessoûlé.

Il vérifia une fois encore son téléphone. Toujours rien.

Il était un peu plus de 16 heures.

C'était plus que du retard.

Il se leva d'un bond et appela sa sœur.

— Tu sais où est Jess ? aboya-t-il.

— Oh, mais tu n'es pas au courant ? Elle ne t'a pas appelé ? Je viens de l'apprendre. Elle est à l'hôpital. Il y a eu un incendie chez elle. Tout le monde va bien, mais…

Il avait déjà quitté la pièce, et attrapa le premier garçon d'étage :

— Appelez-moi un taxi ! C'est urgent.

25

Jess venait de monter dans sa voiture à Blue Heron pour se rendre à Corning, lorsqu'elle avait décidé de passer chez elle prendre un porte-bonheur pour Connor, Yoshi, la petite figurine qu'il avait gagnée pour elle à la foire. La journée s'annonçait rude pour lui (mais super intéressante pour elle) et le petit monstre vert l'aiderait à se détendre et à sourire.

Elle aussi allait l'aider. Elle était vraiment fière de l'avoir épaulé. Il aurait pu embaucher n'importe qui d'autre, mais il l'avait embauchée elle et elle avait vraiment fait du bon boulot, sans se faire assister par qui que ce soit. Il l'avait voulue *elle*. Pour faire la promo de sa brasserie, avec plus d'un demi-million de dollars en jeu, il avait choisi la fille du mobile home, la plus dépravée du lycée. Et pas parce qu'ils couchaient ensemble, puisque quand il l'avait embauchée ce n'était pas le cas. Non, parce qu'il croyait en elle, en son intelligence et son professionnalisme.

Ce matin-là elle avait mis son plus beau tailleur, noir et sobre, indémodable, avec un haut en soie blanche décolleté en V, classe mais un peu sexy, et des escarpins hauts à bride. Elle avait relevé ses cheveux en chignon banane et s'était soigneusement maquillée.

— Bonjour, objet de mes fantasmes ! fit Ned à mi-voix lorsqu'elle pénétra dans la salle de réunion.

— Voyons, jeune homme, répondit-elle, amusée.

— Tu me donnes une fessée si je ne suis pas sage ?

— Ned, on se calme, dit Honor. Jess, sens-toi libre de porter plainte pour harcèlement. Cela dit, tu es magnifique.

C'est aujourd'hui le grand jour, hein ? Bonne chance ! Dis à Connor de rester serein et d'être aimable.

Marcy entra alors avec son habituelle discrétion.

— Désolée pour le retard. Je suis débordée. J'ai cette mariée hyper friquée et il faut que je…

Puis se tournant vers Jessica :

— Houla ! Pas un peu trop habillée ?

— J'ai une présentation à l'extérieur aujourd'hui.

— De quoi ?

Pas tes oignons.

— Pour Connor O'Rourke.

— Ah bon ?

— Il ouvre une brasserie, expliqua Ned, et Jess est sa compagne.

— Et elle est hyper forte en marketing, ajouta Honor gentiment.

— Tu plaisantes ? s'exclama Marcy. Vous êtes ensemble ? J'étais pas du tout au courant !

— Bon, si on laissait de côté la vie privée de Jess et qu'on se mettait au boulot ? dit Honor en distribuant des documents.

— Oui bien sûr, c'est juste que je croule sous le boulot ces jours-ci ! Hyper, hyper occupée ! Pas une minute pour autre chose, et c'est pas une blague.

En disant cela, elle ne regarda pas Jess qui, apparemment, venait de lui donner une raison supplémentaire de ne pas l'aimer.

Pour la première fois depuis qu'elle travaillait là, Jess trouva la matinée interminable. Elle ne pensait qu'à sa présentation, pour laquelle elle s'était préparée jusqu'à 23 heures la veille. Ce serait du gâteau, elle en était sûre. Et Connor pouvait se contenter de faire de la figuration, et de répondre aux questions à la fin. Empire State Food & Beverage allait le supplier de les laisser lui donner les six cent mille dollars.

À la fin de la réunion, elle eut l'idée du porte-bonheur. Il allait le glisser dans sa poche et ça lui rappellerait la première fois où elle l'avait embrassé devant tout le monde, le jour de la foire.

Juste avant le Village, elle tourna à droite, en se disant que bientôt elle tournerait à gauche, vers sa petite maison à elle. Curieusement cette idée ne lui causa pas la joie qu'elle imaginait.

Mais elle ne changerait pas d'avis, elle posséderait sa propre maison. Elle avait parcouru trop de chemin pour aller s'installer chez quelqu'un d'autre. Elle avait prévenu Ned de leur futur déménagement et ce n'était pas un problème. Il avait réglé ses dettes. Et retournait à Opera House.

Ils allaient donc de nouveau se retrouver tous les deux, son frère et elle, comme avant.

Et ça aussi lui faisait tout drôle…

Elle s'engagea dans sa rue et aperçut Ricky qui se précipitait chez elle.

Elle eut peur avant même de comprendre ce qui se passait.

Elle vit de la fumée. Et sentit une odeur désagréable. Mon Dieu, des flammes ! Il y avait le feu chez elle ! Mais du calme, pas de panique, Davey était au travail !

À ce moment-là, elle vit Ricky sortir et descendre les marches du perron, en soutenant Davey qui se cachait le visage avec le bras et avait les mains rouge vif.

— Davey ! hurla-t-elle, en se garant si vite qu'elle heurta le trottoir, avant de se précipiter sur lui.

Elle ne reconnaissait pas sa propre voix, tant elle était sous le choc.

— Il va bien, lui assura Ricky. Juste quelques brûlures. Le feu est éteint, mais j'ai appelé le 911.

Des larmes dégoulinaient sur le visage noirci de Davey. Grâce au ciel, il avait l'air d'aller bien, malgré la trace rouge sur sa joue et ses cheveux dans tous les sens, dont une grande partie avait brûlé.

— Ça va, mon chou ? lui demanda-t-elle, secouée de

tremblements et de hoquets. Oh, mon Dieu, mais qu'est-ce qui s'est passé ? Tu vas bien ?

— J'ai mal aux mains, répondit-il en sanglotant. C'est pas ma faute, Jess. Je suis désolé.

— Mais non, ne t'en fais pas. On va s'occuper de tes mains. Que s'est-il passé ? Que fais-tu à la maison ?

— Je voulais te faire une surprise, répondit-il, le visage ruisselant. Je voulais faire la cuisine comme m'a appris Connor.

Levi arriva le premier sur place, en faisant crisser les pneus de son véhicule de police. Emmaline était juste derrière. Les pompiers furent là quelques minutes après, avec tout leur attirail si rassurant, et inspectèrent la maison de fond en comble, à l'aide de leur caméra thermique, pour s'assurer qu'il ne restait plus aucun foyer. Pru vint réconforter Jess en lui disant qu'avec les enfants on n'en avait jamais fini de se faire du souci. Honor vint aussi, accompagnée de Faith, son bébé dans les bras, et de Lucas. Tanner Angst et Debbie Meering du cercle des percussionnistes étaient là aussi, comme à peu près tous ceux qui avaient été prévenus par le signal d'alerte de la ville : *Bâtiment en feu, 159, Academy Street, résident handicapé sur site.*

Keith aussi avait été mis au courant, et il arriva au moment où on essayait de convaincre Davey d'aller à l'hôpital.

— Davey, tu es blessé, dit Jess, qui ne tenait pas sur ses pieds tant elle était sous le choc.

Ils étaient donc assis sur les marches de la maison de Ricky, des serviettes mouillées posées sur les bras de Davey. Elle tamponnait le visage de son frère avec un linge humide.

— Mais je veux voir les pompiers moi ! répondit Davey.

— Si ça s'infecte, ça va vraiment te faire très mal.

— C'était pas ma faute.

— Je suis sûre que Gerard peut mettre ses sirènes et son gyrophare si tu veux, proposa Levi. Tu adores, non ?

— Non, je veux rester ici.

Jess sentait la crise venir : il avait une moue boudeuse et une expression butée dans le regard.

— Je ne suis jamais monté dans une ambulance, dit Keith. J'adorerais. Tu me laisserais monter avec toi ? Ce serait vraiment sympa.

Davey se gratta la tête puis s'arrêta, gêné par la douleur dans sa main.

— OK, on y va.

— Viens, Jess, proposa Levi en lui tendant la main, je t'emmène.

À l'hôpital, on les conduisit dans une salle en leur disant d'attendre. Évidemment, Jeremy Lyon n'était pas de garde, mais était parti à un congrès. Aucune présence amie ne se trouvait là. Contrairement à Colleen lorsqu'elle avait accouché si vite, Davey fut contraint d'attendre.

Son petit chéri… Et si ses cheveux ne repoussaient pas ? S'il gardait une cicatrice ? Enfin bon, il s'en sortait bien, mais tout de même, quelle histoire ! Pourvu qu'il ne fasse pas de cauchemars après ça, comme après la mort de Chico Premier, ou après celle de leur mère. Est-ce que c'était une bonne idée qu'ils continuent à habiter dans cette maison ?

Voilà pourquoi elle ne voulait pas d'enfants. Pour s'épargner toutes ces angoisses.

Prudence, Levi et Keith étaient tous dans la salle d'attente. Elle voulait rester seule avec son frère de plus en plus inquiet des reproches qu'on allait lui faire. Elle lui avait assuré qu'il n'y était pour rien en lui caressant les cheveux. Quelques mèches brûlées lui étaient restées dans la main et l'odeur était terrible. Au bout de quelques minutes, il s'endormit, épuisé par le choc et la panique.

S'il y en avait un qui devait s'inquiéter qu'on lui fasse des reproches, ce n'était pas lui !

Elle sortit dans le couloir passer quelques coups de fil et essayer de comprendre comment cela avait pu arriver.

Son téléphone signalait trois messages manqués de Connor, et quatre SMS. Oh ! elle n'allait pas tarder à le rappeler, ça non !

Mais, la première personne qui allait avoir de ses nouvelles, c'était Petra, la directrice de la fabrique de bougies. Jess lui raconta ce qui s'était passé et l'accabla de reproches à voix basse. Elle était censée la tenir au courant si Davey partait plus tôt et vérifier s'il ne mentait pas en disant qu'elle était à la maison. C'était la première fois que ça arrivait, mais ce n'était pas une raison !

— Je suis tellement, tellement désolée, répétait Petra au bord des larmes. Il m'a dit que vous alliez préparer le dîner ensemble.

— Eh bien, il t'a menti.

C'était la première fois. Visiblement Connor ne lui avait pas seulement appris à faire la cuisine.

D'après ce que lui avait raconté son frère, ils se voyaient en secret depuis plusieurs semaines. Plusieurs semaines ! Connor lui apprenait à cuisiner pour qu'il puisse avoir une petite copine. Et aussi comment parler aux filles, sans mentionner leurs seins, comment leur dire qu'elles sentaient bon, mais avant tout à faire la cuisine.

Davey dit aussi que Connor lui avait interdit d'utiliser la gazinière tout seul. En revanche, il ne lui avait rien dit sur le four.

C'était là tout le problème. Les gens ne comprenaient pas la façon dont il raisonnait. Il n'avait pas une pensée logique, et Jess le savait, Connor non. Il était gonflé de prendre des initiatives sans le lui dire, elle qui avait passé sa vie entière à s'occuper de Davey.

Comment osait-il ?

Elle n'avait jamais été aussi en colère de toute sa vie. Elle en avait les nerfs à fleur de peau. Il n'avait aucun droit de décider si Davey, son Davey à elle, était capable de manipuler du feu ou des couteaux, ou pas. Il ne se rendait pas compte.

Davey avait essayé de faire une omelette pour elle et Keith, alors qu'il n'était même pas capable de se servir du grille-pain. Et, comme Connor ne lui avait jamais interdit de se servir du four, il l'avait allumé sur gril et avait placé la poêle à l'intérieur. Lorsque ça avait commencé à fumer, il avait ouvert et, à l'aide d'un torchon, tenté de faire partir la fumée. Le torchon avait pris feu et, en voulant l'éteindre dans l'évier, Davey avait enflammé les rideaux.

Il avait arraché les rideaux et fait couler de l'eau. Du coup il avait bien tout éteint, mais s'était brûlé le visage, et les mains, et les cheveux. On aurait dit un poussin couvert de suie et ses brûlures devaient lui faire très mal.

Mais que faisait donc le médecin ? Une infirmière très prétentieuse était passée, avait dit d'un ton mielleux à Davey qu'il était un grand garçon courageux et qu'il pouvait se mettre à l'aise.

Il a des brûlures au deuxième degré sur les mains, maligne ! Comment tu veux qu'il se mette à l'aise ?

Mais Davey s'était endormi aussitôt après. Le choc sans doute. Son pauvre petit garçon…

Jess était secouriste et savait reconnaître des brûlures au troisième degré : peau calcinée, plus de sensations parce que les nerfs étaient touchés, et difficultés à respirer. Davey, Dieu merci, n'avait aucun de ces symptômes. Mais il avait deux ampoules à la main droite, une à la main gauche et les deux mains gonflées. Pourvu qu'il n'ait pas de cicatrices.

Elle ôta sa veste de tailleur (elle avait complètement oublié cette histoire de présentation) et se regarda dans le miroir de la salle de consultation. Elle était aussi blanche que sa blouse et ses genoux éraflés quand elle était tombée en sortant de la voiture la piquaient.

Elle défit son chignon et se passa les mains dans les cheveux, puis se pinça les joues pour leur rendre de la couleur.

Elle tira un peu sur son top pour accentuer le décolleté puis le rentra dans sa jupe, prit son sac, en sortit son rouge à lèvres et se remaquilla. Elle inspira à fond et sortit dans le couloir, s'avança jusqu'à la loge des infirmières, de sa démarche la plus sexy.

Il y avait là trois femmes et un homme derrière le comptoir. L'une d'eux était l'incapable de tout à l'heure, et l'homme était assis, en train de manger une pomme, les pieds posés sur une chaise.

Elle s'adressa à lui. *Tucker Simmons, docteur en médecine.*

Exactement ce qu'il lui fallait.

— Bonjour, dit-elle en se penchant sur le comptoir, les bras croisés sous la poitrine. Je me demandais si vous pouviez m'aider, fit-elle avec un sourire timide, en jouant avec une mèche de cheveux.

— Bien sûr, répondit-il en essayant, sans succès, de ne pas fixer des yeux son décolleté.

Une des femmes eut un petit rire dédaigneux, mais Jess n'y prêta aucune attention.

— Je sais que vous êtes très occupé, dit-elle doucement, mais mon petit frère, qui est un peu retardé, s'est brûlé dans un incendie et nous attendons depuis des heures. Vous croyez que vous pourriez venir le voir ? Je ne pense pas qu'il ait besoin de grand-chose à part d'une ordonnance pour des antalgiques.

Le médecin faillit tomber en se relevant d'un bond.

— Mais absolument, je viens tout de suite. Désolé de vous avoir fait attendre si longtemps !

Jessica-couche-toi-là avait encore frappé.

Elle ignora la boule qui se formait dans sa gorge. Tout ce qui comptait, c'était Davey. Et rien d'autre.

26

À cause d'un accident sur la Route 17, il était déjà plus de 18 heures lorsque le taxi de Connor se gara devant chez Jess.

Elle n'avait répondu à aucun SMS, ni aucun appel.

Il paya la course et s'avança vers la maison. Ricky était en train de lustrer sa Chevrolet et Connor le salua de la main.

— Ah, te voilà, mec ! T'es au courant ?

— Plus ou moins. Qu'est-ce qui s'est passé ?

— Un feu dans la cuisine, répondit Ricky en grattant le tatouage sur son biceps. J'ai entendu le détecteur de fumée, alors j'ai rappliqué. Le feu était déjà éteint. Le gamin s'est brûlé les mains, mais ça va. Jess par contre était complètement hystérique ! Elle va être contente de te voir.

Pas si sûr, se dit Connor.

— Une chance que tu aies été là, Ricky.

— Et comment ! répondit-il en se remettant à sa tâche avec dévotion.

Connor frappa à la porte et Jess ouvrit tout de suite. Elle portait un pantalon de yoga et un cardigan, avait les pieds nus, les cheveux mouillés et les yeux rouges.

En revanche, son visage était complètement fermé.

— Tu vas bien ? lui demanda-t-il.

— Tu sens la bière.

— Oui, euh… j'en ai un peu renversé pendant la dégustation.

— Tu as bu ?

— Oui, obligé. Jess, est-ce que ça va ? Comment va Davey ? Pourquoi ne m'as-tu pas appelé ?

Elle l'attrapa par le devant de sa chemise et le fit entrer sans ménagement.

— Tout est ta faute, chuchota-t-elle. Tu lui donnes des leçons de cuisine ? *De cuisine ?* Non mais enfin, Connor !

— D'accord, d'accord. On peut discuter ? Que s'est-il passé ?

— Ne parle pas si fort. Il dort. On lui a donné du Tylenol codéiné contre la douleur.

— C'est si grave que ça ? demanda Connor, inquiet.

— Assez. Des brûlures au deuxième degré, au visage et aux mains.

— Oh, Jess, je…

— Tais-toi. Comment oses-tu, dans mon dos…

— Bonsoir, Connor, l'interrompit Keith en entrant dans la cuisine.

— Bonsoir, monsieur Dunn.

— Jessica, ma grande, je vais aller prendre l'air…

— Parfait. Merci papa.

Keith sortit en lançant à Connor un regard de compassion, ou de colère, impossible à dire. D'autant que l'effet de la bière n'était pas encore totalement dissipé.

Les rideaux de la cuisine avaient disparu et il y avait de longues traînées noires sur le mur.

Connor se sentit soudain très mal en imaginant Davey seul devant les flammes.

— On s'assoit ?

— Sûrement pas.

— Écoute, Jessica, j'essayais de partager quelque chose avec lui pour…

— Pour qu'il t'aime bien.

— Oui, exactement. Et pour le connaître mieux.

— Et pour le brancher avec une fille.

— Ah oui, Miranda.

— Comment la connais-tu ?

— Je suis allé le voir à la fabrique de bougies et elle était là.

Jessica, de plus en plus crispée, serra encore davantage son cardigan autour d'elle.

— Je ne veux pas que tu fasses des choses en douce avec mon frère. Tu aurais dû me demander avant de lui donner ces cours. Il est incapable de faire la cuisine.

— Oui, enfin, mettre le feu à sa cuisine, ça peut arriver à tout le monde.

— Connor, il a un QI de cinquante. Il aurait pu mourir à cause de toi.

— Est-ce qu'on pourrait s'asseoir et discuter de tout ça calmement, s'il te plaît ?

— Non.

— Jess, il a très bien réagi, OK ? Il a éteint le feu. Il n'a pas paniqué, et la maison est encore debout.

— Il a mis la poêle dans le four parce que tu lui avais dit de ne pas utiliser la gazinière tout seul. Or il faut que tu comprennes quelque chose. Quand tu lui dis : « Connor, ne mange pas de biscuits dans ton lit sinon tu auras des miettes entre les draps », il pense qu'il peut manger du gâteau dans son lit sans problème parce que tu n'as pas parlé de gâteau. Il n'a pas la même logique que nous et puis tu n'as pas le droit de décider de ce qui est bon pour lui !

— OK, tu as raison, mais Jess…

— Et cette histoire de petite copine ! Tu ne connais même pas Miranda !

Elle hurlait tout en chuchotant. C'était effrayant.

— Elle a l'air gentille.

— Mais tu te fondes sur quoi pour dire ça ? Sur toutes les conversations que vous avez eues ? Est-ce que tu lui as déjà adressé la parole au moins ?

— Non, mais ça ne veut pas dire que…

— Tu as expliqué à Davey comment avoir une petite copine, continua-t-elle, ulcérée. Mais est-ce que tu as pensé aux conséquences si elle ne veut pas de lui ? Si elle le rend malheureux ? S'il tombe effectivement amoureux d'elle et que ça ne marche pas ? Alors quoi, hein ?

— On est en train de parler de qui là ? De Davey ou de toi ? Ou de moi peut-être ?

Elle plissa les yeux. Il aurait mieux fait de se taire car elle avait visiblement des envies de meurtre.

Il tenta de se calmer.

— Jess, je suis vraiment, vraiment désolé pour cet incendie. Et de ne pas t'avoir consultée pour les cours de cuisine. Je voulais juste qu'il m'aime bien pour que tu voies que ça pourrait marcher entre nous. Et tu sais quoi ? J'ai réussi.

— Je ne suis pas sûre que tu aies bien conscience de ce qui s'est passé aujourd'hui. En plus, tu sens la bière.

— J'en ai renversé, je t'ai dit.

— Comment as-tu pu venir chez moi dans cet état ?

— J'ai pris un taxi. Pendant que tu étais en train de te débattre toute seule à l'hôpital, moi je faisais cette présentation débile, alors que j'aurais dû être avec toi. Mais tu ne m'aurais jamais appelé, pas vrai ? Tu ne me laisseras jamais t'aider.

— *Tout* est *ta* faute dans cette histoire.

— J'ai dit que j'étais désolé et je le suis, mais à mon tour de t'expliquer quelque chose, Jess.

À ces mots, elle se figea complètement et, même sans avoir les idées tout à fait claires, il savait que ce n'était pas bon signe.

— Vas-y, éclaire-moi. Tu sais que j'adore quand un type qui a bu me donne des leçons.

Bien. Tant qu'à y aller, autant y aller jusqu'au bout. Il inspira à fond.

— Je pense qu'il faut que tu le lâches un peu. Que tu le laisses faire des choses sans être tout le temps sur son dos.

— Vraiment ? Comme si tu y connaissais quelque chose !

— Peut-être pas, mais je sais qu'il est capable de faire la cuisine, sous surveillance, on est d'accord, et qu'aujourd'hui, face au danger, il s'en est sorti tout seul comme un grand.

Elle se contenta de le fusiller du regard.

Bah, après tout, grillé pour grillé, autant dire tout ce qu'il avait à dire !

— Est-ce que tu ne t'es jamais dit que c'était peut-être toi qui avais plus besoin de lui que le contraire ? Et que tu y trouvais ton compte plus encore que lui ? Que, si tu ne te donnais plus cette mission de le protéger, tu devrais te contenter d'être quelqu'un de normal, comme nous tous ?

Elle le gifla. Fort. Malgré la morsure de la douleur, il ferma les yeux et sourit.

— Ça fait vingt ans que tu te retiens, pas vrai ?

— Tout ce que je peux te dire, c'est que j'ai eu bien raison de coucher avec la moitié de la brigade des pompiers parce qu'ils étaient là en deux minutes.

— Nous y voilà. Je couche avec tout le monde pour que mon petit frère soit en sécurité.

— C'est une meilleure stratégie que de miser sur toi, on dirait.

Elle avait le chic pour appuyer là où ça faisait mal.

— Et au fait, docteur Freud, c'est le comble de s'entendre donner des leçons par celui qui adresse à peine la parole à son père depuis douze ans. Tu peux t'en aller maintenant, ajouta-t-elle avant de lui tourner le dos.

Le matin suivant, pour une raison inexplicable, il entendit de violents coups frappés à sa porte, sauf que la porte était celle de son cerveau, lui-même relié à des électrodes directement connectées au tréfonds de son cervelet et tout le long de sa moelle épinière. On appelait ça une gueule de bois, et c'était sa première.

Et pour une première elle était sévère.

Après que Jess l'eut jeté dehors, il était rentré à pied chez lui. Colleen l'avait appelé, mais il n'avait pas envie de parler et avait éteint son téléphone, avant de décider que deux ou trois bières de plus ne pouvaient pas lui faire de mal, au contraire.

— Connor ! hurlait sa sœur à présent. Ramène-toi vite fait !

Les coups sur la porte, ça devait être elle ! Peluche se mit à aboyer et Connor souleva une paupière.

— Ne recommence jamais ça, Peluche, chuchota-t-il.

Bon sang qu'il se sentait mal ! Il n'avait fait que des cauchemars d'incendie toute la nuit.

— Allez, Connor !

Son mal au crâne empira quand il se mit debout. Impitoyable, Peluche tournait entre ses jambes en aboyant encore, à croire qu'elle voulait sa mort. Il alla jusqu'à la porte d'entrée, le cerveau en capilotade.

— Chut, fit-il en ouvrant à sa sœur. Oh, mais tu es très élégante, dis donc !

— Je te rappelle que notre mère se marie ce matin, répondit-elle en écarquillant les yeux.

— Nom d'un chien !

— Tu n'es pas frais, dis donc ! Je savais bien qu'il fallait que je vienne hier soir ! Puis, se tournant vers Lucas qui attendait dans la voiture : Lucas, il a la gueule de bois ! cria-t-elle en arrachant à Connor une grimace de souffrance.

— Par pitié, Coll !

Lucas descendit de voiture, ouvrit la portière arrière et sortit le bébé de son siège.

— À toi de jouer, Colleen, le mariage est dans une heure, dit-il.

— Tu es pathétique, Connor, grommela-t-elle en entrant.

— Je sais.

— Bon, j'ai ce qu'il te faut. La gueule de bois, ça me connaît.

Ses pas résonnèrent bruyamment tandis qu'elle allait dans la cuisine. Qu'avait-elle donc aux pieds ? Des sabots ? Des chaussures de chantier ?

— Salut Connor, dit Lucas. Désolé pour Jessica.

Oui, Connor était au fond du trou, et son cœur en miettes. Il se pencha en avant, s'attendant à en voir des morceaux répandus sur le sol.

Au même instant, il croisa le regard de sa petite nièce.

— Salut Izzy ! Mais c'est mon bébé préféré ça !

Elle fit une bulle de salive pour toute réponse.

Le bruit du blender éclata soudain, lui vrillant les tympans.

— Tu ne sens pas très bon, mon ami, dit Lucas.

Connor considéra alors son beau-frère vêtu d'un costume bleu marine, d'une chemise blanche et d'une cravate rouge.

— Tu es décidément un bel homme, déclara-t-il.

— Houla, ton frère n'a pas encore dessoûlé ! s'exclama Lucas.

— Je te le confirme, cria Colleen depuis la cuisine.

— Mais qu'est-ce que vous avez tous à hurler ?

— Bois ça, imbécile, ordonna Colleen, en s'approchant dans sa robe longue et en lui tendant un breuvage mousseux, et dis-moi comment va Davey.

— Tu dois le savoir mieux que moi.

— C'est vrai. Ça va en fait. Levi y est passé ce matin : il va très bien et Jess s'est calmée. Alors ne t'en fais pas, OK ? Elle t'a déjà quitté une quinzaine de fois. Elle va revenir. Maintenant bois.

— Qu'est-ce que c'est ?

— Gatorade[1], ibuprofène, chou kale, banane et tabasco.

— Seigneur Jésus !

— Allez, fais confiance à ta jumelle. Avale-moi ça et fonce à la douche. On t'attend.

Une heure plus tard, ils étaient sur l'autre rive du lac biscornu, au Palais du Roi du Poulet, une énorme demeure victorienne décorée d'une étrange galerie de statues représentant des gallinacés. Grâce au remède de sa sœur, il avait retrouvé une apparence humaine. Selon les critères des gens normaux, Connor n'avait pas beaucoup bu, mais selon ses critères personnels… il se sentait mal rien que d'y penser.

1. Boisson énergétique américaine.

C'était la deuxième fois de sa vie qu'il conduisait une mariée à l'autel.

Sa mère sortit de la chambre où elle s'était préparée.

Elle était… Eh bien, c'était sa mère, quoi, avec ce visage qu'il aimait tant et où on lisait son bonheur aujourd'hui.

— Tu es magnifique, maman, lui dit-il, ému.

— Toi aussi mon chéri, répondit-elle. Tu devrais mettre un costume plus souvent. Comme c'est dommage que Jess et Davey ne soient pas là. Ils vont bien quand même ?

— Oui, oui, dit-il en refoulant son sentiment de culpabilité.

Il n'allait pas gâcher la joie de cette journée.

— Davey a quelques brûlures légères, mais ça va.

— Tant mieux ! Bon, allons rejoindre les autres pour les photos. Est-ce que ta sœur n'est pas magnifique ? J'espère qu'elle va perdre tous ses kilos en un rien de temps, parce qu'elle en avait pris beaucoup quand même. Quant à sa poitrine…

— Maman, c'est bon là.

Sa mère éclata de rire.

— En tout cas, me voilà enfin grand-mère. Carol Robinson va arrêter de me titiller avec ça, n'est-ce pas, Carol ? ajouta-t-elle en voyant entrer sa demoiselle d'honneur.

— Oh, Jeannette, mais tu es magnifique ! Et tu n'es pas mal non plus, Connor.

Connor laissa sa mère en compagnie de ses demoiselles d'honneur, sa sœur comprise, et alla jeter un œil alentour. Il aperçut le marié, adossé à une porte et qui regardait le groupe de femmes en souriant.

— Alors, Ronnie…, commença Connor.

— Tu peux m'appeler papa.

— Je ne crois pas, mais merci quand même. Bon, je sais que tu es tout-puissant dans cette ville, que tu as peut-être des relations dans la mafia russe et que tu connais personnellement le président des États-Unis, mais si tu fais souffrir ma mère il est entendu que tu es un homme mort.

— Compris, fiston ! répondit Ronnie en lui donnant une

franche accolade. C'est bien parlé. Mais allons-y, tu veux ? Va donc chercher ta mère, j'en prendrai grand soin.

Sur ces mots, il sortit, suivi par son témoin, Paulie. Puis les demoiselles d'honneur s'avancèrent vers le vaste jardin.

— Quelle belle journée, pas vrai, maman ? dit Colleen, émue aux larmes.

— On se calme et on avance, grommela Connor.

— Ferme-la.

— Non, toi, ferme-la.

Jeannette éclata de rire.

— Oh, mes enfants, je vous adore !

Sept minutes plus tard, Connor avait un beau-père.

À part le repas, la réception était plus ou moins comme n'importe quel autre mariage. Les statues de poulet lui donnaient même une certaine élégance. Connor avait nettement moins mal au crâne maintenant, et il prit Isabelle pour que Colleen et Lucas puissent aller danser. Assis sur un banc à l'ombre, il posa les lèvres sur la tête de sa petite nièce qui sentait si bon, ses cheveux noirs et soyeux contre sa joue. Elle fit un petit bruit et il lui tapota doucement le dos.

Il aimait les bébés. Depuis toujours.

Jessica lui manquait.

Et Davey aussi lui manquait.

Soudain, en l'imaginant blessé et paniqué, il fut bouleversé. Jessica avait raison sur tout, il n'avait aucun droit de prendre des initiatives sans le lui dire. Pourtant il avait vraiment cru que c'était une bonne idée, et que Jess approuverait. Il avait vraiment cru qu'avec Davey comme allié il trouverait enfin une place dans son cœur, mais ça n'en prenait pas le chemin. Et il était à court de stratégies.

Jessica Dunn avait la rancune tenace surtout quand il s'agissait de son frère.

— Salut mon fils, dit alors Pete en s'approchant.

— Salut papa.

Connor trouvait bizarre que sa mère les ait invités, lui et Gail, mais après tout elle était tellement heureuse.

— Quelle belle journée, pas vrai ? dit son père.

— Si.

Pete regarda Isabelle.

— Tu veux la prendre ? proposa Connor.

— Je veux bien, répondit Pete.

Connor lui passa le bébé, mais au lieu de s'en aller voir ailleurs, ce qu'il faisait toujours lorsque son père était dans les parages, il resta.

Son père aimait les bébés autant que lui, se dit-il en le voyant poser la joue sur la tête d'Isabelle et lui tapoter le dos.

— Comment va Gail ? demanda Connor.

— Oh ! un peu fatiguée, mais à part les nausées du matin ça va. Et le bébé a l'air en pleine forme.

— Tant mieux.

En provenance du lac parvint le bruit d'un rire porté par la brise. Le DJ passait « SexyBack » de Justin Timberlake et Connor grimaça à l'idée que sa mère dansait dessus.

— Papa, dit-il alors brusquement.

— Oui ?

Aïe, il n'avait pas vraiment prévu ce qu'il allait dire…

— Euh, je voulais te dire un truc.

— Oui, bien sûr, je t'écoute.

Son père était grand-père désormais et, en dépit de cette femme trophée, de cette fille de dix ans, et de ce bébé en route, il vieillissait.

— Tu n'as pas été un si mauvais père que ça, tu sais, dit alors Connor, avec un petit rire gêné. Matériellement, on n'a manqué de rien. Bon, tu n'as pas toujours été tendre avec moi, mais en fin de compte ça n'a pas donné un si mauvais résultat.

Visiblement ému, Pete tapotait le dos du bébé exactement comme Connor un peu plus tôt.

— Et tu es un super papa pour Savannah. Comme tu le seras pour ton futur enfant, j'en suis sûr.

— Merci, répondit doucement son père, la bouche tremblante.

— Maintenant rends-moi ma nièce, dit Connor en se levant. J'entends des bruits suspects du côté des statues et je parie que c'est Gail qui est malade.

27

Trois jours après l'incendie, un paquet arriva à la maison pour Davey. Jess ne reconnut pas l'écriture, mais il avait été posté à Manningsport.

— Davey, tu as du courrier, mon chéri.

Il descendit quatre à quatre, en faisant un bruit tel qu'on pouvait croire qu'il était tombé. À chaque fois Jess avait une petite montée d'adrénaline.

— Qu'est-ce que c'est ?

— Je ne sais pas. Tu veux que je l'ouvre ?

— Non, je peux le faire.

Ses mains allaient mieux. Il les sentait encore, mais n'avait plus mal. Son visage était plus atteint, et Jess lui avait passé de la pommade antibiotique et posé des pansements.

Il sortit les ciseaux du tiroir.

— Laisse-moi t'aider, mon chou.

— Je peux le faire, Jess, répondit-il d'un ton presque autoritaire.

Elle se crispa en le voyant couper le scotch, mais il réussit à ne pas se blesser.

Dans le paquet se trouvaient une écharpe bleue en laine et une carte.

— C'est Miranda ! Pour me souhaiter un bon rétablissement ! s'écria Davey aux anges.

Pour une surprise c'était une surprise ! Jess avait toujours cru que l'attirance de son frère pour cette jeune fille n'était pas réciproque…

— C'est vraiment gentil, dit-elle.

Davey s'empara du téléphone et, son paquet sous le bras, alla dans le salon. Une seconde plus tard Jess l'entendit parler.

— Salut Miranda, c'est moi, Davey.

Donc il avait son numéro…

— Dave, je veux dire. Dave Dunn. Merci pour l'écharpe ! C'est ma couleur préférée !

Jusque-là c'était plutôt le rouge, ce qui fit sourire Jess.

— Non, ça ne fait pas très mal, continuait Davey. Je reviens travailler demain. Au fait, c'est qui ton Avenger préféré ? Moi, c'est Iron Man.

En fin de compte, si, Miranda parlait. Enfin, quand il lui en laissait le temps.

— Jess, est-ce que Miranda peut venir regarder un film avec nous ? cria-t-il.

— Bien sûr, à condition que sa mère soit d'accord.

Davey transmit la réponse, sans reprendre son souffle.

— Tu peux venir maintenant si tu veux, ou demain, ou après-demain. Ah, OK ! D'accord ! Salut !

Il avait l'air tellement heureux malgré ses pansements. Incapable de contenir sa joie, il sortit en courant de la pièce pour retrouver Chico dans le jardin, qui se mit à aboyer en l'entendant rire.

Connor avait peut-être eu plus de flair qu'elle au sujet de Miranda.

La porte s'ouvrit et Ned entra.

— Sois courageuse, Jess, parce que je viens chercher mes dernières affaires.

— On a une chambre d'amis dans la nouvelle maison, au cas où tu aurais encore des problèmes de trésorerie.

— C'est bon à savoir. Vous vous installez quand ?

— Le week-end prochain.

— Tu es contente ?

— Tu parles !

En fait elle ne l'était pas tant que ça. Elle était surtout fatiguée.

Davey fit irruption dans la cuisine.

— J'ai une copine ! J'ai une copine ! chanta-t-il tandis que le chien aboyait joyeusement et lui sautait dessus avec adoration. Ned, j'ai une copine !

— *Give me five,* mec ! fit Ned en lui tendant la main. Tu viendras me voir chez moi, hein ? Tu verras, on se prendra pas la tête, pure détente.

— Pure détente ! Super !

Davey était sur un petit nuage.

Le soir, en allant se coucher, Jess le vit debout dans la salle de bains en train d'enlever son pansement.

— Attends, je vais le faire.

— Non, c'est bon, répondit-il en ôtant soigneusement la gaze. Tu penses que je vais avoir une cicatrice ?

— Non, je ne crois pas.

— Connor dit que les filles adorent les cicatrices. Comme la sienne de Chico Premier.

Ainsi, ils avaient parlé de l'accident pendant leurs cours de cuisine. Et Davey n'avait pas fait de crise.

Désormais, il avait une copine, un ami de son âge qui avait son appartement, une bonne relation avec son père et un travail régulier.

Et il n'avait plus besoin qu'elle l'aide à changer son pansement. Même si elle savait que tout ça allait dans le bon sens, elle ne pouvait s'empêcher d'éprouver de la tristesse.

Lorsqu'elle rentra du travail le jour suivant, la voiture de Keith était garée devant chez elle. Depuis l'incendie, elle le laissait venir passer des petits moments, un quart d'heure par-ci, une demi-heure par-là, avant qu'elle rentre ou si elle avait une course à faire.

— Bonjour tout le monde ! dit-elle en entrant.

En voyant Davey aux fourneaux et Keith assis à table, elle faillit lâcher ses sacs de courses.

— Qu'est-ce que… attention Davey !

— Le dîner est prêt, déclara celui-ci solennellement. Œufs brouillés et toasts. Avec du ketchup.

Jess posa ses courses.

— C'est toi qui as préparé ça ?

— Mais oui.

Elle se tourna vers son père.

— C'est vrai. Je n'ai fait que rester assis là à le regarder et à écouter, indiqua Keith.

D'accord, au moins il était sous surveillance, c'était déjà ça. Mais enfin il s'était débrouillé tout seul.

De nouveau des piques se logèrent dans sa gorge. Elle s'assit à table, où Davey avait fait des dessins sur les serviettes en papier. Sur la sienne il y avait un cœur qui souriait.

Davey posa sur la table le plat d'œufs brouillés et apporta les toasts. Deux étaient noirs comme du charbon, mais c'était aussi la faute du grille-pain capricieux.

— Ça sent très bon ! dit Jess avec émotion en se servant, avant de passer le plat à son père, et de prendre un morceau de toast carbonisé. C'est le meilleur repas de toute ma vie !

— Mais tu n'as même pas goûté, répliqua Davey, ravi.

— Pas besoin.

— Les œufs sont parfaits, déclara Keith. Bravo mon fils !

Après le repas, ils sortirent faire un tour à Ellis Farm, pour que Chico et Davey puissent courir un peu. Jess enviait l'énergie inépuisable de son frère.

C'était une belle soirée d'été, le soleil commençait sa lente descente derrière les collines et le ciel prenait une teinte laiteuse où se mêlaient le rose et le parme. Quelques mètres devant, un lapin traversa le chemin et une grive s'envola d'un arbre.

— Jessie, dit alors son père, je voudrais te parler de quelque chose. J'aimerais que Davey passe plus de temps avec moi, chez moi. Qu'il habite avec moi une semaine sur deux.

— Quoi ? s'exclama-t-elle en s'arrêtant net.

— Je n'ai plus bu une goutte depuis trois ans maintenant.

J'ai un travail régulier, un appartement correct et une voiture. Je voudrais voir davantage mon fils.

— Vraiment ? fit Jess, étonnée.

— Oui.

Il y avait un banc non loin, au-dessus de la petite mare. Davey lançait la balle dans l'eau et, à sa grande joie, Chico allait la chercher à la nage. Jess s'assit sans quitter son frère des yeux pour s'assurer qu'il ne s'approchait pas trop du bord. Il savait nager, mais quand même.

— Donc, tu veux la garde ? demanda-t-elle, les jambes tremblantes.

— Je ne veux pas te l'enlever, dit Keith en s'asseyant à son tour. Je veux juste… le voir plus, être un vrai père et pas juste un invité.

— Être un vrai père.

— Oui, voilà.

John Holland était un vrai père, qui n'était jamais soûl et n'avait pas vomi dans le lit de ses enfants. Levi Cooper était un vrai père, tout comme Lucas Campbell.

Mais Keith Dunn n'était pas un vrai père.

Tandis que Chico Trois aboyait joyeusement en descendant la colline, Davey leur fit un signe auquel ils répondirent.

— En voilà une bonne intention, parvint-elle à lâcher en dépit de la colère qui montait en elle comme de la lave. Trente ans trop tard, vingt-cinq pour Davey, mais tout de même une bonne intention.

— Je ne peux pas réécrire le passé, dit-il.

— Épargne-moi tes euphémismes, papa, rétorqua-t-elle. Tu perdais au jeu le peu d'argent que tu gagnais. Je m'habillais avec les vêtements que des gosses de riches ne voulaient plus. Je n'invitais jamais un ami de peur que toi ou maman soyez complètement soûls. Je travaille à plein temps depuis que j'ai quinze ans, et tu m'as volé toutes mes économies. Je n'ai jamais eu de vacances. J'ai couché avec la moitié des garçons de ma classe pour qu'ils protègent Davey pendant que tu traînais dans les bars. Je n'ai jamais eu moins de deux jobs à la fois. Sans que tu fasses jamais rien pour empêcher tout ça. C'était à ce moment-là qu'il fallait être un vrai père !

Les larmes lui brûlaient le visage comme de l'acide.

— Oh, ma chérie, dit son père, la voix chevrotante.

— Tu n'as pas le droit de pleurer, dit-elle en sanglotant. Pourquoi n'as-tu pas été un vrai père lorsque j'en avais besoin ? Où étais-tu le jour où j'ai essayé de faire la strip-teaseuse pour pouvoir payer les médicaments ? Où étais-tu quand maman est morte et que Davey s'est effondré ? À ce moment-là, oui, il avait besoin d'un vrai père. Plus maintenant.

Son corps entier était secoué de sanglots.

— Où étais-tu quand maman était enceinte et que je la faisais boire ? Pourquoi tu ne m'as pas empêchée ? Regarde-le ! Tout est ma faute !

Elle replia ses jambes contre elle et les encercla de ses bras. C'était si douloureux tout ce chagrin qui la ravageait sans qu'elle puisse y mettre fin.

Alors son père passa ses bras autour d'elle et il se mit à la bercer.

— Ça va aller, mon bébé, lui murmura-t-il. Tu as le droit de pleurer. Tu es une fille tellement, tellement extraordinaire.

À ces mots, ses larmes redoublèrent. Elle pencha la tête en arrière et se laissa aller complètement à sa douleur. Elle pleura, pleura et pleura encore.

Puis finalement ses sanglots se calmèrent. Elle était vidée, sans même assez d'énergie pour rester assise. Alors elle se pencha contre son père si maigre, car il n'y avait nulle part ailleurs où se poser. Elle ne se souvenait plus de la dernière fois où il l'avait prise dans ses bras, des dizaines d'années auparavant sans doute.

Par chance, Davey et Chico étaient restés près de la mare. Ce chien était une bénédiction, toujours joyeux, toujours prêt à jouer et totalement dévoué.

Elle s'essuya les yeux avec sa manche.

— Tu sais ce que je vois quand je regarde ton frère ? dit son père, d'une voix calme. Je vois le meilleur gamin du monde. Il est gentil, heureux, sain. Il a un bon travail, bien meilleur que des tas de boulots que j'ai eus, honnêtement, et tout le monde l'aime. Il a grandi dans un environnement rassurant. Et tout cela c'est grâce à toi, Jessie. C'est toi qui lui as donné tout ça, et personne d'autre.

Il la serra un peu plus fort.

— Ce n'était pas juste de te mettre tant de poids sur les épaules. Nous avons eu tort, ta mère et moi. Mais, bon sang, regarde un peu le résultat ! Je regrette vraiment que tu n'aies pas eu le choix, mais en même temps je suis tellement heureux que ce soit toi qui l'aies élevé. Moi je l'aurais bousillé.

Elle se remit à pleurer, mais cette fois-ci ce n'était pas de chagrin.

Le poids de son passé était si lourd, trop lourd décidément. Elle était si fatiguée d'être la Jessica d'autrefois, si fatiguée d'avoir peur, d'être seule et de s'occuper de tout, tout le temps. Elle voulait juste vivre. Vivre normalement, être heureuse, légère.

Un papillon queue d'hirondelle jaune se posa sur son genou et demeura là, faisant bouger ses ailes.

Sa mère adorait les papillons.

— Je suis tellement, tellement désolé, ma chérie, dit son père. Le problème de Davey est notre faute, à ta mère et à moi. Toi tu n'es responsable que de tout ce qu'il y a de beau chez lui. Laisse-moi t'aider, Jessie. Laisse-moi m'occuper de lui. Et aussi de toi, juste un petit peu.

— Je ne sais pas très bien faire ça, avoua-t-elle, de nouveau les yeux pleins de larmes.

— Tu pourrais essayer.

Davey revint alors vers eux, en nage, essoufflé, tout sale mais heureux. En la voyant pleurer, il changea d'expression et eut lui aussi les larmes aux yeux.

— Mais pourquoi on pleure ? demanda-t-il.

— Je ne sais pas, répondit Jess avec un petit rire.

— C'est parce qu'on est heureux ?

Elle se redressa et sécha ses larmes, puis regarda son père.

— Je crois, oui.

Puis elle poussa un grand soupir.

— Tu nous laisses encore une minute avec papa ?

Il se pencha vers elle et l'embrassa

— D'accord. Je t'aime, Jess. Ne pleure plus.

— Moi aussi je t'aime, mon minou, dit-elle en l'embrassant à son tour.

— Allez viens, Chico Trois, viens ! s'écria-t-il ensuite, en se redressant.

Jess prit une grande inspiration, plus assurée.

— Bon, c'est d'accord, papa. On va essayer, mais je te préviens, à la moindre récidive, tu ne nous verras plus jamais de ta vie. Je veux que tu restes aux Alcooliques Anonymes, je veux que quelqu'un en soit officiellement garant. Avec au moins trois réunions par semaine.

— Je n'ai pas l'intention d'arrêter maintenant.

— Je veux que tu aies un éthylotest dans ta voiture, qui t'empêche de démarrer si tu as bu.

— J'en ai déjà fait installer un. Autre chose ? répondit-il en souriant.

Elle n'avait pas les idées très claires et était fatiguée.

— Probablement oui, mais pour le moment je ne vois pas.

Il hocha la tête et se leva puis lui tendit la main.

— Je t'aime, Jessica. Je sais que j'ai été un mauvais père, mais tu ne sais pas à quel point je t'aime.

28

Connor quitta le O'Rourke en dernier ce samedi soir.

Depuis quelque temps il faisait des heures supplémentaires. Rafe était parti rendre visite à sa famille au Texas et les extras, qui avaient enchaîné plusieurs soirées très chargées, étaient de repos. Monica et Hannah partaient sitôt la cuisine fermée et Jordan avait un rendez-vous.

Il nettoya la cuisine avec un soin particulier puis s'attaqua au comptoir du bar parce que, si Jordan faisait très bien son travail, elle n'avait pas hérité comme Colleen et lui du gène de la maniaquerie ménagère.

Il était conscient de retarder le moment où il allait se retrouver tout seul. La maison lui paraissait grande depuis quelques semaines. Il ferait bien de mettre l'appartement du haut en location.

— Encore dix minutes, Peluche, dit-il tout fort, alors que la petite chienne ne pouvait l'entendre vu qu'elle était chez lui, sans doute en train de dormir sur son coussin.

Peluche le fit penser à Davey.

L'autre jour, il s'était arrêté à la fabrique de bougies et avait ressenti un vif soulagement en le voyant courir vers lui.

— Comment tu vas, mon grand ? lui avait-il demandé.

— Super ! Tu as su qu'on avait eu un incendie ? Je l'ai éteint tout seul ! Et tu sais quoi ? J'ai une petite copine maintenant. Miranda ! appela-t-il. Viens dire bonjour à mon ami ! Connor, je te présente Miranda.

— Ravi de vous rencontrer, dit Connor à la jeune fille,

qui refusa pourtant de s'approcher. C'est pas gagné, ajouta-t-il entre ses dents.

— Je lui ai fait du pain perdu mercredi. Avec de la cannelle et du sucre. Elle a adoré.

— Évidemment, répondit Connor en lui tapant gentiment sur l'épaule. Je vois que tout roule, hein, Dave ?

— Oui, super !

— On m'a dit que tu t'étais blessé dans l'incendie.

— J'ai été brûlé, répondit-il en montrant ses mains, mais ça va mieux maintenant.

— Tant mieux, je suis content. Bon, eh bien, je venais juste te dire bonjour.

— OK, moi je vais retourner travailler alors. À bientôt !

Depuis le mariage de sa mère, qui était un souvenir moins douloureux que *depuis que Jess l'avait jeté* ou *depuis que Davey avait mis le feu à la maison*, Connor passait ses soirées de repos à cuisiner pour Colleen et Lucas et à jouer avec sa nièce, ce qui consistait en fait à tenter de lui arracher un sourire. Sans succès la plupart du temps, mais elle faisait des petits rots, et c'était tout aussi mignon. Il rendait visite à sa mère et Ronnie dans leur Palais du Poulet, allait nager tous les jours en se réveillant, et, même si la brasserie n'était plus d'actualité, il passait tout son temps libre dans le bâtiment, à retirer les planches brûlées et tout un tas de choses. Le lieu n'en était que plus beau et ça lui évitait de penser à Jessica.

Sous les suspensions ambrées le bar luisait. Il ne voyait vraiment pas ce qu'il pouvait faire de plus. Il allait rentrer chez lui, réveiller Peluche et l'emmener se promener, sans passer par Putney Street, pour ne pas voir la nouvelle maison de Jess.

Il sortit par la porte de derrière, la referma à clé et huma l'odeur d'argile qui venait du lac et se mélangeait avec celle, un peu aillée, des pâtes carbonara du jour.

Il faisait nuit comme dans un cercueil, se dit-il, et il crut entendre ironiser sa sœur : *Le moral est au beau fixe, on dirait ?*

— Bonsoir Connor.

Il sursauta. Jess était assise sur la barrière qui séparait le restaurant de la cour de la bibliothèque et sauta à terre.

— Comment ça va ? lui demanda-t-elle.

Comme à chaque fois qu'il la voyait depuis vingt ans, il fut ému par sa beauté, même là, alors qu'elle ne souriait pas, mais avait son air distant. Elle était sûrement venue lui reprocher d'être allé voir Davey au travail l'autre jour.

— Tu es contente de ta nouvelle maison ?

— Ah, euh, oui, c'est joli. On a emménagé le week-end dernier.

— J'ai vu. Il y en avait du monde pour t'aider !

Inutile de dire qu'elle ne lui avait pas demandé son aide, alors que la moitié de la brigade de pompiers était là.

— Alors, c'est comment d'habiter dans le Village ?

— C'est très bien. Je rentre justement, tu veux qu'on marche ensemble ?

Il la regarda avec des yeux ronds. Le moins qu'on puisse dire, c'est qu'elle était imprévisible.

Elle se mit à tripoter sa bague sur son pouce.

— Je suis désolée d'avoir paniqué l'autre jour à cause des cours de cuisine. Je veux dire, je pense que j'avais raison sur pas mal de trucs, mais j'ai exagéré.

Il ne dit rien. Son cœur battait à tout rompre.

— Alors, je me disais que… si tu veux, on pourrait reprendre comme avant.

Est-ce que ce n'était pas le titre d'un vieux film, ça ? *Comme avant ?* Sa mère passait son temps à le regarder quand son père l'avait quittée. Et ça ne finissait pas bien, il en était presque sûr.

— Qu'est-ce que tu en dis ?

— Je ne crois pas, non, Jess.

Lui aussi était un peu imprévisible en fin de compte.

— Je ne peux pas. Je t'aime toujours mais… non.

Elle repoussa ses cheveux en arrière et les glissa derrière

ses oreilles, laissant s'échapper une bouffée de parfum légèrement citronné.

— Pourquoi ? fit-elle d'une petite voix.

Il se frotta le front. C'était une bonne question.

— Je ne peux plus continuer comme ça. Depuis dix ans, nous sommes plus souvent séparés qu'ensemble. Tout ce que tu fais, c'est me quitter. Et là c'est encore la même chose : dans un mois ou deux, peut-être plus, tu vas de nouveau rompre pour une raison ou une autre, sûrement quelque chose de grave, car je ne dis pas que tu as fait tout ça à la légère. Et moi je me retrouverai encore une fois au même point. Sauf que je veux plus que ça, tu vois.

Ses mots restèrent suspendus entre eux dans la nuit tiède et, l'espace d'un instant, il crut qu'elle allait dire oui.

— Je comprends, finit-elle par dire. Désolée de t'avoir dérangé alors.

Là-dessus, elle tourna les talons et s'en alla silencieusement.

— Tu ne me déranges jamais, Jess, lui répondit-il.

Elle ne dit rien. Évidemment. Ce n'était pas le genre de Jessica Dunn de faire une scène, ni une déclaration d'ailleurs.

Jessica, de son côté, ne s'y attendait pas du tout. Elle ne doutait pas qu'il allait être heureux de la voir revenir, sûrement parce qu'elle était trop bête.

Tu ne me déranges jamais, Jess.

Dire qu'il était encore capable de lui dire ça après tout ce qu'elle lui avait fait subir ! Il avait raison d'en vouloir plus. Elle ne pouvait pas le lui reprocher.

La vie était un peu bizarre ces jours-ci. Son père avait emmené son frère pour la journée et elle avait passé son temps à défaire des cartons et à emménager. Sa nouvelle maison était ravissante, et plus grande que celle qu'elle louait avant. Elle adorait vivre au Village, au milieu de l'agitation joyeuse. Davey était plus libre, il pouvait marcher jusqu'au parc tout seul, tous les commerçants le connaissaient et étaient gentils avec lui. Il fallait quand même que Lorelei arrête de lui donner un cupcake par jour. Ça faisait trop de sucre.

Cependant, elle ne s'attendait pas à ce que les touristes soient si bruyants l'été au bord du lac, avec leurs bateaux et leurs jeux, ni à ce que les pièces trop vides résonnent. Bizarrement, elle se sentait plus chez elle dans la petite maison d'Academy Street.

Tout ça était nouveau. Elle allait s'y faire. Après tout, elle était propriétaire d'une maison dans une rue qu'elle avait toujours aimée. C'était son nom à elle sur l'acte, et elle était la première de sa famille à accéder à la propriété.

Pourtant, elle ne ressentait pas l'excitation attendue.

Et puis il y avait son travail. Pour la première fois, elle allait à Blue Heron avec une légère appréhension.

C'était à cause de Marcy. Étrange comme une seule personne pouvait tout changer. Elle faisait des efforts pour passer outre, mais elle ne la supportait pas. Marcy passait son temps à faire irruption dans son bureau pour lui raconter ses exploits professionnels, riait de son rire exaspérant au téléphone toute la journée et répétait tout le temps « c'est pas une blague ! » ce qui rendait Jess folle.

Le mercredi matin, l'équipe se retrouva dans la grande salle de réunion. Prudence, Jack et M. Holland étaient dans un des chais. Autrefois ils assistaient aux réunions, Mme Johnson faisait son fameux gâteau au citron et Faith passait dire bonjour. Mais cela n'était plus arrivé depuis longtemps. Il n'y avait ce jour-là que Honor, le teint verdâtre à cause des nausées matinales, Marcy, qui n'arrêtait pas de parler, Ned, qui regardait par la fenêtre, et Jess.

Elle attendit que Marcy en ait terminé avec son autocongratulation sur le mariage du week-end, car elle avait une idée à proposer : une visite du domaine au mois d'octobre, sur le thème des arbres en automne, suivie d'un dîner de gala à la Grange. Quelque chose de très cher et très sélect, car l'idée n'était pas d'avoir une foule de gens dans la propriété.

Marcy se tut enfin.

— Très bien, alors, commença Jess. Moi je…

— Oh et encore une chose, ajouta Marcy. Je me disais qu'on pourrait sortir un reportage sur les arbres en automne dans le *New Jersey Lifestyle.* Faire venir des gens du New Jersey, en octobre, genre en leur disant : Hé, venez donc voir un peu chez nous ! On a du bon vin ! On pourrait organiser une visite du domaine, et peut-être aussi un dîner à la Grange. Vous en pensez quoi ?

Non mais comment faisait-elle ? Comment parvenait-elle à la devancer à chaque fois que Jess avait une bonne idée ?

— Alors bien sûr, les arbres, tout le monde s'en fiche. Il y en a partout, sauf qu'ici à Blue Heron nous en avons un très particulier, non ? L'érable de la Liberté.

Jess sursauta.

L'érable de la Liberté, celui dont lui avait parlé Prudence, que le premier Holland avait planté en signe de sa confiance dans l'avenir.

Cet arbre dont aucun membre de la famille ne parlait, sauf à son meilleur ami. Jess regarda Honor, qui avait l'air très perplexe.

— C'est vrai, non ? poursuivit Marcy. Je veux dire, qui d'autre possède un arbre âgé de deux cent trente ans, planté par son ancêtre, un héros de guerre ? On pourrait faire une cuvée spéciale baptisée le muscadet de l'érable de la Liberté ou alors le merlot de l'érable de la Liberté, peu importe, et ça…

— Comment connais-tu cette histoire ? lui demanda alors Honor.

Marcy s'interrompit.

— Pardon ?

— Comment connais-tu l'érable de la Liberté ?

Nom d'un chien ! Jess n'en revenait pas.

— Tu as piraté l'ordinateur de Honor, dit-elle.

Il y eut un blanc.

— Quoi ? Mais jamais de la vie ! s'écria Marcy, dont les

yeux passaient de l'une à l'autre, et dont le visage avait pris une teinte cramoisie.

Bien sûr que si, comprit Jessica.

— Et le mien, ajouta-t-elle donc.

— Euh, attends, Jessica, je ne sais plus qui m'a raconté cette histoire. Prudence, j'imagine, ou peut-être Faith. En tout cas…

— C'est impossible que mes sœurs t'en aient parlé, la coupa Honor, d'une voix glaciale.

Ned, contrairement à son habitude, avait l'air très contrarié lui aussi.

— Personne dans cette famille ne t'a dit quoi que ce soit, affirma Honor.

Marcy ne répondit pas. Elle avait maintenant des taches rouges jusque sur le cou.

— Je n'arrivais pas à comprendre, reprit Jess, mais tu proposais toujours des idées qui ressemblaient comme deux gouttes d'eau aux miennes : l'histoire du nouveau cépage, le séminaire de ventes, et maintenant cette visite sur le thème du feuillage en automne. Tu es allée fouiller dans mon ordinateur, tu as lu mes documents. En revanche, l'érable de la Liberté, ça non, il n'y a rien dans mon ordinateur le concernant. Tu as dû le prendre chez Honor.

— Je ne sais pas de quoi tu parles, Jessica. J'ai juste… eu… une idée. Désolée, je pensais qu'on encourageait les nouvelles propositions ici.

— Mais c'est pas possible de se comporter comme ça ! s'exclama Ned.

— Tu es renvoyée, dit calmement Honor.

— Mais tu ne peux pas me virer ! protesta Marcy.

— C'est pourtant ce que je viens de faire. Ned, veux-tu s'il te plaît escorter Mlle Hannigan jusqu'à la sortie ?

— Avec grand plaisir ! On y va, Marcy.

Ils sortirent, et pour une fois Marcy ne disait rien.

Honor et Jess se regardèrent.

— Je ne pouvais plus la supporter, dit alors Honor en éclatant de rire. Elle avait un contrat de un an et je comptais les jours. Merci, Jess. Bien joué. Je ferais bien d'appeler notre avocat, mais merci.

Jess passa le reste de l'après-midi à rédiger un descriptif de poste pour recruter une nouvelle organisatrice d'événements. Honor, qui était d'une efficacité redoutable, fit venir un expert en informatique et ce ne fut pas difficile à prouver : Marcy avait eu accès aux ordinateurs de Ned, Jess et Honor, et avait parfois copié des dossiers sans laisser de traces.

Elle avait également fourni de fausses lettres de recommandation.

— C'est ma faute, reconnut Honor. C'est moi qui l'ai embauchée. Mettons cela sur le compte de ma grossesse. À partir de maintenant, c'est mon père qui fera les recrutements.

— Pourquoi pas moi ? dit Ned.

— Parce que ce n'est pas toi qui nous as trouvé Jessica, fit remarquer Honor en souriant. Euh, excusez-moi ! ajouta-t-elle avant de courir vers les toilettes.

Une seconde plus tard un bruit sans ambiguïté se faisait entendre.

— On dirait bien que je vais avoir un cousin de plus d'ici peu, lança Ned avec un clin d'œil.

Jess sourit.

— Je retourne à mon travail, moi, répondit-elle.

— C'est bien. Mais quelle plaie de travailler par une si belle journée ! Tiens ! Voilà encore une belle femme ! Comment ça va, Colleen ?

Jess leva les yeux et vit Colleen, l'air un peu paniqué, avec Isabelle dans les bras.

— Bonjour, Colleen, tu es passée voir ta mère ? Elle ne travaille pas aujourd'hui.

— Non, non. Ned, tu peux sortir s'il te plaît ? Il faut que je donne le sein.

Et elle le poussa pour entrer dans le bureau et s'asseoir.

— Allez, laisse-moi rester !

— Je vais répéter à Lucas ce que tu viens de me dire.

— OK, je vous laisse tranquilles, se résigna Ned en fermant la porte.

Colleen ouvrit sa chemise, manipula son soutien-gorge et installa le bébé. Elle fit une grimace puis se détendit tout à fait.

— OK, c'est bon. Je vais pouvoir respirer de nouveau. Alors, mon frère.

— Oui ? fit Jess en s'asseyant.

— Il faut d'abord que tu saches que je sais tout, précisa Colleen.

— Ah bon ?

— Non, mais j'en sais assez. Vous deux depuis tout ce temps, lui qui te demande en mariage et toi qui refuses, et je comprends parce qu'il est toujours pressé. D'ailleurs je l'ai puni en lui infligeant toutes ces filles nulles pour te faire gagner du temps. Tu peux me remercier.

— Euh… merci, fit Jess, ne sachant pas très bien à quoi elle faisait allusion.

— Cela dit, Jess, il t'aime.

Jess hocha la tête et sentit sa gorge se serrer douloureusement.

— Alors quel est le problème ? Je sais que tu l'aimes. Je veux dire, tu n'as pas couché une seule fois avec lui au lycée, mais depuis c'est le seul avec qui tu aies été, non ?

Elle savait décidément tout.

— En plus maintenant Davey l'aime bien et c'était pas gagné, crois-moi !

Le bébé poussa un petit cri en entendant sa mère hausser le ton.

— Je ne sais pas si tu te rends compte, mais Connor n'est pas patient du tout ! Sauf avec Davey. Et avec toi, susurra-t-elle. Alors, si tu as l'intention de rester assise là à attendre qu'il rencontre quelqu'un d'autre, je te connais mal.

Elle décrocha le bébé pour le changer de côté.

— Désolée de t'infliger ce spectacle. Au moins tu pourras te vanter d'avoir aperçu ma superbe poitrine. Bref, pour en revenir à Connor, vas-y, Jess ! Enfin quoi, qu'est-ce que tu attends ?

— Il ne veut plus de moi, murmura Jess.

— Quoi ?

— Il ne veut plus. Je lui ai demandé et il a dit non.

— Ça alors, je n'en reviens pas !

Elles restèrent silencieuses une minute ou deux, et on n'entendit plus qu'Isabelle.

Colleen n'avait rien à ajouter et Jess, quant à elle, se sentait assez mal.

Au bord des larmes, elle fit tourner son fauteuil. Devant elle s'étendait le vignoble. Honor et Tom discutaient avec Jack devant un des chais, et le petit chien de Honor mordillait les lacets de Tom. Plus loin sur la colline, Prudence marchait avec son père dans le vignoble de riesling de 1780.

Et au-delà se dressait l'érable de la Liberté, ses branches immenses et gracieuses, son feuillage dense et vert qui frémissait dans la brise, cet arbre, planté il y avait tant d'années par un homme qui ne doutait pas que sa descendance serait prospère sur cette terre.

Le doute avait toujours fait partie de la vie de Jessica. Mais il fallait reconnaître que cet homme-là avait eu raison d'avoir confiance.

En fin de compte, elle avait demandé à Connor de revenir, mais ne lui avait rien promis d'autre. Elle n'avait pas eu confiance en l'avenir.

— Colleen, dit-elle alors sans quitter l'arbre des yeux, est-ce que Connor travaille ce soir ?

— Oui, il travaille tous les soirs ces temps-ci.

— Donc, il sera là-bas d'ici, disons, une heure ? demanda-t-elle en se retournant.

— Je peux m'en assurer, répondit Colleen avec un sourire.

— Oui, j'aimerais bien. Prends tout le temps qu'il te faut, moi je dois filer.

29

Jessica n'avait jamais dit *Je t'aime* à quelqu'un d'autre que son frère depuis à peu près vingt-cinq ans.

Elle n'avait jamais demandé de congés.

Jamais sollicité de faveur.

Et elle n'avait jamais demandé à quiconque de l'épouser.

Elle avait l'intention de faire tout cela aujourd'hui.

Elle commença par aller voir Honor, puis M. Holland fils, puis Pru, puis Keith. Ensuite elle appela Levi pour solliciter une faveur auprès du maire.

Ensuite, elle alla trouver Davey chez elle.

C'était sans doute le plus important.

Il était avec son père dans le jardin en train de rire.

— Jess, regarde Chico Trois ! Il a appris un nouveau truc. Chico, grimpe ! Grimpe à l'arbre ! Vas-y, tu vas y arriver !

Chico prit son élan et fonça vers l'arbre, mais ne réussit pas à grimper.

— Il y est arrivé tout à l'heure, assura Davey.

— Je confirme. Il est monté jusqu'à la bosse, ajouta Keith.

— Papa, est-ce que je peux parler à Davey une minute ? demanda Jess.

Cela lui faisait encore bizarre d'appeler Keith papa, mais c'était bon. Celui-ci hocha la tête et entra à l'intérieur.

Davey lança une balle de tennis à Chico, qui l'attrapa de justesse et la laissa tomber à ses pieds pour pouvoir recommencer aussitôt. Ces deux-là s'entendaient divinement bien.

— Davey, dit Jess, les yeux soudain remplis de larmes.

— Tu es triste ?

— Non, répondit-elle, avant d'ajouter tout de suite : un peu.

À dire vrai, elle n'avait aucune idée de la manière dont elle allait lui parler de ses projets. Elle n'avait jamais imaginé autre chose que de passer toute sa vie rien qu'avec lui.

Il passa un bras autour de ses épaules.

— Tu te sens seule ?

Elle aussi avait tort parfois de penser, comme tous les autres, que son frère était incapable de comprendre quoi que ce soit. Peut-être Connor avait-il raison. Mais oui, bien sûr qu'il avait raison. Elle avait besoin de sentir que Davey avait besoin d'elle.

— Un petit peu, oui.

— Peut-être qu'on devrait avoir un autre chien à la maison, suggéra-t-il, en lançant la balle à Chico.

— Je me disais qu'on pourrait plutôt avoir une autre personne à la maison, parvint-elle à dire avec difficulté.

— Comme Ned ?

Il fallait se jeter à l'eau.

— Eh bien… je pensais plutôt que je pourrais me marier avec Connor. En fait, j'aimerais beaucoup me marier avec lui.

Son cœur se mit à battre follement. *Confiance en l'avenir. Confiance en l'avenir.*

— Donc il viendrait vivre avec nous ? demanda Davey en lançant de nouveau la balle.

— Oui.

— Tous les jours ?

— Oui.

— Il dormirait où ?

— Avec moi. Dans ma chambre.

— Dégoûtant ! déclara-t-il et Jess eut un petit rire.

Son frère posa sur elle ses yeux aux longs cils qu'elle aimait tant.

— Tu te souviens quand je me suis fait opérer de l'appendicite ? lui dit-elle.

— Oui, tu étais à l'hôpital et Gerard est venu habiter avec moi.

— Voilà, et après je me suis demandé qui s'occuperait de toi si je ne pouvais plus le faire. Tu comprends ? Si je retombais malade.

— Ou si tu mourais, précisa-t-il.

Son frère était toujours très direct.

— Voilà. Eh bien, j'ai choisi Connor.

— Pourquoi ?

— Parce que je suis sûre qu'il s'occuperait très bien de toi. Même si avant tu ne l'aimais pas beaucoup et tu en avais peur, je sais qu'il le ferait très bien.

— Comment tu le sais ?

— Parce qu'il s'est toujours très bien occupé de moi, répondit-elle en s'essuyant discrètement les yeux. Alors, qu'en penses-tu ? Je peux me marier avec lui ?

S'il disait non, elle en resterait là. Il faudrait qu'elle s'y fasse parce qu'il passait en premier. Elle lui devait ça et c'était ce qu'elle voulait. Alors s'il disait…

— OK, répondit-il, en se frottant le nez avec le dos de la main.

— Tu es sûr ?

Son cœur bondit dans sa poitrine et elle eut le souffle coupé.

— Oui, oui. Tiens, tu veux essayer ? dit-il en lui tendant la balle.

Elle la jeta et Chico s'élança.

Elle prit alors la main de Davey, poisseuse et couverte de salive de chien.

— Tu seras toujours mon préféré, lui susurra-t-elle.

Et c'était vrai. Depuis le jour où elle avait vu pour la première fois le minuscule visage furieux de son frère, sa vie avait pris sens. Tout avait changé pour elle le jour où Jessica Dunn était devenue grande sœur. Elle avait grandi d'un coup. Elle s'occupait de quelqu'un. Elle était si courageuse, si protectrice et si déterminée uniquement parce que Davey avait besoin qu'elle le soit.

Tout ce qui était bien chez elle était apparu en même temps que lui.

Même si aujourd'hui elle ne désirait qu'une chose, se marier avec Connor, elle ressentait un peu de tristesse. Jusqu'ici elle n'avait vécu que pour Davey, pendant toutes ces années depuis le mobile home et la maison de location jusqu'à cette petite maison dans le Village. Juste tous les deux… et ça avait toujours bien fonctionné, même quand c'était difficile.

Vivre à trois, c'était foncer vers l'inconnu.

Ou juste avoir confiance en l'avenir. Peut-être s'agissait-il juste pour elle de planter ses racines.

— Moi, mon préféré c'est Chico, dit-il. Et toi, et papa, et Miranda. Et Ned, mais je préfère quand même Chico.

— Du coup, on pourrait peut-être aller au O'Rourke, qu'est-ce que tu en dis ?

— D'accord ! Je pourrai prendre des *nachos* ?

— Évidemment.

Elle le serra fort dans ses bras et l'embrassa sur la joue.

— Arrête.

Mais elle l'embrassa encore, et encore, et encore, jusqu'à ce qu'il se dégage en riant et en s'essuyant la joue.

Lorsqu'elle arriva au restaurant une heure plus tard, accompagnée de son frère et de son père, elle tremblait de tous ses membres. C'était même visible. Elle avait l'impression que ses jambes allaient se dérober à chaque instant. Et son cœur battait tellement vite qu'elle craignait de se trouver mal.

Son père posa la main sur son épaule.

Colleen était là avec Lucas et le bébé, à la même table que Levi, Faith et le petit Noah. Colleen lui sourit et leva les pouces.

Honor, Tom et Charlie étaient à une autre table, en compagnie de M. Holland et Mme Johnson, et de Marian

Field, le maire de Manningsport. Pru et Carl étaient au bar, avec Jack et Emmaline.

Pru s'avança vers elle en souriant.

— Je suis ta demoiselle d'honneur, hein ? Ne t'avise pas de choisir une de mes sœurs plus jolies ! Viens t'asseoir avec nous, Davey ! Vous aussi, Keith !

— Ça va aller pour toi au bar, papa ?

— Ne t'en fais pas, ma chérie, répondit Keith en suivant Pru.

Gerard, Ned, Lorelei, les parents de Connor et leur conjoint, ainsi que la mignonne petite Savannah… toute la ville était là, bon sang !

Elle tremblait de plus en plus. Pourvu qu'elle tienne le coup !

Elle se dirigea vers la cuisine. Connor était aux fourneaux, Hannah en train de récurer un plat et un des commis de laver un faitout tandis que Rafe élaborait une sauce.

— Salut belle Jessica, lui lança-t-il.

Connor leva les yeux, et les baissa de nouveau avant de réaliser.

— Ah, salut !

— Salut, répondit-elle d'une voix minuscule.

Cette cuisine était trop petite, et trop pleine de gens. Décidément elle allait se trouver mal. On manquait d'air ici, non ?

— Euh… dis… je pourrais te parler une seconde ?

Rafe vint immédiatement prendre sa place devant les casseroles.

— C'est bon, patron, je m'occupe de ça.

Connor s'essuya les mains, la suivit jusque dans le petit espace calme entre la cuisine et la salle, et s'arrêta juste devant la porte où arrivaient les commandes. *Fais-lui ta demande devant tout le monde*, lui avait conseillé Pru. *Montre-lui que c'est du sérieux.*

Jess avait la bouche tellement sèche qu'elle ne parvenait pas à déglutir.

— Qu'est-ce qui se passe, Jess ? s'inquiéta Connor. Un problème avec Davey ?

— Non, non, il est là, au bar, tout va bien, murmura-t-elle.

— Qu'est-ce que je peux faire pour toi ? demanda-t-il alors en jetant un coup d'œil à la salle où se trouvait tout le monde.

Le moment était arrivé. Elle tripota sa bague.

— Eh bien… euh… voilà, je me demandais si tu voudrais bien m'épouser.

Tout ça manquait un peu de grâce, mais elle vit que ses mots étaient arrivés jusqu'à lui.

Il ne bougea pas, le visage figé, sans même un battement de cils.

Le silence se fit autour d'eux.

— Quand ça ? Dans dix ans, c'est ça ?

— Non, je pensais plutôt ce soir. Maintenant, juste là.

— Vraiment ?

— Oui.

— Et pourquoi veux-tu m'épouser, Jess ?

— Parce que… parce que…

Elle le regarda droit dans les yeux et, soudain, cessa de trembler.

— Parce que je t'aime depuis que j'ai douze ans, répondit-elle.

Il entrouvrit la bouche et son beau regard bleu s'adoucit.

— Je t'aime plus que je ne saurais le dire, ajouta-t-elle en fondant en larmes.

Mon Dieu, mais elle avait plus pleuré depuis trois mois que dans sa vie entière !

— J'ai déjà passé bien trop de temps sans toi et je veux rattraper tout ce temps perdu. Tout de suite. Marian a apporté tous les papiers et… si tu veux, dans dix minutes, je serai ta femme.

Il ne faisait rien d'autre que la regarder.

Et il n'y avait plus aucun doute : on entendait une mouche voler dans le restaurant.

— D'accord, dit-il enfin.

Il l'embrassa et elle se sentit pleinement heureuse et légère, même si elle pleurait toujours. Une clameur s'éleva dans le restaurant, mais elle n'entendit rien.

— Merci, lui dit-elle. Merci de m'avoir attendue.

Il l'embrassa de nouveau et posa le front contre le sien.

— Qu'est-ce que je ne ferais pas pour toi, hein ?

Épilogue

Onze mois, une semaine et deux jours après que la femme anciennement connue sous le nom de Jessica-couche-toi-là fut officiellement devenue Jessica O'Rourke…

Connor O'Rourke aimait beaucoup être marié. Au printemps qui avait suivi leur mariage impromptu, Jess, Davey et lui avaient pris leurs quartiers dans la maison de Connor, de l'autre côté du parc. Jess n'avait pas voulu tout de suite ajouter encore du changement dans la vie de son frère et ils avaient donc passé l'automne et l'hiver dans la petite maison de Putney Street. Après l'avoir revendue, avec un petit bénéfice, mais oui, Jess insista pour racheter la moitié de celle de Connor. Pour le principe, lui dit-elle. Et il comprit très bien.

La première chose qu'elle fit fut d'acheter six énormes jardinières à suspendre sous le porche et une balancelle accrochée aux poutres du toit, ainsi que des fauteuils en osier et une table. Connor se demandait comment il avait pu habiter là pendant cinq ans sans penser une seule fois à s'asseoir dehors pour regarder le soir tomber, saluer ses voisins ou juste tenir compagnie à sa femme, sans rien désirer de plus.

Davey habitait dans le petit appartement, plus indépendant que jamais. Ils avaient installé une sécurité sur le four et la cuisinière, de sorte qu'il ne pouvait pas faire la cuisine sans le code, et ils avaient fait de leur mieux pour supprimer tous les risques. Désormais il savait faire ses toasts et Connor était en train de lui apprendre à faire des *nachos*, sans mettre le feu à la maison. Miranda lui rendait visite de temps en temps, toujours en présence de sa maman, et ils avaient tant de fois regardé *Avengers* ensemble qu'il pouvait réciter les dialogues par cœur.

Enfin, trois jours par semaine, Davey allait chez son père, ce qui était très agréable aussi.

Connor avait modifié ses horaires et travaillait plus dans la journée, laissant les rênes en cuisine à Rafe. « La métamorphose d'un chef, pour l'amour d'une femme », avait murmuré Colleen. « Préviens la presse ! » Elle n'avait pas tort.

Six semaines environ après que Jessica Dunn était devenue Jessica O'Rourke, une surprenante nouvelle parvint à Connor. Gary Gennaro, Geronimo si vous préférez, le président de Empire State Food & Beverage, lui donnait l'argent. « Tâche de trouver quelqu'un pour te représenter, lui conseilla-t-il en signant les papiers. Mais tu fais de la bonne bière, fiston. Juste, n'en abuse pas, compris ? »

À la naissance de la brasserie s'ajouta celle d'un nouveau frère, Ryan, un bébé costaud avec une touffe de cheveux roux. Connor se rendit à l'hôpital, apporta même des fleurs à Gail et la remercia de lui avoir donné une sœur et un frère qui tiennent la route, parce qu'il n'avait pas été gâté avec Colleen, réflexion qui lui valut une claque de sa jumelle, comme prévu.

La vie était belle. Il s'entendait bien avec Davey la plupart du temps, sauf petites crises de-ci de-là, mais pas au point de se taper la tête contre le mur. Il apprenait à gérer son beau-frère, à s'adresser à lui en termes clairs et précis, à anticiper ses colères et, dans le meilleur des cas, à l'aider à s'en sortir.

Quant à Jess, c'était une perfection.

Enfin pas tout à fait évidemment. Elle avait encore du mal à s'en remettre à lui, sans y voir un aveu de faiblesse, plutôt que ce dont il s'agissait vraiment, c'est-à-dire d'amour. Chaque soir lorsqu'il rentrait chez eux, ou parfois au milieu de la nuit, lorsqu'il la regardait dormir, il n'en revenait toujours pas qu'elle soit à lui.

Alors il la réveillait doucement, un baiser après l'autre.

Elle l'aimait, elle l'avait toujours aimé. Il n'en *revenait* pas, c'était le mot.

Par une belle soirée un mois avant le début de l'été, les arbres étaient en fleurs et les grenouilles coassaient, il était seul chez lui. Le dîner était au four. Il prit une (petite) bière et attendit sous le porche le retour de sa femme.

Sa femme. Que ce mot était bon à entendre ! Un oiseau-mouche vint s'abreuver à une jardinière et il pouvait entendre les cris joyeux de Noah Cooper dans le jardin derrière chez lui, ainsi que les enfants Gomez qui jouaient au basket dans la rue. Davey était chez son père ce soir, et il aurait donc Jessica pour lui tout seul.

Il s'assit dans la balancelle et posa Peluche à côté de lui. Jess allait arriver, elle était passée voir Honor, qui était en congé maternité, et la petite Elizabeth, un très beau bébé avec de grands yeux gris et un air grave, tout l'inverse d'Isabelle, qui était un petit tyran mais dont le premier mot avait été Connor. Il avait bien l'intention de faire en sorte que Colleen n'oublie pas ce détail. Un autre bébé était en route chez sa sœur. Elle ne l'avait pas encore annoncé, mais il le savait. Il savait aussi que ce serait une fille.

Les naissances s'enchaînaient donc. La veille au soir encore, Connor avait sonné la cloche au bar et offert une tournée générale pour annoncer l'arrivée d'un nouveau venu dans la famille Holland grâce à Emmaline et Jack. Il avait toujours aimé les Holland, mais à présent il se sentait comme faisant partie de la famille. Ils avaient adopté Jessica et la traitaient comme l'une d'entre eux. Alors 400 dollars de boissons alcoolisées ne valaient pas grand-chose au regard du bonheur qu'il ressentait.

D'ailleurs peut-être qu'un de ces jours Jess se sentirait prête elle aussi. Ils ne parlaient pas souvent de bébé, et à dire vrai, si cela n'arrivait pas, il n'en souffrirait pas. Sa vie était déjà bien pleine. Il avait une nièce, un petit frère, une petite sœur et une horripilante jumelle. Il avait Lucas, il avait Davey.

Et il avait sa femme.

Au même instant, il la vit se garer devant la maison et descendre de voiture.

— Salut beauté, dit-il.

Elle lui sourit, plus belle que jamais.

— Salut, dit-elle en s'asseyant près de lui.

Le parfum familier de son shampooing lui chatouilla les narines. Elle l'embrassa, un baiser doux et sucré, à la fois coquin et timide.

Il était fou d'elle. Elle se recula et le regarda en souriant.

— Comment vont Honor et Tom et leur smala ? demanda-t-il.

— Super bien. Mais j'avais une course à faire, alors je ne suis pas restée longtemps.

— Une course pour quoi ?

Elle fouilla dans son sac et en sortit un petit papier.

Il lut, et en laissa tomber son verre par terre. Il relut alors le papier puis leva les yeux vers sa femme.

Elle souriait.

— J'espère que tu voulais plusieurs enfants, parce qu'on dirait qu'on va avoir des jumeaux.

Remerciements

Comme toujours, je remercie Maria Carvainis, mon merveilleux agent, ainsi que Martha Guzman et Elizabeth Copps, pour tout ce qu'elles ont fait pour moi. J'ai la chance d'avoir une incroyable équipe chez Harlequin à la tête de laquelle se trouve ma brillante éditrice Susan Swinwood, ainsi que Dianne Moggy et Michelle Renaud. Mille mercis à elles et à tous ceux qui travaillent si dur pour que mes livres voient le jour chez Harlequin. J'ai aussi le plaisir de travailler avec l'énergique et brillante Sarah Burningham de Little Bird Publicity et la toujours adorable Kim Castillo de Author's Best Friend. Merci aussi à Beth Robinson de MacBeth Design pour mon magnifique site web.

À Shelly Fisher et Douglass Schuckers, propriétaires de la brasserie Broken Dreams dans la belle ville de Hammondsport, NY, merci pour le très agréable après-midi passé à discuter, renifler du houblon et déguster de la bière. Quelle belle façon de passer sa journée !

Un grand merci à Stacia Bjarnason, docteur de l'université, pour son aide précieuse et perspicace lorsqu'il s'est agi d'imaginer le personnage de Davey. Bravo, Stacia !

Je suis profondément reconnaissante à la famille Fulkerson, dont la propriété viticole m'a servi de modèle pour Blue Heron et qui m'a généreusement consacré du temps et fourni de précieux renseignements au cours de l'écriture de cette série.

Pour m'avoir prêté leur nom dans la série Blue Heron, je remercie Jordan Reynolds, Gerard Chartier (mon ami !), Lorelei Buzetta (mon amie !), Norine Pletts, Shelayne Schanta, les fabuleuses sœurs Murphy, la famille Hedberg, Allison Whitaker, Brandy Morrison, Laura Boothby, le Dr Buckthal (l'ami de mon père !), Grace Knapton, Ryan

Hill, Dana Hoffman, Julianne Kammer, Nancy Knox, Luanne Macomb, Eleanor Raines, Kim Garvis (mon amie !), Sharon Stiles, et tout particulièrement Carol Robinson, ma seconde mère chérie. Remerciements sincères et particuliers à Anthony DeFilio qui m'a demandé de glisser son épouse regrettée dans l'un de mes livres il y a trois ans. À chaque fois que je tape le nom de Theresa, je me souviens d'elle et de l'amour qu'elle portait à sa famille.

À mes amis auteurs que j'adore : Shaunee Cole, Jennifer Iszkiewicz, Huntley Fitzpatrick, Karen Pinco et l'incroyable Robyn Carr, je dis la chance que j'ai de les avoir.

Aux amours de ma vie : McIrish, Princess et Dearest, merci de remplir ma vie de tant de joie et de bonheur. Vous êtes les êtres que j'aime le plus au monde.

Et merci à vous, chères lectrices. Du fond du cœur, merci à vous de lire mes livres.

Composé et édité par HarperCollins France.

Achevé d'imprimer en avril 2018.

BRODARD & TAUPIN

La Flèche
Dépôt légal : mai 2018.

Pour limiter l'empreinte environnementale de ses livres, HarperCollins France s'engage à n'utiliser que du papier fabriqué à partir de bois provenant de forêts gérées durablement et de manière responsable.

Imprimé en France